CW01677869

ELMAR

Andere misdaadromans rond
Alexander de Grote

Het huis des doods
De goddeloze

# Paul Doherty
# De poorten van de hel

Een misdaadroman uit de tijd van

Alexander de Grote

Elmar

DE POORTEN VAN DE HEL
is een uitgave van
Uitgeverij Elmar BV, Rijswijk, 2005
Oorspronkelijke titel: *The Gates of Hell*

Nederlandse vertaling: Uta Anderson

Omslagontwerp: Wil Immink

ISBN 90389 1582 9
NUR 330

*Toen deed Alexander zijn uiterste best zijn vader zijn onverschrokkenheid te tonen.*

Diodorus Siculus, *Bibliotheca historica*,
Boek XVI, hoofdstuk 86

De Griekse wereld in 334 v. Chr.
ILLYRIE
MACEDONIË
Pella
THRACIË
ZWARTE ZEE
ZEE VAN MARMARA
THASOS
SAMOTHRAKE
Sestos
Elaious
Lampsakos
Abydos
Troje
Zeleia
Granikos
Daskylion
TROAS
THESSALIË
EGEÏSCHE ZEE
KLEIN-AZIË
LESBOS
Chaironeia
EUBOIA
Delphi
Thebe
CHIOS
Sardes
SAMOS
Ephese
Olympia
Korinthe
Argos
Milete
Sparta
Halikarnassos
RHODOS
MIDDELLANDSE ZEE
KRETA
N

# *Historische personages die in de tekst worden genoemd*

## Het Macedonische koningshuis

PHILIPPUS, koning van Macedonië tot hij in 336 v. Chr. werd vermoord. Vader van Alexander.

OLYMPIAS VAN DE MOLOSSEN, prinses uit Epeiros. Philippus' koningin, moeder van Alexander. Co-regent van Macedonië tijdens Alexanders verovering van Perzië.

EURYDIKE, vrouw van Philippus na zijn scheiding van Olympias. Ze was het nichtje van Philippus' favoriete generaal Attalos. Eurydike, haar pasgeboren zoontje en generaal Attalos werden na de dood van Philippus allemaal vermoord.

ARRIDHAIOS, zoon van Philippus en een van zijn concubines, vergiftigd door Olympias. Hij overleefde het, maar had de rest van zijn leven een hersenbeschadiging.

## Het Macedonische hof

KLEITOS DE ZWARTE, broer van Alexanders min. Alexanders persoonlijke lijfwacht.

HEPHAISTION, Alexanders boezemvriend.

ARISTANDROS, hofwaarzegger, adviseur van Alexander.

ARISTOTELES, Alexanders leraar aan de Academie van Miëza. Griekse filosoof.

PAUSANIAS, de moordenaar van Philippus van Macedonië.

DEMADES, ingenieur en schepper van de Macedonische belegeringstoestellen.

### Alexanders generaals

Parmenion, Ptolemaios, Seleukos, Amyntas, Antipatros (als co-regent achtergebleven in Macedonië), Nearchos, admiraal Nikanor.

### Het Perzische hof

Darius III, de koning der koningen.

Memnon van Rhodos, een Griekse huurling in Perzische dienst, een van de weinige generaals die ooit Macedonische troepen versloeg.

Orontobates, gouverneur van Halikarnassos.

Ephialtes, Griekse overloper. Een generaal van huurlingen in Perzische dienst.

Cyrus en Xerxes, vroegere grote koningen van Perzië.

### De schrijvers

Griekse toneelschrijvers: Aischylos, Aristophanes, Euripides, Sophokles.

Homeros, de vermeende auteur van de twee grote dichtwerken de *Ilias* en de *Odyssea*.

Demosthenes, Atheense demagoog, vurig tegenstander van Alexander.

Hippokrates van Kos, Griekse arts en schrijver, wordt beschouwd als de vader van de geneeskunde.

### Het hof van Halikarnassos

Mausollos, vroegere heerser over Halikarnassos.

Pixodaros, vroegere prins van Halikarnassos.

Ada, de rechtmatige koningin van Halikarnassos, verbannen door Pixodaros.

### Opmerking van de vertaalster

*Op de namen van algemeen bekende figuren na, zoals bijvoorbeeld Philippus, Alexander, Darius, Cyrus e.d. heb ik gekozen voor de Griekse namen van personen, steden en plaatsen. 334 v. Chr. was immers een Griekse wereld. Daarbij heb ik de vertaling van Lucius Flavius Arrianus door Simone Mooij-Valk als leidraad gebruikt.*

# *Voorwoord*

In het jaar 336 v. Chr. stierf Philippus van Macedonië. Op het hoogtepunt van zijn macht, toen hij op het punt stond te worden gehuldigd door zijn vazalstaten, werd hij vermoord door een vroegere minnaar. Heel Griekenland en Perzië haalden opgelucht adem – dit zou immers de groeiende suprematie van Macedonië afremmen. De beschuldigende vinger voor de moord werd prompt gericht op zijn arglistige vrouw Olympias – de 'heksenkoningin' – en hun enige zoon, de jonge Alexander, die door Demosthenes van Athene werd afgedaan als een 'onbenul'. De vijanden van Macedonië waren stilletjes blij met het vooruitzicht van een burgeroorlog die Alexander en zijn moeder zou vernietigen en een einde zou maken aan elke bedreiging voor de Griekse stadstaten en het uitgebreide Perzische rijk van Darius III. Alexander sloeg deze hoop al snel de bodem in. Hij ontpopte zich als een volmaakt acteur, een geslepen politicus, een genadeloos strijder en een briljant generaal, die in twee jaar tijd alle tegenstand in eigen land de kop indrukte, de wilde stammen in het noorden weer onder zijn gezag bracht en zich liet uitroepen tot opperbevelhebber van Griekenland. Hij zou de leiding krijgen van een nieuwe veldtocht tegen Perzië – een passende straf voor de aanvallen op Griekenland van een eeuw geleden door Cyrus de Grote en zijn opvolgers.

Door de totale verwoesting van het prachtige Thebe, de stad van Oidipous, maakte Alexander duidelijk dat hij geen tegenstand duldde. Daarna keerde hij zich tegen het oosten. Hij verklaarde dat hij een Griek was die het kwaad wilde wreken dat Griekenland was aangedaan, maar eigenlijk ging het Alexander om het bevredigen van zijn veroveringszucht. Hij wilde naar de rand van de wereld marcheren, bewijzen dat hij een beter man was dan Philippus, de goedkeuring van de goden winnen en bovendien de gefluisterde beweringen van zijn moeder waarmaken: dat zijn conceptie te danken was aan goddelijke interventie.

In het voorjaar van 334 v. Chr. verzamelde Alexander zijn leger bij Sestos, terwijl aan de overkant van de Hellespont Darius III, zijn sinistere spion de edelman Mithra en zijn generaals plannen maakten voor de ondergang van deze Macedonische parvenu. Alexander wilde echter van geen wijken weten. Hij stak over naar Azië en verpletterde het Perzische leger in de slag aan de Granikos. Daarna marcheerde hij naar het zuiden en nam belangrijke steden als Ephese in, maar de echte grote prijs was Halikarnassos (het huidige Bodrum), een bruisende stad met een diepe haven aan de Egeïsche Zee.

Alexander wilde Halikarnassos niet alleen innemen vanwege het strategisch belang of om zijn bekwaamheid als de 'grote stedenbelegeraar' te demonstreren. Halikarnassos vormde ook een schakel met zijn donkere verleden, vooral in de complexe relatie met zijn overleden vader Philippus. Alexanders vijanden wisten dat Halikarnassos de Macedoniër zou aantrekken en ze hoopten dat hij met zijn legers stuk zou lopen op de indrukwekkende verdedigingswerken van de stad. De drie aanvoerders daar – Alexanders oude vijand Memnon van Rhodos, de Pers Orontobates en de Griekse overloper Ephialtes – geloofden oprecht dat ze deze keer in staat zouden zijn de 'Macedonische wolf' in de val te laten lopen en zijn veroveringsdromen in rook te laten opgaan. Halikarnassos was goed versterkt, de val stond klaar en Alexander was met zijn troepen in aantocht voor een van de spectaculairste confrontaties in de oudheid...

*Nota bene:* De geheime code die hier wordt gebruikt, is afkomstig van Polybios en wordt beschreven in hoofdstuk X van zijn *Historiae* (zie het nawoord van de schrijver).

# Proloog

*Memnon werd door Darius benoemd tot bevelhebber over het zuiden van Klein-Azië en over de hele Perzische vloot.*
Arrianus, *Alexander de Grote*, Boek I, hoofdstuk 20

De weg van Mylasa naar Halikarnassos was vrijgemaakt voor de doortocht van een grootwaardigheidsbekleder, de persoonlijke gezant van Darius, de koning der koningen. Heer Mithra, de hoeder van de koninklijke geheimen, een man die in de schaduwen opereerde, was door Darius met een uiterst belangrijke missie uit Persepolis afgevaardigd. Gekleed in een zwarte mantel met kap, het gezicht bedekt met een roodgouden masker, haastte hij zich te doen wat zijn meester hem had opgedragen. Omringd door de 'kapdragers', zijn persoonlijke lijfwacht, daverde hij over de weg naar de Tripylonpoort, de gapende, grotachtige toegang tot de weidse zeehaven Halikarnassos. Er was een voorhoede van ruiters in zwarte gewaden met purperen sjerpen om het middel. Hun gezichten gingen half schuil achter zilverwitte maskers die zowel dienden om hun mond te beschermen tegen stof, als om hun identiteit te verhullen. Ieder van hen droeg de cartouche van Darius, zijn persoonlijke zegel, aan een leren band om de pols. Ze stormden over de straatweg als een troep doodsengelen zonder te schreeuwen of te bevelen, hun aanwezigheid was genoeg om de weg vrij te maken. Reizigers sprongen haastig opzij uit angst voor deze grimmige krijgers op hun donkere paarden met zwart-met-zilveren zadelkleden en harnassen in dezelfde tinten. Sommigen lieten zich zelfs op de grond vallen en drukten hun voorhoofd tegen de aarde. In elk geval hielden ze hun gedachten voor zich, want niemand waagde het te protesteren, niet in deze gevaarlijke tijden. Alexander, de Macedonische wolf, had het leger van de grote koning in een stroom van bloed verpletterend verslagen aan de oever van de Granikos en marcheerde nu naar het zuidwesten, waarbij hij de belangrijke steden Ephese en Milete al had ingenomen.

Natuurlijk praatten de reizigers wel met elkaar in de herbergen, taveernes en pleisterplaatsen die in de vele oases langs de koninklijke hoofdweg waren verrezen. Ze spraken over de Perzische leeuw die de strijd met de Macedonische wolf moest aangaan, maar dergelijk gepraat was meer het gevolg van de zware wijn dan van militair inzicht. Alexanders legers marcheerden in hoog tempo langs de kust van de Egeïsche Zee en namen onderweg de ene havenstad na de andere in met het gemak waarmee een meisje rijpe appels plukt in een overladen boomgaard. Iedereen vermoedde wat Alexanders volgende stap zou zijn. De kooplieden waren mannen van vrede en welvaart, maar ze hielden de mannen van oorlog scherp in de gaten.

Alexander, zo ging het gerucht, bevond zich in de bergen in het noordwesten, waar hij werd onthaald door de mollige Ada met haar blanke huid en met henna geverfde haar, de vrouw die koningin van Karië was geweest en heerseres over de prachtige stad Halikarnassos. Ze was echter verdreven door haar bloedverwant Pixodaros en de Perzische satraap Orontobates. Nu zat ze noodgedwongen te kniezen op een door uilen geteisterde plek in de bergen, in de schaduw van haar vroegere glorie. Alexander, die geslepen vos, maakte werk van haar, zo beweerden de kooplieden althans. Hij was aan Ada's onbeduidende hof verschenen, had haar beringde vingers gekust en beloofd haar rechtmatige troon aan haar terug te geven. Ada had met een paar opgemaakte ogen geknipperd, met vingers gewapperd en een kokette blik geworpen naar deze goudharige veroveraar, die nog geen vijfentwintig jaar oud was en als een vurige pijl recht op het hart van Darius' rijk afvloog.

Oh ja, de kooplieden kenden het verhaal maar al te goed. Ada had gekird, geglimlacht en ten slotte een zeer verrassende mededeling gedaan: Alexander was haar aangenomen zoon. Hij zou genoegdoening voor haar zoeken en haar vijanden uit het oude koninkrijk Karië verdrijven. Natuurlijk was Alexander hiermee akkoord gegaan en het nieuws had zich verspreid. Ada mocht een onnozele dikzak lijken, maar haar bolle, zwaarbeschilderde gezicht was slechts een masker voor een brein dat zo scherp en wendbaar was als een slagersmes. Alexander en zij schreven elkaar liefdevolle boodschappen in deze nieuwe relatie. Koningin Ada stuurde de Macedoniër elke dag vleesgerechten en allerlei lekkernijen, ze bood hem zelfs haar koks en bakkers aan, de besten in hun vak. Misschien lachte Alexander haar uit, maar dat hield hij dan goed verborgen. Hij weigerde de lekkernijen en stuurde de koks naar huis met de beleefde smoes 'dat hij hen niet nodig had, want de beste voorbereiding voor het ontbijt was een nachtelijke mars en die voor de lunch een karig ontbijt'. Ada was verrukt van dit antwoord en Alexander hield zijn belofte. Hij trok onmiddellijk op naar het zuiden en richtte zich als de bliksemschicht van Zeus op de grote versterkte stad Halikarnassos. Geen wonder dat Darius zich ongerust maakte en dat heer Mithra met zijn escorte onder de zonnige, strakblauwe hemel naar de hoog oprijzende, van kantelen voorziene muren van Halikarnassos daverde. De kooplieden trokken hun eigen conclusies. Ze besloten hun waren te verkopen en dan zo snel mogelijk te vertrekken, voordat de Macedoniër arriveerde en Halikarnassos in boeien sloeg.

Heer Mithra passeerde deze kooplieden onderweg en staarde hen kwaadaardig aan door de spleetjes in zijn masker. Zijn kale hoofd en zijn wangen waren nat van het zweet. Zijn dijen en de rest van zijn benen deden pijn van de onstuimige rit, maar zelfs in dit overhaaste tempo herkende hij de tekenen. De mensen sloegen op de vlucht, ze verlieten hun boerderijen en dorpen om in de bergen te blijven tot de mannen van oorlog hun spel hadden gespeeld. Kooplieden laadden hun karren hoog op, mompelden een verontschuldiging en trokken verder landinwaarts. Tot op zekere hoogte was heer Mithra blij met deze gang van zaken. Sommigen hadden kennelijk geen vertrouwen in de Macedoniër en wachtten af hoe deze bloedige kwestie zou aflopen voordat ze besloten aan welke kant ze zich zouden scharen. Heer Mithra tilde zijn vliegenkwast op en zwaaide er zachtjes mee om de zwermen vliegen te verjagen die hem op zijn tocht voortdurend hinderden. De kapitein van zijn escorte minderde vaart. Vooruitgestuurde verkenners keerden terug: de kust was vrij. Ze hadden hun paarden nog maar een uur geleden laten drinken. Heer Mithra hoopte de beschutting van Halikarnassos te bereiken voordat de volle kracht van de middagzon hen trof. Hij zou dolgraag zijn kap naar achteren hebben geschoven en zijn masker omlaag hebben getrokken om zijn gezicht met water te verkoelen, maar zijn donkere vermomming was meer waard dan honderd Skythische huurlingen.

'Leid je mensen met liefde,' had hij ooit tegen zijn meester Darius gefluisterd, 'en is dat niet mogelijk, leid hen dan met terreur. Het is jammer, heer, dat de meesten van hen met terreur moeten worden geleid.'

Mithra glimlachte wrang om zijn raad. Met terreur zouden ze Alexander van Macedonië niet verslaan, noch zijn falangisten met hun lange sarissa's, hun ijzeren discipline en hun briljante krijgstactiek. Daar hadden Darius en heer Mithra iemand anders voor nodig.

'De paarden zijn sterk genoeg, heer!' De kapitein van het escorte liet zijn paard naderen en trok zijn masker omlaag. 'Halikarnassos is al bijna in zicht.'

Heer Mithra hief zijn vliegenkwast. De kapitein schreeuwde een bevel en het escorte ging over tot een woeste galop. De in het zwart geklede ruiters roffelden over de brede, witte, stoffige weg. Aan weerskanten maakte het weelderige landschap met rijke boomgroepen, akkers, weiden en een veelkleurig tapijt van wilde bloemen plaats voor ruiger en droger terrein. Heer Mithra zag het en glimlachte dankbaar. Hier moest Alexander zijn kamp opslaan en zijn belegeringstoestellen neerzetten. Waar was hier schaduw te vinden? Waar waren bomen, bronnen en putten? Laat hem vooral hier kamperen, dacht heer Mithra, en verbranden onder de steeds sterker wordende zon. Hij hoorde geschreeuw en keek op. De muren van Halikarnassos kwamen in zicht: de hoog oprijzende vestingwerken, de smalle raampjes, de van kantelen voorziene muren en vooral de enorme versterkte toren die de toegang tot de Tripylonpoort beheerste. Deze werd nu opengegooid, de Griekse huurlingen die hem bewaakten drukten zich plat tegen de muur en hieven hun speren in een saluut. Zo daverden heer Mithra en zijn escorte de grote, door versterkingen omsloten ruimte achter de muren binnen, waar de barakken van het stadsgarnizoen en de voorraadschuren zich bevonden. Hier kwamen de ruiters tot stilstand. Heer Mithra baande zich een weg om op kop te rijden, een tweede, met ijzer versterkte poort werd geopend en ze reden de stad zelf binnen.

Officieren gingen voorop om hen naar het paleis van de gouverneur te brengen. Mithra keek om zich heen. Memnon, Darius' opperbevelhebber, had het druk gehad. Er werden al driftig huizen uit de weg geruimd, terwijl de straten haast geblokkeerd werden door karren die munitie, katapulten, blijden en belegeringstorens aansleepten. Het was materiaal voor het gevechtsterrein en moest daar snel in elkaar worden gezet. Soldaten waren aan het exerceren, er werden latrines gegraven en oude, in onbruik geraakte waterbronnen werden hersteld. Heer Mithra knikte waarderend. Memnon kende zijn vak: vechten en doden. Het zou heel goed kunnen dat Alexander zijn ondergang tegemoet ging wanneer hij hier kwam. Mithra's in het zwart geklede escorte trok veel nieuwsgierige blikken, maar de mensen waren van tevoren gewaarschuwd en bleven niet staren. Ze bogen het hoofd of draaiden zich om. De afgezant van de koning der koningen, zijn geheimenbewaarder, mocht niet worden aangegaapt als een of andere kermisattractie of een troep rondreizende acteurs.

Ze doorkruisten de buitenwijken van de stad en bereikten het centrum met zijn brede, met cipressen en platanen omzoomde lanen en smalle straatjes tussen witgeschilderde huizen. Ze passeerden kleine tempels met een door zuilen ondersteunde voorhof en staken drukke, lawaaierige markten over. De lucht rook bitterzoet naar fruit en vlees, parfum en het alomtegenwoordige aroma van olijfolie. Mithra nam dit alles zorgvuldig in zich op. Markten waren het kloppende hart van elke stad en de zaken leken gewoon door te gaan in Halikarnassos. Hij zag geen spoor van paniek of hysterie. Was dat een goed of een slecht teken? Vertrouwden de burgers van Halikarnassos erop dat ze het wel zouden overleven, hoe het ook afliep? Sinds hij vijf maanden geleden was geland bij Abydos, had Alexander niet één enkele stad geplunderd. In plaats daarvan had hij het Griekse bestuur hersteld en de democraten aan de macht geholpen. Mithra knarsetandde. Beseften de wijnhandelaren en tentenmakers, de leer- en parfumverkopers van Halikarnassos dit misschien ook? Realiseerden ze zich dat het leven gewoon zou doorgaan als Alexander werd verslagen, en dat het zelfs beter kon worden als hij won? Mithra trok zo driftig aan de teugels, dat zijn paard hinnikte en zijn kop naar achteren gooide.

'Het is een welvarende stad,' fluisterde de kapitein. 'Er is hier geen gebrek aan voedsel of water.'

Mithra negeerde hem. Ze gingen nu over een kleine heuvel in de richting van het paleis. Mithra's aandacht werd getrokken door het grote Mausoleum, het grafmonument van Mausollos, ooit de heerser van deze stad, een broer van de verbannen koningin Ada. Mithra keek geboeid naar de indrukwekkende pracht van dit majestueuze monument voor de dode. Het rees duizelingwekkend hoog de lucht in, een knap staaltje van vakmanschap in marmer, goud en zilver. Op de pijler stond een tempelachtig bouwwerk met zesendertig zuilen in een zuiver vierkant, en daaruit rees een piramide van vierentwintig traptreden op, bekroond door een reusachtig marmeren beeldhouwwerk van een strijdwagen met vier paarden.

'Een groot wonder,' fluisterde de kapitein.

Deze keer knikte heer Mithra instemmend. Halikarnassos was ooit de hoofdstad van het onafhankelijke koninkrijk Karië geweest. Mausollos was de laatste grote heerser. Darius had het monument, dat een belediging was voor zijn eigen koninklijke macht, dolgraag omver willen laten halen, maar Mithra en de andere magiërs hadden gemaand tot voorzichtigheid. De koninklijke geheimenbewaarder kneep zijn ogen halfdicht. Misschien moesten er geheime bevelen worden achtergelaten voor de vernietiging van het Mausoleum ingeval er een wonder gebeurde en Alexander de stad binnentrok. Maar ach, hoe kon je marmer en goud verbranden?

'We zijn er bijna, heer.'

De brede laan was hier rustiger. Voor hen uit glansden de witte muren van het gouverneurspaleis. De wijdopen poorten werden bewaakt door een gemengde garde van Griekse hoplieten in groot tenue en schitterend uitgedoste Perzische onsterfelijken, de ruggengraat van Darius' leger. Deze soldaten vormden nu een erewacht. De Perzen lieten zich op één knie zakken, de Grieken zetten hun bepluimde helmen af en bogen het hoofd. Mithra staarde recht voor zich uit en reed de groene, aangenaam koele paleistuinen binnen. Hij volgde de grindpaden naar een kleine binnenplaats, waar paardenknechten haastig op hem af schoten. Een van hen liet zich op handen en knieën naast heer Mithra's paard vallen, zodat de koninklijke geheimenbewaarder hem kon gebruiken om af te stijgen. Andere dienaren brachten bekers met ijskoude wijn, trosjes bloemen en schalen met vruchten. Mithra negeerde de bloemen. Hij zette zijn masker af, greep een koude beker en duwde deze tegen zijn wang. Hij goot een beetje wijn als plengoffer op de grond en reikte de beker aan zijn kapitein, die de wijn proefde en de beker teruggaf. Pas toen maakte Mithra langzaam zijn lippen nat en spoelde hij zijn mond en keel. Hij tuurde in de schaduw van de zuilengang. Een man in een witte tuniek stond met zijn handen losjes langs zijn zijden in de deuropening. Mithra ging op hem af en trok nu pas zijn kap naar achteren. De kale gastheer met zijn verweerde gezicht kwam met uitgestoken hand op hem af. Mithra greep de hand.

'Memnon van Rhodos,' fluisterde Mithra. 'Onze meester, de koning der koningen, zendt zijn groeten en een bewijs van grote eer.'

De donkere, harde ogen van de Griekse huurling verrieden geen enkele emotie. 'Hoe gaat het met mijn vrouw Barsine en met onze kinderen?'

'Ze zijn de grote koning zeer dierbaar. Hij behandelt hen als zijn familie.'

Memnon vertoonde een lichte glimlach. 'De anderen wachten, heer.'

'En de gevangene?' vroeg Mithra. 'De spion?'

'Hij is stervende.'

'Dan moeten we eerst hem spreken.'

Memnon haalde zijn schouders op en liep door de zuilengang. Mithra en twee mannen van zijn escorte volgden hem. Ze staken een met keien geplaveide binnenplaats over en bereikten een bijgebouw waar wijn en olie waren opgeslagen. In de zoetige lucht rook Mithra ook nog iets anders: vuur, bloed en brandend vlees. Memnon daalde een trap af aan de achterkant van de ruimte en bonsde op een zware eikenhouten deur, die snel openzwaaide. Wachters in leren harnas stonden op de zwak verlichte gang die langs de voorraadkamers liep. Ze gingen dieper en dieper de duisternis in. De atmosfeer werd nu koud en bedompt. Ze passeerden cellen, kerkers. Ogen keken hen na door smalle roosters hoog in de deuren. Ze sloegen een hoek om en Mithra bedekte zijn mond en neus voor de walgelijke stank. De gang liep uit in een kleine ronde kamer met een gewelfd stenen dak. De muren waren nat en beschimmeld. Ze glinsterden in het licht van olielampen die in nissen waren gezet, maar ook in de gloed van het grote komfoor middenin de ruimte. Donkere, schimmige gedaanten waren daar bezig, mannen met leren kappen en schorten. Aan de ene kant stond een tafel waarop wrede martelwerktuigen waren uitgestald: tangen en brandijzers in plassen bloed. In een kleine nis hing een geketende man, naakt en slap met zijn hoofd voorover. Zijn zwarte haar, aan elkaar gekleefd door zweet en bloed, hing voor zijn gezicht. Memnon liep op hem af en tilde het hoofd van de man op, zo zachtjes als een moeder dat bij haar kind zou doen. Het gezicht van de gevangene was bedekt met opgedroogd bloed. Een van zijn ogen ontbrak, slechts de lege oogkas gaapte hem aan. Het andere oog was halfgesloten, de neus was gebroken en ingeslagen, meer dan een bloederige massa was er niet van over. Gedroogd bloed bedekte zijn snor en baard.

'Breng een fakkel, Kerberos!'

De in leer geklede cipier greep een pektoorts van de muur en kwam naar hen toe.

'Kerberos?' vroeg Mithra.

'Oppercipier van Halikarnassos,' legde Memnon uit. 'Zeer bedreven in martelpraktijken.'

'Hoe bedreven?' vroeg Mithra scherp. 'Heeft de gevangene gepraat?' Hij staarde naar de cipier, een kleine, gedrongen man met de lelijke tronie van een mastiff. Zijn hoofd was kaal, afgezien van een paar toefjes haar recht boven elk oor.

'Hij kan niet meer praten,' antwoordde de cipier met een uitdagende blik.

Mithra had de man graag met zijn vliegenkwast op de vadsige, bezwete wangen geslagen, maar hij verbeet zijn woede. 'Is hij stervende?'

Kerberos liet zich niet intimideren. 'Ik had mijn bevelen, heer. Ik moest de man aan het praten krijgen en praten deed hij, een poosje althans.'

'En wat heeft hij gezegd?' wilde Mithra weten. 'Hoe luidt zijn naam? Wat heeft hij verteld?'

'Zijn naam heeft hij niet gezegd, maar hij beschreef zichzelf als de zanger van Ephese.'

'En wat zong hij?'

'Dat hij geen zanger uit Ephese is,' antwoordde de cipier brutaal.

Mithra hief zijn vliegenkwast op en tikte de man zachtjes tegen de zijkant van zijn nek. Kerberos' ogen, die bijna schuilgingen tussen de rollen vet, draaiden zich in de richting van Memnon. 'Ik heb goed werk geleverd, heer.'

'Dat klopt. Dat klopt,' stemde Memnon in. 'Die man is geen zanger uit Ephese, maar een van Alexanders trawanten, een koerier, een spion.'

'En wat heeft hij ons verteld?'

'Dat Alexander optrekt.'

'Dat wist ik al.'

'Dat hij zijn belegeringstuig over zee aanvoert.'

'Ook dat weet ik.'

'Dat hij een haven in de buurt van Halikarnassos moet vinden,' kraste Memnons stem.

'Weet ik ook.' Mithra hield de blik van de cipier gevangen en porde iets harder met de vliegenkwast.

'Vertel het hem!' beval Memnon. 'Vertel hem wat je te weten bent gekomen.'

Kerberos deed een stap achteruit. 'De Macedoniër is in het bezit van het Pythias-manuscript.'

Mithra liet de vliegenkwast zakken. 'En wat nog meer?' Hij richtte een strenge blik op Memnon.

'De Macedoniër heeft een heel legioen spionnen in de stad!' Memnon liet het hierbij omdat de gevangene kreunde.

'Heeft hij namen genoemd?' vroeg Mithra.

'Een paar,' antwoordde Kerberos. 'Democraten, anbachtslieden, kooplui. Ze zijn gearresteerd, de meesten van hen althans.'

'Worden ze terechtgesteld?' vroeg Mithra.

'Is al gebeurd,' verzekerde Memnon hem.

Mithra kookte van woede. 'Hij heeft nog maar één oog en hij heeft zijn tong verloren.' Hij smeet de vliegenkwast naar de cipier, haalde een dolk onder zijn mantel vandaan, tilde het hoofd van de zanger van Ephese op en sneed zijn keel netjes van oor tot oor door. De gevangene snakte naar adem en sputterde, zijn lichaam schokte met een geratel van kettingen. Mithra stapte achteruit, veegde het bloed aan zijn mes af op Kerberos' schort voordat hij de dolk opborg en pakte zijn vliegenkwast. Daarop draaide hij zich om en verliet de ruimte.

Op de binnenplaats liep Mithra heen en weer, terwijl hij met de vliegenkwast tegen zijn rijlaars sloeg. Memnon bleef met gekruiste armen staan.

'Ze hebben het dus!' Mithra vloekte en keek Memnon recht aan. De Griekse huurling bestudeerde het ingevallen, skeletachtige gezicht van deze uiterst sinistere hoveling van Darius. Zijn halfdichte ogen glinsterden in een smal, diep gegroefd gelaat met een dunne neus en een smalle streep van een mond. Mithra's hoofd en gezicht waren geschoren en geolied, zijn boosheid werd verraden door rode vlekken hoog op zijn ingezonken wangen.

'Misschien hebben ze het,' zei Memnon sussend, 'maar begrijpen ze het ook?'

Mithra zuchtte. Hij staarde naar een van de daklijsten van het gebouw. De beeldhouwer had er het embleem van het Perzische hof in uitgesneden, het symbool van hun god Ahoera-Mazda, het alziend oog dat omhoog werd gedragen op de gevederde vleugels van een gouden adelaar. Darius vroeg zich af of hun god nog aan hun kant stond. Of had hij misschien zijn beschermende handen van Perzië afgetrokken? Had hij zijn toevlucht gezocht in de hemelse hoven en Ahirman, de god van de duisternis, de beschuldiger, de moordenaar, de kans gegeven in zijn rijk rond te sluipen en onheil aan te richten? Mithra kauwde op zijn lip. Eerlijk gezegd geloofde Mithra in geen enkele god, noch in de troep Griekse godheden met hun seksuele prestaties, noch in de verborgen pracht van de goddelijke vlam die brandde voor het heiligdom van Ahoera-Mazda in Persepolis. Alexander zou worden verslagen, maar niet door tussenkomst van de goden. Ze zouden het moeten hebben van meedogenloze sluwheid en bloedige agressie.

'Onze meester stuurt zijn groeten, Memnon van Rhodos!'

De huurling boog vrijwel onmerkbaar. Mithra grabbelde in zijn beurs en haalde er een opgerold stuk perkament uit. Dit gooide hij naar Memnon, die het handig opving.

'Je bent nu gouverneur van zuidelijk Klein-Azië,' mompelde Mithra. 'Opperbevelhebber van alle Perzische troepen te land en ter zee.'

Memnon rolde het perkament uit en keek op, zijn ogen straalden van trots.

'De koning der koningen heeft veel vertrouwen in je,' vervolgde Mithra. 'Als jouw advies was opgevolgd, zou de slag aan de Granikos niet zijn gestreden en zou Alexander zijn overwinning niet hebben behaald. De koning der koningen heeft je executie van de satraap die zijn troepen naar zo'n smadelijke nederlaag leidde goedgekeurd. Dit mag niet nog eens gebeuren...'

'Het zal niet nog eens gebeuren, maar Alexander heeft het Pythias-manuscript in zijn bezit.' Memnon rolde het perkament op en schoof het onder het koord om zijn middel. 'De anderen wachten op ons,' verklaarde hij. 'Er zijn zaken te bespreken.'

'En die andere kwestie?'

'In het tweede uur van de middag zal ik hem alleen ontmoeten.'

Ze gingen het paleis binnen en liepen door de stille gangen met aan weerszijden wachtposten. De vloer van gepolijst cederhout glansde en de lucht was welriekend door de zware geur uit de vele bloemenmanden. Ten slotte bereikten ze de andere kant van het paleis die naar het oosten was gericht. Mithra's escorte stond al op wacht bij de cederhouten deuren en zwaaide ze open. Mithra stapte het andron binnen, de mannenkamer, een langgerekte ruimte met een laag plafond. Er stonden ligbanken en tafels. De muren waren kaal, afgezien van een fries waarop Apollo in zijn strijdwagen was afgebeeld.

De twee mannen die al in de kamer aanwezig waren, stonden op bij hun binnenkomst. De eerste was Orontobates, de gouverneur van Halikarnassos. Hij was uitgedost in een schitterend ambtsgewaad over een witte tuniek die in een purperen, met goud afgezette broek was geduwd, en zijn schoeisel bestond uit zachte laarzen. Zijn geoliede en gekrulde haar hing los tot op zijn schouders. Hij had zijn cilindrische hoed met de kwasten als teken van zijn ambt afgezet en op een tafeltje gelegd dat voor hem stond. Orontobates was een kleine, gedrongen man met de olijfkleurige huid en de donkere, gevoelige ogen van een Meed, waardoor hij een vluchtige gelijkenis vertoonde met zijn verre familielid Darius, de koning der koningen. Deze gelijkenis accentueerde hij door voortdurend over zijn weelderige snor en baard te strijken die de geur van een kostbaar parfum uitwasemden. Mithra toonde hem de cartouche van Darius. Orontobates knielde, kuste het zegel en mompelde een stil gebed dat zijn meester altijd zou worden beschermd door de heilige vlam. Vervolgens stond hij op om zijn metgezel voor te stellen, de blonde, blozende Ephialtes uit Thebe. Mithra keek gefascineerd naar de lange, slungelige man met zijn doordringende blauwe ogen, vreemde gelaatskleur en het gezicht van een krijgsman. Aanvankelijk dacht Mithra dat die blos werd veroorzaakt door wijn, maar Ephialtes stond stevig op zijn benen, zijn ogen waren helder en zijn stem klonk kwiek. Net als alle Grieken maakte hij een onverschillige buiging, maar toen Memnon luidruchtig kuchte, knielde Ephialtes om het koninklijke zegel te kussen. Ze wisselden enige beleefdheden en daarna loodste Memnon iedereen naar een ligbank. Dienaren brachten donkere wijn uit Karië, manden met fruit, versgebakken brood en kaas. Voor Mithra werd geparfumeerd water in een kom geschonken om zijn handen en zijn gezicht te wassen. Hij smeet de natte handdoek naar een page, trok zijn zwarte mantel uit, gooide het ding op de grond en maakte het zich gemakkelijk op zijn bank. Memnon fluisterde iets tegen Ephialtes, maar hij brak het af en tilde zijn wijnkelk op voor een heildronk op Mithra.

'De Macedoniër komt er dus aan.' Mithra nam een diepe teug. 'Wanneer wordt hij hier verwacht?'

'Hij heeft Ada, die vette teef, bezocht in haar bergvesting,' antwoordde Memnon. 'Hij zal door de passen gaan en langs de kust naar Halikarnassos trekken.'

'Welke voorbereidingen heb je getroffen?'

Memnon wees naar de kaarten die naast zijn tafeltje lagen opgestapeld. 'Om deze stad in te nemen, zal Alexander belegeringstoestellen nodig hebben. Die zal hij over zee moeten aanvoeren.'

'Maar hij beschikt niet over havens,' verklaarde Orontobates.

'Precies.' Memnon grijnsde. 'Hij kan kiezen tussen vechten om Myndos dat meer naar het westen ligt, of om de haven hier. Beide worden beschermd door de Perzische vloot en dus zal hij zijn belegeringstoestellen ergens aan land moeten laten zetten voor vervoer per kar. Dat kost tijd en is bovendien duur.'

Memnon zwaaide zijn benen van de bank af. Hij maakte zijn tafeltje leeg en vormde een geïmproviseerde kaart met behulp van stukjes brood. 'Halikarnassos is zowel een stad als een haven. Aan de zuidkant ligt de zee die geheel wordt beheerst door de Perzische vloot. Alexander heeft zijn oorlogsschepen weggestuurd, op een klein gedeelte na. De rest van de stad' – Memnon haalde zijn schouders op – 'wordt beschermd door hoogoprijzende verdedigingswerken en door de rotsige grond. De muren zijn bovendien beveiligd door torens en kleine forten.'

'Zijn ze ondoordringbaar?' vroeg Mithra.

'Ze zijn dik genoeg om de gewelddadigste aanval te weerstaan.'

'En verder?' Mithra's woorden doorkliefden de geparfumeerde atmosfeer als een zweepslag.

'Onze genietroepen zijn al bezig een flinke gracht te graven rond de muren, zo'n twintig voet breed en tien voet diep.'

'Mooi! Mooi!' mompelde Mithra. 'En wat nog meer?'

'U hebt het terrein rond de stad gezien,' verklaarde Memnon. 'Onherbergzaam en droog. Weinig gras, bijna geen schaduw. Geen putten of bronnen. Dit landschap strekt zich zo'n veertig stadia rond de stad uit. Alexanders frontlinie zal zich ongeveer tien stadia van de stadsmuren bevinden, met daarachter zijn kamp.' Weer haalde Memnon zijn schouders op. 'Hoe verder van de stad, hoe vruchtbaarder en bruikbaarder de grond natuurlijk wordt. Aan de oostkant bevinden zich enkele boerderijen en weelderige buitenhuizen. Een daarvan zal Alexander zeker als zijn hoofdkwartier gebruiken.'

'De Macedoniër zal dus hierheen komen.' Mithra nam kleine

teugjes van zijn wijn. 'Hij kan niet vanuit zee aanvallen. De gracht, om van het terrein niet te spreken, voorkomt dat zijn troepen de muren ondergraven. Het zal moeilijk voor hem zijn de belegeringstoestellen hierheen te brengen en als hij het toch doet, zal hij al snel een tekort aan voorraden hebben. Zijn kamp zal blootgesteld zijn aan de elementen en de zon wordt steeds heter. Ja, je hebt je goed voorbereid.'

'Als Alexander nu verscheen, zouden we de poorten kunnen sluiten en hem laten verhongeren,' verzekerde Memnon hem.

'Als dat zou kunnen!' Ephialtes ging overeind zitten op zijn bank en zijn blauwe ogen glinsterden van opwinding.

'Als dat zou kunnen,' bauwde Mithra hem na. 'Denk je dat je een overwinning zult behalen, generaal Ephialtes?'

'Dat weet ik zeker.' De Thebaan had geen rust meer. Hij ging op de rand van zijn bank zitten en leunde naar voren, terwijl hij een lok blond haar van zijn voorhoofd streek. 'Zegt u maar tegen de koning der koningen dat we zullen vechten tot het bittere einde.'

'Je hebt ook geen keuze,' zei Mithra glimlachend. 'Je komt uit Thebe, generaal Ephialtes. Alexander heeft het op je leven gemunt. Hij heeft gezworen dat je dagenlang aan een kruis zult hangen als je in zijn handen valt.'

'En als ik hem te pakken krijg, wacht hem hetzelfde lot!' antwoordde Ephialtes heftig. 'Ik heb een bloedvete met Alexander van Macedonië. Thebe werd met de grond gelijkgemaakt.' Zijn stem werd zwaar van emotie. 'Mijn vrouw, mijn gezin, mijn familieleden, ze werden allemaal afgeslacht.' Zijn blik hield die van Mithra gevangen. 'Twijfel niet aan me, heer Mithra. Ik ben mijn land ontvlucht. Ik heb uw brood en zout gegeten en uw goud aangenomen. Ik draag uw zijden gewaden en een wapenrusting uit uw arsenaal. Toch zou ik Alexander van Macedonië net zo genadeloos bevechten als u me in mijn lendendoek op straat zette!'

'Daar kan ik voor instaan,' verkondigde de diepe, beschaafde stem van Orontobates.

Mithra richtte zijn ogen op hem. Orontobates was niet wat hij leek te zijn. Hij speelde de rol van een gezette, aan weelde verslaafde hoveling, maar hij had hard gevochten tegen de Scythen. Orontobates was een briljant generaal en een sluw strateeg die zijn stad niet gauw zou opgeven. Mithra wendde zich tot Memnon en glimlachte vaag.

'Ik ben blij dat jullie drieën het eens zijn,' fluisterde hij. 'Heer Darius heeft zich daar zorgen over gemaakt.'

'We zijn het eens,' stemde Memnon in. Hij had tijdens de woorden van de anderen stil op zijn bank gelegen en staarde somber in zijn wijnkelk.

'Je lijkt bezorgd. Maak je je ergens ongerust over?' drong heer Mithra aan.

Memnon keek naar de donkere, brede dakspanten van Libanees cederhout. 'Ik heb mijn innig geliefde vrouw en kinderen naar het hof van de koning der koningen gestuurd. Net als voor Ephialtes is dit voor mij een kwestie van leven of dood. Ik ben Memnon van Rhodos. Alexander noemt me een afvallige, een verrader van de Griekse zaak. Als ik in zijn handen val, zal ik niet om genade vragen, want die zal me niet worden geschonken. Halikarnassos is goed versterkt. Ik beschik over de beste huurlingen en een aantal van de meest uitgelezen brigades van het Perzische leger.'

'Maar?' vroeg Mithra korzelig.

'Alexander is een genie. Hij lijkt met de helm geboren. Alles wat hij onderneemt, lukt hem ook.'

'Hij heeft geluk gehad,' riep Orontobates schamper.

'Kun je je een betere aanbeveling indenken voor een generaal?' antwoordde Memnon. 'Hij zal aan komen zetten met zijn andere wolven om onze zwakke punten op te sporen.'

'Welke zwakke punten?' vroeg Orontobates scherp.

'Hij is in bezit van het Pythias-manuscript!'

Orontobates liet bijna zijn wijnkelk vallen. Ephialtes keek vragend.

'Leg het hem uit. Vertel Ephialtes wat dat is,' beval Mithra Memnon.

'Jaren geleden' – Memnon nam een slokje van zijn wijn – 'was Halikarnassos de voornaamste stad van het koninkrijk Karië waar Mausollos regeerde, wiens graftombe je hier buiten kunt zien. Het is een van de wereldwonderen,' voegde hij er vol sarcasme aan toe. 'Mausollos stierf en ging naar zijn pronkstuk. Er brak een burgeroorlog uit. Koningin Ada, de zuster van Mausollos, werd later uit Halikarnassos verdreven en zocht haar toevlucht in de bergvesting Alinda. Nu was Mausollos een groot bouwmeester. Onder hem en onder zijn opvolger Pixodaros werd de stad versterkt tot het bolwerk dat je vandaag ziet: stevige muren, versterkte poorten, citadellen en kantelen op de muren. De man die dit alles tot stand bracht, was de architect Pythias. Pythias was een genie, een briljant wiskundige, maar ook een zure, verbitterde man. Hij beweerde dat Mausollos' opvolger Pixodaros hem had bedrogen en hem niet had betaald wat hem was beloofd. Natuurlijk deed de koning deze beschuldigingen af als onzin. Pythias was een gierigaard, een schraper. Pixodaros kreeg genoeg van de voortdurende aantijgingen en dreigde Pythias' bezittingen te confisqueren. Daarop verborg de architect zijn schatten – waarschijnlijk ergens in de stad – en vluchtte. Voor die tijd schreef hij echter een geheime boodschap.'

'Het Pythias-manuscript?'

'Precies,' beaamde Memnon. 'Het is geschreven in een code die niemand begrijpt. Volgens de legende legde Pythias in deze geheimtaal vast waar hij zijn schat had verborgen.' Hij gebaarde naar Orontobates. 'Ken je het verhaal?'

'Zeker.' De Perzische gouverneur knikte somber. 'We hebben al heel wat schatzoekers gehad die her en der begonnen te graven.'

'Van meer belang,' vervolgde Memnon, 'is dat Pythias in die boodschap een groot geheim onthulde. Hij beweerde dat een bepaald gedeelte van de stadsmuur zwakker is dan de rest. Een fundamentele fout, een vreselijk kwetsbare plek waar elke belegeraar van Halikarnassos misbruik van kan maken.'

'Wat voor soort fout?' vroeg Ephialtes. 'Zoiets moet toch op te sporen zijn?'

'Toen ik gouverneur werd, nam ik deze legende serieus,' onderbrak Orontobates hem. 'Ik huurde de beste bouwmeesters in, maar ze konden nergens een zwakke plek ontdekken. Ze suggereerden overigens wel wat het probleem zou kunnen zijn.' Hij pakte twee staafjes wierook van een tafeltje en hield ze evenwijdig aan elkaar. 'Ephialtes, jij bent generaal. Je hebt ongetwijfeld ervaring met het belegeren van steden en het bouwen van versterkte muren?'

De Thebaan knikte.

'Denk nu even na,' vervolgde Orontobates. 'Wanneer een muur wordt gebouwd, wordt eerst diep in de grond gegraven om er de funderingen in te laten verzinken.' Hij bracht de twee wierookstaafjes dichter naar elkaar toe. 'Deze funderingen, met aan beide kanten grond, vormen een sterke basis waarop een muur kan worden gebouwd. Toch?'

'Aha!' hijgde Ephialtes. 'En nu vermoed jij...'

'Ergens in een deel van de muur kan de fundering zwak zijn,' zei Memnon, 'de grond kan gescheurd zijn, zodat de basis waarop de stenen rusten niet zo stevig is.'

Mithra luisterde aandachtig. De schrijvers van de grote koning hadden dit manuscript al met weinig succes bestudeerd. Darius had het afgedaan als kinderachtige onzin, maar daar was Mithra het niet mee eens. Het Pythias-manuscript was de reden voor zijn komst hier.

'Ga door!' Mithra vulde zijn wijnkelk opnieuw.

'Pythias schreef zijn boodschap in code.' Orontobates spreidde zijn handen. 'Hij schreef de tekst op een vel zuiver kalfsperkament, niet meer dan een voet lang, en stuurde dit naar koningin Ada. Naar verluidt huurde Ada vergeefs de knapste koppen en de beste wiskundigen in om de code te ontcijferen.' Orontobates leunde naar voren en pakte zijn wijnbeker op. 'Het manuscript werd ten slotte bewaard en niemand besteedde er nog veel aandacht aan. Koningin Ada verschanste zich in haar bergvesting en mompelde dreigementen en klachten. Zo verstreken de jaren. Het Pythias-manuscript heeft tot dusver geen gevaar opgeleverd, maar nu is Alexander van Macedonië komen flikflooien bij koningin Ada. Hij noemt haar "lieve moeder" en zij heeft hem uitgeroepen tot haar dierbare geadopteerde zoon.'

'En ze heeft hem het Pythias-manuscript gegeven?'

'Ja,' beaamde Memnon. 'Die vadsige teef heeft Alexander tot haar zoon en erfgenaam benoemd. Ze heeft hem het Pythias-manuscript gegeven en daarmee het geheim dat het bevat.'

'Het bestaat dus echt?' vroeg Ephialtes dringend.

'Absoluut.' Memnon knikte. 'Laat het hem zien, Orontobates!'

De Pers kwam overeind en liep naar een tafel tegen de muur. Hij opende een met ivoor ingelegde kist die op de tafel stond en haalde er twee rollen perkament uit. Een daarvan gaf hij aan Ephialtes en de andere aan Mithra. De koninklijke geheimenbewaarder opende zijn rol onmiddellijk.

'Is dit een authentieke kopie?' vroeg hij streng.

'We hebben er veel goud en zilver voor betaald,' antwoordde Orontobates. 'Wij hebben spionnen aan het hof van koningin Ada en zij hebben spionnen in Halikarnassos. Deze kopie is twee maanden geleden gemaakt en hierheen gebracht.'

Mithra stak zijn hand op om stilte te verkrijgen. Hij bekeek het manuscript, waarvan zich ook een kopie in de archieven van Persepolis bevond. Het schrift was duidelijk. Al wat hij kon zien, waren getallen en iets dat op een vierkant leek. De eerste regel zag er als volgt uit:

45 : 64 : 54 : 33 : 34 : 11 : 53 : 11 : 52 : 23 : 33 : 34 : 54 : □ : 23 : 54 : 11 : 11 : 43

'Mijn schrijvers hebben er hard aan gewerkt,' vervolgde Orontobates. 'Ze hebben steeds opnieuw geprobeerd de code te ontcijferen. Ik heb hun meer rijkdom geboden dan ze zich in hun wildste dromen kunnen voorstellen, maar ze komen er niet uit.'

Mithra's schrijvers in Persepolis hadden net zo weinig succes geboekt. Hij rolde het perkament weer op en stak het in een buidel die aan zijn gordel hing. 'Als wij het niet kunnen, waarom zou het de Macedoniër dan wel lukken?' vroeg hij. 'Onze schrijvers zijn zeer bekwaam. Wat heeft Alexander dat wij niet bezitten?'

'Geluk!' kraste Memnon. 'Mazzel.'

'Onzin!' Mithra dronk zijn wijn op en zette de beker met een klap op tafel. Hij leunde achterover op zijn bank. Het effect van de wijn ging meespelen. Zijn beenspieren waren niet meer verkrampt en hij begon zich slaperig te voelen. Zijn oogleden werden zwaar. Mithra's hand zakte naar de dolk aan zijn gordel, een vertrouwd gebaar wanneer hij zich ongerust maakte of zich onzeker voelde.

'En die zanger van Ephese?' fluisterde hij. 'Wist hij iets over de inhoud van het Pythias-manuscript?'

'Nee,' antwoordde Memnon. 'Hij wist alleen van het bestaan ervan en dat Alexander het in zijn bezit heeft.'

'Wel,' zei Mithra nadenkend, 'Alexander zal merken dat de muren zich niet zo gemakkelijk laten doorbreken. Hij heeft het Pythias-manuscript en dat is misschien een voordeel voor hem. Wat heeft hij nog meer?'

'Sympathisanten in de stad.'

'En verder?'

'Zijn belegeringstoestellen en de officieren die ze bemannen.'

Mithra ging rechtop op zijn bank zitten. 'Met die spionnen in de stad kunnen we wel afrekenen. En welke geheime voordelen hebben wij?'

'We bezitten een kopie van het Pythias-manuscript,' verklaarde Memnon. 'En er is ons hulp aangeboden.' Hij stond op, liep naar de waterklok in een hoek van de ruimte en keek omlaag. Het water was gezakt tot onder de middelste ring.

'Ga je deze verrader ontmoeten?' vroeg Mithra. 'Weet je wie het is?'

Memnon lachte en schudde zijn hoofd. 'Heer, buiten dit paleis zijn genoeg mannen die ons voor een beurs met goud om zeep zouden helpen. In Alexanders kamp zijn mannen die hem voor nog minder zouden vermoorden. Wij hebben spionnen en verraders, zij hebben spionnen en verraders. Het is allemaal een kwestie van wie de eerste klap uitdeelt.'

'En jij bent door iemand benaderd?' drong Mithra aan.

'Ja zeker, we zijn benaderd.'

'Waarom arresteer je hem niet. Waarom breng je hem niet hier? Waarom martel je hem niet?'

'Om zo ieder ander af te schrikken die zijn hulp wil aanbieden?' Memnon glimlachte. 'Ik dacht dat u wijzer zou zijn, heer Mithra.'

'Waar gaan we hem ontmoeten?'

Memnon keek door het raam naar het met wijnranken begroeide latwerk tegenover de geurige bloembedden. Ondanks de macht van deze stad, voelde Memnon zich kwetsbaar. Hij maakte zich niet alleen zorgen om zichzelf, maar ook om zijn lieftallige vrouw Barsine en zijn kinderen. Wanneer hij op zijn veldbed lag in zijn sobere slaapkamer diep in het paleis, vroeg hij zich soms af of hij wel de juiste keuze had gemaakt. Demonen drongen zich aan hem op, de verleiding was bijna concreet. Moest hij in Perzische dienst blijven? Waarom zou hij niet wegglippen en zijn zwaard aanbieden aan Alexander van Macedonië? Vrede met hem sluiten? Was dat waarom heer Mithra was gekomen? Begonnen zijn twijfels op te vallen? Was dat de reden dat de koning der koningen – zij het nog zo vriendelijk, nog zo welwillend – had geëist dat Memnons vrouw en kinderen naar het Perzische hof werden gestuurd? En deze spion die hij zou ontmoeten in het wijnlokaal in de tentenmakerswijk? Was hij oprecht? Of was het een sluipmoordenaar?

'Heer Memnon!'

Mithra's harde stem haalde Memnon uit zijn bespiegelingen. Hij keerde zich weer tot het gezelschap.

'Wij gaan hem niet ontmoeten,' verklaarde hij.

'Wat?' snauwde Mithra.

'Wij gaan hem niet ontmoeten,' herhaalde Memnon. 'Ik heb

mijn woord gegeven. Ik ga alleen, uitsluitend gewapend met een zwaard.' Hij wees naar Orontobates. 'Geen van je sluipmoordenaars, geen lijfwachten, geen soldaten.'

'Hoe weet je dat hij oprecht is?' Mithra ging op het randje van zijn bank zitten.

'Omdat hij het over het Pythias-manuscript had en omdat hij zei dat het woord van Memnon van Rhodos te vertrouwen was.' Memnon liep naar de deur. 'Het zal niet lang duren, heren, en ik wil niet worden gevolgd.'

Memnon glipte de kamer uit en ging naar zijn eigen vertrekken. Hij pakte zijn soldatenmantel en sloeg hem om zijn schouders. Toen hij alweer bij de deur was herinnerde hij zich iets. Hij liep terug, pakte zijn zwaardgordel van een haak aan de muur en bevestigde het ding om zijn middel. Uit een kist haalde hij een dolk die hij in een zak van zijn mantel duwde. Daarop schoof hij de ringen van zijn vingers en de armband van zijn linkerpols. Met de kap van zijn mantel over zijn hoofd verliet hij het paleisterrein. Hij passeerde de poorten nadat hij zijn pasje had laten zien en bleef een ogenblik staan aan de voet van afbrokkelende traptreden die naar een tempel van de zeegod Poseidon leidden. Hij draaide zich om en ving een glimp op van de bedelaar die achter hem aan schuifelde in een smerige mantel, met een stevige stok van essenhout in zijn ene hand en een leren tasje in de andere. Memnon glimlachte en liep door. Hij liet niet alles aan het toeval over. De bedelaar was in werkelijkheid een van zijn onderaanvoerders, die hem op enige afstand zou volgen.

'In dit leven kun je op niemands woord vertrouwen,' fluisterde Memnon.

Toen hij eenmaal uit de buurt van het paleis was, versnelde Memnon zijn pas. Hij duwde en wrong zich een weg door de menigte. Na de broeierige sfeer van het paleis waren het zonlicht en het tumult van het marktplein een verademing. De eethuisjes deden goede zaken, in de lucht hing de zoete geur van gazellevlees en vissen die boven draagbare oventjes werden geroosterd. Af en toe bleef Memnon even staan om rond te kijken. De bedelaar bleef in zicht. Hij moest zijn aanvoerder in de rug dekken en zorgen dat hij niet werd gevolgd. Memnon had te snel gelopen en daarom deed hij een poosje of hij luisterde naar een verhalenverteller die beweerde dat hij op de grote sneeuwvelden in het noorden was geweest. Daar was hij volgens hem gevangengenomen door blondharige stammen met ogen zo groen als smaragden, ruiters die op gevleugelde paarden reden en op griffioenen en enorme draken joegen. Memnon staarde naar het sluwe gezicht van de man en vroeg zich terloops af of hij soms een spion was, een van de velen die Alexander zonder enige twijfel naar de stad had gestuurd om verdeeldheid te zaaien. De man van Rhodos liep door. Hij kon niets ongewoons ontdekken: geen gehamster, geen tekenen van paniek of van de hysterische angst die zich gewoonlijk verspreidt over een stad die zich voorbereidt op een belegering.

Memnon vroeg zich peinzend af of Alexander en hijzelf eigenlijk geen acteurs op een toneel waren, want deze mensen kon het in werkelijkheid niets schelen wie er kwam en wie er ging. Hij bleef even kijken naar het indrukwekkende Mausoleum. Hij glimlachte grimmig. Wat verder niemand wist, inclusief Orontobates, was dat de boodschap die heer Mithra had gebracht een bevel van Darius inhield: als de stad viel en Memnon zich gedwongen zag tot de aftocht, moest alles in de as worden gelegd. Een jong danseresje met belletjes op haar kleding genaaid, kwam naar hem toe en klikte met haar castagnetten. Ze kronkelde zich lenig in bochten om zijn aandacht te trekken, maar hij schoof haar opzij en liep door naar de wijk van de tentenmakers. Daar begaf hij zich naar de Kleine Tentpinstraat, een benauwd steegje met aan weerszijden haveloze winkeltjes en huizen, waar het afval in hopen op straat lag. Hij ging het duistere wijnlokaal binnen.

'Is de man uit Korinthe hier?' vroeg hij nadat hij het afgesproken wachtwoord had gegeven.

'Ja, hij wacht boven op u,' antwoordde de dikke wijnschenker.

Memnon liep de ruimte door, ging de krakkemikkige trap op en duwde boven de deur open. De kamer was donker, muf en leeg. In het midden stond een olielamp op de vloer en een streep licht in de verste hoek toonde aan dat daar een deur moest zijn die naar een buitentrap leidde.

'Sluit de deur.'

De stem klonk hees. Memnon kneep zijn ogen halfdicht en kon een gedaante tegen de achtermuur onderscheiden. Hij sprong opzij toen er iets hards tegen het pleisterwerk naast hem terechtkwam en zijn hand gleed naar het gevest van zijn zwaard.

'Doe dat niet, Memnon van Rhodos! Ik wens u geen kwaad toe, maar ik moet voorzichtig zijn. Uw ogen zijn nu gewend aan het duister. We zullen met elkaar spreken en dan ga ik weer. Sluit de deur! Ga zitten!'

Memnon deed wat hem werd opgedragen. Hij staarde de donkere kamer in. Het kleine raam was geblindeerd en de olielamp was zodanig neergezet, dat hij net zoveel schaduw als licht verspreidde.

'Verspil ik mijn tijd?' vroeg Memnon botweg.

'U weet best dat het niet zo is.' De stem klonk nu hoog. Was het een vrouw, vroeg Memnon zich af.

De opmerking werd herhaald. Deze keer met een ruw Grieks accent alsof de man koine sprak, het commerciële Grieks van de havensteden, maar plotseling ging hij over op het Attische dialect, alsof hij de spot wilde drijven met Memnon.

'Is heer Mithra in een goede stemming? Ik zag hem aankomen.' De spreker wachtte niet op antwoord en zijn stem werd beschaafd. 'Woorden zijn een medicijn voor de zieke geest, Memnon.'

'Mijn geest is niet ziek,' antwoordde Memnon haastig toen hij het citaat van Aischylos herkende. 'Ook al' – hij citeerde nu dezelfde toneelschrijver met een regel uit *Agamemnon* – '"heeft Zeus bevolen dat wijsheid alleen wordt bereikt door lijden."'

Zijn antwoord lokte een gegrinnik uit. 'Wat is er?' vroeg Memnon. 'Ik wil niets te maken hebben met iemand die heet en koud blaast in dezelfde ademtocht.'

'Ah, weer een citaat!' antwoordde de schim. 'Uit de *Fabels* van Aisopos, nietwaar? *De man en de sater.* Wel, ik heb er nog een voor u van dezelfde schrijver uit het prachtige verhaal over Herakles en de voerman: "De goden helpen hen die zichzelf helpen." Gaat u uzelf helpen, Memnon van Rhodos?' Weer veranderde de stem van toon.

Memnon begon zich af te vragen of hij soms te maken had met een acteur. Hij tuurde door de kamer. Nu kon hij meer details onderscheiden. Was dat geen dwergenmasker? Droeg zijn geheimzinnige bezoeker zo'n ding dat rondreizende troepen toneelspelers gebruikten?

'Het is maar een masker,' zei de stem, alsof de ander zijn gedachten had geraden. 'Overal te koop.'

'Wat bied je me aan?' vroeg Memnon kalm.

'De Macedoniër komt,' luidde het antwoord. 'Hij zal optrekken naar Halikarnassos en de stad belegeren. Hij bezit het Pythias-manuscript.'

'Wat heb je te bieden?'

'Verwarring en chaos. Ik zal steeds opnieuw toeslaan om Alexander en zijn macht te ondermijnen.'

'Wil je de Macedoniër vermoorden?'

'Als ik dat kan, maar zijn leven is heilig. Ik zal degenen treffen die zijn bloedige werk voor hem doen. Ik zal u informatie geven. Ik zal het Pythias-manuscript vertalen.'

Weer klonk er gegrinnik toen Memnon zijn adem inhield van verbazing. 'Jawel, Memnon van Rhodos, dat kan ik allemaal doen en nog veel meer.'

'Hoe houd je ons op de hoogte?'

'Kijk naar de lucht,' werd er gefluisterd. 'Wanneer de belegering begint, zal ik mijn aanwezigheid kenbaar maken.' De schim bewoog. Een ronde stok van ongeveer drie voet lang werd door de kamer gesmeten. 'Neem dit mee, generaal! Lees Herodotos en steek wat op over de stokken-methode.'

'Die ken ik – dus wat wil je?'

'Wanneer ik mijn woord heb gehouden, wil ik een halve talent in goud, heer Memnon, de persoonlijke bescherming van de grote koning...'

'En?'

'En het Pythias-manuscript.'

'Waarvoor? Om de geheimen van de stad te ontdekken?'

'Nee, heer Memnon, vanwege de schat die het bevat. Geef me uw woord.'

Memnon aarzelde.

'Zweer het!' eiste de ander op scherpe toon. 'Bij het leven van uw vrouw Barsine en uw kinderen!'

'Ik zweer het.'

'Mooi!' De schim bewoog zich in de richting van de deur. 'We spreken elkaar nog. Vaarwel!'

De deur ging snel open. Memnon ving een glimp op van een zwarte vorm voordat de deur werd afgesloten. Memnon staarde de duisternis in. Hij twijfelde niet aan de woorden van zijn bezoeker. Degene die deze ontmoeting zo zorgvuldig had geregeld, was sluw en vol zelfvertrouwen – Memnon leunde naar voren en greep de stok – maar zou hij succes hebben?

# Hoofdstuk 1

*Heel Karië was nu onderworpen, behalve Halikarnassos, dat werd verdedigd door een talrijk garnizoen van Perzen en Griekse huurlingen.*

Quintus Curtius Rufus, *Historiae Alexandri Magni*,
Boek II, hoofdstuk IX

'Bloed en bloemen gaan niet samen.' Telamon doopte het sponsje in de wijn en gebruikte het om de diepe schrammen in de handen van de man te betten.

Als dat toch eens waar was, peinsde hij, terwijl hij om zich heen keek. Op zo'n mooie dag als deze kon hij zich haast verbeelden dat hij weer in een van de tempeltuinen in Egypte was en met zijn verloren geliefde Analoe in het hoge gras onder een terpentijnboom lag. De zon was heet, maar de bomen in de tuin boden koele schaduw, wat nog verleidelijker werd door het geklater van een fontein en een zachtjes golvende visvijver.

'Bloemen en bloed gaan niet samen,' herhaalde Kassandra, Telamons assistente, die hem linnen verband en een pot acaciagom bracht. De helblauwe ogen van de gewonde man plooiden zich van plezier. De arts nam zijn patiënt nieuwsgierig op. Sarpedon was een huurling van middelbare grootte met het lichaam van een atleet. Hij zag eruit als een soldaat, met zijn verweerde, zonverbrande gezicht en kortgesneden haar, hoewel zijn gezicht gladgeschoren was.

'Laat je geen baard en snor staan?'

Sarpedon glimlachte en Telamon merkte op dat een aantal van zijn glanzend witte tanden netjes was afgevijld.

'Ik ben een Spartaan, geneesheer. Toen ik mijn land verliet, besloot ik alles achter me te laten.' Zijn glimlach werd breder. 'Inclusief mijn snor en baard.'

'Waar ben je geweest?' vroeg Kassandra.

De soldaat keek aandachtig naar de bleke vrouw met de groene ogen en een bos vlammend rood haar dat als een vuurbol om haar hoofd stond.

'In elk geval niet waar jij bent geweest. Dat haar van jou zou ik me zeker herinneren. Ben je een Kelt?'

Kassandra schudde haar hoofd. 'Van Keltische afkomst. Ik was tempelhelpster in Thebe voordat de grote moordenaar' – ze negeerde Telamons stokkende adem – 'voordat Alexander, koning van Macedonië,' verbeterde ze spottend, 'de stad met de grond gelijkmaakte, zodat er niet één steen op de andere bleef.'

'Ben je een slavin?' vroeg Sarpedon.

'Vrij geboren, maar ik werd gevangen gezet. Totdat mijn meester hier me bevrijdde om zijn assistente te worden.' Kassandra raakte zachtjes Telamons schouder aan.

'Ik ben haar meester niet,' antwoordde Telamon met een boze blik naar Kassandra. 'Als ik dat wel was, zou ik proberen iets te doen aan haar scherpe tong en haar opvliegendheid, waardoor ze nog eens ernstig in de problemen zal komen, Sarpedon. Maar steek nu je handen uit en spreid je vingers.'

Sarpedon gehoorzaamde en Telamon bekeek de diepe sneden en schrammen op zijn handpalmen en tussen zijn vingers.

'Houd je armen gestrekt.'

Sarpedon schoof het krukje achteruit toen Telamon wijn die zo dik was dat hij haast purper van kleur leek over zijn handen goot. Daarop werden de handen van de huurling met een doek afgedroogd en bette Telamon elke wond met een mengsel van honing en zout.

'Dit heb ik nooit eerder gezien,' verklaarde Sarpedon.

'Ik heb het in Egypte geleerd,' antwoordde Telamon.

De Spartaan keek hem aan. Telamon was een lange, donkere man met hoge jukbeenderen en diepliggende ogen, waarvan de kleur moeilijk te bepalen was. Zijn haar en baard waren netjes kortgesneden. Een zorgvuldige, nauwkeurige man. Sarpedon sloeg hem aandachtig gade terwijl zijn sneden werden behandeld. Een geneesheer met scherpe ogen en een scherp verstand, Sarpedon zou het onthouden.

'Ik heb nooit eerder gezien dat sneden op een dergelijke manier werden aangepakt,' herhaalde hij.

'De Egyptenaren doen het al eeuwen zo,' mompelde Telamon. 'Ze zijn ervan overtuigd dat wonden altijd moeten worden schoongemaakt. Hun woord *seref*, dat ontsteking betekent, wordt in hun hiërogliefen zelfs uitgebeeld als een hete bult. Als de etter in de huid achterblijft, raakt het vlees ontstoken en wordt het heet en gezwollen,' legde hij uit. 'Ik heb mensen zien sterven aan een simpele schram op hun been.' Hij greep Sarpedons vereelte hand en tuurde scherp naar een van de sneden. 'Ik vraag me af of ik die niet moet hechten.'

'Wat?' riep Sarpedon uit.

'Met een doorn breng ik de randen van het vlees bij elkaar en kunnen ze weer netjes vastgroeien,' legde Telamon uit. 'Hoe lang ben je al soldaat, Sarpedon?'

'Ik ben langs de Middellandse Zee getrokken als een kwakende kikvors,' schertste Sarpedon met een beroemde regel van Sokrates.

'Je draagt de naam van een held.'

'Ja, dat klopt. De grote held die voor de muren van Troje vocht.' Sarpedon haalde zijn schouders op. 'Meer weet ik er niet van. Ik heb niet veel geleerd, maar soms ben ik er wel trots op dat ik de naam draag van een man die werd verwekt door Zeus. Ik heb in Egypte gediend,' vervolgde hij. 'Ik behoorde tot een garnizoen dat buiten Memphis was gelegerd.'

'Daar ben ik ook geweest.' Telamon pakte een verband en begon het om Sarpedons hand te wikkelen. 'Ik trek het niet te strak aan. De plooien zal ik vastzetten met gom. Kassandra hier zal je schoon linnen meegeven. Je moet het verband minstens tweemaal per dag verwisselen.'

'Tweemaal?' vroeg Sarpedon verbaasd.

Telamon keek geamuseerd op. 'Hecht geen geloof aan bakerpraatjes! Tweemaal per dag, 's morgens en 's avonds. Was je handen met heet water en dompel ze in sterke wijn. Maak elke wond schoon met honing en zout. Houd je nagels kort.' Hij keek Sarpedon aandachtig aan. 'Tussen haakjes, je rechteroog is ontstoken. Spoel het met koud water en gebruik wat kohl, dat beschermt het oog tegen stof.'

'Hebt u dat allemaal in Egypte geleerd?' vroeg Sarpedon.

'Een gedeelte heb ik in Egypte geleerd,' beaamde Telamon. 'Een schitterend land.'

'Hij was verliefd,' zei Kassandra, 'maar een Pers vermoordde zijn vrouw en dus vermoordde Telamon de Pers, zodat hij moest vluchten. Toen kreeg Alexanders moeder Olympias hem te pakken. Hij kon nergens heen,' voegde ze er ondeugend aan toe, 'behalve naar het leger van haar zoon.'

Telamon negeerde haar en begon over het verband dat hij aanbracht. 'Vooral losjes!' waarschuwde hij. 'Niet te strak, want dan duw je de infectie naar binnen. Het vlees moet kunnen ademen. Zo.' Vervolgens ging hij de rechterhand van de man verbinden.

'Hebt u een man vermoord?' vroeg Sarpedon.

Telamon blikte terug op het wijnlokaal in Thebe. De Perzische officier die Analoe had verkracht en vermoord stond daar dom te grijnzen en over zijn van olie doordrenkte snor te wrijven alsof hij trots was op zijn geweldige prestatie. Telamon herinnerde zich zijn bonzende hoofd. Het mes in zijn handen. De snelle stoot. En de bevrediging toen hij die stompzinnige, arrogante glimlach zag verdwijnen.

'Ja, ik heb een man vermoord,' gaf hij toe. 'En ik heb er geen spijt van.'

Hij kneep zijn lippen op elkaar. Geen spijt, dacht hij, behalve dan van het feit dat ik nooit meer Analoes prachtige ogen zal zien, dat ik nooit meer mijn lippen op de hare zal drukken en haar lichaam tegen het mijne zal voelen. Nooit zal ik haar meer vrolijk horen lachen omdat ik niet weet of ze me plaagt of niet. Hij keek snel op en zag dat Kassandra naar hem staarde. Haar ogen stonden hard, zonder een greintje vermaak, alsof ze diep in zijn ziel probeerde te kijken.

'En jij, Sarpedon? Waarom is een soldaat, een kapitein van koningin Ada's lijfwacht in vredesnaam aan het werk als tuinman?'

Sarpedon vertrok geen spier. Hij had een simpel leren hemd over een witte krijgsrok aan en droeg stevige sandalen. Telamon had de littekens op zijn pezige bruine armen al opgemerkt, evenals de speerwond net onder zijn sleutelbeen. 'Je bent een krijger, Sarpedon, geen tuinman!'

'Ik heb gediend in de rode woestijn van Egypte. Ik was daar met andere huurlingen: Nubiërs, Grieken, Kretenzers, allemaal schurken en bandieten die hun zwaard verkopen voor een zak zilver. We werden aangevallen door Libiërs en we verdwaalden in een zandstorm. De meesten van ons kwamen om door gebrek aan water, dus in die zee van heet zand zwoer ik dat ik nooit meer een koele plek of een tuin over het hoofd zou zien.' Hij zweeg even. 'Later trok ik van Troje tot Persepolis door het Perzische rijk en zo hoorde ik over koningin Ada.' Hij haalde zijn schouders op. 'Ik werd de kapitein van haar lijfwacht. Hebt u haar vesting gezien?'

Telamon sloeg zijn ogen ten hemel.

'Ik heb me nog nooit van mijn leven zo verveeld!' vervolgde Sarpedon. 'Geen gevechten, geen marsen, nauwelijks exercitie.'

'En dus ging je in de tuin aan het werk?'

'Ja, en vanochtend wilde ik een roos snoeien, een wilde, breed uitgegroeide struik.' Sarpedon wees naar het rode pannendak van de villa dat boven de bomen uitstak. 'Daar ergens. Iemand moet die roos hier ooit hebben gebracht. Hoe dan ook, ik was dicht bij die struik aan het spitten...'

'Je had handschoenen moeten dragen,' viel Kassandra hem in de rede.

'Doe dat in het vervolg.' Telamon was klaar met verbinden. 'Heb je wel eens leren handschoenen gedragen?'

Sarpedon knikte.

'Zoek een paar dat twee maten te groot voor je is en trek het aan over het verband. Je handen zullen gaan zweten. Oh, en wees voorzichtig met die rozen.'

Sarpedon stond op om te vertrekken.

'En meld je later maar bij Kassandra voor het verschonen van het verband.'

'Graag!' Sarpedon knipoogde naar Kassandra die hem een kwade blik toewierp.

'Ik ben niet wat je denkt!'

'En wat denk ik dan, Roodhaar?' Sarpedon leunde naar haar over.

Kassandra trok haar neus op voor de geur van zweet en leer. Ergens in de bomen kwetterde een vogel luidruchtig. Telamon keek omhoog. Het bladerdak bewoog heftig en een houtduif met zachte veren fladderde het zonlicht in.

'Het is hier heerlijk, vind je niet, Sarpedon?'

'Afgezien van de slangen dan.' De Spartaan ging weer rechtop staan. 'De tuin krioelt ervan.'

'Slangen of geen slangen, het is in elk geval een welkome afwisseling op Alinda,' antwoordde Telamon. 'Wat weet je van de mensen die je moet beschermen?'

Sarpedon spreidde zijn verbonden handen. 'Ik weet dat u Telamon bent, de lijfarts van Alexander van Macedonië, een vertrouwd adviseur van de koning. Toen hij koningin Ada bezocht, zat u dicht bij hem tijdens het banket.'

'De koning wil wel eens te veel drinken,' antwoordde Telamon. 'Het is mijn taak zoveel water bij zijn wijn te doen als ik maar kan.'

'En u bent hier naar de Villa van Kybele gestuurd' – Sarpedon keek om zich heen – 'om een oogje te houden op de schrijvers die aan het Pythias-manuscript werken.'

Telamon keek hem met half dichtgeknepen ogen aan. 'Weet je daar veel van af?'

Sarpedon schudde zijn hoofd. 'Het was een van mijn taken het archief in de buurt van koningin Ada's vertrekken te bewaken, omdat er allerlei manuscripten en perkamentrollen zijn opgeborgen. Toen het bericht van Alexanders overwinning ons bereikte, werd het Pythias-manuscript weer te voorschijn gehaald. Koningin Ada gaf haar schrijvers en archivarissen opdracht opnieuw te proberen de tekst te ontcijferen, maar het is een waardeloos stelletje. Ze zijn nog geen klap opgeschoten.'

'Weet je wat dat manuscript is?' vroeg Telamon.

Sarpedon trok een grimas. 'Solanos, het hoofd van de schrijvers, is een kennis van me. We drinken wel eens een beker wijn samen. Hij zegt dat het Pythias-manuscript een puzzel is die niet op te lossen valt. Bessos, een van de jongere schrijvers, denkt dat het wel kan. De priester Cherolos wil grote faam en gunst verwerven door de tekst te ontcijferen.'

'En Pamenes?'

'Dat is een rare.' Sarpedon zette een bedenkelijk gezicht. 'Niemand weet waar hij vandaan komt – sommigen zeggen Athene, anderen Korinthe. Hij is wel een bekwaam schrijver. Hij beweert dat hij codes kent, geheime tekens. Ik geloof dat hij ook in Egypte heeft gewerkt.'

Telamon leunde achterover op de houten bank en staarde naar de druivenranken die over het latwerk van het tuinprieel groeiden.

'En onze andere gasten?' vroeg Sarpedon. 'Waarom heeft de koning hen hierheen gestuurd?'

'Gentios wordt beschouwd als een van de beste acteurs van heel Griekenland,' legde Telamon uit. 'Zijn vertolking van Sophokles' Thebaanse trilogie' – hij negeerde Kassandra's lachbui – 'geldt als een meesterwerk. Samen met zijn vrouw Demerata trekt hij van hof naar hof. Nu Alexander de overwinnaar is, is Gentios naar Klein-Azië gekomen.'

'De koning beschouwt zichzelf als een kunstenaar,' zei Kassandra minachtend. 'Hij zegt dat hij alle beroemde toneelstukken kent, maar Alexander kent niets, buiten de *Ilias* van Homeros. Die kan hij regel voor regel citeren, zodat iedereen in slaap valt van verveling.'

Sarpedon boog zijn gezicht heel dicht naar dat van Kassandra toe. Hij glimlachte en knipoogde snel naar Telamon als teken dat hij niets kwaads in de zin had. 'Ben je even hartstochtelijk als opvliegend, Thebaanse?'

'Pas maar op, anders zul je meer te betreuren hebben dan sneden in je handen!' snauwde Kassandra terug.

'Dus de koning komt hierheen?' Sarpedon ging weer rechtop staan.

'De koning zal hier vanavond zijn,' beaamde Telamon. 'Als je uitrijdt, zul je zijn troepen tegenkomen. Kijk uit naar de grote stofwolk.'

'Ik zal naar meer uitkijken dan dat.'

'Hoezo?'

'Ik ben hier om de Villa van Kybele te bewaken,' legde Sarpedon uit. 'In het achterland weten de mensen dat er oorlog komt. Halikarnassos ligt op nog geen twintig stadia van hier en zal worden belegerd. De wegen beginnen leger te worden. Ik weet zeker dat Memnons spionnen deze villa in de gaten houden.'

'Weet je dat zeker?'

'Net zo zeker als ik weet dat rozen lekker ruiken. Hoe dan ook' – de Spartaan stak zijn hand uit – 'bedankt voor de behandeling. Ik zal nu op zoek gaan naar een paar handschoenen. Wat ben ik u schuldig, geneesheer?'

Telamon duwde het tafeltje opzij. 'Twee bekers wijn en een gesprek over Egypte.' Hij zag de verbazing op Sarpedons gezicht. 'Je bent hier om ons te beschermen, Spartaan, of in elk geval koningin Ada's schrijvers en klerken. Pluk een roos voor Kassandra,' voegde hij er nog ondeugend aan toe.

'Ze krijgt er elke dag een.' Sarpedon slenterde zachtjes fluitend weg.

'Een vreemde man,' zei Kassandra.

'Iedereen heeft wel iets vreemds.' Telamon wees naar de potjes. 'Wil jij deze terugzetten in onze medicijnkist, Kassandra?'

Kassandra legde haar handpalmen tegen elkaar en boog. 'Zeker, grote majesteit, farao van mijn hart.'

'Onbeschaamdheid is ongeneeslijk.'

Kassandra stond op het punt antwoord te geven, toen een diepe stem de lucht doorkliefde.

'Toen ik terugkeerde naar die plek,
Met al je dreigementen en vervloekingen nog in mijn oren,
Wierp je alle aarde die het lichaam bedekte omhoog,
Zodat het lijk opnieuw gezwollen en naakt te kijk lag.'

'Gentios!' mompelde Telamon.

De acteur gluurde om een struik heen en stapte op hen af. Gentios was een lange slungel met dunne benen en een brede borstkas. Hij had een magere nek en stak zijn hoofd enigszins naar voren, wat aan een vogel deed denken. Deze indruk werd nog versterkt door zijn snavelachtige neus, zijn kleine mond en ogen die onrustig heen en weer schoten onder een verwarde bos zwart haar. Hij droeg een eenvoudige groene tuniek, maar had een kamelenhuid over zijn schouders gedrapeerd waar de hoeven nog aan zaten. Achter hem liep zijn donkerharige, tengere vrouw Demerata, gekleed in een donkerblauwe tuniek onder een bloedrode mantel. Ze had koperen armbanden om beide polsen en een band met belletjes om haar rechterenkel. Demerata aanbad haar man blijkbaar, want ze volgde hem overal als een schaduw. Kassandra ging naast Telamon op de tuinbank zitten en staarde naar het vreemde paar. De arts vroeg zich in stilte af of Gentios misvormd was geboren – hij had een lichte bochel – maar het toch ver had geschopt door zijn geweldige mimiek en een krachtige, diepe stem die de magie van de toneelstukken kon oproepen.

'Ben je ziek?' vroeg Telamon.

Gentios bleef staan. Met zijn benen gespreid en zijn handen losjes langs zijn zijden, staarde hij de geneesheer strak aan. Demerata verschool zich half achter hem, haar met kohl omrande ogen waren groot van verbazing.

'Ziek ben ik niet, maar mijn keel heeft geitenmelk nodig, rijke, romige geitenmelk,' blafte Gentios. 'Herkende u die regels trouwens?'

Telamon verbeet zijn ongeduld. 'Sophokles: *De Thebaanse stukken*.'

'Dat weet iedereen! Maar welk stuk?'

'*Antigone*.' Telamon tuitte zijn lippen. 'De woorden van de wachtpost tegen Kreon.'

Demerata klapte in haar handen en sprong op en neer als een kind. Gentios zette een van zijn voeten naar voren en maakte aanstalten een hand op zijn borst te leggen.

'We hebben het druk.' Telamon stond op. 'Ik zou graag naar je willen luisteren...'

'Ik ben aan het repeteren voor vanavond,' verklaarde Gentios gewichtig. 'Ik heb begrepen dat de koning hier komt dineren en ik wil hem niet teleurstellen. Kom, Demerata.' Hij draaide zich om en liep weg.

'Merkwaardig dat zo'n lelijke man zoveel schoonheid kan creëren,' fluisterde Telamon.

'Is hij goed?'

'Ik heb hem in Korinthe zien optreden. Hij wilde per se de rol van Medea vertolken in *De Bacchen* van Euripides.'

'Speelde hij de rol van een vrouw?'

'Hij droeg een masker. Iedereen stond klaar om hem uit te jouwen, maar Gentios overtrof zichzelf. Ik zag mannen in tranen uitbarsten. Ja heus, kijk maar niet zo verbaasd, Gentios is een geweldig acteur. Alexander huurt altijd de besten in!'

Flarden van andere citaten uit het stuk dreven door de tuin. Plotseling begon Telamon te lachen. Eerst zachtjes. Hij probeerde het nog te onderdrukken, maar ten slotte moest hij gaan zitten terwijl de tranen over zijn wangen liepen en zijn schouders schokten. Kassandra staarde hem met open mond aan. Dit was niet Telamon de serieuze arts, de rustige, gereserveerde man die ze kende.

'Wat is er?'

Telamon bedaarde en wilde antwoord geven, maar barstte weer in lachen uit. Hij sloeg zijn handen voor zijn gezicht.

'Dank de goden dat Aristandros niet hier is!' wist hij ten slotte uit te brengen.

'Waarom?'

Telamon keek naar Kassandra's boze gezicht en begon weer te lachen.

'Hij weet het niet.' Telamon hapte naar adem. 'Gentios weet niet wie het koor zullen vormen.'

'Nee...' Kassandra draaide zich om en keek de tuin door. 'Toch niet Aristandros' mooie jongens?'

'Jawel, Aristandros' mooie jongens.'

Aristandros was de bewaarder van de koninklijke geheimen en fungeerde als tovenaar, ziener, astroloog en vertrouweling van koning Alexander. Zijn 'mooie jongens' vormden zijn lijfwacht en hij noemde hen zijn 'koor'. Kassandra liep lachend naar de rand van de vijver en staarde naar de lotusbloemen die wijdopen stonden in het zonlicht. Telamon kwam achter haar staan.

'Waarom heeft Aristandros zijn koor?' vroeg ze.

Telamon stak zijn arm door de hare. 'Een heks voorspelde Aristandros ooit dat hij een gewelddadige dood zou sterven door verraad. Daarom heeft hij een persoonlijke lijfwacht ingehuurd, een dozijn potige Kelten. Aristandros noemt hen zijn "mooie jongens" of zijn koor. Hij heeft hun Grieks geleerd en alle dramatische teksten uit de stukken van Sophokles, Euripides en Aristophanes. Ik weet nog altijd niet zeker of Aristandros hen probeert op te voeden of dat hij stiekem de spot drijft met die dichters.'

'En wanneer komt de grote moordenaar?' vroeg Kassandra hard.

Telamon legde zijn handen om haar wangen en kneep er zachtjes in. 'Kassandra, ik beschouw je als mijn kameraad, mijn helpster.'

'Maar niet als je bedgenote.'

'Inderdaad. Alexander van Macedonië is ook mijn kameraad.'

'Hij heeft geen kameraden.'

'Alexander van Macedonië is mijn kameraad,' vervolgde Telamon onverstoorbaar. 'Hij is aardig, edelmoedig en...'

'En een grote moordenaar.'

'Hij is aardig, edelmoedig, gul, dapper...'

'En zijn andere kant?' vroeg Kassandra zachtjes.

'Hij kan ook een grote moordenaar zijn,' gaf Telamon toe. 'Woest als een panter, sluw als een fret. Wanneer hij te veel heeft gedronken, is hij snel beledigd. Je moet je tong in bedwang proberen te houden, Kassandra! Beloof me dat.'

Haar groene ogen glinsterden van woede en haar volle lippen krulden zich.

'Beloof het me, anders stuur ik je weg!'

Kassandra ontworstelde zich aan zijn greep. 'Ik beloof het bij de goden!'

'Daar geloof je niet in.'

'Jij ook niet.'

'Beloof je het dan bij de vriendschap die we delen.'

Kassandra knikte. 'Bij de vriendschap die we delen.' Ze zuchtte en sloeg haar armen over elkaar. 'Waarom zijn we eigenlijk hier, Telamon? We zitten hier al vijf dagen, vertel me eens wat de reden is. Wat is onze hooggeboren fret van plan?'

'Hij wil Halikarnassos innemen,' antwoordde Telamon. Hij greep Kassandra's handen, leidde haar weg van de bomen en struiken waarin luistervinken verborgen konden zitten, en haalde een geschetste kaart uit zijn beurs. 'Kijk, Kassandra, dit is de kustlijn van het zuidelijk deel van Klein-Azië, de Egeïsche zee, en hier ligt Halikarnassos.' Hij overhandigde haar de ruwe schets.

'Heb jij die getekend?'

'Nee, een van de schrijvers van Alexander. Je kunt er goed op zien wat het probleem is. Kijk eens hoe Halikarnassos wordt omringd door muren. Hier aan de oostkant staat de Mylasapoort. Aan de westkant staat de Myndospoort en aan de noordkant de Tripylonpoort. De stad is goed versterkt met torens, muren en citadellen. De zuidkant wordt beschermd door de zee en door de Perzische vloot. Volgens onze spionnen is de gracht om de stad voltooid, twintig voet breed en heel diep.'

Kassandra floot zachtjes.

'Je snapt het zeker wel,' vervolgde Telamon. 'Alexander moet die gracht oversteken voordat hij de muren kan aanvallen, en een tunnel graven is vrijwel onmogelijk. Halikarnassos heeft echter ook een achilleshiel.'

Telamon wuifde een bij weg die uit de omringende bloembedden kwam. Hij rook de geur van hyacinten, een schril contrast met de dood en vernietiging die hij op het punt stond te beschrijven.

'Het bestormen van die verdedigingswerken zal een bloedige kwestie worden,' merkte hij op. 'We zullen het heel druk krijgen in de hospitaaltenten.'

'Je had het over een achilleshiel?'

Telamon wilde net antwoorden, toen ze de valse klanken van cimbalen uit het huis hoorden komen. Daarbovenuit brulde Gentios' stem een regel uit het stuk van Sophokles: 'Donkere dag, hoe lang ben je al als de nacht voor mij?'

'Moet dat nu?' vroeg Telamon nijdig. Hij staarde door de tuin naar de plek waar Sarpedon in de weer was met een van de lange palen die werden gebruikt om klimrekken voor druiven te bouwen. De Spartaan droeg nu dikke handschoenen. Hij zwaaide naar hen en verdween tussen de bomen.

'Dat is Demerata,' antwoordde Kassandra. 'Die cimbalen moeten de woorden van haar man kennelijk kracht bijzetten.'

'Zo bezorgen ze iedereen hoofdpijn,' snauwde Telamon, 'maar om terug te komen op Halikarnassos, ik heb je het verhaal al eens verteld. De architect Pythias beweerde dat er een zwakke plek zat in de muren van Halikarnassos. Hij hield die plek geheim, behalve in een manuscript dat niemand kan ontcijferen. In hetzelfde manuscript onthulde hij waar hij zijn aanzienlijke rijkdom had verborgen. Jarenlang lag dit manuscript in de archieven van koningin Ada en nu wil iedereen het hebben. Als Alexander hierdoor ontdekt waar deze zwakke plek zit, zal hij daar zijn aanval concentreren.'

'En is er geen andere manier om die plek te vinden?'

'Geen enkele.' Telamon begaf zich naar de rand van de karpervijver en keek omlaag. Het riet en de bladeren waren weelderig groen en het water was in beweging. Af en toe verscheen er een gouden glinstering aan het oppervlak wanneer een vis naar de vliegen hapte die vlak boven het water zoemden.

'En waarom zijn wij hier?' vroeg Kassandra.

'Koningin Ada's schrijvers – Solanos de archivaris, Bessos de klerk, Cherolos de priester en ten slotte Pamenes – werken al maanden aan de geheime code. Alexander en koningin Ada besloten hen hierheen te brengen en ik moet een oogje op hen houden.'

'Waarom jij?'

Telamon zag dat hij bloedspatjes op zijn groene tuniek had gekregen bij het verbinden van Sarpedons handen. 'Omdat ik een beetje verstand heb van codes, van geheimtaal. De koning denkt dat ik kan helpen.'

'En is dat zo?'

Telamon schudde zijn hoofd. 'Ik heb het Pythias-manuscript al vele malen bestudeerd. We moeten de codesleutel zien te vinden, maar dat lijkt onmogelijk. Als ik er een of ander patroon, een sleutel, in kan ontdekken, zou ik een kans hebben het te decoderen.' Hij trok een grimas. 'Maar ik kan niet veel doen.'

'De moorde... de koning,' verbeterde Kassandra zichzelf, 'komt vanavond hier en zal willen weten of we vooruitgang hebben geboekt.'

'Wel, dan krijgt hij te horen dat daar geen sprake van is!'

De schrijver Bessos verscheen en wenkte hen. Er rinkelde een handbel in het huis. Sarpedon kwam tussen de bomen vandaan en plukte aan zijn handschoenen. Telamon en Kassandra verlieten de tuin, passeerden de toegangspoort en liepen de grote, met keien geplaveide binnenplaats op. Bedienden verdrongen zich met kruiken rond de put. Langs de zijkanten van de binnenplaats stonden lange, lage gebouwen met donkere pannendaken. Helemaal aan het eind stond een gebouw met een bovenverdieping. Het had witgeschilderde stenen en een dak van helderrode pannen die glansden in de zon.

'Oh nee, niet weer een vergadering,' kreunde Kassandra.

'Jawel, weer een vergadering.'

Ze staken de binnenplaats over, gingen de grote deur door en liepen over een geplaveide gang naar wat ooit de weefkamer moest zijn geweest. De vloer was bedekt met een mozaïek van zwarte en witte kiezelsteentjes en in een van de hoeken waren weefgewichten en spinstokken opgestapeld. De ruimte was gekozen vanwege de ramen die hoog in de muur waren aangebracht. Bovendien was het vertrek smaakvol aangekleed met gekleurde doeken op de wanden. De comfortabele stoelen met ronde ruggen die de vrouwen bij het spinnen gebruikten, waren al in hoefijzervorm neergezet. Kassandra en Telamon gingen aan een van de uiteinden zitten terwijl de schrijvers binnenkwamen. Als eerste was daar de bijziende, altijd onrustige Solanos, wiens droge lippen voortdurend in beweging waren. De archivaris deed Telamon denken aan een oude gier door zijn gekromde schouders, samengeknepen ogen, lange dunne neus en terugwijkende kin. Deze indruk werd nog versterkt door een kalend hoofd en langs de wangen hangende haarslierten.

'Die verandert ook nooit,' fluisterde Kassandra.

Solanos wierp zich met een schrijftablet in zijn hand op de middelste stoel en begon aan de inktvlekken op zijn vuile grijze tuniek te plukken. Bessos was jonger. Dit tonronde mannetje had het nootbruine, gerimpelde gezicht van een aapje, sprankelende ogen en een eeuwige grijns. Hij was elegant gekleed in een tuniek en een mantel. Om zijn mollige hals hing een kornalijnen ketting en aan zijn vingers glinsterden goedkope sieraden. Even later, nadat dienaren zijn naam hadden geroepen, schreed de priester Cherolos binnen alsof hij een heiligdom betrad. Cherolos imiteerde de Egyptische stijl. Zijn geschoren hoofd en gezicht glansden van de olie. Hij was gekleed in een linnen gewaad dat van zijn hoofd tot zijn tenen reikte, aan zijn voeten klepperden rijkversierde sandalen, over zijn ene arm hing een mantel en onder de andere droeg hij een masker. Dat masker had Cherolos altijd bij zich en hij zette het op wanneer hij tot de vreemde godheid bad die hij vereerde. Om zijn hals hing een medaillon waarop een slang was afgebeeld en hetzelfde symbool stond op de grote ring aan zijn linkerhand.

Telamon draaide zich om toen er beroering ontstond bij de deur. Gentios en Demerata probeerden naar binnen te gaan, maar Sarpedon stuurde hen zachtjes weg.

'We kunnen helpen!' brulde Gentios. 'We kunnen ons nuttig maken!'

Bessos knipoogde naar Telamon. Sarpedon slaagde erin het tweetal buiten te houden, sloot de deur en leunde ertegen.

'Ik wil die twee hier niet hebben!' blafte Solanos met een vooruitgestoken hoofd en ogen vol woede. 'Ik heb meer dan genoeg van zijn teksten en die stomme cimbalen ben ik helemaal zat. Oh, waar is Pamenes trouwens?'

'Hij zal zo wel komen,' mompelde Bessos. 'Hij is nog in zijn kamer, de zogenaamde spokenkamer.'

Solanos fronste zijn wenkbrauwen.

'Er is helemaal geen spook,' legde Bessos uit. 'Ik heb het al eerder gezegd, de vloerplanken kraken gewoon. Ik heb Pamenes heen en weer horen lopen.'

'We kunnen niet langer wachten! We kunnen echt niet langer wachten!' verklaarde Solanos. 'De zaak duldt geen uitstel.'

'Welke zaak?' vroeg Cherolos met een onnozele grijns terwijl hij het masker voor zijn gezicht schoof. Telamon staarde ernaar en kon niet besluiten of het de kop van een geit of van een demon was.

'Als jij eens wat meer meehielp en wat minder zat te bidden, zouden we misschien vooruitgang boeken,' antwoordde Solanos scherp. Daarop deelde hij stukjes perkament uit. 'Dit heb ik gevonden. Kan iemand daar iets aan toevoegen?'

Telamon verschoof zijn stoel zodat hij het volle licht door het raam opving. Hij begon te wanhopen. Ze waren nu vijf dagen in dit huis en ze hadden afgesproken zich op de eerste regel van het Pythias-manuscript te concentreren. Nu hij naar de bevindingen van Solanos keek, besefte hij dat ze bitter weinig waren opgeschoten – helemaal niets, eerlijk gezegd. Het werd stil in de kamer. Sarpedon hing in een stoel, zijn handschoenen had hij uitgetrokken en hij keek vol interesse naar het verband om zijn handen. Bessos zag het en begon vragen te stellen, maar toen Sarpedon antwoord wilde geven, beval Solanos hem zijn mond te houden.

'Vanavond komt de koning,' verklaarde hij chagrijnig. 'Kunnen we hem nu heus niets anders bieden dan praatjes over onszelf?'

Telamon staarde naar de eerste rij getallen.

45 : 64 : 54 : 33 : 34 : 11 : 53 : 11 : 52 : 23 : 33 : 34 : 54 : □ : 23 : 54 : 11 : 11 : 43

'Ik heb geen idee wat dat vierkantje betekent,' merkte Bessos op, 'maar zou elk getal niet een letter van het alfabet kunnen vertegenwoordigen?'

'Nee!' antwoordde Solanos fel. 'Dat zou alleen kunnen als er geen getal groter dan 26 bij was, het aantal letters in het alfabet.' Hij schudde zijn hoofd. 'Ik heb van alles geprobeerd...'

'En als er nu eens geen oplossing is?' Cherolos zette zijn masker op de grond. 'Misschien heeft Pythias een raadsel opgeschreven dat niemand kan oplossen.'

'Pamenes denkt dat hij het wel kan,' zei Bessos.

'Waar blijft hij toch?' Solanos keek geërgerd naar Sarpedon. 'De koning heeft gezegd dat we ons hierop moesten concentreren. Koningin Ada heeft er grote verwachtingen van.' Hij tikte op de armleuningen van zijn stoel door zijn armen te bewegen als de vleugels van een gekortwiekte vogel. 'Ga naar boven, Sarpedon, en zeg tegen Pamenes dat we op hem zitten te wachten.'

De Spartaan haalde zijn schouders op en vertrok. Telamon staarde naar het stukje perkament. Hij was bekend met geheimtaal en had er in Egypte en elders verschillende typen van gezien. Artsen verborgen hun bevindingen vaak in een formule die ze alleen zelf konden begrijpen, maar meestal waren deze codes gemakkelijk te ontcijferen. Solanos had gelijk: Pythias had een sleutel gebruikt, maar welke? Plotseling klonk er geschreeuw, gevolgd door dreunende voetstappen. Sarpedon stormde de kamer binnen.

'De kamer van Parmenes is vergrendeld! Ik heb op de deur gebonsd en geroepen!'

'Ah!' mompelde Cherolos. 'Ik dacht al dat ik iemand hoorde schreeuwen!'

Telamon sprong overeind. Pamenes was een jonge, maar zeer bekwame klerk. Zijn stille ijver had vanaf het begin indruk op hem gemaakt en de man was nooit te laat voor een vergadering. Telamon liep met Sarpedon mee de gang op. Een bediende met een kruik water stapte haastig opzij. Ze gingen naar de bovenverdieping, sloegen een hoek om en haastten zich langs een aantal deuren naar de allerlaatste kamer in de rij. Telamon bonsde met zijn vuist op de deur terwijl de anderen bij hem kwamen staan.

'Er moet iets mis zijn!'

Sarpedon haastte zich weg en kwam terug met een ijzeren staaf. 'Kijk eens wat ik heb gevonden in het portiershokje.' Hij wrikte de staaf in de spleet boven de deur.

'Kunnen we de deur niet inslaan?' vroeg Solanos.

Sarpedon, die met zijn volle gewicht op de staaf hing, schudde zijn hoofd. 'De leren scharnieren zijn stevig bevestigd en het zijn er vier.'

Hij wrikte de staaf dieper in de spleet, waardoor de deur geforceerd werd. Het hout scheurde met een luid gekraak. Er ontstond een gat, maar de grendels aan de binnenkant van de deur hielden het. Sarpedon bleef de staaf als een wig gebruiken. Iemand haalde een bankje en met vereende krachten ramden ze er de deur mee. Ten slotte begaf de bovenste grendel het, gevolgd door de onderste, zodat de deur openzwaaide.

'Er is niemand!' riep Telamon uit.

Hij zag een kamer met een schrijftafel en een bijpassende stoel. De vloer was bezaaid met stukjes perkament. In de verste hoek bevond zich een klein veldbed waarvan het linnen insectennet was teruggeslagen. Op een tafel stonden een wijnbeker en een bord met een stuk kaas en restjes brood. Het grote raam aan de andere kant van de kamer was open, de luiken waren teruggeklapt. Telamon liep erheen en staarde naar buiten. Zijn blik viel op een richel onder het raam, daarna op de struiken in de diepte en ten slotte op Pamenes die uitgespreid op de stenen lag, met een plas bloed om zijn hoofd als donkere wijn uit een overlopende kruik. Telamon stapte weg van het raam en hoorde iets kraken onder zijn sandalen. Hij ging op zijn hurken zitten en raapte wat vogelzaad op.

'Wat is er?' vroeg Solanos met trillende stem.

Telamon liep hem voorbij zonder te antwoorden. Ook de anderen keken nu uit het raam en schreeuwden van afschuw toen ze het lijk ontdekten. Gevolgd door Sarpedon en Kassandra haastte Telamon zich naar beneden. Hij stak de binnenplaats over en begaf zich naar de achterkant van het huis. De tuin was hier overwoekerd door dicht struikgewas, massa's onkruid en hoog gras. Pamenes was neergekomen op het smalle pad van rode klinkers dat de gevel tegen vocht beschermde. Hij lag met zijn armen en benen uitgespreid, een van zijn sandalen was losgegaan, zijn mond stond wijdopen en zijn ogen staarden nietsziend voor zich uit. Telamon voelde dat de wang van het slachtoffer koud was. Hij kantelde het lijk. Aan de linkerkant was het hoofd verbrijzeld en het oor, de nek, de schouder en de arm waren paars gekneusd waar het lichaam tegen de harde stenen was geslagen. Telamon betastte de schedel en schoof voorzichtig het donkerbruine haar opzij.

'Een diepe wond,' mompelde hij. 'Bloed, bot en zelfs hersenen. Hij is als een blok gevallen en hij is al een poosje dood.'

Telamon keek omhoog naar het raam en schatte dat het een val van zo'n twintig voet moest zijn geweest. Solanos stond nog steeds naar buiten te kijken. Met zijn open mond leek hij meer dan ooit op een gier. De anderen kwamen al aanzetten, verzamelden zich rond het lijk en begonnen vragen te stellen. Telamon draaide het lichaam op zijn rug.

'Wat is dat?' vroeg Kassandra.

Telamon pakte de rechterhand van de dode. Er kleefden zaadjes aan de klamme, koude handpalm en er lag nog meer zaad om het lichaam heen. Een duif kwam er al op af.

'Oh nee!' fluisterde Bessos.

'Hoezo oh nee?' vroeg Telamon.

'Pamenes was dol op vogels en andere dieren,' antwoordde de schrijver. 'Hij zat altijd de duiven te voeren.'

Telamon onderzocht het lijk zorgvuldig. Zijn blik gleed over de losse sandaal en de korte, knielange tuniek. Hij trok het kledingstuk omhoog waardoor nog meer kneuzingen aan de linkerkant van het lichaam zichtbaar werden, maar geen andere verwondingen. Daarop controleerde hij het achterhoofd van de man, maar ook hier waren geen verwondingen of kneuzingen te vinden. Hij kwam overeind en stapte op het gras, zodat hij de plas bloed waarboven nu vliegen hingen te zoemen ongemoeid liet.

'Een ongeluk?' vroeg Kassandra.

'Misschien,' antwoordde de arts, 'maar ik wil zekerheid hebben. Wil iedereen alsjeblieft achteruitgaan?'

'Zal ik naar beneden komen?' In andere omstandigheden zou Solanos' opmerking komisch zijn geweest.

'Nee!' schreeuwde Telamon terug. 'Blijf waar je bent. Raak niets in de kamer aan. Ga naar boven, Kassandra, en laat hem doen wat ik zeg,' zei hij dringend.

Ze haastte zich weg. Op dat moment verschenen Gentios en Demerata met een horde bedienden. Gentios staarde bewogen naar het lijk. Demerata gaf een gil en rende naar de struiken om over te geven.

'Houd afstand!' waarschuwde Telamon. 'Sarpedon, help me eens!'

Ze knielden bij het lichaam. Telamon legde het in de oorspronkelijke houding, op de linkerzij, de benen verwrongen, de armen uitgestrekt.

'Ik wil graag dat je dit goed onthoudt, Spartaan,' verklaarde Telamon. 'Het lijk lag op zijn linkerzij. Ik kan geen ander letsel op het hoofd of het lichaam ontdekken dan de verwondingen die het gevolg kunnen zijn van een val. Een van zijn sandalen is losgegaan. De riempjes waren niet helemaal dichtgemaakt, kijk maar.'

'Kan hij zijn uitgegleden?' vroeg de Spartaan.

'Dat is mogelijk. Als Pamenes uit het raam leunde met zijn hand vol vogelzaad, kan hij gewoon zijn evenwicht hebben verloren. Hij probeerde misschien wel te blijven staan, maar zijn losse sandaal speelde hem parten en hij viel. Zo kwam hij op de klinkers terecht, dat is logisch. Pamenes struikelde, viel over de vensterbank en smakte neer. Zijn hoofd sloeg het eerst tegen de grond en zijn lichaam werd erdoor gestuit. Dat verklaart de verbrijzelde schedel en de kneuzingen aan de linkerkant van zijn lichaam. Er zit een verse schram op zijn linkerknie, waarschijnlijk schraapte zijn been langs de muur toen hij viel. Hij moet onmiddellijk dood zijn geweest.'

'Hoe lang geleden?' vroeg Sarpedon.

Telamon keek met half dichtgeknepen ogen naar de zon. 'Het loopt nu tegen het middaguur. Ik zou zeggen...' Hij liet zijn hand over de tuniek van de man glijden. Het lichaam was koud en klam. Hij prikte met zijn vinger in een dijbeen en voelde hoe hard de spieren waren. 'Een uur misschien? Door het plotselinge bloedverlies en de shock is het lichaam snel afgekoeld.'

'Maar dat kan niet.' Bessos ging op zijn hurken naast hem zitten. 'Ik heb hem kort voordat we elkaar in de weefkamer troffen nog op en neer horen lopen in zijn kamer.'

'Weet je dat zeker?' vroeg Telamon.

'In naam van Apollo!' riep Bessos luid. 'Hebt u het dan niet gehoord toen u zijn kamer binnenging?'

In de consternatie had Telamon de krakende vloerplanken vergeten.

'Ik heb hem gehoord,' hield Bessos vol, 'hij liep heen en weer alsof hij diep in gedachten was verzonken.'

'Maar dat is onmogelijk,' verklaarde de Spartaan. 'Je hebt toch gehoord wat de arts zegt! Pamenes is al minstens een uur dood.'

'Is iemand die kamer binnengegaan?' Telamon stond op en keek omhoog naar het raam, waar hij Kassandra's rode haar zag schemeren.

'De deur was aan de binnenkant vergrendeld, we moesten hem openbreken,' merkte Sarpedon op.

'En er zijn geen andere ingangen?'

'Alleen het raam.'

'Kan er iemand omhoog zijn geklommen?' Gentios had besloten aan het gesprek deel te nemen.

'Nee, dat kan niet.' Een man met brede schouders en een dikke buik baande zich een weg door de oploop. Zijn ronde gezicht was vlekkerig van rook en as, zijn schort zat vol bloed en zijn handen en armen glommen van het vet.

'Wie ben je?' eiste Telamon.

'Ik ben de mageros.'

De man draaide zich om en trok een meisje met een smal gezichtje en schuwe, onrustige ogen naast zich. Het kind vertoonde meer dan een vluchtige gelijkenis met hem. Ook zij was in keukentenue en er stak een lepel tussen het touw dat haar schort op zijn plaats hield.

'Ik ben de mageros,' herhaalde de man. 'Huismeester en kok.'

'Wie heeft je ingehuurd?'

'Hij.' De mageros wees naar het raam. 'Solanos, die bemoeial met zijn magere gezicht. Ik heb de inventaris opgemaakt van het huis en de tuin.' Hij stak zijn dikke onderlip naar voren.

'Wil je me nu alsjeblieft vertellen wat je op je hart hebt?' drong Telamon aan.

'Wel, u ziet hoe hoog het raam is. We hebben geen ladders om erbij te komen.'

'Weet je dat zeker?'

'We worden hier door niemand belegerd,' verklaarde de mageros onder het gelach van de bedienden. 'Zo'n lange ladder vindt u niet in deze villa. Dat weet ik zeker. Kijk! Als u van buitenaf in die kamer wilt komen, moet u vanuit een ander raam langs die uitspringende richel gaan.'

Telamon keek naar de brede rand die onder de ramen van de bovenverdieping doorliep. 'Dat moet ik beter bestuderen,' mompelde hij, 'maar laat ik eerst nog een keer naar die arme Pamenes kijken.'

Hij trok de tuniek van de dode omhoog en onderzocht diens borst met de dunne ribben. De huid voelde klam aan. Telamon bekeek de stof van de tuniek bij de halsuitsnijding, maar hij kon geen scheur of iets dergelijks ontdekken.

'Het was een ongeluk,' zei Cherolos lijzig. 'Er is niemand bij hem geweest.'

'Oh jawel,' antwoordde Bessos scherp.

'Wie dan?'

Bessos haalde zijn schouders op. 'Pamenes stond vroeg op. Hij ging de trap af, liep naar de keuken en kwam toen weer terug. Ik hoorde hem rondscharrelen. Ik hoorde ook iemand langs mijn kamer lopen. Dat weet ik zeker, maar ik weet niet wie het was.'

'Ging hij naar de kamer van Pamenes, of kwam hij er vandaan?' vroeg Telamon.

'Dat weet ik niet!'

Telamon knikte. Op het eerste gezicht leek het een tragisch ongeluk, bedacht hij, maar toch kreeg hij een angstig voorgevoel, want hij vermoedde dat het moord was.

# Hoofdstuk 2

*Ada kwam met een petitie om de positie van haar voorouders te herstellen en daarvoor vroeg ze Alexander om hulp.*

Diodorus Siculus, *Bibliotheca historica*,
Boek XVII, hoofdstuk 24

Orontobates leunde achterover op zijn rustbank en was het roerend eens met de complimenten van zijn gasten.

'Paling in moerbeisaus is slechts een van de delicatessen die mijn koks op tafel kunnen zetten,' verklaarde de Perzische gouverneur trots. 'Ik zal jullie het recept geven: rode en witte wijn, oregano en vissaus...'

'Een uitgelezen maaltijd,' onderbrak Memnon hem scherp.

Hij zat op de rand van zijn bank en staarde met een wijnbeker in zijn hand naar de olielampen die in de bomen hingen. Ze hadden gegeten in het lusthuis van de gouverneur, een paviljoen met uitzicht op de tuin met zijn hoogoprijzende fontein in de vorm van een springende dolfijn. In het afnemende licht leek de dolfijn wel puur zilver. De purperen avondhemel was doorspekt met roodgouden strepen nu de zon eindelijk onderging.

'Het is moeilijk op zo'n moment aan oorlog te denken,' mompelde Orontobates.

Memnon keek naar de dansende vuurvliegjes boven de fontein. Ergens kwam zachte muziek vandaan. Hij herkende de vrolijke melodie van een liefdesliedje over een jonge soldaat ver van huis. Het was warm en de versgeplukte bloemen in de vele manden bij het paviljoen waren enigszins gekneusd, zodat de geur vrijkwam. De tafels bij elke bank waren beladen met zilveren schalen en schotels, de restanten van Orontobates' banket. De gouverneur had stevig gedronken en leek heimelijk in zijn nopjes, alsof hij een of ander prettig geheim koesterde.

'Heer Mithra is weer terug in Persepolis.' Orontobates boog zich voorover en greep de wijnkruik.

'De heer van de verborgen vlam zij dank!' mompelde Ephialtes. Orontobates dronk de Thebaan toe. 'Het is fijn hem te zien komen en het is fijn hem te zien gaan,' stemde hij in. 'Hij was heel tevreden over wat hij had gezien en gehoord...'

Orontobates zweeg omdat een Syrisch danseresje, naakt op een zilveren lendendoek na, haar entree maakte en een schalkse houding aannam, waarbij de zilveren belletjes aan haar armbanden zachtjes klingelden. Ze had een zacht, baby-achtig gezicht, enigszins scheefstaande ogen, een sierlijk neusje en een aantrekkelijke mond, dit alles omlijst door een geoliede pruik die op zijn plaats werd gehouden door een gouden haarband. Ze bewoog zich lenig. Orontobates hief zijn beker naar haar op en wapperde met zijn vingers. Hij zag aan Memnons gezicht dat de man van Rhodos niet in de stemming was om naar een danseres te kijken, maar dat hij wilde praten. En dus stuurde Orontobates het meisje weg.

'Je bent diep in gedachten, Memnon.'

'Zijn ze er klaar voor?' antwoordde Memnon kortaf.

'Ze zijn een poosje geleden de stad uit geglipt.' Orontobates glimlachte. Hij keek naar de sterren die glinsterden als kleine zilveren sieraden op purperen kussens. 'Ze zullen hun positie innemen en mijn Macedonische bezoeker verwelkomen. Hoe wist je het?' Hij vestigde zijn blik op de man van Rhodos. 'Hoe wist je dat Alexander vanavond in de Villa van Kybele zou logeren?'

Memnon haalde zijn schouders op. Hij schonk zich opnieuw wijn in, maar deed er dezelfde hoeveelheid water bij. 'Wat denk je, Orontobates? Ik durf er vijf gouden dareiken onder te verwedden dat Alexander er weer ongedeerd vandaan komt.'

Orontobates bewoog zijn hoofd heen en weer en taxeerde de weddenschap. 'Ik neem het aan,' antwoordde hij. 'Mijn mannen zijn ervaren krijgers. Ze hebben gevochten in de woestijn, in bergpassen...'

'Wordt Alexander dan niet goed bewaakt?' vroeg Ephialtes.

'Natuurlijk wordt hij goed bewaakt,' gaf Memnon toe. 'Maar hij is ook onbesuisd, zoals we morgenochtend waarschijnlijk zullen zien. Hij gelooft dat de goden hem beschermen. Hij beschouwt zich als de nieuwe Achilles, maar dan zonder de kwetsbare hiel. Het zal een genoegen zijn hem eraan te herinneren dat hij sterfelijk is, net als wij allemaal.'

'Hoe wist je het?' herhaalde Ephialtes de onbeantwoorde vraag van Orontobates.

Memnon wees naar de boomgaard achter het paviljoen.

'Hoor je die nachtegalen, Ephialtes? Toen ik op Rhodos woonde, had ik een nachtegaal als huisdier. Hij begon altijd te zingen wanneer het donker werd. Maar om je vraag te beantwoorden, de vogels hebben het me verraden.' Hij krabde zijn bezwete nek. 'Meer kan ik er beter niet over zeggen.'

Ephialtes wendde zijn blik af om zijn ergernis te maskeren. Eerder op de avond waren hij en Orontobates voor een bespreking ontboden door Memnon, die zijn opwinding nauwelijks kon beheersen, wat heel ongebruikelijk voor hem was. Heer Mithra was enkele dagen daarvoor vertrokken en Memnon had zich op de voorbereidingen voor de verdediging van de stad gestort. Af en toe had hij wel iets laten vallen over een spion en over 'waardevolle informatie', maar toen ze bijeenkwamen, was de man van Rhodos ronduit opgetogen geweest.

'Ik dacht eerst dat de man een oplichter was, een bedrieger,' had Memnon bekend en daarop was hij met zijn nieuws voor de dag gekomen: dat Alexander elk moment bij de Villa van Kybele kon arriveren met niet meer dan een licht bewapende patrouille als bescherming. Orontobates was opgetogen geweest totdat Memnon de rest van het nieuws vertelde: dat de schrijver Pamenes was vermoord. Memnons spion had hem toevertrouwd dat het lichaam van de dode klerk nu in een van de bijgebouwen van de villa lag. En dat Pamenes' geheime aantekeningen in het lijkkleed waren verborgen. Toen was de glimlach van het gezicht van de Perzische gouverneur verdwenen, maar in zijn opwinding besteedde Memnon er geen aandacht aan.

'Mijn spion heeft erop aangedrongen dat zowel het lijk als het geschrift worden opgehaald. We moeten een ervaren aanvalsmacht sturen.'

'Ja, ja,' had Orontobates snel ingestemd. 'Zowel het lijk als het geschrift!' De Perzische gouverneur was zenuwachtig geworden, hij krabde zijn wang en plukte aan zijn baard. Ten slotte had Memnon hem gevraagd wat er aan de hand was.

'Pamenes was heer Mithra's spion aan koningin Ada's hof,' zuchtte de Perzische gouverneur.

'Wat?' had Memnon gesnauwd.

'Ik weet niet wie je bron is, heer Memnon,' had Orontobates verklaard, 'maar hij schijnt goed op de hoogte te zijn. Inderdaad moeten zowel het lijk als het geschrift worden weggehaald. Ik zal ervoor zorgen!'

Daarop was Orontobates' goede humeur teruggekeerd.

Ephialtes begreep dat de agenten van de Perzische gouverneur in de stad hem goed nieuws hadden gebracht. Om het te vieren had Orontobates een intiem banket laten aanrichten waarbij zijn koks zichzelf hadden overtroffen. Tijdens de maaltijd hadden Ephialtes en Memnon zich verbaasd over Orontobates' zelfvoldane houding. Zijn lippen bewogen zonder geluid, alsof hij stilletjes plezier had om iets grappigs. Nu vulde de gouverneur zijn wijnkelk opnieuw en greep de beide zilveren oren vast.

'Ik heb een geschenk voor je, Memnon.' Hij tilde de beker op en nam een slokje. 'Je bent niet de enige met geheimen.'

'Niet weer een danseresje, hoop ik?' zei Memnon smalend. 'Ik heb het al duizend keer eerder gezegd, Orontobates, er is slechts één vrouw in mijn leven!'

'Ik weet het,' onderbrak Orontobates hem. 'De beeldschone Barsine. Nee, het is geen meisje deze keer.' Hij tikte met zijn nagels tegen de zijkant van zijn wijnkelk. 'En ook geen schat, of een zwaard, maar een eunuch. De Eunuch, om precies te zijn.'

Orontobates schaterde om hun verbazing. Hij zette zijn wijnkelk weer op de grond, leunde naar achteren en klapte in zijn handen. Zijn kapitein van de wacht verscheen in de deuropening.

'Breng de gevangene hier!'

De kapitein verdween en kwam terug met een van de merkwaardigste verschijningen die Memnon ooit had gezien. Het eerste ogenblik dacht hij dat het aan het slechte licht lag.

'Breng hem dichterbij!' beval Orontobates.

De man, die een vuil hemd droeg dat tot zijn voeten reikte, werd naar voren geduwd met een gerammel van kettingen en boeien om zijn polsen en enkels. Hij was opvallend lang, minstens 1,85 m. en graatmager. Zijn gezicht was eigenaardig, zijn hoofd bijna kaal, en de manier waarop zijn onderlip uitstak deed Memnon denken aan een dode karper. De man keek niet naar Orontobates, maar staarde recht voor zich uit. De kapitein van de wacht kneep hem in zijn schouder en dwong hem te knielen. De eunuch wierp zijn kwelgeest een kwaadaardige blik toe. Kreunend en steunend alsof zijn knieën hem pijn deden, ging hij ongevraagd op zijn hielen zitten. Hij hief zijn handen op en wreef over een litteken op de plek waar zijn rechteroor zou moeten zitten.

'Een fijn cadeau,' mompelde Ephialtes.

Memnon bekeek de tot spleetjes geknepen ogen van de

eunuch, zijn opvallend grote neus en zijn uitstekende onderlip, klaar om te pruilen. De gevangene weigerde nog altijd naar de gouverneur en zijn metgezellen te kijken. Hij leek gefascineerd door een wandkleed dat achter Orontobates hing.

'Gaat het u om leedvermaak?' De stem van de eunuch klonk ruw. 'Ben ik daarom hierheen gebracht? Zodat u zich aan me kunt verlustigen? Of wilt u me laten dansen? Word ik gekruisigd? Of wordt mijn hoofd gewoon afgehakt?'

'Heren, heren!' Orontobates spreidde zijn handen. 'Kijk naar dit schepsel en verwonder je. Hij noemt zich Eunuch, een ongeluk bij zijn geboorte geloof ik. Bij hem ontbreekt wat de meeste mannen tussen hun benen hebben.'

'En wat ik tussen mijn oren heb, ontbreekt bij de meeste andere mannen!' kaatste Eunuch terug.

Memnon keek aandachtiger naar hem. De kleding van Eunuch was smerig, zijn kin was bedekt met onaantrekkelijke stoppels en wanneer hij zich bewoog, wasemde hij een zurige stank uit die het zware parfum in het paviljoen overheerste. De rechterkant van zijn gezicht vertoonde littekens waar zijn oor was verwijderd, maar het waren zijn handen die Memnons aandacht trokken. Zijn vingers waren lang, slank en licht gekromd als de klauwen van een grote roofvogel. Zijn nagels waren schoon en netjes kortgesneden.

'Zal ik jullie aan mijn gast voorstellen?' mompelde Orontobates. 'Oh, ik ben zo blij dat ik je heb gevangen. Je bent niet bestemd voor het executieterrein, Eunuch, bepaald niet!'

De verandering in het gezicht van de man was verbijsterend. Zijn ogen leken groter te worden, zijn lip stak minder vooruit en hij opende zijn mond, zodat zijn gave witte tanden zichtbaar werden. Hij wilde naar voren strompelen, maar de kapitein van de wacht, een Griekse huurling, greep hem bij zijn nek en trok hem achteruit.

'Zoals ik al zei,' vervolgde Orontobates, 'we kennen de naam van deze man niet, maar hij noemt zich Eunuch en hij maakt geen geheim van zijn misvorming. Sommige mensen beweren dat hij een ammoniet is en anderen dat hij werd geboren in Kanaän als zoon van een heks.'

'Nee hè, geen zwarte magie en tovenarij!' onderbrak Memnon hem.

Eunuch keek hem hooghartig aan.

'Nee, dat niet,' antwoordde Orontobates. 'Onze vriend

Eunuch heeft het aardoppervlak bereisd. Steek je handen uit, Eunuch!'

De gevangene gehoorzaamde.

'Kijk eens naar die handen, die mooie slanke vingers, heer Memnon. Mijn muzikanten, met name mijn harpspelers, zouden zulke handen als een geschenk van de goden beschouwen.'

'Ook al heeft hij slechts één oor?' onderbrak Memnon hem.

'Oh, dat is het gevolg van een nogal ontevreden klant enkele jaren geleden. Eunuch is namelijk een buitengewoon bekwaam schrijver, of het nu gaat om een wastablet, een stuk papyrus of een rol perkament. Hij is een meestervervalser – uit het tasje dat hij meestal bij zich draagt, tovert hij volmachten en brieven, pasjes en vergunningen, stuk voor stuk voorzien van het zegel van een of andere gouverneur. Hij heeft zelfs het persoonlijke zegel van de koning der koningen nagemaakt! Iedereen die de grens wil passeren of die een vals verkoopbewijs of een handelsvergunning wil verkrijgen, wendt zich tot Eunuch en die stelt hem zelden teleur. Slechts één keer ging het mis, nietwaar?' Orontobates leunde voorover. 'Was het geen koopman uit Damascus? Eunuch maakte een fout, een heel simpel foutje. Hij stelde een document op in naam van een grensbeambte, maar een oplettende schrijver, een familielid van de ambtenaar, besefte dat de datum niet klopte...'

'Het scheelde maar een paar dagen,' kreunde Eunuch.

'Hoe dan ook,' vervolgde Orontobates, 'de goederen van de koopman werden in beslag genomen. Samen met zijn compagnons ging hij op zoek naar Eunuch. Ik moet zeggen dat die zich gelukkig mag prijzen dat hij er met het verlies van één oor afkwam. Onze Eunuch is een vermogend man en hij houdt van een gokje. Hij houdt ook van jonge vrouwen, nietwaar? Misschien kunnen ze niet veel voor hem doen, maar hij kan beslist iets voor hen doen. Onze Eunuch is een man vol geheimen!'

Plotseling begreep Memnon waar Orontobates heen wilde.

'Het Pythias-manuscript?'

'Precies!' Orontobates grijnsde. 'Heb je gehoord van het Pythias-manuscript, Eunuch, de geheime boodschap van de architect die de stadsmuren heeft gebouwd?'

'Ik dacht dat het een fabeltje was.'

'Heb je verstand van geheimschrift?' vroeg Memnon streng.

Eunuch hield zijn blik gevangen met ogen zo zwart als obsidiaan, de pupillen waren zo groot dat er vrijwel geen wit meer te zien was.

'Ben je verraderlijk?' vroeg Memnon.

'Kan een vis zwemmen?' grapte Orontobates.

'Ja, ik denk wel dat je verraderlijk bent.' Memnon stak zijn hand uit en legde hem om de kin van Eunuch. 'Maar heb je ook verstand van geheimschrift, van in code opgestelde teksten? Zou je het Pythias-manuscript kunnen ontcijferen?'

'Vertel het hem! Vertel het hem!' Orontobates wreef zijn handen tegen elkaar.

'Wat zijne excellentie de gouverneur heeft gezegd is waar,' gaf Eunuch toe. 'Ik heb de aarde bereisd, meester.'

Memnon trok zijn hand terug. Eunuch kroop op zijn knieën naar voren tot alleen het tafeltje hen scheidde.

'Ik heb de tempelmanuscripten van Memphis in Egypte bestudeerd en ook die in Babylon. Ik heb zelfs een poosje gewerkt in de stad Delphi.'

'Ach ja, de plek van het orakel.' Memnon knikte. 'De geheime geschriften van de priesters.'

'Daar kan ik voor instaan,' verklaarde Orontobates. 'Onze vriend hier heeft zelfs koninklijke boodschappers onderschept, de berichten die ze bij zich droegen geleend en ze ontcijferd voor mensen die ze nooit onder ogen hadden mogen krijgen. Daarom zijn we ook zo ijverig overal naar hem op zoek geweest.'

'Hoe heb je hem gevangen?' vroeg Memnon.

'Met lokaas,' antwoordde Orontobates. 'Een rijke koopman, een kennis van me, begon rond te fluisteren dat hij bepaalde pasjes en vergunningen nodig had. Hij bood een hoge prijs en onze vriend kon dit niet weerstaan. We hebben hem opgepakt in de leerlooierswijk. Hij probeerde nog te ontsnappen door zich uit te geven voor een bedelaar. Wat een succes, niet?'

'Kun je het Pythias-manuscript vertalen?' vroeg Memnon.

'Ik kan het proberen.'

'Je zult wel moeten,' dreigde Orontobates. 'Ben je op de schedelplaats geweest?'

De glimlach verdween van het gezicht van Eunuch.

'Heb je de galgen daar gezien? Dat is waar we mannen kruisigen. Soms duurt het dagen voordat ze sterven, nietwaar, kapitein?'

'Ook wel eens weken, excellentie.'

'Een afschuwelijke dood, kruisiging.' Orontobates bleef naar achteren leunen op zijn bank. 'We houden je in leven met water, zodat de zon je niet uitdroogt, maar uiteindelijk worden je benen te zwak. Jij hebt lange benen, Eunuch, en sterke ledematen. Je blijft jezelf omhoog duwen terwijl je van de ene bewusteloosheid in de andere valt. Je voelt hoe je lichaam doorzakt en je ribbenkast dicht wordt gesnoerd alsof er een ijzeren band om je borst zit. Je krijgt het benauwd en dus duw je jezelf weer omhoog en begint het hele spel van voren af aan.' Orontobates kneep zijn ogen halfdicht en tuitte zijn lippen. 'Ik denk dat jij wel een dag of vier, of zelfs vijf zult blijven leven.'

'Wat wilt u?' vroeg Eunuch.

'Een vertaling van het Pythias-manuscript,' eiste Memnon.

'En als me dat lukt?'

Memnon krabde zijn kin. 'Volledige gratie voor alle misdaden en vergrijpen. Twee beurzen vol gouden dareiken en een pasje waarmee je overal in het rijk kunt reizen.'

'En de schat?' Het hoofd van Eunuch kwam omhoog.

'Aha, dus je bent bekend met het Pythias-manuscript?'

'De schat,' herhaalde Eunuch. 'Men zegt dat de architect in het manuscript verklapt waar hij zijn schat heeft verborgen. Ik wil de helft.'

Memnon hield zijn hoofd schuin en keek Eunuch doordringend aan. 'Ken je Alexander van Macedonië?'

'Ik heb zijn leger gezien tijdens mijn reizen.'

Memnons hand verdween onder een kussen. Eunuch slikte moeizaam. 'Ben je in zijn kamp geweest?' vervolgde Memnon.

Ephialtes zwaaide zijn benen van de bank af. Orontobates glimlachte niet meer.

'Waar ben je geweest voordat je Halikarnassos bereikte?' vroeg Memnon streng.

'Ik, uhhh...'

Ergens tokkelde een harpspeler een vrolijk wijsje, zacht, melodieus als stromend water. Memnon duwde het tafeltje opzij, haalde zijn hand onder het kussen vandaan en legde de vlijmscherpe rand van zijn dolk tegen Eunuchs linkeroor.

'Misschien word je gekruisigd,' mompelde hij, 'en mocht dat gebeuren, dan verzeker ik je dat je zonder oren aan dat kruis zult hangen!'

'Wat is dit?' vroeg Orontobates hees.

'Ik heb mijn twijfels over onze vriend hier,' antwoordde Memnon. 'Hoe lang ben je al in Halikarnassos?'

Eunuch likte langs zijn lippen. 'Drie dagen.'

Memnon wendde zich tot Orontobates, terwijl hij zijn dolk liet waar hij was.

'Hoe lang heeft die koopman-vriend van je rondgefluisterd dat hij vergunningen nodig had?'

'Minstens zeven dagen.'

'Waarom heb je dan niet eerder toegehapt?' Memnon duwde zo hard tegen de dolk dat Eunuch zijn gezicht vertrok van pijn. 'Zal ik je vertellen waar je bent geweest? Je bent een vervalser en een oplichter,' vervolgde Memnon. 'Een man die net zo vertrouwd is met misdrijven als een vogel met vliegen, en er is geen betere plek voor oplichterij dan een optrekkend leger. Heb je het druk gehad bij de Macedoniërs, Eunuch? Laat eens kijken. Vervalsingen van brieven en vergunningen om provisies op te strijken, nietwaar? Mijn beste gouverneur, had je het niet over een tasje dat dit schepsel bij zich had?'

'We hebben het nooit gevonden,' antwoordde Orontobates. 'Eunuch zat in een wijnlokaal aan de rand van de leerlooierswijk. Hij werd wantrouwig en vluchtte. Zijn tas kan op de bodem van een of andere put of op een vuilnisbelt liggen.'

'Het zou heel interessant zijn geweest daar eens in te snuffelen.' Memnon glimlachte. 'Ik kijk naar je ogen, Eunuch. Je vraagt je af of je de waarheid of een leugen zult vertellen. Houd je van gokken, van een kansje wagen? Gok dan nu. Als je verliest, neem ik jou je oor af en zijne excellentie neemt je leven.'

'Het is waar.'

Eunuch beefde over zijn hele lichaam. Hij was van plan geweest te liegen, maar de halfdichte ogen van de Griekse huurling leken zijn diepste gedachten te kunnen lezen. 'Toen het Macedonische leger van de bergpassen omlaag kwam, werd ik een kampvolger. Zoals u zegt was ik op zoek naar mogelijkheden en daar wemelde het van. Elke vreemdeling die in een dorp of stad verschijnt, wordt beschouwd als een vriend van de Macedoniër...'

'En wordt met de grootste achting behandeld,' onderbrak Memnon hem. 'Ik weet zeker dat je vervalste brieven bij je droeg waarin je als vriend van de koning van Macedonië werd voorgesteld. Klopt dat? Daarom gooide je je tasje weg. En daarom ben je nu zo zenuwachtig. Maar ga door...'

'Ik hoorde van het Pythias-manuscript.' Eunuch slikte met moeite. Zijn keel was kurkdroog, het leek wel of hij stof had ingeslikt. Memnon bood hem zijn wijnkelk aan en de gevangene dronk gulzig.

'Iedereen weet dat Alexander optrekt naar Halikarnassos. Er werd over gepraat onder de kampvolgers. Men zei dat Alexander schrijvers van koningin Ada had aangenomen om het Pythias-manuscript te vertalen.'

'En?'

'En dus bood ik mijn diensten aan.'

Eunuch kreunde toen Memnons mes hem een snee bezorgde, zodat er een straaltje bloed langs zijn wang liep. 'Maar er ging iets mis,' jammerde hij. 'Alexanders tovenaar, dat schepsel...'

'Aristandros?'

'Ja, die.'

'Ik neem aan dat hij vragen begon te stellen?'

'Ja, ja. Daarom ben ik gevlucht. Ik had Macedonische brieven bij me. Vandaar dat Aristandros en die bruten van hem geïnteresseerd waren in...'

'Denk je dat je dit geheimschrift kunt ontcijferen?' Memnon haalde de dolk weg.

'Voor de beloning?' Eunuch wreef over zijn linkeroor. 'En als wraakneming. Het lukt me wel, meester, sneller dan welke schrijver van Alexander dan ook!'

'Was het een ongeluk of was het moord?'

Alexander van Macedonië ging dieper op zijn bank zitten. Zijn vreemd gekleurde ogen waren roodomrand van vermoeidheid, zijn haar was doordrenkt van het zweet en zijn wangen vertoonden diepe lijnen van uitputting. De wijnbeker in zijn hand bevatte meer water dan sap van Lesbos. De gerechten van lamprei, schaaldieren en met olijven gevulde kip had hij nauwelijks aangeraakt. Hij had alleen enkele pannenkoeken met honing en sesamzaad gegeten.

Telamon keek de eetzaal rond omdat hij zeker wilde weten dat er niemand meeluisterde. Hephaistion, Alexanders boezemvriend, lag te slapen op de bank aan de linkerhand van de koning. Ook generaal Ptolemaios sliep. Nadat hij twee bekers wijn had gedronken, was hij ingedut met een stuk pannenkoek tussen zijn vingers geklemd. De overige gasten, inclusief Solanos en de andere schrijvers, zaten met elkaar te babbelen. De mageros stond in de deuropening en staarde somber naar de koning. Alexander draaide zich om en ving zijn blik op.

'Wat mankeert die vent?' fluisterde hij.

'Je hebt het eten nauwelijks aangeraakt,' mompelde Telamon.

'Je hebt zijn gevoelens gekwetst. Hij wilde een palingschotel bereiden.'

'Mijn maag borrelt als een pan op het vuur, maar je hebt gelijk...' Alexander hief zijn wijnkelk in de richting van de mageros. 'Een heerlijke maaltijd, man!' schreeuwde hij boven alle conversatie uit. 'Ik heb hem geen eer aangedaan, maar dat ligt aan mij, niet aan jou. Je krijgt deze kelk als teken van mijn waardering.'

De mageros boog en trok zich terug. Een officier van de Zilverschilden, een elitekorps van de infanterie, sloot de deuren achter de kok en keerde terug naar zijn post in de schaduwen. Hij vormde met andere officieren een kring rond de ligbanken. Onbeweeglijk als standbeelden, de handen op het gevest van hun zwaard, hielden ze hun ogen op hun leider gericht. Andere leden van deze eenheid patrouilleerden door de gangen of zaten op hun hurken in de tuin onder de acacia's, de platanen en de palmbomen. De muzikanten hadden de moed opgegeven en waren vertrokken. De koning had hen nauwelijks opgemerkt. Hij had Sarpedon, die languit op een bank tegenover hem lag, toegefluisterd dat hij eigenlijk alleen maar rust wilde.

'Was het een ongeluk of was het moord?' herhaalde Alexander.

'Dat zal ik je over een poosje vertellen,' plaagde Telamon hem.

De koning fronste zijn wenkbrauwen, een teken van opkomende woede. Telamon nam zich voor op zijn hoede te zijn. Hij dankte de goden dat Kassandra niet was uitgenodigd. Soms vond Alexander haar spottende opmerkingen moeilijk te verteren.

'Wat ik wil weten, is waarom je zo'n haast hebt,' drong Telamon aan. 'Hoeveel man heb je meegebracht?'

'Niet veel.'

'Je had wel in een hinderlaag kunnen lopen.'

'Dat overkomt me niet.'

'Hoe weet je dat zo zeker?'

'Mijn moeder zei dat ik de grote veroveraar van de wereld zou worden.' Alexander glimlachte. 'Ik zal tot de rand van de oostelijke kusten marcheren terwijl mijn leven in de handen van de goden ligt.'

'En geloof je Olympias?'

'Ik ben bang voor haar.' Alexander nam een teugje wijn.

'Ze zal het niet leuk vinden dat je een andere moeder hebt aangenomen.'

Alexander gooide het hoofd in de nek en schaterde. 'Bedoel je koningin Ada? Een meesterlijke zet, vind je niet? Ik ben nu haar wettige erfgenaam! Steden en dorpen die haar trouw zijn gebleven, hebben me verwelkomd met gouden kronen en bloemenslingers. Moeder begrijpt heus wel wat ik van plan ben. Ze weet dat er maar één Olympias bestaat.' De koning liet zijn stem dalen. 'De goden zij dank!'

'En je wilt nog steeds morgenvroeg vertrekken?'

'Bij het aanbreken van de dag,' antwoordde Alexander. 'Ik wil de verdedigingswerken van Halikarnassos met eigen ogen bekijken.'

'Ook dat is gevaarlijk.'

'Het hele leven is gevaarlijk!' Alexander wees naar de borden en schalen. 'Het eten zou vergiftigd kunnen zijn, er had een visgraat in mijn keel kunnen blijven steken.'

'En waar is de rest van het leger?'

'Ongeveer een halve dagmars achter ons.' Alexander sloot zijn ogen. 'Ik heb Parmenion het opperbevel gegeven. Die oude beer zal de troepen wel opzwepen met zijn scherpe tong.'

Telamon wendde zijn blik af. Hij kon het zich levendig voorstellen. Parmenion, de oude generaal met zijn zonverbrande gezicht en grijswitte haar, zou langs de rijen zwetende mannen rijden en hen aanzetten tot spoed. De verschillende eenheden zouden omringd door wolken stof uit volle borst schunnige liedjes brullen. Officieren zouden bevelen schreeuwen te midden van schetterende trompetten. Het gerammel van wagens en het donderende hoefgetrappel van de cavalerie zouden weerklinken terwijl het leger onderweg als een zwerm sprinkhanen de gewassen van het land opvrat en uit rivieren en putten dronk.

'Memnon zal klaar voor je zijn.'

'En ik zal klaar zijn voor Memnon. Deze keer heb ik hem in de val.'

'Hij denkt dat hij jou in de val heeft.'

'Klopt.' Alexander pakte een olijf en knabbelde er voorzichtig aan. 'Ik heb alle kaarten bekeken. Mijn belegeringstoestellen bevinden zich nog op zee.'

'Dus wat wil je doen? Over de muren van Halikarnassos springen? Vleugels krijgen als Ikaros en de zon tegemoet vliegen?'

Alexander boog zich over de hoofdsteun van de bank, zodat zijn gezicht dat van Telamon bijna raakte. Zijn adem rook naar wijn, maar zelfs stof en zweet konden de specifieke geur die Alexanders huid uitwasemde niet maskeren. Hij was ongeschoren, de rossig-blonde stoppels glansden in het licht van de olielampen, en zijn haar was lukraak en ongeolied naar achteren gestreken. Telamon wees naar de wijnkelk van de koning.

'Je gaat toch niet te veel drinken?'

'Je gaat toch niet te veel drinken?' bauwde Alexander hem spottend na. 'Ik maak me zorgen om je, Telamon. Of liever, ik verbaas me over je. Je gelooft me niet, hè? Je denkt dat we gewoon maar wat heen en weer marcheren. Kijk naar de kaarten!' snauwde de koning. 'Wanneer Halikarnassos in mijn handen valt, zal elke zeehaven langs de Egeïsche Zee van mij zijn. De Perzische vloot kan er ronddrijven als stof op een vijver terwijl ik recht op het hart van hun rijk afga.'

'Waarom doe je dat nu niet?' antwoordde Telamon.

De koning zuchtte en ging weer gewoon op zijn bank zitten.

'Je zou de stad kunnen vermijden,' vervolgde Telamon. 'Of gaat het ergens anders om, Alexander? Je hebt je grootste veldslag aan de Granikos gewonnen. Probeer je nu je vader naar de kroon te steken, Philippus de beroemde stedenbelegeraar? Wil je de hele wereld laten zien dat geen enkele stad, hoe goed versterkt ook, Alexander kan weerstaan?'

De koning spuwde de olijf uit in zijn handpalm en wreef deze af aan een servet. 'Je schijnt per se te willen redetwisten. Ik stel je vragen, Telamon, en je beantwoordt ze niet.'

'Ik wil gewoon weten waarom je voor de muren van Halikarnassos wilt gaan zitten,' verklaarde de arts.

'Ik heb die haven nodig.'

'Welnee. Zelfs als je de stad weet in te nemen, kan Memnon zich terugtrekken naar een van die citadellen en kan de Perzische vloot daar blijven liggen. Ik vraag me af...'

Alexander keek hem onderzoekend aan en knipoogde. 'Halikarnassos...' begon hij. 'Oh, tussen haakjes, waarom heeft Sarpedon die handschoenen aan?'

Telamon vertelde het hem.

'Dus hij lijkt op je vader, hè, geneesheer?' plaagde Alexander. 'Die verliet het leger van mijn vader om boer te worden.'

'Hij kreeg genoeg van moorden en bloedvergieten.'

'Dat overkomt veel soldaten.' Alexander hief zijn wijnbeker

en dronk Sarpedon toe, die daarna opstond en naar de deur liep.

'Wat wilde je zeggen?' drong Telamon aan.

'Halikarnassos is een prachtige stad. Achter die muren ligt het schitterende Mausoleum. Halikarnassos beschikt over de beste verdedigingswerken in het westelijk deel van het Perzische rijk. Je hebt gelijk, geneesheer. Als ik die stad verover, hoe onwaarschijnlijk het ook lijkt, is dat beter dan welke grootse overwinning te land of ter zee ook. Dan laat ik de hele wereld weten dat geen vesting tegen mij bestand is.'

'En je vader?'

'Philippus slaapt in de Hades,' mompelde Alexander. 'Ik wil graag dat hij daar blijft en me niet achtervolgt in mijn dromen.'

'Heb je nog steeds nachtmerries?'

Alexander knikte. 'Ik zie Philippus de poort doorgaan en het amfitheater betreden, Telamon. Alle afgevaardigden van Griekenland staan te wachten om hem te begroeten. De moordenaar Pausanias komt aanrennen met een dolk in zijn hand. Ik zie hem zijn slag slaan. Ik weet niet of ik mijn vader moet waarschuwen of de moordenaar moet aansporen.'

'Praat je hierover met Hephaistion?'

'Nee.' Alexander leek in gedachten verdiept. 'Maar ik praat erover met mezelf. Heb ik mijn vader vermoord?' Hij tikte tegen de zijkant van zijn hoofd. 'Herinner jij je nog onze jongenstijd op de Academie van Miëza, de school van Aristoteles? Wanneer onze grote filosoof zijn nagels niet zat te beschilderen, praatte hij over de ziel en de wil. Hij beweerde dat wij menselijke wezens op verschillende niveaus bestaan en handelen. We zijn wie we denken te zijn. We zijn wie we willen dat anderen denken dat we zijn. En ten slotte zijn we wie we werkelijk zijn. Wilde ik echt Philippus' dood? Was ik stilletjes blij met de moordenaar? Was Philippus mijn vader? Of heeft Olympias gelijk en ben ik verwekt door een god?'

'Je bent de zoon van Philippus, Alexander. Je bent onschuldig aan zijn dood, maar dat geldt niet voor je moeder. Philippus heeft je verwekt. Je hebt zijn genialiteit.'

Alexander kneep zijn ogen halfdicht.

'Misschien ben je zelfs wel beter, maar ik weet niet zeker waarin,' vervolgde Telamon.

Alexander lachte en wees naar Gentios en Demerata die elkaar kusten. 'Ik verheug me erop hem te horen optreden – maar niet vanavond,' zei hij vermoeid.

'Waar zijn Aristandros en zijn mooie jongens toch, zijn koor?'
'Ach ja, ik heb nieuws voor je. We moesten Aristandros achterlaten. Hij voelt zich niet goed.'
'Toch wel iets ernstigs, hoop ik?'
'Aristandros wil je spreken. Hij heeft een zware verkoudheid en Kleon, Perdikles en Nikias, de andere artsen, zijn al door hem weggestuurd. Hij zegt dat hij hun vingers niet in de buurt van zijn neus of zijn oren wil hebben! Maar nu terug naar de dood van Pamenes, Telamon. Was dat moord of een ongeluk?'
'Het zou moord kunnen zijn. Pamenes was alleen in zijn kamer.'
'De zogeheten spookkamer?'
'Ja, de vloerplanken kraken als op een schip bij windstilte. Pamenes stond vroeg op vanochtend. Hij ging naar beneden en at in een van de keukens wat brood, kaas en druiven. Daarna zocht hij zijn kamer weer op. De rest in huis ging gewoon zijn gang. De mageros en zijn helpers waren druk bezig in de keukens. Ze wisten dat je zou komen en dat betekent dat elke Perzische spion het ook wist.'
Alexander deed dit af met een nonchalant handgebaar.
'Ik was in de tuin met Kassandra...'
'Hoe gaat het met haar?'
'Net zo liefdevol en beminnelijk als altijd.'
Alexander glimlachte.
'Sarpedon was zijn bloemen aan het verzorgen. Hij is maar één keer naar het huis teruggegaan om wat met water verdunde wijn te drinken. Daarna zijn we bijeengekomen in de weefkamer om onze vorderingen te bespreken. Die discussie was buitengewoon kort,' zei Telamon droog. 'Volgens Bessos liep Pamenes nog heen en weer in zijn kamer toen hij zelf naar beneden kwam voor onze vergadering.'
'Maar volgens jou was Pamenes al minstens een uur dood?'
'Ik kan me vergissen, want een plotselinge dood kan snelle afkoeling tot gevolg hebben,' bekende Telamon.
'En kan het ook een ongeluk zijn geweest?' vroeg Alexander.
'Pamenes was blijkbaar dol op vogels en andere dieren. Hij had een mandje met zaad in zijn kamer en hij leunde vaak uit het raam om allerlei vogels te voeren, vooral de duiven die neerstreken op de richel onder het raam. Ik ben in zijn kamer geweest. Ik heb wat vogelzaad opgeraapt en ben ermee uit het raam gaan hangen. Het is heel goed mogelijk dat Pamenes naar buiten leun-

de, zijn evenwicht verloor en omlaag tuimelde. Zoiets gebeurt vaak genoeg. Hij viel rakelings langs de zijgevel, want zijn linkerknie was licht geschaafd.' Telamon sloeg zijn handen tegen elkaar. 'Toen belandde hij ondersteboven op de bestrating – het pad van rode stenen dat langs de muren is gelegd om het vocht te weren. Hij moet op slag dood zijn geweest, zijn schedel werd verbrijzeld.'

'Is zo'n val dodelijk?'

'Absoluut. Herinner je je Aristoteles' lessen over beweging nog? Misschien heeft Pamenes even geworsteld om zijn evenwicht te bewaren, maar dat heeft zijn val juist meer gewicht en snelheid gegeven. Hij tuimelde naar beneden, draaide zich tijdens de val minstens een of twee keer om en smakte met zijn hoofd op de keien.'

'En hij heeft niet geschreeuwd? Iemand had dat toch moeten horen.'

'Pamenes' kamer is aan de buitenkant van het huis door een steunbeer van ongeveer een voet diep van Bessos' kamer gescheiden. Hij moet in stilte zijn gevallen of zijn geschreeuw werd niet opgemerkt.' Telamon wees naar Gentios en Demerata die elkaar nog altijd liefdevol aankeken. 'Onze steracteur en zijn vrouw waren hun optreden aan het voorbereiden met veel gekletter van cimbalen, waardoor iedereen werd afgeleid.'

'Kan er ook iemand die kamer zijn binnengegaan en Pamenes uit het raam hebben gegooid?'

'De deur was vergrendeld en er was geen teken van een worsteling. Pamenes' lichaam vertoonde geen enkele verwonding die niet kan worden verklaard door de plotselinge val.'

'Kan er iemand naar binnen zijn gegaan, de deur hebben vergrendeld, Pamenes hebben overgehaald naar het raam te komen, hem eruit hebben gegooid en vervolgens langs de richel onder het raam zijn vertrokken?'

'Daar heb ik ook aan gedacht,' beaamde Telamon, 'maar dan had Pamenes de tijd om zich te verzetten en er is niets verstoord in de kamer. Ik heb bovendien die richel onderzocht, hij is bedekt met vuil en vogelpoep. Ik verzeker je dat daar niemand op heeft gelopen.'

'Kan er dan iemand omhoog zijn geklommen?' Alexander begon nu echt plezier te krijgen in het vraag-en-antwoordspelletje.

'Dat zou alleen een aap of een vlieg lukken. Ik heb de villa laten doorzoeken en er zijn geen ladders gevonden waarmee je die hoogte kunt bereiken.'

Alexander legde zijn hoofd tegen de armleuning van de bank. Telamon wist niet of hij wilde gaan slapen of dat hij nadacht.

'Had Pamenes vijanden? Kijk om je heen, Telamon, die priester met dat vreemde masker misschien? Hij mocht Pamenes niet.'

'Ze hadden een geschil over een of andere hofdame aan koningin Ada's hof,' maar Bessos kon wel goed met Pamenes opschieten. Hij had grote bewondering voor zijn kennis. Solanos was jaloers op hem. Koningin Ada besteedde blijkbaar meer aandacht aan Pamenes dan verstandig was.'

Ze staarden allebei naar de oudste schrijver, wiens sluike haar over zijn gezicht hing. De broodmagere man viel op het eten aan als een gier op een lijk.

'Als ik me goed herinner, was Solanos degene die de Villa van Kybele uitkoos,' zei Alexander lijzig. 'Wel, hij en Sarpedon samen, maar Solanos nam toch de beslissing. Hij nam ook de mageros in dienst. Heeft onze kok vroeger niet gewerkt in de keukens van de gouverneur van Halikarnassos, totdat er een onderzoek plaatsvond naar aanleiding van een partij verdwenen vaatwerk? De man meldde zich daarop prompt bij het hof van koningin Ada.'

'Wil je daarmee zeggen dat het moordenaars of spionnen kunnen zijn?' Telamon vertrok zijn gezicht. 'Die kans bestaat. Darius en Memnon, om niet te spreken van heer Mithra, zouden een fortuin betalen voor jouw hoofd.' Hij wees naar de borden. 'Sarpedon heeft jouw eten zelf voorgeproefd.'

'Hoe zit het eigenlijk met hem?' Alexander ging rechtop zitten. 'Waar is hij trouwens heen?'

'Sarpedon is een goed soldaat,' antwoordde Telamon. 'Plichtsgetrouw, maar zonder veel opleiding. Voor zover ik weet, was hij op Pamenes gesteld. Bessos en hij dronken vaak een beker wijn met hem.'

Telamon keek naar de olielampen die laag brandden in hun schalen. 'Weet je nog wat Aristoteles placht te zeggen? Kijk naar het bewijsmateriaal!' mompelde hij. 'Wat mogelijk is, moet ook waarschijnlijk zijn. Alle bewijzen rond de dood van Pamenes wijzen op een betreurenswaardig ongeluk.'

'Ik ken je, Telamon, misschien beter dan jij mij kent,' fluisterde de koning.

Telamon liet zijn blik snel in het rond gaan. De schrijvers, de andere gasten en de officieren hadden stevig gedronken. Er klonk gerammel van bekers en schalen. De conversatie was luidruchtig geworden. Sommigen schreeuwden dat er weer een olielamp moest worden aangestoken. Ptolemaios snurkte uit volle borst en Hephaistion kon maar met moeite wakker blijven.

'Er zijn toevalligheden en er zijn toevalligheden. De dood van Pamenes lijkt een betreurenswaardig ongeluk,' verklaarde Telamon.

'Maar dat kan de opzet zijn geweest?'

'Precies. Hij werkte aan het Pythias-manuscript.'

'Dat doet Aristandros ook.' Alexander lachte. 'Wanneer hij niet jammert over zijn neus tenminste. Een zekere Eunuch bood hem zijn hulp aan, een schurk die in ons kamp pasjes en vergunningen vervalste. Voordat Aristandros' mooie jongens hem in hun lieflijke klauwen kregen, was hij echter al gevlucht. Waarschijnlijk werkt hij nu voor Memnon in Halikarnassos.'

'Is hij goed?' vroeg Telamon.

'Hoe meer ik over hem te weten kom, hoe meer ik betreur dat Aristandros zo overhaast te werk ging. Een uiterst bekwaam vervalser. Een slimme man kan alleen worden gevangen door een slimme man – daarom heb ik jou nodig, Telamon.' Alexander zweeg even en nam een teug van zijn wijn. 'Stond Pamenes op het punt de code te ontcijferen?'

'Sarpedon had veel respect voor hem en Bessos ook,' antwoordde Telamon. 'Ik heb Pamenes' aantekeningen doorgesnuffeld. Er was iets merkwaardigs met die kamer.' Telamon beet op zijn lip. 'Maar ik kan het niet plaatsen. Alles was in orde. Hoe dan ook, ik vond een wastablet in zijn houten kistje en dat deed me denken aan een verhaal van Herodotos over Spartanen die werden gewaarschuwd voor de dreigende invasie van Xerxes: De boodschap was niet in de was geschreven, maar in de houten doos gekerfd.'

'Dus je hebt iets gevonden?'

'Ja, dat klopt. EPSILON en PENTE.'

'Grieks voor de letter E en het cijfer 5!' riep Alexander uit.

'En nog iets anders, een regel uit *Antigone* van Sophokles. "'Laat geen toetssteen..." Telamon dacht even na. 'Ja zo was het: "Laat geen toetssteen de harten van de mensen testen."'

'"Als het weefsel van hun geest en hun ziel,"' vulde Alexander aan. '"Zodat ze worden berecht volgens recht en wet." Ik zou geen betere tekst kunnen bedenken om mezelf te beschrijven.'

'Ik heb dit citaat gevonden op een stukje perkament,' verklaarde Telamon. 'Pamenes had elke letter E in de woorden omcirkeld.' Hij haalde zijn schouders op. 'Verder valt er niets te vertellen. Ik heb nog een stok en enkele stukjes perkament gevonden, meer niet.'

'Hoorde ik u daar Sophokles citeren?' schreeuwde Gentios.

Telamon keek op. Dat moest hij onthouden! Gentios had een scherper gehoor dan hij had verwacht. Of kon hij liplezen? Telamon had acteurs gekend die deze kunst beheersten. Had Gentios hun gesprek gevolgd?

Ondertussen had Alexander druiven uit een tros geplukt. Hij gooide ze in Ptolemaios' openstaande mond. Er klonk rumoer bij de deur en Sarpedon haastte zich in hun richting.

'Ik heb de kapitein van de wacht gealarmeerd,' mompelde hij tegen Telamon.

'Wat is er?' Alexander draaide zich om.

'U kunt beter blijven waar u bent, heer,' fluisterde Sarpedon. 'Ik kan het mis hebben en dan wil ik niet worden uitgelachen als een kind dat klaagt over geluiden in de nacht.'

Telamon stond op en volgde Sarpedon de zaal uit. Het was koud op de gangen doordat er telkens een buitendeur openging. Overal waren soldaten bezig een kuras aan te trekken dat in de vorm van hun borstspieren was gemaakt en zich te bewapenen met een zilveren schild. Ze maakten hun grijze leren krijgsrok vast met de purperen sjerp, het symbool van hun eenheid. Boiotische helmen beschermden hun oren en nek. Een officier controleerde de zwaarden en de bijbehorende gordels.

De deur naar de binnenplaats werd opengegooid. Een potige man stapte naar binnen. Zijn haar, snor en baard waren kortgesneden, zijn hoofd was vierkant en zijn gezicht leek op een misvormde kweepeer. Een lang litteken liep precies langs zijn rechteroog en boog zich om zijn oor. Hij droeg een leren kuras, een leren krijgsrok en soldatenlaarzen. Aan zijn dikke, zwarte, met berenbont gevoerde mantel was hij herkenbaar als Kleitos de Zwarte, Alexanders persoonlijke lijfwacht. Kleitos' lelijke gezicht stond slaperig. In zijn ene hand hield hij een kruik wijn en in de andere een half afgekloven kippenpoot. Hij keek om zich heen en kneep zijn goede oog halfdicht toen hij Telamon zag.

'Wat is er aan de hand, geneesheer? Is het feestmaal begonnen?'

'Het is al voorbij,' antwoordde Telamon scherp. 'Toen je aankwam, gooide je de teugels naar een stalknecht en haalde je die kruik en dat vlees uit de keuken. Even later lag je op je rug te snurken in een van de stallen.'

'Waar is al die opwinding voor?' Kleitos zette de wijnkruik op een tafel en legde de kippenpoot ernaast. Sarpedon ging naar hem toe. Kleitos herkende hem en greep zijn hand beet. 'Rustig jullie!' brulde hij tegen de soldaten die zich stonden aan te kleden.

De hele groep werd zo stil als een muis in de buurt van een kat. Er kwam een page aanrennen met Kleitos' zwaardgordel en hij bond hem om. Sarpedon gaf Kleitos en Telamon een wenk dat ze met hem mee moesten naar de met maanlicht overgoten binnenplaats. Telamon tuurde in de verte. De poorten aan de andere kant van de binnenplaats stonden open, daarachter lagen de tuinen, donker en stil. Sarpedon ging van het ene been op het andere staan turen alsof hij iets kon zien. In het huis weergalmden snelle voetstappen en geschreeuwde bevelen.

'Wat is er aan de hand?' drong Kleitos aan, terwijl hij gevaarlijk heen en weer zwaaide op zijn voeten.

'Ik weet het niet zeker,' antwoordde Sarpedon, 'maar ik denk dat we worden aangevallen.'

'Wat?' brulde Kleitos.

'Ik wil geen zenuwachtig meisje lijken,' zei Sarpedon half lachend. Hij wees naar de poorten. 'Daar stond ik met een keukenmeid van de koele avondlucht te genieten. Ik weet zeker dat ik het schrapende geluid van metaal hoorde en een zachte kreet. Ik herinnerde me dat een van de bedienden kort daarvoor met zijn meisje was gaan wandelen.' Hij zuchtte. 'Er is daar iemand die niet is uitgenodigd voor het feestmaal van de koning!'

# Hoofdstuk 3

*De Macedoniërs... die versterking hadden gekregen, sloegen ten slotte hun fanatieke aanvallers af zonder daarbij grote verliezen te lijden.*

Quintus Curtius Rufus, *Historiae Alexandri Magni*, Boek II, hoofdstuk IX

Kleitos en Telamon maakten haastig rechtsomkeert. De lijfwacht ging Alexander waarschuwen. Telamon pakte een zwaardriem, bond hem om en voegde zich bij Sarpedon aan de poort. Het was volle maan, een prachtige nacht met sterren in een wolkenloze lucht. De bries voerde de geur van bloemen en kruiden aan. Nu en dan werd de stilte verstoord door het gekwaak van een kikker, afgewisseld door het sjirpen van een krekel en de gedempte roep van een of andere nachtvogel. Sarpedon had zijn zwaard getrokken. Hij stond gespannen te luisteren, als een kat die klaar is voor de sprong.

'Ik weet zeker dat het geluid daar vandaan kwam,' mompelde hij.

Ze staken het bedauwde grasveld over. Telamon dacht aan de nachten op de Academie van Miëza, aan Kleitos die hen daar trainde in nachtelijke aanvallen, hun leerde hoe ze zich moesten bewegen en voor welke gevaren ze moesten uitkijken. Een vogel verliet met veel vleugelgeklapper een boom en zeilde weg als een stille geest. Telamons hart klopte sneller. Hij hoorde zijn eigen ademhaling en Sarpedons snelle gehijg. Zijn beenspieren werden harder, alsof hij ter plekke wortel zou schieten. De struiken en bomen namen dreigende vormen aan. Was dat gebladerte? Was dat een struik, of was het een of andere sluipmoordenaar met een getrokken dolk, klaar om toe te slaan? Hij was opgelucht weer in beweging gekomen toen Sarpedon aandrong om door te lopen. Ze begaven zich dieper tussen de bomen.

Ineens struikelde Telamon bijna ergens over. Hij ging op zijn hurken zitten en zijn uitgestoken hand voelde klam vlees met een kleverige substantie die al koud was. Hij hield zijn vingers voor zijn gezicht en voelde opnieuw. Zo kon hij het lange haar en de borsten van een meisje vaststellen, maar ook dolksteken, een in haar keel en een tweede in haar buik. Sarpedon knielde inmiddels al bij het lijk van de man die naast haar lag.

'We moeten terug!' siste Telamon.

Terwijl hij aanstalten maakte, leken er zwarte vormen uit de grond te rijzen. Telamon ving een vleugje zweet op. Hij sprong opzij op het moment dat de aanvaller toesloeg en haalde uit met zijn zwaard. Achter hem klonk het gekras van staal toen Sarpedon een tweede tegenstander van zich afsloeg en daarna gingen ze er zo snel als herten vandoor. Dwars over het gras renden ze naar de lichtkring bij de ingang van de binnenplaats.

Telamon was zich bewust van een schreeuw achter zich. Er doemden donkere, sinistere gedaanten op die hem de pas dreigden af te snijden. Hij dacht aan Sarpedon en draaide zich om. De Spartaan zat hem op de hielen en maande tot spoed. In een ommezien ving Telamon een angstaanjagend beeld op. De hele boomgaard leek wel te krioelen van mannen. In het slechte licht slopen in het zwart geklede gedaanten als wolven in de richting van de villa. Sarpedon maande niet voor niets tot spoed. Telamon liet zijn zwaard vallen en ze slaagden er ten slotte in glijdend en slippend op de keien de poort te bereiken. Voor hen uit gloeide licht door de ramen. Kleitos gaf al bevelen aan een groep gehelmde en gewapende schilddragers. Met voorwaarts gerichte speren en geheven schilden vormden ze een verdedigingslinie van minstens drie man diep van de ene vleugel van de villa naar de andere. Een jonge schilddrager kwam te vroeg in actie.

'Stomme idioot!' vloekte Sarpedon. 'Vriend, geen vijand!'

De man aarzelde. De slagorde van mannen in volle wapenrusting liet Telamon door, maar hij had veel bekijks. Ze werden naar binnen geduwd. Daar stond Alexander zijn wapenrusting aan te trekken. Ptolemaios had dikke slaapogen en het kostte hem moeite zijn zwaardriem vast te gespen. Telamon ging terug naar de deuropening en klom op een beeld van Hermes. Zo overzag hij de gehelmde schilddragers die zich nu op de binnenplaats samentrokken. Er waren fakkels aangestoken en in nissen geplaatst. Even kreeg Telamon het gevoel dat hij zich de aanvallers had verbeeld, want de binnenplaats lag er tot de buitenpoort rustig bij. Hij wilde net naar beneden stappen, toen de ingang plotseling werd gevuld door een sinistere golf van aanstormende vijanden. Ze stroomden goed georganiseerd naar binnen en de eerste rij knielde al met naar achteren getrokken bogen. Daarachter kwam een tweede rij met pijlen in de aanslag. Fakkels werden aangestoken en uitgegooid om meer licht te verschaffen. Een stem schreeuwde een bevel en met luid gesnor van de pezen werden de suizende pijlen afgeschoten. De Macedonische schilddragers hieven echter hun schilden en vormden zo een bronzen muur waarop de pijlen afketsten. Hier en daar liet iemand schreeuwend schild en speer vallen om naar de pijl te grijpen die zich in zijn gezicht of hals had geboord. Er kwam een tweede salvo. Telamon werd omlaag getrokken. Kleitos sleurde hem weg en smeet de deur dicht, waarop nieuwe pijlen de deur en de houten luiken troffen. Rond het huis klonk nu gebrul en geschreeuw, evenals het gekletter van wapens. Alexander zat met zijn zwaard over zijn benen op een krukje, en sprak snel met twee officieren. Ptolemaios was in slaap gevallen in een hoek.

'Kleitos!' riep Alexander. 'Sarpedon! Hoe is de situatie?'

'Ze vallen op alle punten aan,' snauwde Kleitos. 'Boogschutters, zwaardvechters, ze hebben zelfs schalen met pek meegebracht. Een van de schuren is in brand gestoken.'

Het werd buiten nog rumoeriger toen de schilddragers het bevel kregen op te rukken. Een van de koninklijke pages stormde de keuken binnen met een bebloed gezicht en een gescheurde tuniek.

'Ze zijn boven!' krijste hij.

Telamon voelde zijn maag samentrekken. De wijn die hij kort daarvoor had gedronken bezorgde hem een zure oprisping. Kleitos brulde een bevel. Sarpedon en enkele schilddragers verlieten de keuken en zetten koers naar de trap. Ergens gilde een vrouw. Alexander kwam overeind en hield zijn zwaard omhoog terwijl hij zijn arm door de draagbanden van een schild stak.

'Ik vraag me af wat ze willen. Jij blijft hier, Telamon!'

Onder zijn Boiotische helm zag Alexander er nu niet meer afgemat uit. Zijn gezicht leek jongensachtig, alsof de jaren van hem af waren gevallen en ze weer terug waren in de bossen van Macedonië, klaar om mee te doen aan een of ander oorlogsspel.

'Je zou hier moeten blijven,' waarschuwde Telamon hem en toen dacht hij aan Kassandra. 'Mijn helpster...'

'Maak je geen zorgen.' Alexander begaf zich naar de deur. 'Mijn lijfwachten verdedigen daar de gang.' Hij keek over zijn schouder naar Telamon. 'Er dreigt niet echt gevaar. Dit is geen leger, maar een troep moordenaars. Ze zullen gauw merken dat ze in de val zitten tussen de villa en mijn troepen daarbuiten. Bedaar, geneesheer!'

Alexander verliet de keuken en Telamon liet zich rillend op een krukje zakken. Hij droop van het zweet. De nacht werd verscheurd door het gekletter van metaal, geschreeuw, gegil en het gedreun van voetstappen. Hij stond op en liep de gang in. Sarpedon was al samen met anderen bezig lijken weg te slepen. Ze gingen opzij voor Kassandra, die zich in een omgeslagen deken en met een wilde bos haar om haar hoofd bijna van de trap stortte. Haar gezicht was lijkbleek. Zodra ze Telamon bereikte, begon ze op zijn borst en zijn buik te kloppen. Een van Sarpedons helpers maakte er een grap over en de mannen begonnen te lachen. Telamon trok haar de keuken in.

'Bedaar!' zei hij dringend. 'Haal wat wijn. Nee, laat maar, ik doe het zelf wel.'

Hij vond in een hoek een kruik wijn, vulde met behulp van een soeplepel twee wijnbekers voor de helft en voegde er wat water aan toe. Het tumult van de strijd begon af te nemen. Er verschenen soldaten vol schrammen en builen in de keuken. Kassandra hield de wijnbeker in haar handen geklemd en keek met wilde ogen om zich heen. Telamon liet een van de lijfwachten zijn medicijntas van boven halen en begon met hulp van Kassandra wonden schoon te maken en sneden te verbinden. Het werd vol in de keuken. Kleitos keerde terug met een zwaard dat over de hele lengte bedekt was met bloed. Hij stelde direct orde op zaken. Telamon en Kassandra werden naar de weefkamer gestuurd om voor de gewonden te zorgen, die voor het grootste gedeelte slechts oppervlakkig letsel vertoonden.

'Ik denk dat we zo'n man of twaalf hebben verloren,' meldde Sarpedon, wiens gezicht droop van het zweet.

Telamon keek hem grijnzend aan en wees naar de zware leren handschoenen die Sarpedons verbonden handen moesten beschermen. 'Dat moet handig zijn geweest.'

'Prima om een zwaard mee vast te houden, zo gleed het in elk geval niet uit mijn vingers.' Sarpedon pakte een doek van de tafel en veegde zijn gezicht en nek af. Dieper in het huis klonk een luid gejuich, gevolgd door brullend gelach.

'De koning is terug.' Kleitos beende naar binnen met iets dat voor een glimlach moest doorgaan op zijn lelijke gezicht.

'Kijk, dat is pas een man die van bloedvergieten houdt,' fluisterde Kassandra.

'Waar lachen ze om?' vroeg Sarpedon.

'Ze hebben Ptolemaios slapend achter de keukentafel gevonden. Iemand dacht dat hij dood was. Nu is hij wakker en het begint tot hem door te dringen dat hij alle opwinding heeft gemist. Geneesheer, Sarpedon, de koning wil jullie spreken. Laat die roodharige meid maar voor de gewonden zorgen.'

'Ik ben geen meid!' snauwde Kassandra hem toe.

'Voor mij wel,' plaagde Kleitos en hij verliet de kamer.

Alexander was teruggegaan naar de eetzaal – een van de weinige ruimtes waar de aanvallers niet waren binnengedrongen, zoals hij vrolijk vaststelde. Hij had zijn wapenrusting uitgetrokken en bekeek een lichte schram op zijn onderarm. Telamon wilde hem helpen, maar de koning wuifde hem weg en liet zich met gespreide armen en benen op een bank vallen. Een tijdje bewoog hij zijn lippen geluidloos in de richting van het plafond, maar toen veerde hij overeind. Sarpedon, Telamon en Kleitos kregen een wenk dat ze konden gaan zitten waar ze wilden. Een bediende met een opgejaagde blik in zijn ogen bracht wijn. Solanos en de andere schrijvers keerden terug, maar Kleitos wuifde hen weg en schopte de deur achter hen dicht.

'Wat staat er ook weer in Homeros, Telamon?' vroeg Alexander. 'Even denken... "plotselinge bloedige aanvallen in het holst van de nacht?"'

'Dit was geen aanval,' onderbrak Kleitos hem. 'Dit was een hinderlaag. Ze wisten dat we hier waren.' Hij bukte zich als een enorme beer, dronk zijn wijnbeker leeg en wreef met zijn vinger over het litteken op zijn gezicht. 'Zo is het toch, Hephaistion?'

'Absoluut,' antwoordde Hephaistion. 'Ze waren allemaal in het zwart gekleed. Woestijnsoldaten, veteranen uit de Perzische oorlogen in Egypte. Ze moeten in kleine groepjes zijn gekomen en onder dekking van de duisternis door onze dunne kring van schildwachten zijn gebroken. Daarna zijn ze over de muur geklommen en hebben ze zich in de tuin verstopt.' Hij knikte tegen Sarpedon. 'Als jij niet op onderzoek was uitgegaan, zouden ze al in de villa zijn geweest voordat er alarm was geslagen.'

'En hun doel?' vroeg Alexander.

'Wel, sire,' gromde Kleitos, 'jou vermoorden!'

Alexander keek naar Telamon. De arts voelde zich nog steeds misselijk, maar het tonen van een dergelijke zwakte aan deze houwdegens zou alleen hun lachlust en geen medeleven opwekken. Zijn verleden was hun bekend, zijn vaders afkeer van bloedvergieten en zijn eigen abrupte vertrek van de Academie in Miëza om zijn studie te vervolgen in het buitenland.

'Wel, geneesheer? Je hebt de symptomen gezien, wat is volgens jou de oorzaak?'

Telamon dacht aan de donkere gedaanten en aan zijn wilde aftocht over het gras. 'Ik deel jullie mening,' antwoordde hij langzaam. 'Als Aristandros hier was, zou hij het misschien nuchterder kunnen analyseren.'

'Morgenochtend komt hij,' mompelde Alexander. 'Ga door.'

'We hadden een betere bewaker moeten hebben,' verklaarde Ptolemaios. Zijn bruine, aapachtige gezicht was rood aangelopen van boosheid en hij sprak onduidelijk. 'Ik heb het je al eerder gezegd, Alexander, jij trekt altijd de aandacht en je wilt ook niet anders. Maar wat hebben we hier? Hooguit een paar honderd man? De villa is groot. Ik durf te wedden dat de meeste van onze schildwachten vast sliepen...'

'Net als jij?' hoonde Kleitos. Ptolemaios wierp hem een woedende blik toe.

'Iedereen in deze villa wist dat je zou komen,' vervolgde Telamon, 'en dus kan dat nieuws ook zijn doorgegeven aan Memnon en zijn aanvoerders in Halikarnassos. Er blijft slechts één raadsel over, maar dat valt snel te controleren.' Telamon zweeg.

'Schiet op, Aristoteles!' zei Ptolemaios honend. 'Die spanning is ondraaglijk.'

'We hoorden vanochtend dat Alexander zou komen, maar daarna heeft niemand de villa verlaten om naar Halikarnassos te gaan. Niemand van de bedienden en niemand van de schrijvers. Memnon moet goede en gedetailleerde informatie hebben gekregen. De aanvallers hadden beslist een plattegrond van de villa. Ze moeten hebben geweten welke ruimtes belangrijk waren, hoe de tuin was en waar de ingangen waren.'

'Er kan iemand een pijl hebben afgeschoten met een boodschap eraan,' opperde Hephaistion.

'Dat moet dan wel een hele zware pijl zijn geweest,' antwoordde Sarpedon. 'Telamon heeft gelijk. De aanvallers beschikten over een schat aan informatie. Ze kenden het huis, ze wisten wat de beste tijd was. Het lijkt haast wel' – hij vertrok zijn gezicht – 'alsof iemand ieder detail heeft opgeschreven.'

'Weet je zeker dat er niemand weg is geweest?' vroeg Alexander dringend.

'Mijn orders zijn heel strikt, heer,' antwoordde Sarpedon.

'Deze hoeve ligt minstens 30 stadia van Halikarnassos, dat is ruim een uur lopen.'

'Kan er een paard uit de stal zijn gehaald?'

Sarpedon schudde zijn hoofd. 'Dat zou zijn opgevallen. Halikarnassos is nu een vijandige stad. Zelfs een spion komt daar moeilijk in. Hij had een gesprek moeten hebben met Memnon of een van zijn kapiteins en daarna weer hier moeten terugkeren. Zo lang is niemand weg geweest.'

'Hebben we gevangenen gemaakt?'

'Drie,' verklaarde Hephaistion. 'Een van hen had een buikwond en dus heb ik hem zijn keel doorgesneden.'

'Breng die andere twee binnen!' beval Alexander.

Ptolemaios wilde net opstaan toen er op de deur werd gebonsd. Solanos werd binnengelaten, gevolgd door Bessos. Ze lieten zich beiden direct op hun knieën zakken. Na hen kwam Cherolos de priester en hij had zijn masker nog altijd bij zich. Ze zagen er alledrie zenuwachtig uit, vooral de priester, die zijn hooghartige arrogantie had verloren.

'Wat is er?' vroeg Alexander kortaf.

'Het lijk van Pamenes is weg, heer!'

'Wat?' Telamon sprong overeind. Het lijk was naar een van de bijgebouwen gebracht. Vanwege de hitte was de brandstapel voor de crematie al klaargemaakt voor de volgende ochtend.

'We zijn naar het bijgebouw geweest,' vertelde Solanos nerveus. 'Ze hebben het lijk meegenomen!'

Alexander en zijn metgezellen zwegen verbijsterd. Telamon sloot zijn ogen. Hij herinnerde zich hoe Pamenes in die donkere plas bloed had gelegen. Hoe het lichaam was opgetild en naar het bijgebouw was gedragen. Samen met Kassandra had hij Pamenes klaargemaakt voor de crematie. Hij had hem uitgekleed en in stroken linnen gewikkeld die in geparfumeerde olie waren gedompeld om de stank van bederf tegen te gaan.

'Telamon?'

Hij deed zijn ogen weer open. Alexander keek hem onderzoekend aan. 'Zijn ze daarom gekomen? Om het lichaam te halen van een man die is verongelukt?'

'Was het wel een ongeluk?' fluisterde Telamon. 'Of werd die arme Pamenes vermoord? Zou zijn moordenaar een of andere informatie hebben achtergelaten op zijn lichaam?' Hij schudde zijn hoofd. 'Dit bewijst in elk geval één belangrijk ding. Iemand hier in de villa is er in hele korte tijd in geslaagd cruciale informatie aan Memnon door te geven, hoewel ik niet begrijp hoe. In de eerste plaats dat Alexander hierheen kwam. In de tweede plaats dat hij slechts een kleine verdedigingsmacht bij zich had, en ten slotte dat Pamenes dood was en dat zijn lijk een geheim meekreeg dat Memnon wilde hebben.' Telamon zuchtte.

'Maar wat dan?' vroeg Alexander.

'Ik heb geen idee. Solanos?'

De chef-archivaris schudde zijn hoofd.

'En je weet zeker dat het lichaam is verdwenen?' Alexander sloeg met zijn vuist op tafel.

Solanos keek net zo droefgeestig als anders. 'We hebben ernaar gezocht, heer.'

'Zoek dan nog eens!' snauwde de koning. 'Kleitos, breng die twee gevangenen hier!'

De schrijvers verlieten de kamer. Korte tijd later bracht Kleitos de gevangenen binnen. Hun handen waren achter hun rug gebonden en het touw om hun keel werd aangetrokken door twee schilddragers, die hen dwongen te knielen in de kring van banken. Kleitos trok hun donkere kappen naar achteren en scheurde hun bovenkleding weg, zodat ze halfnaakt waren. Alexander ging op een krukje bijna tussen hen in zitten met zijn hoofd schuin opzij, een houding die hij altijd aannam wanneer hij iemand nauwkeurig opnam. Hij staarde eerst de ene en toen de andere gevangene strak aan.

'Zijn jullie Perzen?' Hij sprak koine, het Grieks dat in de provincies buiten Griekenland werd gebruikt.

De twee mannen staarden terug. Telamon, die achter Alexander zat, keek aandachtig toe. Beide mannen hadden een geschoren hoofd, geen snor of baard, en een lichaam dat glom van de olie. Dat moest hen helpen bij gevechten van man tegen man, zo herinnerde Telamon zich. Met deze zwartlinnen kleren en hun ingevette lichamen konden ze de vijand beter ontglippen. Ze droegen geen ringen of andere sieraden. Het waren mannen van middelbare leeftijd met het donkere, verweerde uiterlijk van veteranen. Hun huid was verbrand en ruw geworden door de zon en de woestijnwind. Ze waren van gemiddelde lengte en leken wel tweelingen met hun smalle gezichten, scherpe neuzen en donkere, glanzende ogen. Een van hen antwoordde in zijn eigen taal. Telamon ving het woord 'Alexandros' op.

'Ik ben Alexander, de gehoornde,' luidde het zachte antwoord. 'Ik ben koning van Macedonië.'

Een van de mannen boog zijn hoofd naar achteren en spuwde. Alexander wuifde Kleitos weg, greep de gescheurde kleding van de man en veegde het speeksel van zijn wang.

'Waarom zijn jullie gekomen vanavond?'

De man maakte opnieuw aanstalten om te spuwen, maar Alexander gaf hem een vuistslag op zijn mond, zodat zijn lip scheurde en begon te bloeden.

'Waarom zijn jullie gekomen vanavond?' herhaalde hij.

Weer geen antwoord.

'Moesten jullie mij vermoorden?'

De Pers met de gescheurde lip glimlachte.

'Wie heeft jullie hierheen gestuurd?'

'Memnon, Ephialtes.' Het antwoord klonk zangerig.

'Dus jullie verstaan mijn taal wel?' Alexander bleef koine spreken. 'Waarom hebben jullie het lijk meegenomen?'

Weer die glimlach.

'Gaan jullie nog tegen me praten?'

Een van de mannen ging op zijn hielen zitten en liet zijn hoofd hangen. De ander begon zachtjes te zingen. Telamon herkende een hymne aan de god van het licht.

'Wil jij het hun vragen?' Alexander keek naar Kleitos.

Zijn lijfwacht glimlachte en kwam dichterbij. Hij legde een lus van grof touw om het voorhoofd van de zingende man en begon langzaam te draaien. Het touw klemde als een bankschroef, maar de Pers bleef zingen. Kleitos draaide verder. De man hoestte en proestte terwijl er bloed uit zijn neus en mond sprong en zijn ogen uitpuilden. Zijn kameraad hield zijn hoofd gebogen.

'Strakker!' beval Alexander.

Weer werd het touw vaster gedraaid. De man schreeuwde luidkeels.

'Laat los!'

Kleitos liet het touw vieren en de man viel op zijn gezicht. Kleitos wees naar de tweede aanvaller, maar Alexander schudde het hoofd.

'Het zijn beroepsmoordenaars. Ze zullen ons niets wijzer maken.' Hij ging op zijn hurken voor de andere Pers zitten die de hymne inmiddels had overgenomen. 'Je hebt in de woestijn gevochten, nietwaar?' Alexanders stem klonk vriendelijk. 'Ik zou jullie levend kunnen villen en nog zouden jullie niets zeggen. Afijn, jullie zijn geen soldaten die op het slagveld gevangen zijn genomen.' Hij stond op. 'Laat hen afvoeren, Kleitos! Breng hen tot buiten de poort. Wanneer ik morgen bij zonsopgang vertrek, wil ik hen gekruisigd zien!'

De wachtposten kwamen aanzetten. De bewusteloze Pers, die kermde en kreunde in zijn eigen bloed, werd samen met zijn kameraad naar buiten gebracht. Alexander keerde terug naar zijn bank en pakte met trillende hand zijn wijnkelk. Hij dronk hem leeg, keek de kring van metgezellen rond, smeet de beker in een hoek, sprong overeind en verliet de kamer met Hephaistion op zijn hielen. Het werd stil in de eetzaal.

'Ze zijn gekomen om hem te vermoorden,' mompelde Ptolemaios. 'Misschien was dat ook gelukt als jij niet op onderzoek was uitgegaan, Telamon. Onze nobele koning moet nu beseffen dat hij geen Achilles is. Hij bloedt net zo hard als wij allemaal, dronken of nuchter.'

Ptolemaios wankelde overeind, strompelde naar een hoek en keerde zijn maag om.

Sarpedon ving Telamons blik op en beduidde hem mee te gaan naar buiten. De zuilengangen waren nog vol met soldaten. Lijken werden naar een geïmproviseerde brandstapel gebracht die buiten de hoofdpoort was opgericht. Sarpedon ging Telamon voor naar de binnenplaats, die nog bezaaid was met overblijfselen van de korte, maar felle strijd. Pijlen staken diep in de deuren en luiken, overal lagen gebroken speren en achtergelaten schilden. Gedaanten liepen heen en weer. Een bloedstollende schreeuw verscheurde de nacht.

'Weer een gewonde vijand minder,' fluisterde Sarpedon. 'Sommigen van hen kropen weg om te sterven.'

Er dook een officier op uit het duister. Hij herkende Telamon en liet hen door. Ze bleven staan bij de poort waar het eerst alarm was geslagen.

'Het had je je leven kunnen kosten,' mompelde Telamon. 'Hoe is het gegaan, Sarpedon? Jij bent soldaat.'

'Ik vermoed dat kleine groepjes Perzische nachtkrijgers ergens op het platteland bijeenkwamen en zich schuilhielden in de bosjes met gebruikmaking van het hobbelige landschap.' De Spartaan zweeg even. 'Uiteindelijk kwamen ze in actie. We hadden niet veel schildwachten en de mannen waren uitgeput. Het moet gemakkelijk zijn geweest voor zulke goedgetrainde krijgers om door het donker te sluipen en als een geruisloze zwarte golf over de muur te komen. Die twee stakkers uit de keuken hebben hen waarschijnlijk gestoord.'

'En ze zijn gekomen om de koning te vermoorden?' vroeg Telamon.

'Dat is mogelijk. Ze hebben in elk geval het lijk van Pamenes meegenomen.'

'Waarom?'

Sarpedon keek op. Zijn ogen waren roodomrand van vermoeidheid. 'Schijn bedriegt, geneesheer. Koningin Ada's hof is een droomwereld vol vluchtelingen uit Halikarnassos, verbitterde mannen en vrouwen. Iedereen gaat gebukt onder grieven en frustraties. Dat moet u nog ontdekken, niet ik!'

'Ze waren bijna in hun opzet geslaagd, niet?'

'De aanval werd deskundig uitgevoerd,' gaf Sarpedon toe. 'Ze wisten dat Alexander slechts een geringe troepenmacht bij zich had. Het grootste gevaar voor de aanvallers was klem te raken tussen de manschappen in de villa en de troepen die daarbuiten waren gelegerd.'

Er kraste een uil in de bomen.

'De vogel van Athene,' fluisterde Sarpedon, 'maar die waarschuwing komt te laat.'

'Waarom heb je me hier gebracht?' Telamon voelde hoe het zweet op zijn huid opdroogde in de koude nachtlucht.

Sarpedon draaide hem om en wees naar de bovenverdieping van de villa. 'Wat ziet u daar?'

'Wel, ramen, de meeste met luiken ervoor, en straaltjes licht.'

'Wacht hier!' beval Sarpedon.

Hij liep terug, niet naar de voordeur, maar naar de zij-ingang die naar de keuken leidde. Even later kwam hij aanzetten met een meisje dat hij voorstelde als de dochter van de mageros. Ze verzette zich, maar Sarpedon hield haar arm vast. Haar knorrige gezicht was lodderig.

'Ik ben moe,' protesteerde ze. 'Ik wil naar bed.'

'Ja, en naar degene die het met je deelt. Denk nu even na. Vroeg in de avond bracht ik je ook hier. Toen was je een stuk vrolijker. Je mond zat vol kaas, waar je zo dol op bent, en je maag was warm van de wijn. Toen wilde je wel een zoen, toch?'

'Je bood me een muntstuk aan,' pruilde het meisje.

'En wat zagen we toen?'

'We zagen een brandende lantaarn bewegen toen we naar het huis keken.'

'Weet je dat zeker?' vroeg Sarpedon streng.

'Ja, daar was de lantaarn.' Ze wees naar een van de ramen, waar nu een vage lichtkring door de luiken scheen. 'Hoezo?'

'Vertel de arts hier wat je precies hebt gezien.'

'Het leek of er een lantaarn heen en weer werd gezwaaid en daarna verdween hij.'

Sarpedon gaf haar een duwtje. 'Dat is eigenlijk waarom ik alarm sloeg,' mompelde hij terwijl het meisje wegslenterde over de keien. 'Ik kwam hier om met haar te vrijen, maar ze zei dat we moesten opletten omdat een van de koksjongens met zijn meisje in het donker was gaan wandelen. Ze was bang dat die het aan haar vader zouden vertellen. Ze maakte rechtomkeert en zag de lantaarn in dat raam hangen. Ik zag het ook. Ik stuurde haar naar binnen en liep naar boven – het maal was toen nog aan de gang.'

'Om wiens kamer ging het?'

'Die van Solanos. Ik kon erin, dus ik ging naar binnen, maar er was niemand en ik zag geen spoor van een lantaarn of een andere lamp. Ik ging weer naar beneden en liep terug naar deze plek. Ik voelde dat er iets niet klopte en sloeg alarm.'

'Bedoel je dat die lantaarn een signaal was? Een boodschap voor de Perzen?'

'Ja, dat denk ik wel. Een of ander afgesproken teken.'

'Kan Solanos het hebben gedaan?'

Sarpedon haalde zijn schouders op en trok zijn mantel om zich heen. 'Zoals ik al zei, geneesheer, we dragen allemaal een last op onze rug. Solanos is een verbitterd man. Hij kon het niet uitstaan dat Pamenes bij koningin Ada in de gunst stond.'

'Wat weet je nog meer van hem?'

'Solanos houdt niet van vrouwen. Hij heeft altijd relaties gehad met mannen. Ik vermoed dat hij een oogje had op Pamenes. En hij zit ook achter die jonge Bessos aan.'

'En Cherolos?'

'Dat is een priester die een of andere mysterieuze slangengodin aanbidt. Cherolos houdt van niemand. Hij moest overhaast uit Halikarnassos vertrekken. Ik heb al verteld dat hij ruzie had met Pamenes vanwege een vrouw.'

'Ze kunnen dus stuk voor stuk in Perzische dienst zijn?'

'Ze kunnen stuk voor stuk in dienst zijn van Perzië, van Athene of van Alexander.' Sarpedon haalde zijn schouders op. 'Onze schrijvers zijn geleerde mannen die dolgraag een hoge positie of functie aan iemands hof willen krijgen.'

Telamon beet op zijn lip. De lamp was verschenen in de kamer van Solanos, maar iedereen kon het hebben gedaan.

'Wie staat daar in het donker?'

Telamon draaide zich snel om. 'Nee, hè!'

Gentios en Demerata kwamen aanlopen over de keien. De acteur droeg zijn merkwaardige kamelenhuid over zijn schouders en Demerata was ingebakerd als een pop.

'"Ondragelijke gruwel!"' galmde Gentios' stem.

'"Gemeenste misvorming
die ik ooit heb gezien! Oh wrede,
hardvochtige kwelling!
Welke noodlotsdemon heeft jou in
een snelle aanval vertrapt?"

Herkent u deze regels, geneesheer?' Gentios schreed gewichtig voort.

'Hoe zou ik ze kunnen vergeten? Ik hoorde je deze woorden voordragen in Korinthe,' antwoordde Telamon. 'Ik heb je net zo hard toegejuicht als de rest van de toeschouwers.'

Gentios maakte iets wat op een buiging leek.

'Waar waren jullie vanavond toen de aanval plaatsvond?' vervolgde Telamon.

'Wel, mijn jongen, ik ben geen liefhebber van zwaarden of schilden.' Gentios wuifde het weg. 'Ik ga niet in de gevechtslinie staan. Ik ben geen snelle Achilles.'

'Dus je gaat ook Homeros nog voordragen?'

Gentios reageerde er niet op. Hij werd voorafgegaan door een wolk parfum. Zijn hand rustte op de schouder van zijn vrouw.

'Waar waren jullie?' hield Telamon aan.

'In de kelders, bevend van angst, net als de rest.'

'En waarom zijn jullie nu hier?'

Het paardengezicht van de acteur plooide zich tot een grijns. 'Omdat ik hier ben, heeft de koning me gevraagd op te treden.'

'En wanneer zijn jullie voor het laatst in Halikarnassos geweest?'

Demerata deinsde terug. Gentios stak verschrikt zijn hand op. Zijn vingers bewogen nerveus, alsof hij op het punt stond aan een angstaanjagende declamatie over Oidipous te beginnen.

'Vertel me maar gewoon wanneer jullie daar voor de laatste keer waren.' Telamon negeerde Sarpedons gegrinnik.

'Twee maanden geleden, toen de zomer in al zijn schoonheid het gras bezaaide met bloemen.'

'Heb je toen voorgedragen voor Memnon en Ephialtes?'

'Natuurlijk.'

'En hebben ze je beloond?'

'Dat is mijn zaak. Ik probeerde een toneelstuk te schrijven over de vroegere koning van Halikarnassos, maar de Perzen vonden het niet mooi en daarom ben ik snel vertrokken, nietwaar Demerata? Ik ging de Tripylonpoort door en schudde het stof van mijn voeten.' Gentios legde een vinger tegen zijn lippen. 'Ik zal daar niet meer terugkeren. Halikarnassos zal nooit getuige zijn van mijn kunst of van mijn talent.'

'Maar koningin Ada wel?'

Gentios strekte zijn kippennek uit. 'Ik droeg voor uit Euripides. Ik vertolkte Medea. Het bracht tranen in de ogen van de koningin.'

'Dat geloof ik graag,' verklaarde Telamon droog. 'En heb je daar onze schrijvers ontmoet?'

Een verandering in de ogen van de acteur, het feit dat hij op zijn lippen zoog en de manier waarop zijn vrouw bijna achter haar man wegkroop, gaven duidelijk aan dat er iets mis was. Sarpedon stond met gebogen hoofd naast Telamon, zijn schouders schudden van het lachen.

'Ik heb de schrijvers ontmoet, inclusief de man die nu dood is, Pamenes. Sarpedon kent de waarheid. Pamenes probeerde mijn Demerata te verleiden.'

'En, is het gelukt?'

'Kan een worm vliegen?' snauwde Gentios. 'Ik ben hier niet gekomen om te praten over mijn...' Hij wuifde de rest weg. 'De nacht is nog jong. Ik heb de koning gezien en de soldaten.' Gentios trok zijn neus op. 'Ze kruipen onder hun zweetdekens, maar wij gaan een feestje vieren en u bent uitgenodigd. Er is nog van alles te eten en wijn is er ook.'

Zonder een antwoord af te wachten verliet Gentios de binnenplaats zo theatraal alsof hij van een podium afstapte.

'Heeft Pamenes werkelijk geprobeerd Demerata te verleiden?' vroeg Telamon.

'Dat wordt beweerd,' antwoordde de Spartaan. 'Wat een mop: Gentios die kwaad is omdat zijn vrouwtje dat hem bemoedert, onderhand ook nog ogen heeft voor anderen. Meer kan ik niet zeggen.' Hij haalde zijn schouders op.

Telamon wenste hem goedenacht.

'Komt u niet op het feestje?' Sarpedon imiteerde Gentios' lijzige stem.

'Misschien, misschien ook niet,' antwoordde Telamon.

Ze gingen de villa weer binnen. De soldaten die zich daar klaarmaakten voor de nacht, werden omringd door sporen van de recente strijd. Telamon bleef staan en keek naar een bloedvlek, een donkerrode plek op de witgeschilderde muur. In veel opzichten was de aanval Alexanders schuld. Zijn bekende impulsiviteit en roekeloosheid hadden hem kwetsbaar gemaakt. Vijanden zoals Memnon hadden hem goed bestudeerd. Ze moesten min of meer hebben geraden dat de man die bij de slag aan de Granikos in z'n eentje op de Perzische cavalerie afging, niet lang zou wachten met het bekijken van de verdedigingswerken van Halikarnassos.

Ergens in een van de gangen begon een soldaat te zingen. 'Edel en schoon was zij op wie de zilveren regen neerviel!' Een stem brulde om stilte en het lied verstomde.

'Ga je ooit nog slapen?'

Telamon keek op. Kassandra stond halverwege de trap, een mantel rond haar schouders geslagen.

'Waar zijn de moordenaars?' vroeg ze. 'Ik dacht dat we allemaal uit onze kamers zouden worden gegooid om plaats voor hen te maken.'

'Ze zijn in de boomgaard,' antwoordde Telamon met een grijns. 'Alexander slaapt graag onder de sterren.'

'Om te bewijzen hoe stoer hij is?'

'Nee. In de eerste plaats is het comfortabeler en in de tweede plaats wil hij zijn mannen graag laten zien dat hij geen gunsten voor zichzelf verlangt.'

'En waar zijn de anderen van onze groep?'

'Bij Gentios,' zei Telamon. 'Op zijn beroemde feestje. Gentios is een nachtvogel. In Korinthe stond hij bekend om zijn optredens om middernacht.'

Hij liep de trap op, maar Kassandra versperde hem de weg. Haar gezicht was bleek en de hand waarmee ze een lamp droeg, trilde licht.

'Kassandra toch!' Hij greep haar vingers, die ijskoud aanvoelden. 'Ben je nog altijd bang?'

'Waarom, meester?' Ze boog zich spottend naar hem toe. 'Waarom moet je vechten? Je bent arts, een genezer! Je kunt niets beginnen met een zwaard! Kleitos de Zwarte zegt dat je je ogen dichtknijpt wanneer je toeslaat. Wat probeer je te bewijzen, Telamon? Dat je net zo dapper en meedogenloos bent als die andere panters?'

'Misschien.' Telamon glimlachte en kuste haar op het puntje van haar neus. 'Misschien ben ik een lafaard en probeer ik te bewijzen dat het niet zo is.' Plotseling begon hij te lachen. 'Oh Kassandra, je had me moeten zien rennen! Kom op, ik ben veel te gespannen om te slapen.'

Ze bereikten de overloop. Telamon schrok toen er een zwarte gedaante voor hun voeten wegflitste en er in het donker een luid gemiauw weerklonk.

'De huiskat,' legde Kassandra uit. 'Hij is half wild, het arme beest. De enige die hij vertrouwde, was Pamenes, want die voerde hem melk.'

'Ik wil zijn kamer doorzoeken.' Telamon ging voorop lopen. De gang was lang, met aan weerskanten kamers. De kamer van Pamenes lag aan het einde in een soort nis met uitzicht op de tuin. De deur stond open, maar iemand had wel de luiken gesloten. Kassandra tastte rond en stak twee olielampen aan. Daarna haalde ze er uit hun eigen kamer nog een paar. Telamon stapte langs de zware deur en ging op de rand van het bed zitten.

'Gaat de meester een speech houden?' vroeg Kassandra die met gekruiste benen op de grond was gaan zitten.

'Je meester geeft je een draai om je oren als je niet uitkijkt!' antwoordde Telamon scherp.

'Waarom hebben de koning en zijn knokploeg deze kamer niet genomen?'

'Dat heb ik je al uitgelegd. Om het ronduit te zeggen, Kassandra, zij hebben ook hun angsten. In een kamer ben je opgesloten. Mannen als Alexander, Ptolemaios en Hephaistion hebben een hekel aan muren en plafonds. Ze slapen graag onder de blote hemel in een tent. Dat is een erfenis uit hun jeugd. Toen we studeerden aan de Academie van Miëza sliepen we altijd buiten. Bovendien zijn soldaten bijgelovig. Ik durf te wedden dat als we Ptolemaios in een hoek zetten en hem bestoken met vragen, hij zal toegeven dat hij bang is dat de geest van Pamenes hier nog rondwaart.'

'Geloof jij in geesten, meester?'

Telamon tikte tegen de zijkant van zijn hoofd. 'Hier ja, dat is waar de geest van Pamenes zich schuilhoudt.'

'Denk je dat hij werd vermoord?'

Telamon stond op en krabde op zijn hoofd. 'Ik vermoed dat hij werd vermoord. Maar hoe? Ik heb geen idee.' Hij bracht Kassandra naar het acaciahouten tafeltje waarop nu geen manuscripten meer lagen.

'We weten dat Pamenes hier zat.' Telamon liet Kassandra plaatsnemen op de vreemde stoel met de ronde rug die uit de weefkamer was gehaald. 'Hij was geen Egyptische schrijver die met gekruiste benen op de vloer ging zitten met een schrijftablet op zijn schoot. Hij leunde op zijn schrijftafel zodat hij zich beter kon concentreren.' Telamon ging achter Kassandra staan en wees naar het raam. 'Dat staat open, het zonlicht stroomt naar binnen, de vogels strijken neer op de richel onder het raam of op de vensterbank.'

Hij liep naar de verste hoek en pakte het mandje met vogelzaad. Hij stak zijn hand erin, haalde er een handvol zaad uit en duwde de luiken open. De koude nachtlucht stroomde hem tegemoet.

'Het is mogelijk dat Pamenes voorover leunde – maar waarom?'

'Wilde vogels zouden niet uit zijn hand eten.'

'Slimme meid!' mompelde Telamon. 'Dus waarom dan?'

'Hij leunde voorover,' antwoordde Kassandra, 'om het zaad op de vensterbank of op de richel onder het raam te strooien.'

Telamon probeerde het. In het zwakke licht kon hij net de richel zien en toen hij voorovergebogen stond, besefte hij hoe wankel zijn evenwicht was. Hij ging weer rechtop staan.

'Ik...'

Een afschuwelijk gegil buiten werd gevolgd door geschreeuw en geklop in de verte. Weer klonk het gegil.

'Bij het licht van Athene!' fluisterde Kassandra.

De kreten waren hartverscheurend, alsof iemands ziel uit zijn lichaam werd gerukt. Alle andere geluiden van de villa verstomden. Een nachtvogel schreeuwde terug. Telamon tuurde de duisternis in. Het gegil hield aan, er brulde iemand iets. Toen herinnerde hij zich de Perzen.

'Ze zijn de gevangenen aan het kruisigen.'

Kassandra schudde haar hoofd, bracht haar vingers naar haar wangen en sloeg haar nagels in haar huid, een gebaar dat ze altijd maakte wanneer ze nerveus was. 'Telamon!' siste ze. 'Wanneer ik 's nachts in mijn veldbed lig, kijk ik naar je. Waarom kunnen we niet aan boord van een schip gaan, denk ik dan, en ergens anders heen varen. Deze villa was heerlijk, met zijn kersenboomgaarden, struiken vol bessen, bloemen in de tuin en rondscharrelende kippen.' Haar stem zakte tot een gefluister. 'Ze zeggen dat de meloenen hier zoet en dik zijn. Dan komt de koning der moordenaars en hij brengt de stank van de dood met zich mee. Waarom ben ik hier, vraag ik me af. Waarom ben jij hier?'

Telamon zweeg. Kassandra kwam dichterbij, haar rode haar stond wijduit, haar groene ogen schitterden.

'Je lijkt Medea wel.'

'Ik wou dat ik de heks Medusa zelf was! Dan zou ik al deze vechtersbazen in steen veranderen. Ik zag hen in Thebe toen de rookpluimen opstegen en het bloed enkeldiep stond.'

Telamon sloeg een arm om haar schouders om haar te troosten en drukte zijn lippen op haar haar. Dat deed hij opnieuw toen er weer een schreeuw door de nacht klonk.

'Ik weet niet waarom we hier zijn, ik weet alleen dat ik hier ben,' mompelde hij. 'Ik kan nergens anders heen. Ik leef in mijn eigen wereld, Kassandra, en jij leeft daar met mij. Ik kan de dood van duizenden niet verklaren. Ik kan me alleen concentreren op de taak waarmee ik bezig ben. Zo blijf ik geestelijk gezond.'

Kassandra maakte zich van hem los.

'Toen ik aan het hof van koningin Ada was, behandelde ik een ziek kind,' vervolgde Telamon. 'Weet je dat nog? Ze was aangevallen door een hond die een flinke hap uit haar arm had genomen. Ik concentreerde me volledig op het behandelen van de wond en het verzachten van de pijn. Als ik me af ging vragen waarom, zou ik me niet meer kunnen concentreren en dan gaat alles mis, zodat ik ten slotte ga rondzwerven als een krankzinnige en huilen tegen de maan. Dit hier is onze taak, Kassandra, Pamenes' geest schreeuwt om wraak, maar wat het redden van de wereld betreft...' Telamon liep terug naar het raam. 'Ik ben een nomade,' mompelde hij. 'Nee.' Hij schudde zijn hoofd. 'Zo simpel is het niet. Ooit heb ik in de rode woestijn van Egypte een leeuw met goudkleurige manen zijn prooi zien besluipen. Hij was magnifiek in zijn angstaanjagende schoonheid. Ik stond als aan de grond genageld.' Hij keek over zijn schouder. 'Alexander fascineert me op dezelfde manier.'

'Is hij, was hij, je vriend?'

'Ja, maar dat maakt hem nog fascinerender.' Telamon glimlachte geforceerd. 'Misschien kan ik me evengoed hier verdienstelijk maken als ergens anders. De priesters van Isis beweren dat het levenslot van een man op zijn voorhoofd staat geschreven en dat je daar niet aan kunt ontsnappen. En dus ben ik hier,' hij leunde tegen de muur, 'en hoor ik mannen sterven terwijl ik de dood van een andere man onderzoek.'

Kassandra ging naar hem toe en greep zijn hand. 'Denk je dat Pamenes het raam uit werd geduwd?'

Telamon knikte. 'Iemand ging deze kamer binnen, schoof de grendels voor de deur, vermoordde hem en wist op de een of andere manier te ontsnappen.'

'Maar dat is onmogelijk!' Kassandra schudde driftig haar rode haar naar achteren. 'Ik heb met Bessos gesproken, hij slaapt in de kamer hiernaast. Hij herhaalde het verhaal dat hij al eerder heeft verteld: zijn deur stond op een kier, hij hoorde wat voetstappen, maar verder niets.'

'Weet je dat zeker?' Telamon draaide zich om.

'Ja. Bovendien houdt Solanos vol dat hij verschillende malen zijn eigen kamer in- en uitliep en dat hij niets verdachts heeft gezien. Hoe kan iemand door een vergrendelde deur zijn gekomen, Pamenes naar het raam hebben gebracht en hem naar buiten hebben gegooid?'

'Kan de moordenaar niet omhoog zijn geklommen?' suggereerde Telamon weifelend.

'Dokter! Dokter!' plaagde Kassandra hem. 'De muren zijn loodrecht. Ze hebben hier geen ladder en er heeft niemand op die richel gestaan, zoals je scherpe ogen al hebben vastgesteld,' spotte ze.

Telamon stampvoette en begon te ijsberen. Daarbij kraakten de vloerplanken een beetje, ze maakten het geluid van een schip dat aan zijn anker trekt.

'Pamenes werd vermoord!' riep hij uit. 'Ik weet het zeker. Maar luister Kassandra...' Hij liep terug naar de schrijftafel en trok een doosje met schrijfstiften naar zich toe. Alle uiteinden waren stomp. 'Pamenes was een schrijver,' verklaarde Telamon. 'Hij moet schrijfstiften hebben gebruikt zoals een boogschutter pijlen, maar toch kan ik er niet één vinden met een scherpe punt. Is dat niet vreemd? Hij had er ook niet een in zijn hand toen zijn lichaam werd gevonden. Dus waar is die schrijfstift gebleven?'

# Hoofdstuk 4

*Alexander sloeg zijn kamp op bij Halikarnassos en begon een intensieve en grootschalige belegering.*

Diodorus Siculus, *Bibliotheca historica,*
Boek XVII, hoofdstuk 24

De dolfijnenkamer in het paleis van de gouverneur van Halikarnassos werd door bezoekers vaak beschreven als exquis. De muren waren doorschijnend lichtblauw. De kamer ontleende zijn naam aan de geschilderde zilveren dolfijnen met gouden vinnen die sprongen en buitelden op een stralende zee zonder rimpels of golven. De zuilen van deze kleine ontvangsthal waren in Egyptische stijl beschilderd: donkerblauw, met bloedrode kapitelen en bases. De vloer was van marmer, zodat bezoekers het gevoel kregen dat ze op water liepen dat glinsterde in het licht van talloze olielampen die in nissen, op speciale bronzen standaards of op houten tafeltjes over de kamer waren verspreid. De ruimte werd overheerst door een verhoogd gedeelte voor ligbanken, waarvan de schitterende bekleding met helgekleurde pauwen was versierd. Vanwege de kille avondlucht hadden bedienden schalen met gloeiende houtskool neergezet die met parfum waren besprenkeld.

Ephialtes en Memnon besteedden echter weinig aandacht aan hun omgeving toen ze zich bij Orontobates op het podium voegden. Net als de gouverneur waren ze uit hun slaap gewekt en hadden ze een tuniek, mantel en sandalen aangeschoten om het nieuws te vernemen. De leider van de aanval op de villa lag op een kussen voor het podium geknield. Zijn gezicht zat onder het vuil. Om hem heen zaten zijn onderaanvoerders zo onbeweeglijk als beelden op hun hurken te luisteren, terwijl hun aanvoerder gedempt maar duidelijk hoorbaar vertelde wat er was gebeurd.

'We verdeelden ons in groepjes.' De officier keek dorstig naar de wijnkelken met gekoelde vruchtendrank die op de tafeltjes bij de ligbanken stonden.

Orontobates pakte een van de bekers en stak hem de man toe. De aanvoerder sloot zijn ogen en mompelde in stilte een dankgebed. Orontobates was blij. Ze mochten er dan niet in zijn geslaagd de gehoornde, de wolf van Macedonië, te vermoorden, maar ze waren niet met lege handen teruggekomen.

'Ga door,' gromde Memnon.

'De Macedoniër had niet veel soldaten meegebracht. De villa werd alleen bewaakt door eenheden om kampvuren. De meeste Macedoniërs waren uitgeput en sliepen. We ontmoetten weinig tegenstand, we sneden een aantal mannen de keel door en glipten langs de rest tot we de villa bereikten. Er stonden maar een paar wachtposten en ze waren niet erg alert. We klommen over de muur en verzamelden ons zoals afgesproken in een hoek van de boomgaard. De oorspronkelijke bewoners van de villa waren gevlucht en hadden hun honden meegenomen, de heer van het vuur zij dank!'

'We hadden een grootscheepse aanval moeten doen!' Orontobates leunde voorover en tikte met zijn voet op de vloer. 'We hadden massaal moeten aanvallen, dan hadden jullie hen allemaal kunnen doden.'

'Stil!' Memnon hief zijn hand op. 'Met hoeveel waren ze daar?'

'Een paar honderd, alles bij elkaar.' De officier schraapte zijn keel.

'En hoeveel man heb jij verloren?'

'Dertig. We kwamen met vijf gewonden terug, maar ze waren niet meer te redden en daarom hebben we hun keel doorgesneden.' De aanvoerder stak een hand op met gespreide vingers. 'Hun zielen zijn nu bij de heer van het licht.'

'Ze zijn een deel geworden van de levende vlam,' stemde Memnon in. 'Heb je gevonden wat onze spion voor ons had klaargelegd?'

'Ja, in een van de bijgebouwen, zoals afgesproken. Het naakte lijk was bedekt met een laken en een linnen doek. Het geschrift lag onder hem. We hebben het lijk ook meegenomen.'

'Mooi! Mooi!' mompelde Memnon.

'We verzamelden ons dus in de boomgaard,' vervolgde de officier. 'Ik zag een lichtsignaal in een van de ramen van de bovenverdieping, het afgesproken teken dat het feest was begonnen. Dat Alexander en zijn aanvoerders dronken waren.'

'Maar dat bleek niet zo te zijn?' Memnon glimlachte.

De commandant van de aanvalsmacht haalde zijn schouders op en nam een teug uit de beker. 'Ik gaf bevel de villa te naderen, maar er werd alarm geslagen.'

'Door wie?'

'Ik geloof dat het Sarpedon was, de kapitein van koningin Ada's lijfwacht. Een van mijn mannen herkende hem toen hij tussen de bomen liep. Hij was in gezelschap van de arts Telamon. Dat maakte ik op uit hun gesprek.'

'Telamon?' onderbrak Memnon hem. Hij leunde voorover. 'Dat gerucht had ik al gehoord.'

'Wie is dat dan?' snauwde Orontobates.

'Een befaamd arts, een jeugdvriend van Alexander. Hij werd opgeleid aan Aristoteles' Academie van Mieza, maar zijn vader haalde hem daar weg. Hij werd arts en trok als een verloren ziel rond langs de Middellandse Zee.'

'Heb je hem ontmoet?'

'Verschillende keren.' Memnon trok een grimas. 'Als Alexander mensen als Telamon om zich heen heeft, beschikt hij over goed advies, verstandig inzicht en scherpe ogen.'

Orontobates kwakte een zilveren bord op tafel. 'Ik zou je hebben beloond als je die Sarpedon de keel had doorgesneden, commandant. Hij is al een tijdlang een doorn in ons vlees.'

'Zij waren in het voordeel. Ze wisten aan ons te ontsnappen en bereikten de villa. Daarop werd alarm geslagen, dus ik gaf het bevel tot de aanval. We drongen de villa binnen, maar we wisten niet waar de koning precies was. En de soldaten buiten de villa mochten dan laks zijn, de vertrekken van de koning werden bewaakt door een eenheid schilddragers. We hebben op de bovenverdieping de meeste mannen verloren, want ze kwamen klem te zitten in een gang. Tegen die tijd was er ook alarm geslagen in het kamp buiten de muren. Ik was bang dat we tussen twee vuren zouden raken en daarom gaf ik het bevel tot terugtrekken. We verzamelden onze gewonden en vluchtten. We zijn niet achtervolgd.'

'En heb je het geschrift bekeken?' vroeg Orontobates scherp.

De aanvoerder haalde zijn schouders op. 'Ik heb het lijk van de schrijver Pamenes en zijn geschrift meegebracht. Toen we eenmaal buiten gevaar waren, liet ik fakkels aansteken, want ik wilde er zeker van zijn dat we niets hadden vergeten.'

'En het lijk?'

'U kunt het zelf bekijken, excellentie. De man is al minstens een dag dood. De linkerkant van zijn hoofd heeft een flinke klap gehad en er zijn allerlei verwondingen langs zijn zij.'

'Een ongeluk?' Ephialtes' stem klonk hard. Memnon keek hem onderzoekend aan. Ephialtes was een dapper en vindingrijk generaal, een moedige krijger, maar de laatste dagen was hij nerveus en prikkelbaar. Zijn haat voor Alexander, de Macedoniër die Thebe had verwoest, kwam meer en meer boven.

'Een ongeluk?' herhaalde Ephialtes zijn vraag.

'Ik ben geen arts, heer.'

'Vertel me eens, heeft de spion die ons helpt zijn of haar aanwezigheid kenbaar gemaakt tijdens de aanval op de villa?' Memnon hield zijn stem effen.

De aanvoerder schudde zijn hoofd.

'Zijn er mannen van jou gevangengenomen?' vroeg Orontobates.

'Van acht man weten we niet wat er met hen is gebeurd, misschien zelfs meer.' De commandant spreidde zijn handen. 'Maar mochten ze gevangen zijn genomen, dan zullen ze niets loslaten.'

Weer gaf Memnon de man een teken dat hij kon drinken. Dat deed hij gulzig en daarna gaf hij de beker door aan zijn metgezellen achter hem.

'Je kunt gaan.' Orontobates kwam overeind. Hij haalde een leren buidel tevoorschijn, begaf zich tussen de mannen en overhandigde elk van hen een gouden dareik. 'Jullie hebben het goed gedaan.'

De woestijnvechters stonden op, bogen naar het podium en glipten het donker in.

'We hadden hem kunnen doden.' Ephialtes leek tegen zichzelf te praten. 'We hadden hem kunnen vangen als een rat in een greppel.'

'Ephialtes! Ephialtes!' zei Memnon sussend. 'We hebben een kleine aanvalsmacht het donker ingestuurd. Als het meer mannen waren geweest, hadden de Macedoniërs direct gemerkt dat we kwamen.' Hij hief zijn beker naar Orontobates. 'Je mannen hebben het goed gedaan. Ze hebben het lijk meegebracht – maar waarom wilde je dat?'

De Pers glimlachte. 'Ik kan net zo mysterieus zijn als jij, heer. Is het al bij je opgekomen dat jouw spion Pamenes kan hebben vermoord? Hier wordt het allemaal heel interessant. Kom, dan laat ik het jullie zien.'

Ze verlieten de dolfijnenkamer en liepen door maanverlichte zuilengangen naar de kerkers diep onder het paleis. De in elkaar gedoken wachtposten en cipiers zagen eruit als bundeltjes kleren. Kerberos bevond zich in zijn kamertje halverwege de gang. Zijn dikke, sombere gezicht was rood aangelopen van de wijn en hij kwijlde. Hij maakte een buitengewoon summiere buiging.

'Wilt u Eunuch zien?'

Orontobates schudde zijn hoofd. 'Nee, het lijk!'

Kerberos leidde hen de gang door, langs het comfortabele vertrek waar Eunuch was ondergebracht, maar de lampen waren gedoofd, zodat de kamer donker was. Zo bereikten ze een cel aan het uiteinde van de gang. Kerberos opende de deur en ging hen voor. Het lichaam van Pamenes lag op een tafel, omringd door olielampen. Ondanks de blokjes geurstof die om het lijk heen waren gelegd, hing er een walgelijke stank van bederf. Pamenes' doodsbleke gezicht was vuilwit, zijn ogen waren halfgesloten en zijn hoofd leek mismaakt door het opgedroogde bloed uit de gapende wond. Zijn benen, armen en romp waren nog bedekt met stof en vuil van de overhaaste tocht door de nacht. Zijn hoofd was net geschoren, het haar lag verspreid over de tafel en de vloer.

'Bij het oog van Athene!' mompelde Memnon. 'Wat is dit?' Hij pakte een olielamp en hield deze dicht bij het hoofd van de dode. Net binnen de haarlijn kon hij een tatoeage onderscheiden: het alziend oog van Ahoera-Mazda gedragen op adelaarsvleugels.

'Dat is het symbool van een magiër!' riep hij uit. 'Een Perzische priester, een bewaker van de verborgen vlam!'

'Dat klopt,' stemde Orontobates in. 'Deze jongeman is een Meed van geboorte, een priester uit Persepolis, iemand met een talent voor talen. Toen koningin Ada Halikarnassos ontvluchtte, besloten heer Mithra en ik dat het cruciaal voor ons was spionnen aan haar hof te hebben. We wilden iemand die met letters kon omgaan, die Grieks sprak en de Griekse gewoonten kon imiteren. We kozen Pamenes. Zijn toewijding aan de goddelijke dynastie is onbetwistbaar. Hij liet zijn haar groeien, trok Griekse kleren aan, speelde de geleerde schrijver en verwierf een plaats aan koningin Ada's hof. De informatie die hij stuurde, was altijd de moeite waard.'

'En?' Memnon kneep zijn neusgaten dicht.

'Zijn dood zou een ongeluk kunnen zijn,' vervolgde Orontobates, 'maar dat lijkt me een heel vreemde samenloop van omstandigheden.'

'En dat laat ons slechts twee conclusies,' fluisterde Memnon. 'Of hij werd vermoord door iemand die wist dat hij een spion was...'

'Of hij werd vermoord door jouw spion,' verklaarde Orontobates. 'Alleen de god van het licht kent de waarheid.'

'Is er geen manier om het uit te zoeken?' vroeg Ephialtes.

Memnon begaf zich met dichtgeknepen neus naar de deur en keek om naar het lijk.

'Als hij schuldig is aan de dood van deze priester,' Orontobates streelde Pamenes' hoofd moederlijk, 'dan heb ik...' de Pers keek op met ogen vol woede. '...dan heb ik een bloedvete met hem, heer. Pamenes was een magiër, een trouw dienaar van de koning der koningen.'

'We weten niet of Pamenes werd vermoord door Memnons spion, misschien is zijn dood wel het werk van Alexanders agenten,' probeerde Ephialtes te sussen.

'Mijn spion kan zelfs de bondgenoot van Pamenes zijn geweest,' voegde Memnon eraan toe. 'Toen de priester was vermoord, legde hij misschien wel het geschrift onder het lijk. Hij moet hebben geweten dat we beide mee zouden nemen.'

Orontobates keek hem achterdochtig aan.

'Waar is het geschrift?' Memnon veranderde met harde stem van onderwerp.

'Oh ja, het geschrift.' Orontobates nam hen mee en liep snel via de trap en de gangen terug naar de dolfijnenkamer. Onderweg wisselde hij enkele woorden met een wachtpost die zich daarop weghaastte. Ze maakten het zich gemakkelijk. Ephialtes pakte een tros druiven, maar bedacht toen hoe laat het al was en legde de vruchten terug op de schaal.

'Je bent gespannen, heer, je hebt rust nodig.' Orontobates brak een zoet pasteitje in stukjes en stopte ze in zijn mond. 'Je moet gaan slapen.'

'Ik zal slapen wanneer Alexander dood is!' Ephialtes spuwde de woorden haast uit.

Orontobates negeerde de uitbarsting en kwam terug op zijn oorspronkelijke veronderstelling. 'Als Pamenes werd vermoord, vraag ik me toch af of het niet jouw spion was, Memnon.'

'Het is mogelijk,' gaf de man van Rhodos toe. 'Misschien kende hij Pamenes' ware identiteit niet. Vergeet niet dat deze spion uitsluitend loyaal is aan zichzelf. Misschien beschouwde hij Pamenes als een bedreiging...'

Hij zweeg bij het geluid van naderende slippers. Er kwam een schrijver binnen. Zijn hoofd was geschoren en er hing een dun linnen gewaad om zijn knokige schouders. Hij knielde op een kussen voor het podium en legde een schrijftablet van ongeveer twee voet lang op de grond. Aan de ene kant lag een slordige hoop perkamentvellen die provisorisch bijeen waren genaaid en aan de andere kant een vers, glad stuk papyrus waarop de man aan het schrijven was geweest.

'Wat heb je ontdekt?' vroeg Orontobates.

'Pamenes was zeer gewetensvol en bekwaam,' antwoordde de schrijver. 'Zijn geschrift bevatte roddels over het hof van koningin Ada.'

'Dat weten we al.' Orontobates zwaaide met zijn vingers.

'Hij heeft het ook over de speciale relatie tussen de Macedoniër en de koningin. En over de belangstelling van de indringer voor de verdedigingswerken van de stad en voor het Pythias-manuscript. De Macedoniër ziet zich geconfronteerd met een groot probleem.' De schrijver waagde een glimlach. 'Alexander heeft zijn vloot grotendeels afgedankt, maar zijn belegeringstuig bevindt zich nog op zijn schepen die op zoek zijn naar een haven.'

'Wat?' riep Memnon uit.

'Volgens Pamenes hoopt Alexander de haven van Myndos ten westen van Halikarnassos in te nemen en zo zijn belegeringstoestellen aan land te brengen. Hij beweert dat hij in die stad spionnen heeft die de haven aan hem zullen uitleveren.'

'Wel, dan hebben wij een verrassing voor hem, nietwaar?' Memnon klapte grinnikend in zijn handen.

'Ga door!' beval Orontobates.

'Koningin Ada heeft Alexander de beste schrijvers van haar hof gegeven om het Pythias-manuscript te ontcijferen. Ze worden bijgestaan door de Griekse arts Telamon, iemand die Pamenes niet vertrouwde. "Veel scherper dan goed voor hem is,"' de schrijver tikte op het verweerde perkament, 'zo beschrijft hij Telamon. Ze worden beschermd door Sarpedon, de kapitein van koningin Ada's lijfwacht, een Spartaanse huurling. Een ongeletterde kinkel die erg aan de koningin gehecht is en misschien zelfs haar minnaar is geweest.'

'Koningin Ada heeft met half Griekenland het bed gedeeld!

Zij heeft weinig of geen verdedigingswerken!' Orontobates lachte luid om zijn eigen grapje.

'Solanos is arrogant en chagrijnig,' vervolgde de schrijver. 'Een oude man die nog altijd veel respect eist. Pamenes geloofde dat hij wel van loyaliteit zou kunnen wisselen, want hij is corrupt en oppervlakkig. Cherolos is intelligent en fanatiek verknocht aan zijn vreemde godin. Hij werd aan de groep toegevoegd als de spion van koningin Ada. Bessos, de jongste schrijver, wordt aangeduid als de bekwaamste van de groep. Pamenes werkte echter alleen en had zijn eigen ideeën.'

'Hoe bedoel je?' onderbrak Memnon hem.

De schrijver pakte een stukje dun perkament en reikte het aan Memnon over. 'Pamenes werkte aan het Pythias-manuscript, maar om een duistere reden schreef hij regels op uit het stuk *Antigone* van de Griekse toneelschrijver Sophokles. Ik heb een paar verzen gekopieerd zoals Pamenes ze heeft opgeschreven. Hij heeft elke E en I omcirkeld. Hij maakte ook een schets alsof het Pythias-manuscript een struik was met twee wortels. De eerste noemt hij pente, wat geloof ik vijf betekent in het Grieks, en de tweede epsilon, de vijfde letter van hun alfabet, heer Memnon.'

Memnon glimlachte voor zich heen. Hoewel hij voor de Perzen werkte en de vijanden van de koning der koningen had verslagen, beschouwden de Perzen hem niet als een van hen. Hij staarde neer op het geschrift. Hij herkende de regels uit *Antigone* en kreeg heimwee. Toen hij de laatste keer in Athene was, had hij dit stuk door zijn landgenoten zien opvoeren.

'Kijkt u even wat lager, heer,' drong de schrijver aan en Memnon gehoorzaamde.

'Ziet u de cijfers en de letters?'

Ephialtes ging naast Memnon zitten.

'De letters van uw alfabet zijn in vijf horizontale en vijf verticale rijen gerangschikt, die stuk voor stuk zijn genummerd.'

Memnon liet zijn vinger langs de rijen glijden.

| | 1 | 2 | 3 | 4 | 5 |
|---|---|---|---|---|---|
| 1 | A | B | C | D | E |
| 2 | F | G | H | I/J | K |
| 3 | L | M | N | O | P |
| 4 | Q | R | S | T | U |
| 5 | V | W | X | Y | Z |

'U ziet het, heer. Vijf rijen en vijf kolommen, stuk voor stuk genummerd van een tot vijf.'

'Is het mogelijk dat dit de code is voor het Pythias-manuscript?' vroeg Memnon. 'Kan het in cijfers zijn geschreven? Zou elk getal een letter kunnen vertegenwoordigen?'

'Daar heb ik ook aan gedacht, heer,' antwoordde de schrijver. 'Ik heb de letter E genomen en geprobeerd of die soms 15 kon zijn en de letter B 12.' Hij schudde zijn hoofd. 'Maar dat leidt tot niets. Er mankeert nog iets aan.'

'Wat staat er nog meer in Pamenes' geschrift?'

De schrijver spreidde zijn handen. 'U weet nu alles wat Pamenes heeft opgeschreven, heer.'

Memnon gaf hem het vel perkament terug. 'Als jij het decodeert?'

'Ik zou het wel kunnen beloven, heer, maar dat zou opschepperij zijn.'

'In dat geval moet wat Pamenes heeft ontdekt aan Eunuch worden gegeven.' Memnon wierp een snelle blik op Orontobates. 'Laten we eens zien of hij zijn brood kan verdienen en zijn leven kan redden.'

De schrijver werd weggestuurd. Orontobates was heel tevreden over zichzelf en mompelde iets over een bezoek aan de vrouwenvertrekken. Met zijn wijnkelk in zijn hand waggelde hij de kamer uit. Ephialtes vulde de bekers opnieuw.

'Getallen en geheimen,' mompelde hij. 'Die Macedoniër moet gewoon dood!'

'Hij kan het nog altijd afleggen tegen de muren van Halikarnassos.' Memnon schoof heen en weer op zijn bank, zijn ogen staarden in de verte. 'Ik vraag me af...' Hij zweeg even. 'Ephialtes, ik wil dat morgenvroeg ons beste eskadron cavaleristen klaarstaat.'

'Ga je de Macedoniër buiten de stad tegemoet?'

Memnon gooide zijn hoofd in de nek en lachte. 'Wel, ik bestudeer Alexander al sinds hij een jongen was. Mijn broer en ik brachten enige tijd door aan het hof van zijn vader. Het kan zijn dat Alexander ons morgen komt opzoeken en dan wil ik voorbereid zijn.'

Ephialtes' ogen glinsterden. Memnon leunde naar hem over en greep zijn pols. 'Je bent mijn bloedbroeder, Ephialtes, ik zou je mijn leven toevertrouwen. Jij, ik en Orontobates kunnen Halikarnassos behouden, maar wat is er toch met je aan de hand? Je bent zo nerveus en schrikachtig als een jonge rekruut.'

'Wij hebben spionnen in Alexanders kamp,' antwoordde Ephialtes langzaam. 'En zij hebben hun spionnen onder ons.'

'Natuurlijk!' zei Memnon smalend. 'Zo gaat dat in de wereld, Ephialtes. Wie kan, op een paar uitverkorenen na, weerstand bieden aan de verleiding van goud, zilver, juwelen en promotie? Maar er is nog iets anders, nietwaar?'

Ephialtes knikte. 'Ik kom uit Thebe. Voordat Alexander die stad bestormde, eiste hij dat ik aan hem werd uitgeleverd. Thebe weigerde. Je weet wat er daarna is gebeurd.' Ephialtes streek de plooien van zijn mantel glad. 'Ik heb iedereen verloren, heer Memnon. Mijn moeder, mijn vader, mijn broers, mijn zusters en mijn oogappel, mijn zestienjarige dochter. Ik heb in en buiten Griekenland gezocht. Niemand van mijn familie werd als slaaf verkocht. Dat brak mijn hart, ik heb geen tranen meer over.' Hij zuchtte. 'Het leven gaat door en je zet een masker op, als een acteur in een toneelstuk.'

'Iemand heeft zeker geprobeerd je verdriet weer op te rakelen?' vroeg Memnon.

Ephialtes haalde een stuk perkament te voorschijn. '"Overal in de stad heerst tumult,"' las hij. '"Daarnaast nadert een enorm net van geruchten. Man komt tegenover man te staan en wordt geveld door de speer."' Ephialtes keek op. 'Herken je die regel?'

'Aischylos' stuk *Zeven tegen Thebe*,' antwoordde Memnon. 'Uit het koor van Thebaanse vrouwen.'

Ephialtes gooide het perkament naar hem toe en Memnon bestudeerde het grove schrift. Er waren ook teksten bij van Homeros en uit Euripides' stuk *Hekuba*, maar één terugkerend thema vormde de rode draad: het plunderen van steden, het gevangennemen en verkrachten van vrouwen. Memnon overwoog het. Degene die dit naar Ephialtes had gestuurd, had zijn prooi zorgvuldig bestudeerd. Ephialtes hunkerde naar wraak. Zijn ziel werd verteerd door zijn bloedvete met de Macedoniërs. Memnon dacht aan een tekst uit een ander toneelstuk: 'Dergelijke dingen kunnen iemands koortsige geest tot krankzinnigheid drijven.'

'Weet je niet wie de schrijver is?' vroeg hij.

'Als ik dat wist, zat zijn hart al op de punt van mijn speer. Het perkament werd onder mijn kamerdeur door geduwd. Een soortgelijk vel kreeg een van mijn dienaren. Het werd ongemerkt in een mand met fruit gestopt toen de man uit de binnenstad kwam.'

'Dit doen ze om je te treiteren,' zei Memnon. 'De stad zit vol met Macedonische sympathisanten. Mannen die dolgraag de poorten voor Alexander zouden openen. Ze proberen je moed te ondermijnen en je wil te verzwakken door herinneringen aan het verleden op te roepen.'

'Daar heb ik wel aan gedacht,' antwoordde Ephialtes, 'maar er is nog iets anders. Ben je onlangs nog in de binnenstad geweest? Heb je rondgelopen tussen de ambachtslieden, de verkopers van potten en huiden, de kleine handelaren, de leeglopers en de nietsnutten die rondhangen bij de deuren van de wijnlokalen?'

Memnon staarde hem niet-begrijpend aan.

'De hele sfeer is veranderd,' vervolgde Ephialtes. 'Er broeit iets.'

'Maar dat geldt toch voor elke stad die op het punt staat te worden belegerd.' Memnons gezicht betrok.

'Nee, dit is anders. Ik wilde Orontobates niet ongerust maken. Drie nachten geleden ging een van mijn kapiteins, een Thebaan net als ik, naar de touwslagerswijk.'

'Een rattenhol,' liet Memnon zich ontvallen.

'Die man heeft een korte lont. Hij pikt geen minachtende of woedende blikken en er brak al snel ruzie uit. Samen met zijn manschappen achtervolgde hij zijn plaaggeesten tot in een bouwvallig huis niet ver van de oude tempel van Apollo. De prooi ontsnapte en dus besloten mijn mannen zich tegoed te doen aan de wijnvoorraad in het huis. Toen vonden ze een bundel Macedonische zwaarden, bijeengebonden met touw en verstopt aan de voet van de keldertrap.'

'Weet je dit zeker?' Memnon streek over zijn gezicht en vloekte in stilte.

'Ik heb de zwaarden in mijn bezit en ik heb ze goed bekeken. Ze zijn kortgeleden gesmeed en van Macedonische makelij. Ik zou dergelijke zwaarden zelfs in het donker herkennen.'

'Maar dat is onmogelijk!' protesteerde Memnon. 'De afgelopen zeven weken zijn de poorten nauwkeurig bewaakt en is elke wagen en elke bundel gecontroleerd. Ze moeten al eerder de stad zijn binnengebracht.'

'Een paar maanden geleden,' antwoordde Ephialtes spottend, 'vocht Alexander voor zijn leven bij de Granikos en was onze grote plunderaar vast niet zo vooruitziend om al aan Halikarnassos te denken.'

'Wil je daarmee zeggen dat deze zwaarden onlangs de stad zijn binnengebracht door een of andere geheime ingang?'

'Misschien.' Ephialtes ging naast Memnon op de bank zitten en overhandigde hem nog een stuk perkament, een provisorische kaart van Halikarnassos.

'Kijk hier eens naar, heer. Vertel me wat ons zwakke punt is.'

Memnon bekeek het perkament nauwkeurig. 'De muren zijn hoog en goed versterkt, de poorten zijn beveiligd en daarbuiten ligt een brede gracht die een belemmering zal vormen voor de vijand. We hebben meer dan genoeg troepen, een elitebrigade van het Perzische leger en de beste huurlingen die Griekenland te bieden heeft. We beheersen de haven, de Perzische vloot beheerst de kust...'

'Wat gebeurt er?' Ephialtes priemde een vinger in het midden van de kaart, precies op de plek waar het grootse monument van Mausollos hoog oprees naar de hemel. 'Wat gebeurt er,' herhaalde hij, 'wanneer er een opstand uitbreekt in de stad? Wanneer volksmenners de meute ophitsen en bewapenen?'

'We zouden het oproer kunnen neerslaan, vooral bij een poging de poorten te openen.'

'En als zo'n opstand plaatsvindt terwijl wij de muren bemannen?' hield Ephialtes aan. 'Zie je het niet, heer, dan zouden we in de val zitten. Tussen de aanvallers buiten de muren en degenen in de stad. We zouden ons een weg moeten bevechten naar de haven.'

Memnon staarde naar de kaart. Hij kreunde zachtjes toen het volledig tot hem doordrong welke nachtmerrie Ephialtes zo beeldend had beschreven.

Telamon en Kassandra hadden de kamer van Pamenes uitgekamd en al zijn bezittingen in een stapeltje op de vloer gelegd. Telamon pakte een aardewerken kom, rook eraan en smeet hem weg. 'Zure melk, ik haat die stank! Was de kat trouwens hier toen we 's morgens de deur openbraken?'

'Dat kan ik me niet herinneren.'

Telamon zat met gekruiste benen en negeerde het afschuwelijke geschreeuw buiten. 'Het is niet veel, vind je niet?' Hij keek om zich heen. 'Er ontbreekt iets.'

Ze hadden stukjes perkament gevonden waarop de woorden

PENTE en EPSILON waren gekrabbeld. Verder nog een ronde stok en stukjes perkament met vreemde symbolen, eigenlijk niets opmerkelijks of belangrijks. Telamon probeerde rustig na te denken, maar werd afgeleid door geluiden uit de villa en een lachsalvo van beneden, waar Gentios zijn gasten bezighield. Hij sloot zijn ogen en riep het donkere gezicht van Pamenes op in zijn geest.

'Als je werd vermoord,' fluisterde hij, 'waarom heeft de moordenaar jou dan uitgekozen? Waarom hebben de Perzische aanvallers je lichaam meegenomen?'

'Gekken praten tegen zichzelf,' merkte Kassandra op.

'Gek zijn we allemaal.' Telamon tikte op het schamele stapeltje bezittingen. 'Waarom werd Pamenes' lijk weggehaald? Was er iets dat de moordenaar verborgen wilde houden?'

Kassandra liep voorzichtig naar het raam, zodat de vloerplanken niet zouden kraken. Ze draaide zich om en kruiste haar armen. 'Ga door, meester!' galmde ze in het donker.

Telamon glimlachte en keek naar het bed – linnen lakens op een stromatras die rustte op strak gespannen touwen over een frame van houten palen. Hij stond op, duwde het linnen muskietennet opzij en schudde het uit. Daarna draaide hij de matras om en klopte er zorgvuldig op. Kassandra bracht een olielamp, maar Telamon kon geen openingen of geheime vakjes ontdekken. Hij trok de matras op de grond en bestudeerde de touwen. Toen hij weer niets bijzonders vond, onderzocht hij hoe de houten palen van het frame in elkaar pasten.

'Ik heb ooit een luit gehad.' Hij klopte op het hout. 'Het ding kwam uit Korinthe en ik moest het stukje voor stukje in elkaar zetten.'

Hij maakte de touwen los en probeerde tevergeefs de palen van het frame uit elkaar te trekken. 'Ze zijn vastgelijmd met gom van de acaciaboom!' riep hij uit.

Hij probeerde daarna een paal van het voeteneind los te krijgen en dat lukte wel.

'Aha!'

Telamon legde het bed op zijn zijkant en haalde het uit elkaar. Uit de paal aan de onderkant kwam een rinkelend geluid en Telamon stortte de hele inhoud uit op de vloer. Hij verzamelde alles zorgvuldig. Kassandra ging op haar hurken naast hem zitten, zodat hun hoofden elkaar bijna raakten, en samen lieten ze de verborgen schat door hun vingers glijden.

'Een rijk man!'

Telamon bekeek de rinkelende gouden dareiken, de beste munten uit de schatkamer van Darius, en daarna het kleine zegel waarop Ahoera-Mazda was afgebeeld en een bronzen ring met hetzelfde symbool. Hij klapte in zijn handen, al zijn vermoeidheid was vergeten.

'Wil de meester zijn wijsheid openbaren?'

'Niet plagen nu!' Telamon pakte het zegel. 'Pamenes was geen Griek, hij was een Meed, een vertrouwde ambtenaar van het Perzische hof. Daarom had hij dit zegel bij zich.'

'En de ring?'

'Zo'n ring wordt alleen gedragen door priesters die het heilige vuur in Persepolis verzorgen.'

'Was hij een Perzische spion?'

'Nee, mijn stralende Thebaanse. Pamenes was meer dan dat. Een zeer betrouwbare priester, een vertrouweling van Darius en zijn geheimenbewaarder heer Mithra. Onze vriend Pamenes moet goed zijn geweest in talen, daarom werd hij naar het hof van koningin Ada gestuurd om haar genegenheid te winnen, haar geheimen te achterhalen en haar uiteindelijk te verraden.'

'Bedoel je het Pythias-manuscript?' vroeg Kassandra.

'Onder andere. Ik weet zeker dat heer Mithra, om niet te spreken van Orontobates, de Perzische gouverneur van Halikarnassos, er inmiddels een kopie van bezit. Hij heeft vast en zeker ook andere geheimen overgebriefd, zoals de plannen van koningin Ada, Alexanders ontmoetingen met haar, kortom, alles waar hij maar achter kon komen. Dit maakt het wel interessant. Werd Pamenes vermoord omdat hij een spion was? Heeft iemand zijn val naar de eeuwige duisternis alleen maar geregeld om een lastpost kwijt te raken?'

'Dat zou kunnen.'

'Of werd Pamenes vermoord omdat hij iets over het Pythiasmanuscript wist en de moordenaar met de eer wilde gaan strijken?' Telamon krabde zijn stoppelige kin. 'Het kan ook zijn dat hij het manuscript kon vertalen en de moordenaars niet wilden dat hij de Perzen hiervan op de hoogte bracht.'

'Weet je zeker dat hij werd vermoord?'

'Zo zeker als er buiten bomen groeien.'

'En waarom werd zijn lichaam meegenomen?'

'Ah, nu komen we bij onze moordenaar. Hij kwam op de een of andere manier deze kamer binnen en duwde of hielp Pamenes door dat raam daar.' Telamon zweeg even en spreidde zijn handen. 'Vervolgens slaagde de moordenaar erin het nieuws naar de stad te sturen dat Alexander met een lichte strijdmacht hierheen zou komen. Halikarnassos is zo'n tien stadia van hier verwijderd en niemand heeft de villa verlaten, dus moet de moordenaar over een geheime communicatiemethode met zijn meesters beschikken.'

'Duiven!' zei Kassandra luid. 'Er staat een duivenhok bij de villa.'

Telamon lachte en schudde zijn hoofd.

'De boodschap moet zijn doorgegeven nadat Pamenes werd gevonden, wat gisteren rond het middaguur gebeurde. Daarna kreeg Memnon de informatie dat Alexander elk moment kon arriveren en dat Pamenes dood was. Ja, zo moet het zijn gegaan.' Telamon wreef in zijn handen en leek in gedachten verdiept.

Kassandra glimlachte verstolen. Wanneer Telamon niet met zijn vruchtbare geest over een of ander vraagstuk kon nadenken, werd hij uit verveling rusteloos, of het nu ging om het behandelen van een bepaalde verwonding, het genezen van een patiënt of het oplossen van een ander probleem aan Alexanders hof. Ze vermoedde vaag dat dat ook de ware reden was waarom Telamon bij Alexander bleef. De arts kon nog steeds geen hoogte van Alexander krijgen. De koning was een vraagstuk dat hem voortdurend intrigeerde. Ze besloot weer haar toevlucht te nemen tot plagen.

'En, gaat de grote filosoof zijn conclusies met me delen?'

'Ik geloof dat Pamenes werd vermoord omdat hij vooruitgang had geboekt met het Pythias-manuscript. Zijn moordenaar, die net als hij voor de vijand werkt, wilde met de eer strijken en bovendien een rivaal opruimen.'

'Denk je dat hij op de hoogte was van Pamenes' ware identiteit?'

'Misschien. Hoe dan ook, hij vermoordt Pamenes en in zijn haast om te ontsnappen, graait hij Pamenes' manuscripten en zijn schrijfstift bij elkaar, de stift die de schrijver op dat moment gebruikte, met een mooie scherpe punt. Dan wordt Pamenes' lichaam gevonden. De moordenaar geeft de informatie door aan de Perzen en om te laten merken dat hij te vertrouwen is, vertelt hij ook dat een van Pamenes' manuscripten onder het lijk is verborgen. Niemand van ons zou het verzinnen om daar te kijken.'

'Maar waarom namen de aanvallers het lijk ook mee, zoals ik je al eerder heb gevraagd?'

'De Perzen achten hun priesters buitengewoon hoog,' mompelde Telamon. 'Ze hebben zijn lichaam nodig voor een eervolle begrafenis in een van hun torens der stilte. Maar misschien wilden ze ook niet dat Alexander ontdekte dat Pamenes een Perzische spion was.'

'En dus namen de aanvallers het lijk en het bewuste manuscript mee?' Kassandra stond op en liep met afgemeten stappen weg. 'Het moet wel een enorme duif zijn geweest om zoveel informatie over te brengen,' zei ze plagend over haar schouder.

'Hoe bedoel je?'

Ze draaide zich om. 'Deze man stuurt toch een heleboel informatie: een plattegrond van de villa, Alexanders plannen, de grootte van zijn escorte, de dood van Pamenes, de plaats waar zijn lichaam te vinden is...'

'En niet te vergeten de afgesproken signalen, zoals een brandende lantaarn die voor een raam wordt gehouden,' voegde Telamon eraan toe. 'Je hebt gelijk, Kassandra, die moordenaar had een duif zo groot als een adelaar nodig.'

'Wie gaf dat signaal met de lantaarn?'

'Sarpedon en het keukenmeisje zagen het, maar toen hij de kamer bereikte, waren zowel de lantaarn als de persoon die hem vasthield verdwenen.'

'Weet Alexander dit?'

'Nee, Sarpedon heeft het hem niet verteld. Waarschijnlijk durfde hij dat niet. Als mannen als Kleitos hun zin kregen, zou iedereen die maar enigszins wordt verdacht worden gemarteld.'

'Wie denk je dat het zou kunnen zijn?'

Telamon wees naar een brandende lamp op de tafel. 'Kijk daar eens naar, Kassandra. Wat zie je om die lamp heen dansen?'

'Nachtvlinders en vliegen.'

'Zo gaat het hier ook,' vervolgde Telamon. 'Alexander is de vlam. Alle mogelijke vreemde schepsels worden aangetrokken door de gloed en de warmte van zijn hof. In Persepolis brandt een soortgelijk licht, met hetzelfde effect. Waar macht is, drommen de gieren en de aaseters samen, zoals bij een lijk op een heuvel.' Hij liep naar Kassandra toe. 'Hoeveel mannen kan Darius werkelijk vertrouwen, denk je? Toen hij de troon van de koning der koningen greep, liet hij Bagoas vermoorden, de man die hem had geholpen. Het lijk werd gevuld met zaagsel en tot een mummie gemaakt die Darius permanent in zijn audiëntiehal in Persepolis heeft staan.' Telamon wachtte even. 'Voor Alexander geldt precies hetzelfde. Hij is omringd door mannen en vrouwen die, als ze denken dat ze voordeel hebben van zijn dood, zouden toeslaan met het medeleven van een slang. Elk hof is vergeven van spionnen en verraders. In geheime, duistere kamers in Halikarnassos zweren mannen samen tegen Memnon, en ergens in deze villa smeedt een moordenaar een complot tegen Alexander. We leven in een wereld van schaduwen, Kassandra. Waarheid en eerlijkheid bestaan niet. Alexander kan de mensen die hij echt kan vertrouwen aftellen op de vingers van één hand.'

'En ben jij een van hen?'

'Misschien wel. Maar hoe lang zal ik dat blijven, daar maak ik me wel eens zorgen over.'

Ze hoorden het geluid van naderende voetstappen. Telamon stopte haastig weg wat ze hadden gevonden. Er werd op de kierende deur geklopt en Solanos kwam de kamer binnen, gevolgd door Bessos en de priester Cherolos. Ze hadden alledrie een wijnkelk in hun hand. Solanos zag er dronken uit, Cherolos zette steeds zijn masker op en af, Bessos leek zich enigszins te schamen voor het gedrag van zijn collega's.

'We dachten dat u naar beneden zou komen,' zei Solanos met dubbele tong. 'We weten dat het laat is, maar de wijn is goed. En morgen? Wel, morgen is er weer een dag.'

'Vertrouwden jullie Pamenes?' vroeg Telamon abrupt, terwijl hij hun gezichten bestudeerde.

'Wat een stomme vraag!' zei Cherolos pruilend. Hij knipperde met zijn ogen en keek de kamer rond. 'U vertrouwde hem in elk geval niet. U hebt zijn bezittingen doorzocht.'

'Voor zover we die konden vinden! Heeft hij jullie ooit over zijn verleden verteld?' drong Telamon aan.

'Hij zei dat hij oorspronkelijk uit Sardes kwam,' stamelde Solanos. 'Maar hij was terughoudend.'

'Iedereen aan het hof is terughoudend. Heeft hij jullie iets verteld over het Pythias-manuscript?'

'Dat ligt toch voor de hand?' Solanos wankelde in zijn tuniek vol wijnvlekken de kamer door en ging op een krukje zitten.

'Ik heb hem een keer aangetroffen met een exemplaar van de *Ilias* van Homeros,' zei Bessos om Telamons aandacht af te leiden

'En?'

'Hij leek de letters te tellen.'

'Waarom zou hij dat doen?' vroeg Kassandra. 'Wat heeft de *Ilias* te maken met het Pythias-manuscript?'

'Weet ik niet.' Bessos kroop schijnbaar overdonderd in zijn schulp.

'Jij vermoedt dat Pamenes meer had ontdekt dan hij je vertelde, nietwaar, Bessos?' viste Telamon.

De jonge schrijver knikte.

'Wat gebeurt er wanneer ik jullie vertel dat Pamenes een Perzische spion was?' vroeg Telamon.

Zijn drie bezoekers staarden hem ondoorgrondelijk aan.

'Hoe weet ik...' Telamon zweeg toen buiten weer bloedstollend werd geschreeuwd.

'Waarom maakt hij hen niet dood?' jammerde Bessos. 'Waarom worden ze er niet gewoon afgehaald en onthoofd?'

'Wat wilde u zeggen?' Solanos keek op.

'Hoe weet ik dat jullie niet allemaal spionnen zijn? Jullie zijn geboren, opgegroeid en opgeleid onder Perzische heerschappij. Waarom zijn jullie niet in Halikarnassos gebleven? Waarom besloten jullie je bij koningin Ada te voegen?'

'Ze werd verdreven door haar bloedverwant,' zei Solanos met onduidelijke stem. 'Een man met de naam Pixodaros. Pixodaros trouwde met een Perzische en Darius nam het bestuur van de stad over.'

'Ah ja,' onderbrak Telamon hem. 'Ik herinner me nog vaag een verhaal – heeft Alexander niet ooit, toen Philippus nog leefde, aangeboden met een familielid van Pixodaros te trouwen en werd hij toen niet afgewezen?'

'Philippus heeft altijd geprobeerd Halikarnassos in handen te krijgen,' antwoordde Solanos scherp. 'We zouden het hebben toegejuicht. We zijn misschien geen Grieken in de ware betekenis,' – de oude schrijver wierp een geïrriteerde blik naar Telamon – 'maar we hebben onze trots. U bent niet de enige die een hekel heeft aan Perzisch bestuur, geneesheer.'

'Ik heb niet gezegd dat ik er een hekel aan heb.' Telamon liep naar de oude man wiens ogen en geest beneveld waren van de wijn, en ging op zijn hurken voor hem zitten. 'Maar waarom zijn jullie meegegaan met koningin Ada?'

'Ik ging mee uit genegenheid voor haar.' Solanos knipperde met zijn ogen. 'Bessos is meegegaan – wel, waarom ben jij meegegaan?'

'Om dezelfde reden.'

'Nou ja, dat is wat hij zegt.' Solanos knipoogde samenzweerderig tegen Telamon. 'Maar zijn familie was niet geliefd bij de

Perzen. En wat onze goede priester hier betreft, wel, vooruit Cherolos, vertel hun wie je werkelijk bent.'

De priester tilde zijn masker voor zijn gezicht.

'Ja, toe maar, zet dat stomme masker op!' smaalde Solanos en toen lichtte hij Telamon in. 'Cherolos verliet Halikarnassos omdat hij geen keus had. Hij is een ketter. Vroeger was hij een Perzische priester. U weet hoe fanatiek die Ahoera-Mazda aanbidden! Volgens Cherolos heeft de god van het leven deze wereld niet geschapen. Dat was het werk van een of andere slangengodin. De Perzische autoriteiten wilden Cherolos ondervragen, dus hij liet zijn haar groeien en vluchtte.'

De priester, gekwetst door Solanos' opmerkingen, stampte verongelijkt met een voet op de grond. Hij wilde net gaan protesteren, toen er zware voetstappen klonken en Telamons naam werd geroepen. Kleitos de Zwarte duwde de deur open en stapte naar binnen. Hij negeerde de aanwezigen, duwde Solanos opzij en greep Telamons arm.

'Je moet komen! Je moet onmiddellijk komen! Het gaat om de koning, er is iets mis!'

# Hoofdstuk 5

*De eerste dag rukte Alexander op tot aan de versterkingen... de verdedigers deden een uitval en wierpen hun wapens vanuit de verte.*

Arrianus, *Alexander de Grote,* Boek I, hoofdstuk 20

Telamon liep achter Kleitos de Zwarte de trap af. Hij kreeg geen antwoord op zijn vragen, maar toen er anderen mee wilden gaan, brulde de koninklijke lijfwacht dat ze zich met hun eigen zaken moesten bemoeien. Kleitos droeg zoals altijd zijn zwarte mantel.

'Ik heb nog geen oog dichtgedaan,' gromde hij terwijl ze de met keien bestrate binnenplaats overstaken. 'Ik heb de koning toch gezegd dat het verkeerd was. Hij had op de rest moeten wachten. Al dit gehaast en heen en weer geren!'

Ze liepen de boomgaard in, passeerden rijen slapende soldaten en kwamen uiteindelijk terecht op een weiland dat nu werd omsloten en bewaakt door zilverschilden. Groepjes mannen hadden zich om kampvuren geschaard, sommigen sliepen, anderen zaten zachtjes te praten. Telamon merkte niets van onrust of alarm. Alexanders paviljoen was midden in het weiland opgezet. De tentenbouwers hadden hun werk niet erg zorgvuldig gedaan. Sommige scheerlijnen hingen slap en het halve paviljoen wapperde in de nachtbries. De wachtpost tilde de tentflap op en Telamon volgde Kleitos naar binnen. Daar heerste de gebruikelijke chaos. Er lag van alles op de grond: wapenrusting, een met bloed bevlekt zwaard, kledingstukken, een rol perkament. Hephaistion stond gebogen bij de ingang tot het privé-gedeelte van de koning.

'Wat is er?' vroeg Telamon dringend.

Hephaistion tilde de voorhang op en duwde de arts naar binnen. Daar zag het er somber uit. Het rook er naar verschaalde wijn en gekookt vlees. Er lag een omvergesmeten blad. Telamon vloekte toen hij uitgleed over een vet bord. Het bed was leeg, het provisorische muskietennet was opzij getrokken, de kussens lagen op de grond.

'Alexander!'

'In de hoek,' fluisterde Hephaistion. Kleitos de Zwarte was niet meegekomen, hij stond buiten op wacht.

'Is het een van zijn paniekaanvallen?' mompelde Telamon. Alexander werd bij vlagen bijna gek van angst, vooral wanneer hij had gedronken. Deze aanvallen manifesteerden zich door jachtige activiteit, of door een verstramming waardoor hij stijf op een stoel bleef zitten of bewegingloos in bed lag.

'Hij heeft overgegeven,' antwoordde Hephaistion. 'Zijn maag was van streek. Ik lag buiten te slapen toen hij begon te schreeuwen en te brullen. Hij zit in de uiterste hoek.'

Ze liepen naar het kampbed. Telamon nam de olielamp van Hephaistion over en zag in de vage lichtkring de glinstering van metaal.

'Alexander! Alexander! Wat is er?'

Telamon bleef op een afstand. Het was gevaarlijk de koning te benaderen wanneer hij zo'n bui had. Soms herkende hij dan zelfs zijn beste vrienden niet. Telamon stak de olielamp naar voren. Alexander, naakt op zijn lendendoek na, zat op zijn hurken met een dolk in zijn hand en keek hem woedend aan met zijn vreemde, verschillend gekleurde ogen.

'Ben jij dat, vader? Kom je me halen? Ik had er niets mee te maken! Het was moeder! Ze legde een krans op het hoofd van je moordenaar en offerde aan zijn geest. Ik heb niets gedaan! Ik ben je liefhebbende zoon!'

'Alexander, ik ben het, Telamon. Je hebt gedroomd!'

Alexander bleef voor zich uit staren. Telamon bedacht hoe jong hij eruitzag met dat strakke gezicht waarin de jukbeenderen zo duidelijk uitkwamen. Alexanders nekspieren waren verstijfd en wanneer hij sprak, bewoog zijn kin zich nauwelijks.

'Wat moeten we doen?' fluisterde Hephaistion.

'Ga naar mijn kamer,' antwoordde Telamon. 'Zeg tegen Kassandra dat ze een beker moet vullen met wijn en wat papaversap.'

Alexanders arm begon te trillen.

'Komt het weer goed met hem?'

'Ga nu maar!' snauwde Telamon. Hephaistion verliet de tent.

'Ik was daarbij.' Nu knipperde Alexander met zijn ogen. 'Bij het amfitheater. Philippus liep met zijn mantel over zijn arm, die stomme lauwerkrans op zijn hoofd en zonder lijfwacht. Ik weet niet waarom hij dat deed. Geen van zijn makkers was bij hem. Hij liep alsof hij in de tuin wandelde. Pausanias kwam aanrennen met een dolk in zijn hand. Philippus draaide zich om en glimlachte. Pausanias trof hem tweemaal, hier.' Alexander tikte op zijn linkerzij. 'De dolk doorboorde Philippus' hart en velde hem op het hoogtepunt van zijn roem.'

'Dat weet ik,' fluisterde Telamon. 'Dat weet ik.'

'Moeder liet hem begraven in een graf in Vergina! Een schitterend monument, Telamon. Droom ik?'

'Je hebt gedroomd, Alexander. Je bent doorgedraafd. Je bent lichamelijk en geestelijk uitgeput. Je hebt te veel wijn gedronken en bent gaan dromen. Weet je nog dat je vaak droomde in Miëza? Dan werd je gillend wakker. Ptolemaios lachte je altijd uit.'

'Ik hak die arrogante opschepper nog een keer zijn hoofd af!'

'Nee, dat doe je niet.' Telamon kwam langzaam dichterbij.

Alexander liet zijn schouders hangen, de hand waarmee hij de dolk vasthield, verslapte. Telamon nam hem het wapen af en gooide het over zijn schouder. Zijn vingers hadden vluchtig Alexanders hand geraakt, die klam en ijskoud aanvoelde.

'Kom.' Telamon raapte een deken op en legde deze zachtjes om Alexanders schouders. 'Nu naar bed.'

De koning bleef echter verkrampt in zijn ineengedoken houding zitten.

'Alexander, je bent ijskoud. Je moet warm worden.' Telamon sleurde de koning overeind. Alexander zwaaide dronken heen en weer, trok zich los, hoestte en kokhalsde.

'Je moet gaan slapen.' Telamon bracht hem naar het bed en liet hem voorzichtig zakken. Alexander ging op zijn rechterzij liggen, krulde zich op als een kind en legde zijn hand onder zijn gezicht. Telamon voelde in zijn nek dat de hartslag sterk, maar onregelmatig was. Hij raapte alle kledingstukken op die hij maar kon vinden, legde ze over de koning heen, ging op de rand van het bed zitten en begon Alexanders rug te wrijven. Hephaistion kwam terug met de beker wijn. Alexander weigerde ervan te drinken, maar met hulp van Hephaistion kreeg Telamon de koning overeind en werd de drank naar binnen gegoten. Alexander hoestte en probeerde zijn hoofd terug te trekken, maar ten slotte slikte hij, dronk de beker leeg en ging weer liggen. Zijn lichaam schokte toen de medicijn begon te werken. Hij mompelde nog iets over Olympias en worstelde om zijn ogen open te houden, maar na een poosje viel hij in een diepe slaap.

‘Hoe lang is dit al aan de gang?’ vroeg Telamon.

Hephaistion liep naar een kist, trok er een soldatenmantel uit en spreidde deze over de koning heen. ‘Het gebeurt bijna elke avond, maar dit is de ergste aanval tot nu toe. Alexander droomt hoe zijn vader het amfitheater binnenging op de dag dat hij werd vermoord. Hij ziet Pausanias op hem af rennen.’

‘Maar Alexander had niets te maken met de moord op zijn vader. Dat heb ik hem gezegd en dat heb jij hem gezegd. Philippus en Olympias waren gescheiden, hij was met een ander getrouwd en had een zoon gekregen.’

‘Dat weet ik.’ Hephaistion leidde Telamon weg en wreef over de zijkant van zijn gezicht. ‘Wat een nacht, hè, Telamon. Veel slaap zit er niet meer in! De koning staat erop dat we bij zonsopgang naar Halikarnassos rijden, want hij wil de verdedigingswerken met eigen ogen bekijken.’ Hephaistions lange, donkere gezicht was lodderig en zijn ogen waren roodomrand. Hij krabde zijn ongeschoren wang en wees naar de koning. ‘Hoewel ik precies hetzelfde als jij tegen Alexander zeg, bekende hij me toen we hierheen reden dat hij zich dicht bij Philippus bevond toen die werd vermoord, maar dat hij als aan de grond genageld bleef staan.’

‘Denkt hij dat hij tussenbeide had kunnen komen?’

Hephaistion knikte. ‘Hij praat over die paar seconden waarin hij Pausanias’ verwrongen gezicht zag, over de fatale aanval en over de dolk die in en uit Philippus’ lichaam ging.’

‘Ik ben er niet bij geweest.’ Telamon wierp een blik op de slapende koning. ‘Maar jij wel, Hephaistion. Vertel me de waarheid, wist Alexander dat zijn vader zou worden vermoord?’

‘Weet ik niet,’ zei Hephaistion botweg.

‘Dus je hebt je twijfels?’

‘Ja, ik heb mijn twijfels,’ bekende Hephaistion. ‘En ik vermoed dat Alexander die ook heeft. Hij vraagt zich af of hij het stilletjes hoopte. Of hij diep in zijn hart zijn vaders dood wenste.’

Telamon ging op een krukje zitten. Hephaistion knielde op de grond voor hem, raapte een zwaardriem op en begon de dolk in en uit de schede te schuiven.

‘Olympias was de oorzaak. Zij hitste Pausanias op, wakkerde zijn grieven aan en verschafte hem de dolk. De heksenkoningin voelt zich niet schuldig, maar Alexander wel. Soms vraag ik me af of dat de reden is dat hij maar blijft roepen dat hij is verwekt door een god.’

'Zodat hij tenminste niet schuldig is aan vadermoord als Philippus niet zijn echte vader was?' Telamon glimlachte wrang.
'Ja, daar zit een bizarre logica in.'
Kleitos tilde de tentflap op en kroop naar binnen. 'Gaat het goed met de koning?'
'Hij slaapt,' antwoordde Telamon. 'Een mengsel van wijn en papaversap.' Hij keek naar het lelijke, verwrongen gezicht van Alexanders lijfwacht. 'Ben je nu niet blij dat ik weg ben gegaan van de Academie van Miëza en arts ben geworden, Kleitos?'
'Je was een waardeloze soldaat,' gromde Kleitos. 'Je had twee linkerhanden, maar hard rennen kon je wel.'
Telamon negeerde de steek. 'Kleitos, jij was bij Alexander op de dag dat Philippus werd vermoord. Stond je niet naast hem?'
'Ja, ik weet nog precies hoe die ouwe bok werd neergestoken. Hij schuifelde voort met zijn kapotte been en zijn ene goede oog keek woedend. Hij was net zo lelijk als ik!'
'Zag je de moord aankomen?'
'Heel even. Vergeet al die verhalen dat Pausanias aan kwam rennen, dat is alleen maar de koortsige fantasie van de koning. Pausanias slenterde naar Philippus toe alsof hij hem een petitie wilde aanbieden. Toen greep hij zijn linkerhand en stootte toe met de dolk. Het gebeurde allemaal in een oogwenk.'
Telamon pakte het mes uit Hephaistions vingers. Hij liet het balanceren op zijn hand en gooide het vervolgens naar Kleitos, die het behendig opving.
'Zo snel?' vroeg Telamon.
'Sneller nog.' Kleitos grijnsde en stak de dolk met de punt in de grond. 'Een oogwenk, enkele hartslagen.'
'Had je Pausanias kunnen tegenhouden?'
'Ik ben soldaat, geen god,' grapte Kleitos. 'Niemand had Pausanias kunnen tegenhouden. Philippus verdiende zijn dood zoals hij daar rondliep zonder één enkele lijfwacht, onbeschermd tegen zijn vijanden. Maar de jongen' – Kleitos gebruikte zijn gewone benaming voor Alexander – 'die denkt daar anders over en dat is zijn grote zwakte. Hij gaat piekeren en laat zijn fantasie doordraven als een op hol geslagen paard. Maar nu slaapt hij. En nu we het toch over paarden hebben, ik wil zeker weten dat die luie paardenknechten hun werk hebben gedaan!' Kleitos draaide zich om en tilde de tentflap op.
Hij verdween in het donker. Hephaistion greep de dolk en stak hem in de schede.

'Worden die dromen steeds erger?' vroeg Telamon.

'Kleitos wil er niet over praten.' Hephaistion keek vanuit zijn ooghoek naar de arts. 'Hij verbergt elke zwakte van Alexander. Het enige waar Kleitos zich zorgen over maakt, is dat de soldaten het te horen krijgen.'

'Zou Halikarnassos op een of andere manier deze nachtmerries hebben uitgelokt?'

Hephaistion knikte. 'Dat is mogelijk. Misschien wil hij zijn vader naar de kroon steken, de prestaties van Philippus overtreffen, de titel van grote stedenbelegeraar winnen of de wereld laten zien dat geen bolwerk tegen hem bestand is. Ik kan het niet zeggen. Hoe dan ook, blijft hij nu slapen?'

'Heel diep, maar ik weet niet precies voor hoe lang.' Telamon stond op.

'Wat zullen we doen?'

'Toen ik in Egypte was, werd ik eens ingehuurd door de vrouw van een zeer rijke koopman. Haar man had een hevige angst voor water ontwikkeld. Ze staken vaak samen de Nijl over om haar familiegraf in de necropolis op de westelijke oever te bezoeken, maar op den duur werd de man al doodsbenauwd wanneer hij alleen de rivier maar zag. Dan begon hij te zweten en te schreeuwen, hoewel hij toegaf dat hij de Nijl al vaker was overgestoken dan hij zich kon herinneren, zonder er zelfs maar bij na te denken. Ten slotte vertelde hij me dat hij had gezien hoe krokodillen een vissersboot aanvielen en een man onder water trokken. Krokodillen draaien hun prooi om en om en dat had de koopman gezien. Ik wees hem erop dat hij getuige was geweest van meer bloedige taferelen, dus waarom had deze gebeurtenis zo'n angst bij hem opgeroepen? Ik bezocht hem al een maand voordat ik de oorzaak vond. Als kind was hij gaan zwemmen in een met riet begroeide waterplas naast de Nijl. Gewoonlijk was het daar veilig...'

'Werd hij verrast door een krokodil?'

'Ja, het beest was blijkbaar uit de rivier gekropen en lag op de loer tussen het riet. Hij en zijn vrienden ontsnapten ongedeerd, maar toen hij de aanval op die vissersboot zag, werd hij overspoeld door de angstige herinneringen uit zijn jeugd.'

'En wat heb je toen gedaan?'

'Ik gaf hem wijn met een slaapmiddel en nam hem mee voor een tochtje op de Nijl.' Telamon glimlachte. 'De volgende dag deed ik dat weer en de dag daarna ook, maar elke keer gaf ik hem minder slaapmiddel.' Telamon wreef in zijn ogen. 'Dat was een van de leukste behandelingen die ik ooit heb gegeven. Schitterend! Het was kort na de overstromingen. De Nijl stond hoog en maakte het land weer fris en groen. Mijn geliefde, het tempelmeisje Analoe, ging met me mee.'

'En die koopman?'

'Oh, die betaalde me uitstekend en had geen moeite meer met het oversteken van de Nijl.'

'En kun je hetzelfde doen voor de koning?'

'Wie weet.' Telamon haalde zijn schouders op. 'Misschien werkt het. Jij, ik, Kleitos en misschien Ptolemaios zullen de gebeurtenis naspelen. Laat de koning zijn nachtmerrie beleven. Laat Alexander beseffen – zoals Kleitos al zei – dat hij part noch deel had aan de moord op zijn vader, hoe hij ook over hem dacht.'

'En de problemen hier?' Hephaistion kwam overeind. 'Die aanval. Ligt hier een verrader op de loer?'

'Overal liggen verraders op de loer,' antwoordde Telamon terwijl hij de tentflap optilde. 'De koning zou voorzichtig moeten zijn. Maar ik weet dat hij daar lijnrecht tegenin zal gaan,' voegde hij er glimlachend aan toe.

Daarna ging hij terug naar zijn kamer. Kassandra lag al in een deken gewikkeld op haar veldbed onder het raam. Telamon besloot zich te scheren, werkte in het donker zijn snor en zijn baard bij en kleedde zich uit. Hij waste zich zorgvuldig met een op een stok gestoken spons, droogde zich af en wreef olie in zijn huid.

'Slaapt de grote moordenaar zoet?'

Telamon trok haastig zijn tuniek over zijn hoofd.

'Maak je geen zorgen!' riep Kassandra. 'Ik zal niet gluren. Oh, ik heb de po er trouwens uitgegooid. Een van die luie smeerlappen op het feest moet hem hebben gebruikt. Onze kamer stonk als een mesthoop!'

'Geeft niet,' antwoordde Telamon. 'Ik gebruik de latrine wel en ja, de koning slaapt lekker.'

Kassandra draaide zich om in het donker. 'Dat vraag ik me af, Telamon. Hoeveel spoken zullen zich verdringen in zijn geest? Heb je hem het papaversap gegeven?'

'Natuurlijk!' Telamon schoof het linnen net om zijn bed opzij en ging liggen, terwijl hij een zware soldatenmantel om zich heen trok.

'In dat geval zal hij bij zonsopgang zo fris als een hoentje opstaan om te bewijzen dat er niets mis is met de grote Alexander!' mompelde Kassandra.

Haar woorden bleken profetisch. Telamon had het gevoel dat hij nauwelijks had geslapen toen er op zijn deur werd gebonsd. Kleitos kwam binnen en klapte in zijn handen.

'Niet meer met jezelf spelen, Telamon, de koning heeft je nodig. We gaan Halikarnassos bekijken!'

Telamon ging rechtop zitten. Zijn ogen en zijn ledematen waren loom. 'Ik wil uitslapen,' zei hij gapend. 'Halikarnassos kan me gestolen worden!'

Kleitos was naar Kassandra gelopen. 'Als je het maar uit je hoofd laat!' schreeuwde ze zonder zich te bewegen. 'Heb het lef eens me aan te raken, jij lelijke zwarte beer!'

Kleitos bukte zich, gaf haar een klap op haar achterste en liep brullend van het lachen de kamer uit.

Telamon stond op en maakte zich haastig gereed. Hij trok zijn hoge leren soldatenlaarzen aan en bond de riempjes dicht. Daarna goot hij wat water uit de kan over zijn gezicht. Hij pakte zijn mantel en haalde zijn zwaardriem van een haak in de muur, terwijl hij luisterde naar de geluiden die van beneden kwamen. Kassandra mompelde iets, maar Telamon wankelde slaapdronken naar buiten. Een van de koninklijke pages duwde hem een half opgegeten stuk brood en een beker waterige wijn in zijn handen. Telamon wierp er één blik op en gaf alles terug. 'Liever niet,' mompelde hij.

De binnenplaats beneden was vol met mannen te paard: leden van het cavalerie-eskadron van zilverschilden in hun voorgevormde bronzen borstharnassen en krijgsrokken van grijs leer. Ze droegen purperen sjerpen om hun middel en mantels van dezelfde kleur om hun schouders. Het waren ijdele jonge mannen die trots waren op hun uiterlijk, maar ook op hun vechtlust. Ze waren voorzien van kleine ronde schilden, korte lansen en een zwaardriem over hun schouder. De meesten van hen hadden hun Boiotische helm voorlopig met een riem aan het tuig van hun paarden gehangen, de beste rijdieren uit de koninklijke stallen. De paarden hadden purperen zadelkleden, de kleur van het regiment, en zwart, glanzend gepoetst en gepolijst tuig. Te midden van de drukte stond Alexander lachend en pratend de paarden te controleren. Een paardenknecht bracht hem een prachtig strijdros, een schitterende vos met een zadelkleed van luipaardvel dat van zijn hals tot zijn schoften reikte. Alexander nam de teugels over en liet het dier aan zijn nek en handen snuffelen voordat hij in het zadel sprong. Zijn oog viel op Telamon.

'Jouw paard staat buiten, geneesheer,' grijnsde hij. 'Een flinke ochtendrit zal je goed doen!'

Alexander keerde zijn paard en reed klepperend de binnenplaats af. De zilverschilden verdrongen zich achter hem als een troep schooljongens die op kattenkwaad uit waren. Kleitos en Hephaistion stonden buiten de poort te wachten met Telamons paard tussen hen in. Telamon steeg met enige moeite op en negeerde Kleitos' spottende opmerkingen. Hij greep de teugels en klopte het paard op de hals.

'Het rustigste dier uit de hele stal,' fluisterde Hephaistion, 'ik heb het zelf uitgezocht. Je lijkt net zo moe als ik.'

'De koning zou voorzichtiger moeten zijn,' gromde Kleitos. 'We nemen maar een lichte troepenmacht mee.'

Ze reden in de koninklijke stoet door een laan van platanen naar de hoofdpoort, waar ze werden opgewacht door meer soldaten. Telamon hoorde geschreeuw en gehinnik, maar pas toen hij de poort bereikte, zag hij de oorzaak van de opwinding. Aan weerszijden van de poort, met het gezicht naar de ingang, hadden Alexanders soldaten met behulp van lange druivenpalen twee geïmproviseerde kruisen opgezet om de Perzische gevangenen te kruisigen. Een van hen was al dood, zijn lichaam hing slap, maar de ander bewoog zich nog. Zijn armen waren tegen het hout gebonden en zijn voeten zochten naar de houten steun, zodat hij zich omhoog kon duwen en beter kon ademen. Iets verder hadden de soldaten een brandstapel opgericht voor de slachtoffers die de vorige avond waren gevallen. Niet ver daarvandaan stookte een groep boogschutters een geïmproviseerd komfoor op. Trompetten schetterden en Alexanders escorte nam zijn positie in. De koning staarde vanaf zijn paard naar de brandstapel. Zijn ogen waren halfgesloten, zijn mond was een streep. De doden waren opgestapeld in hun van bloed doordrenkte mantels, Grieken en Perzen werden verenigd in de dood. De man aan het kruis kermde, een hartverscheurend gekreun. Alexander keek naar hem, leunde voorover en fluisterde iets tegen de kapitein van de boogschutters. De man greep zijn boog en trok een pijl uit zijn koker. Bijna niemand merkte het op en weinigen kon het iets schelen toen er een van weerhaken voorziene pijl door de lucht zoefde en de Pers recht in het hart trof. Het lichaam aan het kruis verslapte. Weer fluisterde Alexander iets, waarop de kapitein met hulp van andere boogschutters de twee lijken van de kruisen haalde en ze als sprokkelhout op de brandstapel smeet. Alexander sprenkelde een kruikje olie op de grond als plengoffer. Zijn escorte viel stil, rij na rij keken de ruiters aandachtig toe. Er werd een toorts aangestoken. Alexander steeg af, liep naar de brandstapel en gooide de fakkel erop. Paarden hinnikten toen de vlammen opsprongen en er rook omhoog begon te kringelen. Alexander steeg weer op, keerde zijn paard en keek langs de rijen cavaleristen.

'Niemand sterft vergeefs!' riep hij uit. 'De Perzische doden getuigen van de wanhoop van de verdedigers van Halikarnassos! De gevallen Macedoniërs bewijzen hoe verbeten onze aanval zal zijn! Mogen ze allemaal in de Elyseïsche velden wandelen!'

Hij gaf de kapitein van de boogschutters een teken en er werden meer fakkels op de brandstapel gegooid. De vlammen schoten omhoog, de grijsblauwe rook steeg op als een wolk. Telamon, die al door was gereden, keek naar de lucht. De zon was nog niet helemaal op, maar het beloofde een prachtige dag te worden. Er waren alleen witte wolkslierten aan de rozeblauwe hemel. De rook van de brandstapel woei in zijn richting en Telamon vroeg zich in stilte af hoeveel mensen er nog zouden sterven voordat de stad viel.

Alexander kwam met Hephaistion en Kleitos aangalopperen. Hij hield de teugels in, mompelde iets tegen zijn metgezellen en reed naar Telamon.

'Blijf bij me,' beval hij, terwijl zijn paard schichtig bokte. Alexander duwde zijn knieën in de flanken van het dier, hield de teugels met vaardige hand en wist het paard te kalmeren. Achter hem voerden Hephaistion en Kleitos de colonnes cavalerie aan. Alexander keek over zijn schouder en klopte Telamon daarna op zijn rug.

'Dat was goed werk gisteravond, geneesheer.' Hij wreef zijn paard tussen de oren. 'En hoe ziet je patiënt er vanochtend uit?'

'Niet zo moe als ik me voel.'

Alexander lachte. Telamon bekeek hem aandachtig. De koning had zich goed voorbereid. Zijn gezicht was geschoren en geolied, zijn haar was gewassen en verzorgd. In zijn gouden borstharnas en krijgsrok, zijn purperen mantel met gouden rand die opbolde door de wind, en de Boiotische helm met pluimen die aan zijn zwaardriem hing, zag Alexander eruit als een heldhaftige veroveraar, een jonge avonturier, een generaal die zich nergens zorgen om maakte.

'Ik vind het niet prettig wanneer je me zo opneemt,' mompelde de koning. 'Je geeft me het gevoel dat je naar symptomen zoekt.'

'Zulke nachtmerries zou je niet moeten hebben.'

'Philippus is nooit ver achter me. En wanneer hij er niet is, is mijn moeder er wel.' Alexander veranderde van onderwerp. 'Bevalt dat paard je? Speciaal gekozen voor een comfortabele rit, geneesheer. Laten we hopen dat deze dag beter wordt dan gisteren.'

Telamon liet zijn blik over het landschap dwalen. In sommige opzichten deed het hem denken aan Macedonië. Een bergkam in de verte, golvende vlakten met kleurige wilde bloemen als een vlaggenparade tussen het gras. Groepjes steeneiken, cipressen, wilgen en platanen zorgden voor meer groen. Hier en daar tekende zich een rookpluim af tegen de hemel, maar de grasvlakten aan weerszijden van de weg leken verlaten. Een buizerd dook omlaag en zocht verschrikt de hoogte weer op bij het horen van hoefgekletter en gerinkel van metaal toen Alexander zijn eskadrons over de vlakte naar de stad Halikarnassos leidde.

Alexander snoof. 'Ik kan de zee altijd ruiken!'

'Zelfs zo ver landinwaarts?'

Alexander lachte. 'Misschien is het verbeelding. Ik hoop de Perzen vandaag te verrassen. Nikanor' – hiermee bedoelde hij de admiraal van zijn schepen – 'zorgt voor wat er over is van mijn vloot. Sokrates' – een andere aanvoerder – 'heeft strikte orders naar het zuidwesten te trekken en het havenstadje Myndos in te nemen. Hij heeft garanties gekregen dat de stad zijn poorten zal openen. Dan zal Nikanor zijn schepen daar laten binnenvaren, zodat ik over mijn belegeringstoestellen kan beschikken.'

'Is het zo gemakkelijk?'

'Zo gemakkelijk is het,' spotte Alexander. 'Daarna nemen we elke wagen in beslag die we kunnen vinden en laten we Memnon zien dat muren me niet kunnen tegenhouden.'

'Om je vader te overtreffen?'

'Houd op!' antwoordde Alexander scherp.

'Wat is er toch voor bijzonders met Halikarnassos?' hield Telamon aan. 'De inname van die stad zal je reputatie zeker versterken, maar waarom betekent het zoveel voor je?'

Alexander staarde naar de lucht. 'Is dat een buizerd of een adelaar? Als het een adelaar is, is dat een goed voorteken.'

'Op dit moment mag het voor mijn part je moeder Olympias zelf zijn,' antwoordde Telamon.

Alexander lachte en klopte op de nek van zijn paard.

'Ik heb je iets gevraagd. Wat is er zo bijzonder aan Halikarnassos?'

'Grappig dat je mijn moeder noemt.' Alexander nam de teugels in één hand. 'Ik droom niet zo vaak meer van haar, niet zo vaak als vroeger tenminste, toen zag ik haar steeds op een bed liggen met overal kronkelende slangen om haar heen. Sinds die tijd heb ik een afkeer van slangen, zelfs van de gewone soorten, alles wat kronkelt of draait. Raar, vind je niet, dat kinderangsten veel later kunnen terugkomen om je te achtervolgen. Er staat een of andere regel over in de *Ilias*, maar ik kan er niet opkomen.'

'En hoe zit het met Halikarnassos?' Telamon hield voet bij stuk.

'Oh ja, er bestaat een verhaal. Je weet dat mijn vader twee zonen had?'

'Jij en Arridhaios?'

'Arme Arridhaios, de zoon van een van vaders concubines. Een gezonde, levendige jongen, zo zegt men, totdat Olympias hem wat zoetigheid gaf. De jongen kreeg een toeval en stierf bijna. Afijn, je hebt zelf het resultaat gezien, een schuifelende, kwijlende idioot, meer niet.' Alexander stuurde zijn paard dichter naar dat van Telamon. De koning was klaarblijkelijk vergeten dat ze zich midden in vijandelijk gebied bevonden. Vergeten was de daverende cavalerie achter hen, vergeten ook het rustige landschap, waar het gras zich boog onder de ochtendbries en de dunne nevel optrok in de sterker wordende zon. Het was altijd hetzelfde. Wanneer Alexander over zijn ouders praatte, bestond er niets anders meer voor hem dan hij en zij. 'Maar toen ik ouder werd, ontstonden er moeilijkheden tussen mijn vader en mij. Ik maakte bezwaar tegen zijn eeuwige rokkenjagerij en misschien om me te vernederen begon hij geheime onderhandelingen met Pixodaros, een bloedverwant van koningin Ada, die toen heerser was over Halikarnassos voordat de Perzen het bestuur overnamen. Philippus wilde Arridhaios uithuwelijken aan een familielid van Pixodaros. Toen werd ik ongerust.'

'Jij of Olympias?'

'Toen werd ik ongerust,' herhaalde Alexander geërgerd, 'en

daarom stuurde ik een geheime boodschapper naar Pixodaros. Ik beschreef Arridhaios als een volslagen idioot en bood mezelf aan als echtgenoot voor deze prinses. Mijn complot werd echter verraden. Vader was woedend en dat was het einde van de hele kwestie.'

'Dus je beschouwt deze belegering als een wraakneming?'

'Nee, nee.' Alexanders stem daalde tot een gefluister. Telamon verstond hem niet meer, maar hij begreep dat Alexander het had over een mysterie dat moest worden opgelost. Hij kon er niet naar vragen, want Alexander maakte een afwerende beweging met zijn hand.

'Ik zal Halikarnassos innemen! Ik zal mijn zin krijgen!'

'En Philippus?'

Alexander haalde zijn schouders op. Hij maakte de riem van zijn helm los van het paardentuig, zette de helm op zijn hoofd en maakte de riem vast onder zijn kin terwijl hij zijn paard stuurde met zijn knieën. Hij wierp Telamon een blik toe.

'Laat Philippus' geest ronddwalen in de Hades. Laat hem getuige zijn van mijn daden!'

Alexander keerde zijn paard en reed terug. Telamon voelde zich tamelijk opgelaten, zo alleen aan het hoofd van de colonne. Enige tijd later voegden Alexander, Hephaistion en Kleitos zich bij hem. De stemming van de koning was finaal omgeslagen, hij praatte opgewonden over het landschap en over zijn plannen om na de oorlog Macedonische soldaten als boeren het land te laten bewerken. Telamons gedachten dwaalden af. De zon kwam op en hij voelde de eerste echte hitte van de dag. Zijn gezicht was inmiddels bedekt met een laagje fijn wit stof en hij merkte hoe het landschap begon te veranderen. Af en toe ving hij de geur op van de zee, van de haven. Verkenners draafden voor hen uit om te controleren of alles veilig was. Alexander raakte steeds meer verdiept in de details van de komende belegering, maar hoe dichter ze bij Halikarnassos kwamen, hoe bezorgder Telamon werd. Het landschap was nu heel anders, de grasvlakten en de bomen waren verdwenen en hadden plaatsgemaakt voor onherbergzaam, ruig, rotsachtig terrein. Het herinnerde Telamon sterk aan Egypte, wanneer hij de weelderige, groene velden langs de Nijl achter zich liet en het ruige struikgewas betrad dat de vruchtbare zwarte grond van de Nijl scheidde van de brandende hitte van de onafzienbare, door de zon geblakerde rode woestijn. Hij zag nu niets dan rotsen met schaarse begroeiing en af en toe een kleine oase waar de waterpoelen waren omringd door hoog gras en kromgegroeide palmbomen. Op zijn beurt maakte dit landschap plaats voor vlakke, kale rotsen waar de wind het stof in hun gezichten blies.

'Het schiereiland van Halikarnassos,' verklaarde Alexander. 'Niets dan harde rotsen die de stad aan drie kanten omringen. Niemand weet waarom het zo is. Mijn technici beweren dat het komt omdat de rivieren en beken een andere route naar zee nemen wanneer ze de stad naderen. Geen water en dus ook geen gras of bomen.'

'En hier wil je je kamp opslaan?' vroeg Telamon.

'Zo dicht mogelijk bij de grasvlakten.'

Ze beklommen een heuvel en hielden de teugels in. Telamon keek zijn ogen uit van verbazing. Hij was Halikarnassos nog nooit vanaf het land genaderd. De stad leek uit de grond op te rijzen. De hoge, van kantelen voorziene muren leken enorm en werden onderbroken door versterkte torens. De hele stoet viel stil. De wind woei het stof weg, zodat Telamon het imposante poortgebouw kon zien, een klein fort op zich, dat voor de Tripylonpoort stond, de hoofdingang tot deze machtige stad en haven. Hij had het gevoel of hij droomde. Hij hoorde de geluiden achter zich en het opgewonden gesprek tussen Alexander en zijn aanvoerders, terwijl van de beangstigend hoge, grijswitte muren die op de kale rotsen waren gebouwd, de torens die tot de hemel leken te reiken, een dreigende stilte uitging. Wapenrustingen glinsterden achter de borstwering, tussen de kantelen. De zware poort was versterkt met ijzeren staven en langs de muur was zo ver als hij kon zien een brede gracht uit de grond gehakt. Telamon ging te paard een eindje verder en berekende dat deze greppel minstens twintig voet breed moest zijn. Toch was het vooral de stilte die hem beangstigde. Drie jaar geleden had hij zich aangesloten bij een militaire expeditie in de woestijn van Egypte, een eskadron met strijdwagens dat was uitgestuurd om een van de grote forten te ontzetten die door de farao's waren gebouwd tegen Libische invallers. Toen ze het fort bereikten, dat eenzaam in de brandende zon lag, waren alle verdedigers weg. Het enige wat ze aantroffen, was een bewapend en compleet fort met gesloten poorten, zonder een mens erin. Soms achtervolgde dat beeld Telamon nog in zijn dromen. Nu moest hij zich knijpen om zeker te weten dat hij wakker was, want Halikarnassos leek even verlaten. Het was een bruisende stad, een van de drukste havens langs de Middellandse

Zee. Een beschaafde, wereldse Griekse nederzetting die zich voorspoedig had ontwikkeld en zelfs een tijdlang een onafhankelijk koninkrijk was geweest. Maar het leek wel of ze een dodenstad naderden. De ramen langs de muren waren met luiken gesloten, alle gebouwen buiten de muren waren met de grond gelijkgemaakt en dan die brede, gapende gracht...

'De muren zijn blind,' mompelde hij.

'Wat zeg je? Wat zeg je?' Alexander, die verschillende punten van strategie aan het bespreken was, leidde zijn paard naar hem toe.

'Wanneer je een stad als Korinthe of Athene nadert, kijk jij naar de stad en kijkt de stad naar jou,' antwoordde Telamon. 'Maar bij Halikarnassos is het net alsof je in het gezicht van een blinde staart. Het zou nu trouwens ook een dode kunnen zijn. Geen spoortje leven, geen enkele beweging.'

Een rilling van angst liep over zijn rug en zijn paard bewoog zich onrustig. 'Is dit wel verstandig, Alexander? Je leger is nog niet aangekomen, maar Memnon doet alsof het er al is.'

Telamon staarde naar de borstwering. De stilte imponeerde zelfs Alexander. Hij spoorde zijn paard zachtjes aan een stukje verder te lopen en bestudeerde de stad. Ook Kleitos slaagde er niet in zijn ongerustheid te verbergen. Na een snel, gemompeld overleg tussen Alexander en Hephaistion waaierde de stoet uit tot een lange linie tegenover de stadsmuren.

'Ze moeten ons hebben gezien,' verklaarde Telamon. Hij staarde naar de kantelen en ving het geglinster van speerpunten op. 'Hoe ver strekken de muren zich uit?'

'We zien ze nu vanuit het noorden,' antwoordde Kleitos en hij wees met zijn hand. 'Daar is de Tripylonpoort. De muren lopen zowel naar het oosten als naar het westen met een bocht naar de zee.'

'En ergens bevindt zich de zwakke plek,' onderbrak Hephaistion hem.

'Ja, die zullen we vinden.'

Telamon keek naar links en naar rechts. De Macedonische cavalerie was uitgewaaierd tot een lange boog aan weerszijden van de koning. De formatie was twee man diep. Iedereen had nu een helm op en was klaar voor de strijd. Een trompetter hief zijn instrument, er werden orders geschreeuwd, de trompet schetterde en de linie rukte dreigend op onder het geknars van harnassen en het gekletter van wapens. Paarden hinnikten opgewonden omdat ze naderend gevaar, de kans op een gevecht roken. Telamon reed nu achter de koning. Alexander fluisterde een bevel dat langs de rijen werd doorgegeven. Weer klonken de trompetten en de opmars stopte.

'Wat doet hij nu?' Telamon keek naar links en merkte dat hij in het glimlachende, vriendelijke gezicht van Sarpedon staarde. De Spartaan had zijn handschoenen nog aan en droeg een Boiotische helm, een leren borstharnas en een krijgsrok. Hij miste een speer of schild, maar had zijn zwaard getrokken.

'Ik wist niet dat je ook meeging!' riep Telamon uit.

'Niemand wist het,' fluisterde Sarpedon, 'maar het leven in de villa wordt vervelend voor een soldaat.' Hij boog zich naar Telamon toe. 'Alexander probeert indruk te maken. Hij wil de versterkingen van de stad bekijken. Als minachtend gebaar zal hij waarschijnlijk langs de hele lengte van de muren rijden.'

Telamon knikte. Dat was echt iets voor Alexander. Alles om zich te presenteren als een held, om zijn grote voorbeelden Agamemnon en Achilles te evenaren, de Achaïsche krijgers die Troje hadden belegerd en om de versterkte muren van de stad waren gereden om uit te dagen, te tarten.

'Ik wou dat ik een strijdwagen had!' galmde Alexanders stem.

'De goden zij dank dat hij die niet heeft,' liet Hephaistion zich hardop ontvallen.

'Zou Memnon al wakker zijn?' brulde Kleitos.

Dit werd beantwoord met een zwak gesuis. Telamon keek omhoog en zag een brandend projectiel, een enorme, in olie gedrenkte pijl achter de muren vandaan komen.

'Ze hebben katapulten!' schreeuwde een cavalerist. 'Ze hebben katapulten!'

'En dat vertel je ons nu pas!' antwoordde een grapjas.

De grote, in vuur gehulde pijl kwam omlaag als een vallende ster. Hij smakte ongeveer dertig voet voor hen uit tegen de grond, zodat er massa's vonken en brokken brandend hout werden verspreid. Telamon keek angstig naar de lucht toen hij opnieuw geroep en geschreeuw hoorde. Er waren nog drie soortgelijke projectielen afgeschoten die eerst als brandende strepen een dreigende opwaartse boog beschreven en vervolgens neerkwamen. Twee vielen op de grond zonder iets te raken, maar de derde trof de Macedonische cavalerie een eind verderop. Er klonken wanhoopskreten van mensen en paarden. Een ruiter bleef doorrijden als een bewegend vuur van man en dier, zijn mantel en zadelkleed stonden in lichterlaaie. Het paard daverde wild en tomeloos af op de gracht. Zijn berijder verkeerde in doodsnood en had alle controle verloren, zodat paard en ruiter in het door mensenhand gegraven ravijn stortten. Er sloegen meer paarden op hol, sommige met, andere zonder berijder. Telamon zag een cavalerist met een brandende mantel zo hard mogelijk hollen, alsof hij zo aan de poel van ellende kon ontkomen. Ook hij ging blindelings in de richting van de muren. Twee van zijn makkers stegen af en probeerden hem wanhopig te volgen. Telamon richtte zijn blik hoger. Het was nu druk achter de borstwering. Boogschutters hingen tussen de kantelen door over de muur met pijlen in de aanslag en hun boogpezen naar achteren getrokken. Er viel een regen van pijlen. De drie cavaleristen werden getroffen. De brandende man zakte in elkaar als een hoopje vuur. Van de andere twee was er een op slag dood, maar de ander probeerde terug te kruipen naar zijn linie tot hij door meer pijlen werd getroffen en stuiptrekkend bleef liggen. Het was een chaos. Officieren reden langs de linie in een poging de orde te herstellen. Alexander had zich nauwelijks bewogen. Hij zat als uit steen gehouwen en deed niet meer dan zijn paard op de hals kloppen en naar de muren staren.

'Ze moeten ons hebben verwacht,' mompelde Sarpedon. 'Oorlogsmachines moeten worden klaargezet en geolied, komforen moeten ze aansteken en naar de borstwering brengen.'

Telamon liet zijn paard een eindje verder gaan en keek naar links. Er waren gaten gevallen in de Macedonische linie. Paarden lagen schoppend op de grond, cavaleristen waren tegen de rotsige bodem gesmakt. Een rookvlaag voerde de stank van brandend vlees mee. Ergens schreeuwde een man in doodsnood en hinnikte een paard, een gierend gehinnik dat abrupt eindigde toen het dier de keel werd doorgesneden. Kleitos de Zwarte bevond zich nu naast Alexander en wees naar links. Telamon volgde zijn aanwijzing en zag wolken stof. Daarop keek hij naar rechts, waar soortgelijke stofwolken opwarrelden.

'Cavalerie!' brulde Kleitos. 'Er komen eskadrons via zijpoorten verderop langs de muur! Alexander!' Hij gaf de koning een por.

Alexander vertrok geen spier. Hij scheen gefascineerd door de Tripylonpoort alsof hij alleen door zijn gedachten die enorme, grotachtige ingang kon laten opengaan om hen te ontvangen. Er werden opnieuw brandende pijlen afgeschoten. Een daarvan was gericht op het midden van de Macedonische linie, maar viel te vroeg op de grond. Kort daarna was de Macedonische rechterflank aan de beurt om te worden bestookt. Het resultaat was niet minder afschuwelijk: mannen en rijdieren gingen in vlammen op. Krankzinnig geworden paarden bokten wild, zodat ze hun berijder afwierpen en soms zelfs doodtrapten. Alexander staakte zijn overpeinzingen.

'Laat de linie oprukken! Snel, in draf!'

Kleitos maakte aanstalten om te protesteren.

'Hou je mond!' schreeuwde Alexander. 'Voorwaarts zo ver als we kunnen!'

Het bevel werd doorgegeven aan de rechter- en linkerflank. Trompetten schetterden met één lange stoot, het signaal voor een algehele opmars. Er braken nu ruiters door de stofwolken heen, Perzische cavaleristen met zachte vilten mutsen, helgekleurde mantels, lange lansen en ronde schilden. De Macedonische linie ging hen tegemoet. Telamon begreep Alexanders tactiek. Door de vijandelijke cavalerie zo dicht mogelijk te benaderen, bracht hij de katapulten achter de muren tot zwijgen, omdat de verdedigers bang waren naast de vijand ook de eigen troepen te raken. De twee Perzische troepenmachten kwamen samen en vormden een lange linie van ruiters met de diepe gracht achter hen.

Alexander liet zijn paard langzaam verdergaan, geflankeerd door Hephaistion en Kleitos. Hij fluisterde zijn instructies. De Macedoniërs hadden zich snel van de aanval hersteld. De gewonden waren al weggebracht en de paarden uit hun lijden verlost. Er weerklonk een reeks trompetstoten toen Alexanders bevelen op beide flanken werden doorgegeven. Kleitos maakte zich ernstig zorgen over nieuwe stofwolken die aan de verre horizon verschenen.

'We moeten voorzichtig zijn.' Sarpedon wikkelde de teugels om een van zijn gehandschoende handen en bracht zijn zwaard omhoog.

Telamon kreeg maagkramp van opwinding en spanning. Hij besefte hoe overmoedig Alexander was geweest. De Perzen waren te voorschijn gekomen voor een confrontatie, maar wat als er andere ruiters de grasvlakten in waren gestuurd om hen de terugweg af te snijden, hen in te sluiten en hen met de rug tegen de muren van Halikarnassos te laten vechten? Alexander taxeerde het gevaar. Hij schudde het hoofd en fluisterde iets. Nieuwe orders werden uitgevaardigd. Het midden van de Macedonische linie schoot onder leiding van Alexander vooruit in de vorm van een pijlpunt, met de koning en zijn aanvoerders aan de spits. De Perzische linie was minstens drie man diep. In het gedrang en gewoel ving Telamon een glimp op van officieren in Griekse wapenrusting in het Perzische centrum. Een van hen viel extra op door de scharlakenrode pluim op zijn Boiotische helm en de rode griffioen als embleem op zijn schild.

'Ephialtes!' fluisterde iemand. 'Ephialtes van Thebe! Memnon zie ik niet!'

Alexander reed door. De borstwering en de poortgebouwen van Halikarnassos krioelden nu van samengedrongen soldaten. De katapulten en blijden vielen stil. Alexander hield zijn paard in en stak zijn hand op. Weer gaven de trompetten een luide stoot.

'Ephialtes van Thebe!' riep de Macedonische trompetter uit. 'Kom je je overgeven? Kom je je overleveren aan het gerecht omdat je tegen mede-Grieken hebt gevochten?'

'Macedonische moordenaar!' luidde het geschreeuwde antwoord. 'Kom je je verdiende loon van de goden halen?'

Als reactie trok Alexander met een schrapend geluid zijn zwaard en hief het hoog in de lucht. Telamon sloot zijn ogen. Ze zouden in de aanval gaan, al werd er overal om hem heen verontrust beweerd dat ze in de val zaten, dat ze zouden worden omsingeld en gedood op dit troosteloze, kale schiereiland.

# Hoofdstuk 6

*Alexanders tegenaanval bracht hen tot staan en ze werden zonder moeite teruggedreven tot binnen de muren.*
Arrianus, *Alexander de Grote*, Boek I, hoofdstuk 20

Alexander hield onbeweeglijk zijn zwaard omhoog, de zon blikkerde op het gepolijste metaal. Telamon trok zijn zwaard. Hij maakte uit de beroering in het Perzische centrum op dat Alexander zijn vijanden in verwarring had gebracht. In plaats van zich terug te trekken, had hij een frontale aanval in de zin. Toch werden er geheime bevelen doorgegeven aan de aanvoerders van de eskadrons. Alexander zorgde ervoor dat hij alle aandacht opeiste om zijn voorbereidingen te maskeren. Aan de spits zat hij enigszins uitdagend op zijn paard, met zijn mantel netjes om zich heen geschikt en zijn zwaard in de lucht. Hij leek meer op een aanvoerder die een parade afnam op een exercitieterrein, dan op een man die zich geconfronteerd zag met de volle kracht van zijn vijanden. Een pijl die werd afgeschoten door een voortreffelijk boogschutter op de muren, boorde zich zo'n tien passen voor hem uit in de grond.

'Iemand beproeft zijn geluk,' fluisterde Sarpedon.

'Enyalios! Enyalios voor Macedonië!'

Alexanders kreet werd overgenomen met een luid gebrul. En de koning schakelde niet over op een draf, maar op een complete charge, waarbij hij de platte kant van zijn zwaard gebruikte om zijn paard aan te sporen. De Macedoniërs hadden geen andere keuze dan hem te volgen in een krankzinnige, roekeloze stormloop naar het hart van de Perzische formatie. De vijand werd volkomen verrast. Zwaarden werden getrokken, vaandels werden omlaaggehaald en de Perzische linie kwam in beweging, maar de Macedonische cavalerie was nu niet meer te stuiten. De mannen aan weerszijden van Telamon spoorden hun paarden aan, hielden hun schilden opgeheven en hun speren vooruitgestoken, klaar voor de strijd. De warme bries waaide het gebrul en gejuich, het geschreeuw en gejoel weg. Sommige boogschutters op de muren schoten hun pijlen af, zodat hier en daar man en paard neerstortten in een warreling van kleur en stof. Alexander reed als een bezetene. Kleitos en Hephaistion volgden hem als deelnemers aan een race, wanhopig proberend hem bij te houden. De Perzische linie was nog maar nauwelijks in beweging gekomen toen de spits van de Macedonische pijlpuntformatie zich in hun midden boorde met een gekras van metaal en een gehinnik van paarden. De woestheid van de aanval kegelde mannen en rijdieren omver. Telamon maakte zich zorgen over de gracht achter de vijand, maar briljant ruiter en cavalerieaanvoerder die hij was, had Alexander de afstand goed ingeschat.

Te midden van de cavaleristen voelde Telamon zich betrekkelijk veilig. Links en rechts zag hij olijfkleurige gezichten, loerende ogen en de schittering van kromzwaarden. Ook Sarpedon was omsloten. De Macedonische pijlpunt werd dunner. Alexander keerde nu terug en leidde de aftocht, zodat de Macedonische linie zichzelf tegenkwam. Deze keer ging de punt van de pijl de andere kant op. Nu hij het Perzische centrum achteruit had gedreven, trok Alexander zich terug. Hij liet het aan de flanken over zijn aftocht te dekken, de Perzen aan te vallen, hen terug te dringen naar de gracht en hun elke lust tot achtervolgen te benemen.

Telamon werd betrokken in de algehele opschudding. Hij ving een glimp op van Alexanders gezicht in de menigte, van Kleitos en Hephaistion die schreeuwden dat de ruiters opzij moesten gaan. Kort daarop was het Telamons beurt en ook hij dwong de kop van zijn rijdier de andere kant op. Zo voegde hij zich bij de doldrieste aftocht, weg van de bloederige chaos van de strijd. Hier en daar struikelde een paard, waarbij de berijder van zijn rug werd gegooid. Soms mankeerde het paard niets en stond het op, zodat de ruiter weer in het zadel kon springen. Soms bukten soldaten zich om afgeworpen kameraden te redden, waarna de onstuimige rit over het rotsige schiereiland doorging.

Telamons wereld kromp ineen tot de knikkende kop van zijn paard, het geschreeuw van de soldaten, de ruiters aan weerskanten van hem, de hete, stoffige bries en de witte rotsen die onder hem wegstoven alsof de aarde zelf in beweging was. Hij durfde niet om te kijken nu hij zijn uiterste best deed overeind te blijven en de teugels stevig, maar niet te strak vast te houden. De kop van zijn paard begon sterker op en neer te bewegen, een teken van toenemende vermoeidheid. Ze lieten de kale rotsen achter zich, er kwamen pollen droog gras, struiken en bomen in zicht en dwars door de herrie klonk het schrille geluid van een trompet. De ruiters voor Telamon uit hielden de teugels in, zodat het tempo afnam. Hij werd zich bewust van mannen in wapenrusting, van getrokken zwaarden die van de punt tot het gevest rood waren van het bloed, van glinsterende ogen in witte, stoffige gezichten. Telamons paard, dat buiten adem was, ging langzamer lopen. Een hand greep Telamon bij zijn schouder, maar hij schudde hem af en keek om zich heen. De Macedonische cavalerie leek een werveling van ruiters in een golvende stofwolk. Iemand duwde een waterzak in zijn hand. Hij trok de stop eruit, tilde het ding omhoog en liet het water over zijn gezicht en in zijn mond stromen. Om hem heen begonnen mannen af te stijgen. Iemand nam hem de waterzak weer af. Telamon ging over de nek van zijn paard hangen tot hij een ruk aan zijn arm voelde. Alexander – zonder helm – staarde naar hem omhoog. Zijn gezicht was bedekt met witte kalk alsof hij een toneelmasker droeg.

'Ik dacht dat we je kwijt waren, geneesheer. Kom, stijg af!'

Telamon zwaaide zijn been over de rug van zijn paard en zakte bijna in elkaar in Alexanders armen.

'Kom, kom, geneesheer!' Alexander klopte hem op de rug. 'Het is heel gewoon dat je je vreemd en duizelig voelt, alsof je tijdens een storm op het dek van een schip bent geweest.'

Telamons knieën knikten, maar Alexander hield hem overeind. 'Hij is hier!' schreeuwde de koning terwijl hij Telamon dwars door een menigte opgewonden pratende cavaleristen duwde. De stank van zweet en leer hing in de lucht en overal was bloed te zien. De koning baande zich een weg naar een laag heuveltje waar de andere aanvoerders op hem wachtten. Hephaistion lag op het gras. Hij had zijn borstharnas uitgetrokken en strekte zijn bezwete benen terwijl Kleitos water over zijn gezicht en zijn hals goot. Alexander passeerde hen toen hij Telamon meenam naar een grote steeneik met brede takken die beschutting boden tegen de zon. Daar liet hij Telamon in de schaduw zitten.

'Verspil dat water niet, Kleitos,' schreeuwde hij. 'Hephaistion verdient het niet!'

Telamon wilde alleen maar dat het trillen zou ophouden en dat de vreemde geluiden die als golven in zijn oren weerklonken zouden verdwijnen. Hij bad dat hij niet zou gaan overgeven. Dat zou Kleitos prachtig vinden. Hij keek op. De koning stond hem glimlachend gade te slaan.

'Ik dacht echt dat ik je kwijt was, Telamon. Ik passeerde je toen we aan die stormachtige aftocht begonnen. Je zag eruit als iemand die zijn verstand had verloren.'

'Ik ben arts,' kreunde Telamon, 'geen cavalerist, geen krijger.'

'Kom op.' Alexander klopte hem op zijn schouder. 'Denk aan iets anders, dan gaat het wel over.'

Telamon staarde over de grasvlakte waar de Macedonische cavalerie samendromde. Verder naar het zuiden, voorbij het witte pad, stegen nog steeds stofwolken op als rook.

'Niets om je zorgen over te maken,' verklaarde Alexander. 'Een hele slimme truc.'

'Wat probeerden ze te doen?'

Alexander ging op zijn hurken zitten. 'Kijk eens.' Hij raapte een takje op dat de vorm had van een hoefijzer en legde het op het gras. 'Dat is de muur om Halikarnassos, een U-vorm waarvan de uiteinden zich uitstrekken tot aan de zee. Wij gingen naar het midden, waar zich de Tripylonpoort bevindt. De zijkanten konden we niet zien en de daarin verborgen zijpoorten dus ook niet. Ephialtes is een slim strateeg. Thebe kon ik innemen omdat een aanvoerder een poort open liet staan en deze keer keerde Ephialtes die truc om.'

'Ik zag twee formaties van cavaleristen,' mompelde Telamon.

'Mooi zo!' Alexander keek hem met half dichtgeknepen ogen aan. 'We maken nog wel eens een soldaat van je, Telamon. Ze wisten dat we hen niet konden zien en dus openden ze de zijpoortjes aan hun kant van de muur, gooiden een provisorische brug over de gracht en stroomden naar buiten. Het was de bedoeling dat wij zouden aanvallen. Cavalerie tegen cavalerie. Wat ze bovendien hadden geregeld, waren eskadrons lichte ruiterij die naar de grasvlakten zouden rijden. Daar moesten ze omdraaien en ons ofwel in de rug aanvallen, of ons terugdrijven als we voor de aftocht kozen. De goden zij dank voor stof, nietwaar?'

'We hadden gemakkelijk omsingeld en gedood kunnen worden,' kraste Telamon.

'Dat betwijfel ik. Eén Macedonische cavalerist is net zoveel waard als tien Perzen en het was een onhandige, omslachtige manoeuvre. De Perzen op de grasvlakte zouden het terrein slecht begaanbaar hebben gevonden. We zouden toch wel door hun linie heen zijn gebroken.'

Alexander kwam overeind, schopte het takje weg en keek naar de krioelende massa mannen en paarden.

'Daar maak ik me geen zorgen over, maar wat ik wel verontrustend vind, is dat ze wisten dat ik zou komen. De voorbereiding van een dergelijke manoeuvre kost tijd. Hun cavalerie zat al te paard, de provisorische bruggen stonden klaar, de katapulten waren geladen. Volgens mijn berekeningen kost dat minstens drie of vier uur.'

'Ik begrijp wat je bedoelt,' schreeuwde Kleitos die inmiddels naast Hephaistion op het gras was gaan liggen. 'De smeerlappen stonden op ons te wachten.'

'We hebben een verrader in ons midden,' zei Alexander glimlachend tegen Telamon.

'Je hebt altijd verraders om je heen,' antwoordde Telamon. 'Dat weet je best. Neem Pamenes bijvoorbeeld.'

'Die dode schrijver?'

'Ik kwam er gisteravond achter, voordat ik werd geroepen om jou te helpen.' Telamon veegde het witte stof van zijn gezicht. 'Hij was een magiër, een Perzische priester, en zijn lijk werd meegenomen. Ik vermoed dat zijn moordenaar er informatie bij achterliet.'

'Maar waarom zouden de Perzen zijn lijk meenemen?'

'Omdat hij een magiër was, een priester van de heilige vlam. Hij bezat een ring en een zegel.' Telamon wees in de richting van Halikarnassos. 'Nu ik het genoegen heb gehad de kennismaking met de Perzen te hernieuwen, denk ik dat hij ergens op zijn lichaam het symbool van Ahoera-Mazda droeg, waarschijnlijk op zijn schedel, verborgen onder zijn haar.'

'Ja, dat is de gebruikelijke plek,' zei Alexander. 'De Perzische magiërs laten hun hoofd en gezicht scheren zodat ze niet verontreinigd kunnen raken. Dus Pamenes was een Perzische spion aan het hof van koningin Ada?'

'Hij verstopte zijn ring en zijn zegel,' antwoordde Telamon. Hij kwam overeind en ging naast de koning staan. 'Pamenes gaf zich uit voor een Griekse schrijver. Waarschijnlijk schreef hij op wat hij te weten was gekomen, maar dat is pas het begin van het echte mysterie.'

'Is er nog een tweede verrader?'

'Dat moet wel.' Telamon veegde zijn lippen af met de rug van zijn hand. 'Deze moordenaar stuurde op de een of andere manier een boodschap naar de Perzen dat jij op weg was naar de Villa van Kybele toen Pamenes al dood was en verborg eventuele geheime manuscripten van de schrijver op zijn lijk.'

'Weet deze moordenaar dat Pamenes een magiër was?'

'Misschien, maar daar ben ik nog niet uit. Hoe dan ook, gisteravond kwamen de Perzen het lijk van Pamenes ophalen. Ze beschouwen het ongetwijfeld als heilig. Daarnaast namen ze alle geheime aantekeningen mee die Pamenes had gemaakt, plus de informatie dat de Macedonische koning wellicht roekeloos genoeg zou zijn om met een kleine troepenmacht de versterkingen van Halikarnassos te gaan bekijken.'

'Was ik onbezonnen, Telamon?'

'Reken maar!' antwoordde Telamon vol overtuiging. 'We hadden allemaal afgeslacht kunnen worden.'

'Wat is jouw mening over onze verrader?' mompelde de koning.

'Het is een man die voor zichzelf werkt en geen klap geeft om de Griekse of de Perzische zaak. Misschien heeft hij Pamenes niet alleen vermoord om informatie voor zijn opdrachtgevers te verkrijgen, maar ook omdat hij hem als een rivaal beschouwde. Hij kan diezelfde opdrachtgevers de boodschap hebben gestuurd dat hij uitsluitend voor zichzelf werkt en dat er niemand anders met hem mag concurreren.'

'Wie kan het zijn?' vroeg Alexander.

'Iedereen.' Telamon trok een grimas. 'Het is interessant dat Sarpedon vanochtend is meegegaan. Hij had kunnen sneuvelen. Ik weet van een andere getuige dat hij gisteravond zag hoe er met een lantaarn een sein werd gegeven aan de Perzische aanvallers. Hij lijkt boven verdenking verheven.'

'Bovendien kan hij niet lezen,' voegde Alexander eraan toe. 'Hij kent de waarde van het Pythias-manuscript niet. En hij heeft gisteravond alarm geslagen. Nog belangrijker is dat koningin Ada voor hem instaat. Toen ze uit Halikarnassos vluchtte, was Sarpedon haar helper. Als hij terugkeert naar de stad, krijgt hij de doodstraf. De Perzische autoriteiten willen hem hebben, dood of levend.'

Telamon dacht na over wat de koning had gezegd. Sarpedon was bij hem en Kassandra toen Pamenes werd vermoord. Bovendien zouden zijn verbonden handen en de dikke handschoenen hem hebben gehinderd bij een aanval op een jonge man als Pamenes.

Alexander ging zitten en gaf Telamon een wenk hetzelfde te doen.

'Moeten we niet gaan?' vroeg de arts.

Alexander schudde zijn hoofd. 'De Perzen zullen ons nu niet meer volgen. De grasvlakten zijn te open en ze zijn bang voor een hinderlaag. Ze weten immers niet welke troepenmacht hen tegemoet kan komen. Daarom zullen ze zich verschuilen achter hun muren en onze aanval afwachten. Maar wat wilde jij nog vertellen over je metgezellen in de villa?'

'Verder hebben we Solanos, de chef van de schrijvers, een verbitterde man die iedereen de loef wil afsteken. Cherolos de priester is er misschien bij om de anderen in de gaten te houden, maar hij zou een motief voor moord kunnen hebben. En ten slotte is er de jonge Bessos.'

'Zou een van hen Pamenes uit het raam hebben gegooid?'

'Dat is mogelijk. Ze waren op dat moment allemaal in het huis.'

'Maar ik dacht dat de kamerdeur aan de binnenkant was vergrendeld.'

'Ja, dat is me nog niet duidelijk,' mompelde Telamon. 'We weten dat bepaalde voorwerpen, inclusief een schrijfstift, uit Pamenes' kamer zijn verwijderd. Toen ik zijn lijk vond, was zijn lichaam al koud en begon het bloed te stollen. Ik dacht dat hij uit het raam van zijn kamer was gegooid, maar het is ook mogelijk dat hij elders werd vermoord en dat zijn lichaam daarna werd verplaatst. Bloed en andere rommel moeten dan netjes zijn opgeruimd.'

'Geen sprake van!' Alexander sloeg met zijn vuist in zijn hand. 'Pamenes' kamer was vanbinnen vergrendeld. Daar moet hij zijn vermoord. Jouw blik is veel te scherp, Telamon, het zou je zijn opgevallen als het lijk was verplaatst.'

'In dat geval hebben we het over iemand die in Pamenes' kamer was toen hij binnenkwam en die via een andere route vertrok,' zuchtte Telamon.

De koning hief zijn hoofd op en genoot van de bries op zijn gezicht en zijn nek.

'Maar er zijn geen ladders in de villa,' vervolgde Telamon. 'We hebben het huis van de kelder tot de zolder doorzocht.'

'En een touw?' vroeg Alexander. 'Iemand als Sarpedon kan

toch naar boven zijn geklommen en stiekem door het raam naar binnen zijn geglipt?'

'Zonder dat Pamenes iets merkte of deed?' Telamon schudde het hoofd. 'En als Sarpedon Pamenes uit het raam gooide en weer langs het touw naar beneden klom, moest hij dat nog losmaken. Hoe kon hij dat klaarspelen?' Telamon kneep zijn ogen halfdicht. 'Bovendien, als Sarpedon naar boven klom kon hij worden gezien, zowel vanuit de tuin als uit de aangrenzende kamers. Maar ik vraag me af hoe iemand kan touwklimmen als hij handschoenen draagt die zijn verbonden handen moeten beschermen.' Telamon veegde het zweet van zijn gezicht. 'Nee, Sarpedon was bij ons. Ik verbond zijn handen. Hij ging op zoek naar handschoenen en was daarna weer druk in de tuin bezig, niets verdachts. Dan is die richel waarschijnlijker. Die is breed genoeg om overheen te sluipen, Pamenes' kamer binnen te glippen en hem daar op te wachten. Misschien verstopte de moordenaar zich en wachtte hij tot Pamenes er was en naar het raam liep met zijn vogelzaad. Hij duwde hem over de vensterbank, greep wat hij wilde hebben en ging over de richel terug naar de kamer waar hij moest zijn. Dat maakt dan Bessos tot de moordenaar of in elk geval tot iemand die weet of de moordenaar zijn open raam passeerde om naar Pamenes' kamer te gaan.'

Alexander plukte een grasspriet en stak hem tussen zijn lippen. Telamon stelde zich de achterkant van de villa voor: de open ramen, de kamer van Pamenes aan het eind, de moordenaar die over de vuile, met vogelpoep bedekte richel liep.

'Ik geloof toch dat ik het mis heb,' zuchtte hij. 'Die richel is te opvallend. De moordenaar kon zo worden gezien en gehoord door Pamenes. En als hij de kamer binnen was gedrongen, dan zou Pamenes zich hebben verzet. Ik heb die richel trouwens goed bekeken en niets gevonden dat op voetstappen wijst.' Telamon bevochtigde zijn lippen.

Een soldaat schreeuwde iets en Telamon keek op. De stem van de man droeg ver, waardoor de arts plotseling besefte dat hij Gentios en Demerata als mogelijke betrokkenen totaal over het hoofd had gezien.

'Nou ja.' Alexander kwam overeind. 'Voel je je niet misselijk meer?'

Telamon grijnsde. 'Nee, dat is over.'

'Mooi! Laten we dan teruggaan naar de villa.'

Ze liepen de heuvel af. De cavaleristen, die nu een kleurrijke, beweeglijke, luidruchtig pratende kring vormden, begroetten de koning door hun zwaarden te trekken en de Macedonische strijdkreet te brullen. Alexander stak beide handen op als een saluut.

'We hebben de vesting Halikarnassos gezien!' schreeuwde hij. 'En Memnon heeft ons gezien. Hij kan niet weg, maar wij komen terug en dan zullen die muren hem niet beschermen!'

Zijn woorden werden begroet met een luid gejuich. Alexanders paard werd gebracht. Hij sprong in het zadel alsof er geen vuiltje aan de lucht was, greep de teugels en liet zijn paard onder de bewonderende kreten van zijn mannen steigerend zwenken.

De koning en zijn metgezellen vertrokken over de grasvlakte. De rest steeg op en groepeerde zich onder de geschreeuwde bevelen van de officieren tot eenheden. De koning ging over in een korte galop en daverde met zijn cavaleristen achter zich aan over het stoffige pad, steeds verder weg van Halikarnassos.

Eenmaal terug bij de villa kreeg Telamon het druk met het behandelen van letsel. Volgens de monsterrollen hadden ze minstens twee dozijn mannen en dertig paarden verloren. De meeste gewonden hadden zwaard- en dolksteken, kneuzingen en gebroken of verstuikte ledematen opgelopen. Telamon zorgde voor een geïmproviseerd hospitaal in de schaduw van een boomgaard en liet oppervlakkig letsel aan enkele ordonnansen over, terwijl hij en Kassandra zich met de ernstige patiënten bezighielden. Met behulp van sterke wijn uit Chios, zout en honing maakte Telamon de wonden schoon. Linnen lakens werden van de bedden gehaald om als verband te dienen en van houten kisten werden spalken gemaakt. Telamon en Kassandra hadden allebei een ruime ervaring met het werken in veldhospitaals. Kassandra hield zich aan de vereiste hygiëne door voortdurend haar handen met heet water te wassen en ze af te drogen met schone lappen die daarna werden weggegooid.

'Waarom doet u dat?' vroeg een soldaat toen Telamon een diepe jaap net onder zijn knie behandelde.

'Dat vraagt iedereen me,' zei Telamon. 'Maar ik kan er niet echt antwoord op geven. De Egyptenaren geloven dat de lucht bederf veroorzaakt en dat vuil en pus altijd moeten worden verwijderd.' Hij goot sterke wijn vermengd met zout op het been van de man. De soldaat verstijfde en probeerde niet te schreeuwen toen de wijn in het rauwe vlees beet.

'Mooi zo,' stelde Telamon hem gerust. 'Wanneer een wond

dood is, wanneer hij groenachtig wordt en begint te stinken, dan moet je echt gaan schreeuwen.'

Hij smeerde honing rond de wond en verbond hem daarna losjes met repen linnen. 'Niet losmaken,' waarschuwde hij de soldaat, 'en ook niet strakker vastbinden.'

Afgeleid door kreten verderop in de boomgaard, liet hij de soldaat over aan Kassandra om dieper de koele schaduw in te gaan. Daar lagen twee mannen op lakens. Zowel hun gezicht als hun bovenlichaam was ernstig verbrand door de vuurpijlen uit Halikarnassos. Bij de ene man was de huid gewoon weggebrand, zodat er rauw vlees waar vocht uit sijpelde zichtbaar was. De man was ook een oog kwijt, de lege oogkas gaapte de vliegen aan die ondanks de goede zorgen van de ordonnansen in massa's rond de open wond zoemden.

'Kunt u iets voor hen doen?' vroeg de eskadronleider. Hij zat in de buurt en leunde met zijn rug tegen een boom.

Telamon ging op zijn hurken tussen de beide mannen zitten.

'Ik heb hun wijn vermengd met papaversap en alruin gegeven,' zei een ordonnans.

Telamon bekeek de twee gezichten aandachtig en de moed zonk hem in de schoenen. Huidlagen waren verdwenen, het vlees begon te verschrompelen. Een van de mannen bleef zelfs in zijn verdovingsslaap kreunen. Hij praatte hardop in zijn nachtmerries en riep om zijn moeder.

'Ik kan niets voor hen doen.' Telamon keek de officier aan. 'Het gaat niet zozeer om de verwondingen.' Hij drukte zachtjes op het voorhoofd van een van de slachtoffers. 'Ze hebben ook een shock gekregen.'

'Dus u doet niets?' drong de officier aan.

'Ja, dat is het beste.' Telamon bleef hem aankijken. 'Ik ben arts, geen wonderdoener.'

'Maar ik heb gehoord dat u aderen kunt afklemmen. Dat u zelfs vlees kunt dichtnaaien om de bloedstroom tegen te houden.'

'Ik kan behandelen wat gekneusd, gebroken, gescheurd of opengereten is, maar bij deze mannen is het vlees weggebrand. Dat kan ik niet vervangen. Ik kan verwondingen wel behandelen tegen ontsteking, maar je bent lang genoeg soldaat om te weten welke wonden niet te genezen zijn.'

De jonge officier legde het hoofd in de handen. Telamon liep naar hem toe en ging naast hem zitten. Hij staarde machteloos naar de zwarte vliegen boven de gewonde mannen.

'Wanneer ze bijkomen, zal hun pijn onvoorstelbaar zijn,' mompelde hij. 'De vreselijkste verwondingen worden niet veroorzaakt door ijzer of brons, maar door vuur.'

De officier zuchtte en pakte de lange, smalle dolk die hij naast zich in de grond had gestoken. 'Wat moet ik doen?'

'Je weet wat je moet doen,' antwoordde Telamon. Hij stond op en verbeet zijn woede. Het was niet zijn schuld dat hij niet kon helpen. Hij zette het van zich af en keerde terug naar de gevallen die niet hopeloos waren. Hij concentreerde zich op zijn werk, stelde mannen gerust, beloofde hun dat ze spoedig zouden genezen, al wist hij dat degenen die benen of ribben hadden gebroken maandenlang niet meer zouden paardrijden.

'Bekijk het van de zonnige kant,' zei hij met een glimlach tegen een cavalerist. 'Eerst als herstellend patiënt meerijden op de wagens en daarna een luizenbaantje bij een stadsgarnizoen.'

Zo ging de dag voorbij, de schaduwen werden langer. Alexander, die zich had afgezonderd met zijn officieren, kwam tevoorschijn en begaf zich onder de gewonden om muntstukken en cadeautjes uit te delen. Af en toe ging hij op zijn hurken zitten om tegen de een of ander te praten. Hij werd vergezeld door Ptolemaios, die was achtergelaten om de villa te bewaken. Alexanders aanvoerder zag er een stuk frisser en alerter uit dan de avond tevoren. Telamon zag aan zijn rood aangelopen gezicht dat Alexander en hij ruzie hadden gehad, waarschijnlijk over de roekeloze escapade van de koning die dag. Telamon begon op te ruimen en zijn gedachten dwaalden af naar het door Alexander aangeroerde probleem van Pamenes' dood.

'Als ik dat kon oplossen, ontdekte ik misschien iets,' mompelde hij tegen Kassandra.

'Ik heb onze gewaardeerde schrijvers een bezoek gebracht,' antwoordde ze. 'Ze beweren dat ze de hele dag hebben gewerkt, maar een paar van hen zien eruit alsof ze een kater hebben.' Ze keek met half dichtgeknepen ogen omhoog naar Telamon, terwijl ze op haar knieën lag om verband op te vouwen. 'De villa was heel rustig vandaag. Ik ben blij dat je veilig terug bent.'

'Ga Solanos en de rest halen,' beval Telamon. 'Vraag hun om me achter het huis onder Pamenes' raam te ontmoeten.'

Kassandra maakte af waar ze mee bezig was en haastte zich toen weg. Telamon stak de binnenplaats over, tilde de wateremmer uit de put en waste zijn handen en gezicht. Daarna liep hij de keuken in. De mageros en zijn hulpjes waren druk bezig bij hun verplaatsbare ovens voor het bakken van brood en het braden van vlees. Ze maakten een grill klaar die naar buiten kon worden gereden om de repen vlees te roosteren die nu als een bloedige stapel op de keukentafel lagen. Telamon voelde zijn maag opspelen. De mageros vroeg hem of hij iets wilde eten, maar hij schudde zijn hoofd en liep weer naar buiten.

Tegen de tijd dat hij om de villa heen was gelopen, had Kassandra de schrijvers verzameld. Ze zaten op de rand van het gras naar het bovenraam te staren alsof ze door de kracht van hun gedachten Pamenes' fatale val konden oproepen. Telamon bleef staan op het pad van rode klinkers langs de zijgevel.

'Het spijt me dat ik zo laat ben.' Sarpedon kwam haastig naar hen toe. Hij had een wijnbeker in zijn hand en de manier waarop hij liep verried dat hij stevig had gedronken. 'Ik ben gewoon blij dat ik nog leef.' Hij knipoogde naar de arts. 'Ik heb tot de goden gebeden dat mijn paard niet zou struikelen.'

'Het was gekkenwerk,' zei Solanos. 'De koning had gedood kunnen worden.'

'Nou, dat werd hij niet,' antwoordde Telamon bruusker dan hij bedoelde. 'Maar Pamenes wel.'

Sarpedon was al bij de groep gaan zitten en hield de wijnbeker met beide handen vast. Telamon ging voor hen staan als een schoolmeester voor een troep kinderen.

'Ik zal jullie vertellen wat ik over Pamenes weet. Hij was een Perzische spion, waarschijnlijk een magiër, een priester van een van hun tempels. Nee, nee.' Hiermee bracht hij hun protesten tot zwijgen. 'Hij werkte hard aan de vertaling van het Pythias-manuscript, maar onderhand hield hij een oogje op jullie om te zien of hij iets te weten kon komen.'

'En is hem dat gelukt?' vroeg Kassandra.

'Wat bedoel je?' vroeg Bessos fel.

'Ik ken jullie schrijvers,' verklaarde Telamon. 'Jullie willen stuk voor stuk degene zijn die de geheime code als eerste ontcijfert. Jullie werken samen, maar jullie dromen er allemaal van de eerste te zijn. Hebben jullie Pamenes iets verteld?'

'We konden hem niet vertellen wat we zelf niet wisten,' smaalde Solanos.

'Pamenes heeft ons zeker niet iets opmerkelijks verteld,' voegde Bessos eraan toe.

'Goed. Op de ochtend van zijn dood was Pamenes in zijn kamer,' vervolgde Telamon. 'Heeft iemand hem daar opgezocht?'

Zijn woorden werden begroet met een koor van ontkenningen.

'Maar jij beweerde dat je iemand langs jouw kamer door de gang hoorde lopen, Bessos. Je moet hebben gehoord dat Pamenes' deur open en dicht ging. Hoe laat was dat?'

'Geen idee,' stamelde Bessos. 'De zon was al op. Ik was in de keuken geweest. Sarpedon stond in de tuin te werken, ik zag hem vanuit mijn raam.'

'Ik ben niet boven geweest,' zei Sarpedon met dubbele tong. Hij stak zijn benen uit om zijn bemodderde rijlaarzen te laten zien. 'Deze had ik aan. Ik zou een spoor van vuil hebben achtergelaten in de gang en de kamer.'

'Is Pamenes naar beneden gegaan?' vroeg Telamon. 'Naar de keuken misschien, om iets te eten of te drinken, of naar de tuin?'

'Dat weet u al,' antwoordde Solanos scherp. 'Wat Pamenes ook deed, hij praatte er niet over. We weten nu dat hij een spion was, dus waarschijnlijk had hij zijn eigen ochtendgebeden voor de opgaande zon of welke god hij ook aanbad.'

'Bessos.' Telamon wendde zich tot de bleke jonge schrijver, die ongeschoren was en nog altijd roodomrande ogen had. 'Jouw raam ligt voorbij de steunbeer. Jij had dus op die richel kunnen stappen en door kunnen lopen tot Pamenes' kamer.'

'Natuurlijk, zonder enig probleem.' Bessos knipte met zijn vingers. 'Zonder het aangekoekte vuil te beschadigen? Zonder dat Sarpedon in de tuin iets zag? En natuurlijk had Pamenes er helemaal geen bezwaar tegen dat ik door zijn raam naar binnen klom!'

Telamon glimlachte verontschuldigend. 'Ik wilde even een theorie toetsen.'

'Wat belangrijk is, is die persoon die door de gang liep om Pamenes te bezoeken,' verklaarde Sarpedon.

'Wel, ik was in mijn kamer, dus ik was het niet,' antwoordde Bessos. 'Sarpedon was in de tuin.' Hij keek beschuldigend naar Cherolos en Solanos.

'Jij zal het zijn geweest.' Solanos wees naar de priester. 'Dat moet wel. Ik heb niemand langs horen komen en jouw kamer ligt naast die van Bessos.'

Telamon liet zijn verrassing over de onverwacht scherpe geest van de oude schrijver niet merken. Hij knipoogde naar Kassandra. Daar had hij zelf nog niet aan gedacht.

'Als ik niemand heb gehoord, dan moet jij die persoon zijn

geweest, Cherolos,' vervolgde Solanos opgewonden. 'En bovendien' – Solanos wapperde met zijn handen – 'kan ik bewijzen dat ik het grootste deel van die ochtend met de mageros in gesprek was over het eten en de voorraden. Hij bleef de trap maar op en af komen en me lastigvallen met zijn vragen. Verdomd vervelend.'

'Ik...' stamelde Cherolos, 'ik... ik... geef toe dat ik een keer naar zijn kamer ben gegaan. Ik klopte op de deur, maar er kwam geen antwoord. Ik draaide aan de deurknop, maar de deur was aan de binnenkant vergrendeld.'

'Dat is vreemd,' meende Bessos. 'Ik heb je niet één keer horen roepen of kloppen.'

'Het is nog vreemder omdat Pamenes zijn deur zelden of nooit vergrendelde,' snauwde Solanos. 'Ik vond dat al zo raar die ochtend dat hij werd vermoord.'

'Ik zweer dat ik de waarheid spreek.' Het grauwe gezicht van de priester was rood aangelopen en zijn amandelvormige ogen glansden. 'Ik ging naar Pamenes.' Hij haalde diep adem. 'Ik was de avond daarvoor ook bij hem geweest. Toen kon de deur van zijn kamer open en dus ging ik naar binnen. Ik zou direct weer weg zijn gegaan, maar ik zag een stukje perkament op de vloer liggen. Nieuwsgierig raapte ik het op.' Hij maakte zijn beurs open, haalde er een vergeeld stukje perkament met gerafelde randen uit en overhandigde het aan Telamon. De hand van de priester trilde.

'Dit had je me eerder moeten vertellen.' Telamon keek naar het perkament. 'Er staat het alfabet op.' Hij gaf het aan Kassandra. 'Geef het maar door.'

'Hij heeft het alfabet in een vierkant verdeeld, vijf letters hoog, vijf letters breed,' mompelde Solanos. De oude schrijver was duidelijk enthousiast over wat hij zag. 'Hij probeerde zo de code te vinden. Kijk!' Hij gaf het perkament haastig terug.

Telamon keek er aandachtiger naar. De letters waren ruwweg in een vierkant gezet.

| | 1 | 2 | 3 | 4 | 5 |
|---|---|---|---|---|---|
| 1 | A | B | C | D | E |
| 2 | F | G | H | I/J | K |
| 3 | L | M | N | O | P |
| 4 | Q | R | S | T | U |
| 5 | V | W | X | Y | Z |

'Het Pythias-manuscript bestaat uit getallen.' Solanos was zo opgewonden, dat hij nauwelijks stil kon blijven zitten. 'Misschien is dat de sleutel?'

Telamon vouwde het stuk perkament op en stopte het in zijn eigen beurs. Hij ging op zijn hurken tegenover Cherolos zitten. 'Je wist best dat dit belangrijk was, nietwaar?'

De priester knikte.

'En ging je gisterochtend terug om Pamenes te vragen wat het betekende?'

Cherolos likte langs zijn droge lippen. 'Ik ben bijna de hele nacht bezig geweest met pogingen het op het Pythias-manuscript toe te passen,' fluisterde hij, 'maar het sloeg nergens op. Ik besloot uiteindelijk het hem te gaan vragen. Ik was benieuwd' – hij keek nijdig om zich heen – 'waarom Pamenes ons er niets over had verteld. Ik wilde het stilletjes doen en dus klopte ik heel zachtjes op zijn deur. Daarom heeft niemand het gehoord. Ik probeerde de deurknop, maar de deur was op slot, terwijl ik toch de vloerplanken hoorde kraken. Pamenes moet binnen zijn geweest, maar deed niet open. Ik liep op mijn tenen terug naar mijn kamer. Later hadden we die bijeenkomst in de weefkamer. Toen Pamenes dood werd gevonden, wist ik niet wat ik moest doen. Ik dacht dat ik maar het beste kon zwijgen. Ik wilde het u nog vertellen...' Zijn stem stierf weg.

'Sarpedon.' Telamon wendde zich tot de Spartaan, die met halfgesloten ogen zat te soezen. 'Je werkte die ochtend in de tuin. Ben je toen ook in de buurt van deze gevel geweest?'

'Ja, één keer, voordat ik mijn handen openhaalde aan die rozenstruik. Ik herinner me dat de luiken van Pamenes' kamer openstonden, maar verder heb ik niets bijzonders gezien. Anders had ik wel alarm geslagen!'

'Heeft een van jullie iets vreemds opgemerkt?'

'Melk,' zei Solanos luid. 'Zure melk.' Hij stak zijn onderlip uit. 'Toen ik die ochtend wakker werd, ging ik de gang op. Het stonk er naar bedorven melk die boven aan de trap was gemorst. Ik liet de mageros komen om het op te ruimen. Hij beweerde dat niemand van het personeel melk naar boven had gebracht.'

'Natuurlijk,' antwoordde Telamon. 'De kat! Pamenes zorgde voor de kat, nietwaar? Hij gaf hem toch schaaltjes melk?'

'Dat is zo,' verklaarde Solanos, 'maar Pamenes was heel netjes. Als hij de melk had gemorst, zou hij de vloer hebben schoongeveegd. Geitenmelk wordt snel ranzig.'

'En?' vroeg Telamon.

'Ik ondervroeg de mageros. Hij bleef volhouden dat geen van de bedienden melk naar boven had gebracht. Het was hun verboden in de buurt van onze kamers te komen.'

'Waarom?' vroeg Telamon.

'Omdat het net eksters zijn, ze stelen alles wat los en vast zit. Ik vertrouw hen niet.'

'Is een van jullie dan met die melk naar boven gegaan?'

De hele groep schudde ontkennend het hoofd.

'Die melk moet al de avond daarvoor zijn gehaald,' schetterde Solanos.

Telamon dacht aan het schaaltje dat hij in Pamenes' kamer had gevonden. 'Hij was beslist degene die de kat voerde, maar nam hij nooit zelf melk mee uit de keuken?'

Solanos schudde zijn hoofd.

'"Heren van Thebe. Wij groeten u, mijn metgezel en ik."'

'Nee, hè!' kreunde Bessos.

Gentios en Demerata verschenen om de hoek van het huis. De lange, skeletachtige acteur droeg zijn kamelenmantel en liep met een stok die werd gebruikt om druivenranken op te binden. Zijn ogen waren gesloten en hij strekte één hand voor zich uit.

'Herkennen jullie die regel, stelletje sufferds?' De acteur opende zijn ogen en keek hen verwachtingsvol aan.

'Tereisias, de blinde waarzegger van Thebe,' antwoordde Kassandra triomfantelijk.

'Ik heb jullie ontboden. Waarom heeft het zo lang geduurd voordat jullie kwamen?' vroeg Telamon scherp.

'Ik heb het paviljoen van de koning bezocht,' kaatste de acteur terug terwijl hij zijn stok vastklemde alsof het een scepter was. 'Demerata en ik bereiden ons voor op onze grote taak.'

'Heb je iets vreemds gezien op de ochtend dat Pamenes werd vermoord?'

De acteur schudde zijn hoofd.

'Ben je op enig moment in zijn kamer geweest?' vroeg Telamon. Demerata stond in de schaduw van haar man, maar een flits in haar ogen, een vluchtige verandering in de uitdrukking ervan, trok de aandacht van de arts.

'Nou ja!' Telamon zuchtte en kwam overeind. 'Als een van jullie zich nog iets herinnert...' Hij keek omhoog naar het raam. Achter hem begon een deel van de groep al pratend weg te lopen.

'Ach, Gentios en Demerata, willen jullie nog even blijven?'

Hij wachtte tot de anderen waren verdwenen.

'U wilde nog een persoonlijk woord met ons, geneesheer?'

'Dat wil ik zeker. Jullie hebben kamers aan de achterkant van het huis?'

'Een kamer slechts,' antwoordde Gentios.

'En wie van jullie drinkt geitenmelk?'

De toneelspeler knipperde met zijn ogen en glimlachte geforceerd. 'Ik, voor mijn keel, geitenmelk is romig en...'

'Heb jij op de avond voor zijn dood geitenmelk naar Pamenes' kamer gebracht? Niet weglopen, want dan laat ik je toch weer terugkomen. Jij bracht hem geitenmelk, nietwaar?'

Demerata liet haar arm door die van haar man glijden en drukte haar nagels diep in zijn huid.

'Zie je,' vervolgde Telamon, 'de mageros in de keuken herinnert zich niet dat een van de schrijvers beneden is geweest om melk te halen of dat een van de bedienden melk naar boven bracht. Misschien herinnert hij zich wel dat jij in de keuken een schaaltje met melk vulde en het meenam naar de kamer van Pamenes. Je had zo'n haast, dat je wat melk morste boven aan de trap. En waarom zou je zoiets doen voor een man aan wie je een hekel had? Als de roddelpraatjes waar zijn, had Pamenes een oogje op je lieftallige vrouw.'

Demerata deed quasi-verlegen en drukte zich tegen haar man aan. Gentios bewoog zijn hoofd naar achteren alsof hij een voordracht ging houden. Hij zoog zijn wangen in.

'Je staat niet op het toneel.' Telamon keek naar Kassandra die in haar eentje op het gras zat en nieuwsgierig naar hen staarde. 'Waarom zou jij melk meenemen voor de kat van Pamenes?'

'Dat was mijn schuld,' verkondigde Demerata. 'Mijn man kon me niet vinden.'

'Ach, nu begrijp ik het, dus Gentios ging je zoeken? Misschien was je wel naar Pamenes' kamer gegaan toen het donker werd en daarom bedacht je man een smoesje. En wat gebeurde er?'

'Ik was een eindje gaan wandelen,' verklaarde Demerata nadrukkelijk.

'En jij, Gentios?'

'Ik... ik...' stamelde Gentios. 'Ik vergeet slechts zelden mijn tekst, geneesheer.' Hij keek naar de grond, maar tilde toen zijn hoofd weer op met tranen in zijn ogen en een trilling in zijn onderlip. 'De meest lachwekkende van alle rollen is die van de jaloerse echtgenoot,' fluisterde hij. 'Ik kon Demerata niet vinden, want ze was gaan wandelen. Dus ja, ik bracht die melk naar boven. Ik schonk het schaaltje te vol. Ik morste, maar ik kon niet blijven staan om de rommel op te ruimen. Ik wist dat de andere schrijvers beneden waren om van de avondkoelte te genieten.'

'En Pamenes?'

'Hij was alleen in zijn kamer. Hij zat aan zijn schrijftafel en de olielampen brandden.'

'Heb je iets vreemds opgemerkt?'

'Nee, hij pakte het schaaltje melk aan en zei dat hij het niet zou vergeten. Ik ben maar heel even binnen geweest. Ik voelde me een idioot. Pamenes was net zo terughoudend als anders. Ik weet nog dat de kat op zijn bed lag.' Gentios stapte achteruit. 'Toen ging ik weer weg,' mompelde hij. 'Kan ik nu gaan?'

Telamon stond op het punt hem antwoord te geven, toen er aan de andere kant van de villa een luid gejuich losbarstte. Sarpedon kwam zo haastig de hoek om, dat er wijn over de rand van zijn beker klotste.

'Ze zijn gesignaleerd!' brulde hij. 'De hoofdmacht van het leger komt eraan!'

# Hoofdstuk 7

*Het garnizoen (van Myndos) verzette zich vastberaden. Memnon stuurde versterkingen uit Halikarnassos en zo mislukte de aanval van de Macedoniërs.*

Quintus Curtius Rufus, *Historiae Alexandri Magni*,
Boek II, hoofdstuk IX

Telamon en Kassandra voegden zich bij de anderen op het pad naar de villa. In de verte zagen ze grote stofwolken. Telamon kon zich op deze warme zomernamiddag nauwelijks voorstellen welke verschrikkingen dat naderende leger teweeg zou brengen. De brandstapels waren nu niet meer dan een hoop verkoolde sintels die door de wind werden weggewaaid, en de provisorische kruisen waren al afgebroken. Er klonk opnieuw gejuich toen Alexander, gekleed in volle wapenrusting, geëscorteerd door zijn officieren de villa uit kwam rijden.

'Zo is hij gelukkig,' fluisterde Kassandra. 'Omringd door zijn jongens!'

Telamon negeerde haar sarcastische toon. De stofwolk kwam dichterbij. Hij ving de glinstering van speren op, het geluid van marsliederen, het onheilspellende gedreun van duizenden soldatenlaarzen, het geratel van wagens en het hol klinkende hoefgetrappel van de cavalerie. De grijze wolk werd dunner en brak open. De Thessalische lichte cavalerie, Alexanders hulptroepen, galoppeerde voorop in wapperende witte mantels en metalen kurassen die glansden in de zon. De meesten droegen lansen en sommigen hadden hun zwaard getrokken. Ze kwamen aanrijden alsof ze zich op het paradeterrein bevonden en hieven hun zwaarden in een saluut toen Alexander, die zich zo strategisch mogelijk had opgesteld, zijn hand opstak ter begroeting. Kampcommandanten aan weerszijden van het pad spoorden de ruiters aan. De Thessaliërs passeerden. Sommigen van hen hadden afgehakte, met bloed bedekte hoofden van hun vijanden met het haar aan het tuig van hun paard gebonden.

Kassandra verstopte zich achter Telamon uit angst voor deze

woeste krijgers die zoveel verschrikkingen hadden aangericht in haar eigen stad Thebe. Van de landelijke rust bleef niets meer over. Het was alsof dit indrukwekkende leger uit de grond was verrezen nu een onafzienbare massa van glinsterende wapenrustingen en manschappen langs het pad en over het gras stroomde. Achter de Thessaliërs kwam de gewone cavalerie met metalen helmen en kurassen, zware, versierde schouderstukken en zwierige mantels. Deze ruiters droegen lansen van kornoeljehout met een metalen punt en aan de onderkant een bol als contragewicht. Om hun middel was een kromzwaard gebonden en ze zaten op ruinen die goed te hanteren waren met behulp van een ongemakkelijk bit en sporen. Dit waren de mannen die een vijandelijke flank konden verpletteren en ze passeerden met alle arrogantie die ze in zich hadden. Tussen hen in reden lichte Thracische cavaleristen die dienstdeden als verkenners of als lansiers, meedogenloze krijgers die geen helmen droegen. Hun haar viel tot op hun schouders en ze waren trots op hun lange baarden en snorren. Daarna volgde de infanterie. De falangisten, Alexanders stoottroepen, waren voor de strijd uitgerust met helmen, scheenplaten, een klein rond schild om hun linkerarm en een sarissa, de achttien voet lange lans, tegen hun schouder gedrukt. Telamon had dit tafereel al vele malen gezien, maar deze optrekkende mannen, hun vaandels, en de verschillend gekleurde sjerpen om hun middel als herkenningsteken van hun brigade, vormden een schouwspel dat hem altijd weer boeide, evenals het ritme van hun marcherende voeten en hun uitdagende strijdliederen. Hij moest toegeven dat hij zich veiliger voelde nu ze waren gearriveerd. Hij zou die dolle rit eerder op de dag evenmin vergeten als de brandende projectielen die uit de hemel vielen, het razende gekletter van wapens, het gehak, het gehouw, en de bloed spuitende wonden. Hij maakte wel een uur of langer mee dat brigade na brigade met eskadrons cavalerie op de rechterflank langs de villa stroomde op weg naar de rand van de grasvlakte, waar het leger zou kamperen om Halikarnassos te belegeren.

Er was een onderbreking toen Parmenion en andere officieren die bij de hoofdmacht waren achtergebleven om Alexander heen dromden om rapport uit te brengen. Daarna kwamen de infanterie-regimenten van gardisten of schilddragers in volle wapenrusting voorbij, de prachtige pluimen op hun helmen dansten in de wind. Ze werden gevolgd door de hulptroepen:

Kretenzische boogschutters met hun lange, versterkte bogen en kokers vol pijlen met gemene weerhaken, Agriarische voetsoldaten en slingeraars uit Rhodos. Tot slot rolden honderden wagens voorbij, beladen met uitrusting, tenten en voorraden.

'Kunnen we weggaan nu we alle dappere jongens hebben zien arriveren?' fluisterde Kassandra.

Telamon greep haar hand. Hoe moedig Kassandra ook was, bij dergelijke gelegenheden werd ze altijd nerveus. In de veldhospitalen waren de soldaten alleen maar patiënten, oorlogsslachtoffers, maar de complete Macedonische legermacht in volle wapenrusting riep nachtmerries bij haar op omdat dezelfde troepen de heilige stad Thebe hadden geplunderd en platgebrand. Ze waren door de Elektrapoort naar binnen gestormd en hadden de stad achtergelaten als een zwartgeblakerde ruïne waar het bloed enkeldiep stroomde en geen steen meer op de andere stond.

'Waar gaan ze heen?' vroeg Kassandra toen ze het pad opliepen.

'De grasvlakten liggen als een hoefijzer om de stad Halikarnassos,' antwoordde Telamon. 'Ze zullen er hun hoofdkwartier opslaan en zich dan in verschillende groepen verdelen. De kampen zullen onderling worden verbonden door rijen gewapende soldaten. Dan zullen ze oprukken en een stuk van de stadsmuur uitkiezen dat ze gaan aanvallen.'

'Ik heb helemaal geen belegeringstoestellen gezien.'

'Je hebt een scherpe blik, Kassandra. Inderdaad, ik ook niet.'

'Hoopt de machtige Alexander dat hij over de muren kan springen?'

Telamon lachte en bracht haar terug naar de villa. Ze gingen naar hun kamer aan de oostkant van het gebouw, een ruime, rechthoekige kamer met kale, witte wanden en een gepolijste houten vloer.

'Was dit gewoon een villa?' vroeg Kassandra terwijl ze op haar bed ging zitten.

'Er zijn zoveel kamers dat ik vermoed dat dit huis ook een logement was,' antwoordde Telamon. 'De eigenaar was waarschijnlijk een welvarend man, een herenboer.'

'Totdat Alexander arriveerde,' smaalde Kassandra. 'Nu is hij niet rijk meer.'

Telamon ging op een krukje zitten en haalde het stuk perkament te voorschijn dat hij van Cherolos had gekregen. 'Geef me ons exemplaar van het Pythias-manuscript eens, Kassandra,' mompelde hij.

Ze liep naar een van hun tassen en maakte de sluitingen los.

'Wacht even!' Telamon hief een hand op. 'Weet je nog dat we Pamenes' bezittingen nagingen? We zeiden nog tegen elkaar dat het niet veel was?'

'Dat klopt.'

'Heb je ook zadeltassen gezien?'

Kassandra schudde haar hoofd.

'En waarom zou dat zijn? Ik had aldoor al het gevoel dat er iets ontbrak.'

Telamon nam afwezig de rol perkament van Kassandra aan.

'We hebben een Perzische spion,' vervolgde hij. 'Een man die zich bij koningin Ada's hof heeft gevoegd. Op een ochtend staat hij op om zich weer aan zijn werk te wijden. Korte tijd later wordt hij dood gevonden, klaarblijkelijk als gevolg van een val uit het raam waardoor zijn schedel is verbrijzeld. Hij heeft vogelzaad in zijn hand en er ligt ook wat vogelzaad op de vensterbank. Het lijkt een ongeluk, alsof hij te ver naar buiten leunde en uit het raam viel, maar hij moet zijn geduwd. We weten dat er manuscripten werden meegenomen en in elk geval een schrijfstift. We weten nog niet zeker hoe hij is gevallen en zijn zadeltassen blijken verdwenen te zijn.'

'Waarom kom je toch steeds terug op Pamenes?' vroeg Kassandra.

'Als we dat weten op te lossen, lossen we het hele mysterie op,' antwoordde Telamon. 'Iemand heeft Pamenes vermoord. De moordenaar raapte de zadeltassen op, zocht haastig alles bij elkaar wat hij wilde hebben en vertrok. We weten dat hij niet uit het raam kan zijn geklommen. Er werd geen ladder of touw gebruikt. Toen we boven kwamen om Pamenes te halen, was zijn kamerdeur aan de binnenkant vergrendeld. Binnen was geen spoor te vinden van een handgemeen of een geforceerde toegang.' Telamon schudde zijn hoofd en streek het Pythias-manuscript op zijn schoot glad. 'Cherolos trof hem de avond daarvoor niet op zijn kamer en vond er een stukje perkament. Gentios ging rond dezelfde tijd ook naar hem toe, maar hij beweert dat Pamenes alleen in zijn kamer was.' Telamon knipoogde tegen Kassandra. 'Een van beiden liegt.'

'Cherolos ging opnieuw naar Pamenes' kamer op de dag van de moord,' voegde Kassandra er aan toe. 'Bessos hoorde iets. Cherolos beweert dat Pamenes' kamer was vergrendeld, hoewel de schrijver op dat moment misschien wel binnen was.'

'Iedereen die die kamer binnenging, via het raam of via de gang, liep het risico te worden gezien door Sarpedon, Solanos of Bessos, om niet te spreken van Cherolos en zelfs Gentios en Demerata, die hun eigen redenen hadden om Pamenes in de gaten te houden,' verklaarde Telamon. 'Maar toch werd Pamenes het raam uit geduwd, werden zijn bezittingen gestolen en is zijn mysterieuze moordenaar in rook opgegaan, als een geest.' Telamon zweeg even. 'Goed, Kassandra, laten we dit doornemen. Volgens het stuk perkament dat Cherolos opraapte, stelde Pamenes een sleutel op: vijf rijen letters horizontaal en vijf rijen verticaal.'

Ze staarden allebei naar het slordige schrift.

| | 1 | 2 | 3 | 4 | 5 |
|---|---|---|---|---|---|
| 1 | A | B | C | D | E |
| 2 | F | G | H | I/J | K |
| 3 | L | M | N | O | P |
| 4 | Q | R | S | T | U |
| 5 | V | W | X | Y | Z |

'Wel, laten we naar de eerste getallen van het Pythias-manuscript kijken. 45: 64: 54: 33: 34: 11: 53. Laten we aannemen dat de sleutel vrij simpel is, het getal 15 staat voor de E, 24 voor de I.'

Telamon stond op en liep naar zijn kleine schrijftafel. Hij pakte de schrijfstift, trok de stop uit een inktpot en probeerde de getallen om te zetten. De ontstane woorden waren echter zonder enige betekenis en hij gooide de schrijfstift weer neer.

'Het slaat nergens op, het is volslagen onzin. Bovendien heb ik geen idee wat ik met het getal 64 moet beginnen. Luister eens, Kassandra, de koning en zijn metgezellen zullen zo wel terugkomen en de keuken plunderen. Ga naar beneden en kijk wat je voor eetbaars kunt vinden.'

'Ga je niet naar het feest van de koning vanavond?'

'Het wordt geen feest,' mompelde Telamon, 'het wordt een drinkwedstrijd.'

'Waarbij de grote aanvoerders elkaar de loef afsteken en hun krijgsdans uitvoeren?'

'Zorg maar dat je uit de buurt blijft,' antwoordde Telamon.

Kassandra pruttelde iets over Macedoniërs die moordzuchtige wellustelingen waren en verliet de kamer, waarbij ze de deur achter zich dichttrok. Telamon ging staan en rekte zich uit. Hij liep naar het bed, trok het linnen insectennet open dat aan een haak in het plafond hing en wilde net gaan liggen, toen hij als verstijfd bleef staan. Het kussen was verschoven.

Telamon had in veel militaire kampen gewerkt en daar had hij een vast patroon aangeleerd dat hij altijd volgde. Hij maakte zijn eigen bed op, nam zijn eigen water mee en haalde zijn eigen eten, of vroeg Kassandra het voor hem te halen. Zo had hij zijn bed niet achtergelaten. Hij wilde zich terugtrekken, maar er kronkelde iets kouds en slijmerigs om zijn blote enkel. Hij durfde nauwelijks adem te halen en staarde omlaag. Hoewel het licht slecht was, ving hij toch een glimp op van de glanzende, zwart-met-groene schubben van een giftige adder. De slang was over zijn sandaal gekropen en had daarbij zijn blote enkel geraakt. Telamon verstarde. Hij had genoeg gereisd om het grote gevaar te beseffen. Dit was geen ongeluk. Hij keek naar het kussen. Er zat beweging in en een tweede slang, wakker gemaakt door de geluiden, kroop te voorschijn. Dit reptiel leek op een hard stuk touw, op zijn platte kop, starre ogen en flikkerende tong na. Telamon durfde zich niet te bewegen. De slang op het bed vormde geen gevaar, maar wat kronkelde er nog meer rond, klaar om toe te slaan? Hij mocht zich niet verroeren. Hij sloot zijn ogen en bad in stilte dat Kassandra snel terug zou komen.

Hij herinnerde zich de slangencultus in een kleine tempel in Karnak. Analoe had hem daar een keer mee naartoe genomen. De priester was heel mededeelzaam geweest en had hun laten zien hoe je met slangen moest omgaan, zodat ze niet agressief werden. Hun reactie op plotselinge bewegingen, voedsel, warmte of het gevoel te worden belaagd, was gevaarlijk. Telamon hoorde zijn eigen ademhaling. Een koude sliert gleed langs zijn enkel. Hij deed zijn ogen open en vocht tegen de neiging schreeuwend terug te deinzen. Hij had al veel geluk gehad. Deze slangen waren met opzet verzameld, in een mand hierheen gebracht en onder het kussen, onder het bed of ergens anders in de kamer uitgezet. Maar door wie? Hij dacht aan Cherolos de priester. Droeg hij geen symbool van een slang om zijn hals? En hetzelfde symbool op een ring aan zijn vinger? En aanbad hij niet een of andere slangengodin? Telamon dwong zich kalm te blijven.

Hij moest zich niet bewegen, de slangen mochten niet schrikken. In andere omstandigheden zou hij het lachwekkend hebben gevonden dat hij het probleem benaderde alsof het een abstracte puzzel was. Slangen waren zo gemakkelijk te vangen. Op de markt werden ze met mandenvol verkocht om het vlees of om de huiden. Iedereen kon het hebben gedaan. Hij hoorde een geluid in de gang en de deur ging open. Kassandra kwam binnen met twee kommen in haar handen.

'Dit is het beste wat ik kon vinden! Het ruikt in elk geval lekker. De mageros zei...' Kassandra viel stil. 'Telamon, wat is er?'

'Slangen,' antwoordde hij.

'Ik weet het. De tuin krioelt ervan. Het hete weer heeft ze...'

'Ze zijn hier in de kamer!' snauwde Telamon.

Kassandra krijste van schrik.

'Er ligt er een op mijn bed. In naam van Apollo, Kassandra, blijf kalm! Nee, nee, niet hier komen. Zet het eten op de grond. Het ruikt sterk, nietwaar?'

'Wat kan ik nog meer doen?' Kassandra's gezicht stond angstig.

'Loop zo snel mogelijk naar de keuken. Vertel niemand iets. Schuif wat hete houtskool in een bronzen schaal. Die zul je moeten dragen met een doek. Vlug nu en vertel het aan niemand!'

Kassandra vluchtte. Telamon draaide zijn bovenlichaam. Een donkere vorm gleed soepel onder het bed uit en bewoog zich enigszins zijwaarts in de richting van de kommen. Hij zag nog een tweede licht geheven kop, een staart die over de vloer glibberde. De slangen hadden het eten al opgemerkt, het trok ze aan en dat was ook de reden waarom ze vaak bij de kampvuren verschenen. Er kwam een derde te voorschijn.

'Hoeveel zijn het er wel niet?' fluisterde Telamon.

Het leek een eeuwigheid te duren voordat hij weer voetstappen hoorde op de trap. Kassandra kwam binnen met de schaal in een doek gewikkeld. Ze deed de deur dicht, leunde ertegen en staarde angstig naar het dunne, donkere, kronkelende doodsgevaar.

'Zet die schaal neer en duw hem in de richting van de kommen!' beval Telamon. Kassandra gehoorzaamde. 'Blijf nu doodstil staan!'

Telamon probeerde zijn ademhaling onder controle te houden. Hij had het zowel heet als koud. Er gleed iets langs zijn voet. Er kwamen steeds meer slangen uit de donkere hoeken te voorschijn.

'Kassandra,' beval hij nu, 'kom naar me toe. Zie je die speer in de hoek liggen?'

Ze knikte.

'Kom niet in de buurt van de kommen. Loop zachtjes.'

Kassandra gehoorzaamde.

'Kijk nu achter me.'

'Ik kan de vloer achter je voeten zien,' fluisterde ze. 'Het licht is slecht, maar ik weet zeker dat daar geen slang is.'

Telamon stapte snel achteruit, zodat hij bijna tegen Kassandra opbotste. Hij voelde zijn benen slap worden en greep naar zijn dijbeen omdat hij kramp kreeg. Toen hij naar de deur keek, zag hij dat minstens acht slangen zich rond de kommen verdrongen.

'Mooi.' Telamon duwde Kassandra in de richting van de deur. 'De slangen werden op mijn bed gezet, daar komen ze vandaan.'

'En hoe raken we ze kwijt?' vroeg Kassandra.

'Ga naar beneden. De weg naar de deur is veilig. Ze zijn alleen maar geïnteresseerd in het eten en in de warmte. Ga naar de vooraadkamer en haal een mand, een houweel, een schop, wat je maar kunt vinden.'

Kassandra glipte de deur uit. Korte tijd later kwam ze luidruchtig terug. Telamon hoopte dat het lawaai de slangen niet agressief zou maken, maar ze werden nu geobsedeerd door de kommen met voedsel. Ze gleden eroverheen en kronkelden zich rond de bronzen schaal met houtskool. Kassandra had een mand meegebracht van het type waarin zaden werden bewaard. Op Telamons aanraden trok ze hoge soldatenlaarzen aan en hij deed hetzelfde. Ze wikkelden linnen doeken om hun handen en armen voordat ze met behulp van een houweel, een schoffel en een spade de slangen in de mand tilden.

'Ze zijn warm en hebben gegeten,' fluisterde Telamon, 'daarom zijn ze traag.'

Eindelijk was de vloer vrij van slangen. Telamon en Kassandra doorzochten de kamer pijnlijk nauwkeurig, maar konden niets meer vinden. Ze schudden hun kussens en dekens uit, ze verschoven hun bedden en ze tilden alle kisten en tassen behoedzaam op. Toen was Telamon pas tevreden. De houtskool was inmiddels verbrand tot vlokken grijze as. Een van de kommen was omgevallen, zodat er eten op de vloer lag.

'De goden zij dank voor het eten en de houtskool!' Telamon veegde het zweet van zijn voorhoofd.

Ze hadden nog een uur nodig om de rommel op te ruimen. Telamon bracht de mand vol slangen naar de tuin en slingerde hem tussen de bomen de duisternis in. Toen hij weer op weg was naar zijn kamer, kwam hij Gentios tegen, die hem vroeg of er iets aan de hand was. Telamon keek hem alleen maar kwaad aan. Hij ging Kassandra een handje helpen en schonk ten slotte twee grote bekers wijn in.

'Het werd zeker met opzet gedaan?' vroeg Kassandra.

'Uiteraard!' snauwde Telamon. 'Onze moordenaar in spe ging met een mand het terrein van de villa op – waar dan ook in dit van slangen vergeven oord. Hij gebruikte een stok of een speer om de mand met slangen te vullen en bracht ze hier.'

'Dan had iemand hem toch kunnen zien?'

'Of haar!' merkte Telamon scherp op. 'Het beviel me niet zoals Demerata naar me keek. Die ogen boordevol haat in dat donkere gezicht. Ze is zo wellustig als een hitsige geit en dat weet haar man best! Onze kamer was niet op slot.' Hij zuchtte. 'Als we bij de koning waren gebleven en hier vannacht laat waren teruggekomen, hadden we kunnen sterven aan een adderbeet.'

'Dus ze willen je dood?' fluisterde Kassandra. Ze zat tegenover Telamon en leunde enigszins voorover. De arts tikte haar op het puntje van haar neus.

'Dan hebben ze pech gehad. Wie de moordenaar ook is, hij of zij weet nu dat ik weet dat Pamenes werd vermoord. Wat weten we toch veel met z'n allen, maar we schieten er niets mee op.'

Telamon staarde naar het bed. 'Een Egyptische priester heeft me een keer gezegd dat je niet zult sterven aan een slangenbeet als je drie confrontaties met slangen overleeft.'

'En is dit je eerste confrontatie?'

'Nee.' Telamon lachte en kwam overeind. 'Mijn tweede. Olympias, Alexanders moeder, beschouw ik als de eerste.'

Hij liep naar zijn bed en controleerde nogmaals het kussen, de zware deken en de linnen lakens. Er stegen geluiden van beneden op: geroep en geschreeuw, gerammel van vaatwerk en gehinnik van paarden op de binnenplaats.

'De koning is terug!' riep Kassandra. 'En het drinkfestijn gaat beginnen.'

'Het kan me eigenlijk niets schelen.' Telamon ging op zijn bed liggen. 'Ik ga slapen.'

Een poosje bleef hij met gesloten ogen luisteren naar Kassandra's gerommel in de kamer. Toen hij ruw werd gewekt en geschrokken zijn ogen opende, zag hij Kassandra op haar hurken naast zich zitten.

'Het is al laat.' Haar gezicht zag er spookachtig uit in het licht van de olielamp die ze in haar hand had en de villa was vreemd stil. 'Je hebt uren geslapen,' legde ze uit. 'En ik heb naar je zitten kijken. Maak je geen zorgen, er zijn geen slangen meer.'

'Is er nog iemand geweest?' Telamon ging rechtop zitten. 'Waarom is het zo rustig? Ik dacht dat ik wakker zou worden van het gekletter van zwaarden tegen schilden en de Macedonische strijdkreet.'

'Dat heb je allemaal gemist.' Kassandra grijnsde. 'De koning vraagt naar je. Hij heeft ook de schrijvers ontboden. Er is iets mis.'

Telamon kreunde en kwam zijn bed uit. Hij had nog altijd zijn soldatenlaarzen aan, maar nu verwisselde hij ze voor sandalen, goot wat water over zijn gezicht en liep met de slangen in gedachten behoedzaam de kamer uit. Hij bereikte het andron, waarvan de omliggende gangen werden bewaakt door officieren van de schilddragers. Eenmaal binnen besefte Telamon hoe uitbundig het feest moest zijn geweest. Overal lagen bekers en borden op de grond en in plassen wijn dreven etensresten. De ruimte werd helder verlicht door fakkels en olielampen. Alexanders aanvoerders lagen uitgestrekt op banken, maar waren merkwaardig stil. Ze dronken niet meer. De muzikanten en danseressen waren angstig bijeengekropen in een hoek. Het tafeltje voor de koning was omver gesmeten. Alexander, getooid met een krans van mirte, zat in een goudkleurige tuniek vol wijnvlekken gespannen te luisteren naar de soldaat die voor hem knielde.

Telamon hoorde een geluid en draaide zich om. Solanos, Bessos, Cherolos, Gentios en Demerata kwamen achter hem de zaal in. De koning tilde geërgerd zijn hoofd op. Hij wierp een woedende blik op de laatkomers, tikte vervolgens de soldaat op zijn schouder en beval hem verder te gaan. De man was uitgeput. Hij behoorde tot de Thracische lichte cavalerie en zijn leren kuras was van zweet doordrenkt. Zowel de achterkant van zijn krijgsrok als de zijkanten van zijn benen zaten vol aangekoekte modder. Hij mompelde en pruttelde. Op een gegeven moment liet Alexander hem uit zijn eigen beker drinken voordat hij hem aanspoorde verder te gaan. Toen er niets meer te vertellen was, liet Alexander hem de beker houden en stuurde hij de man weg.

De verkenner liep rakelings langs Telamon en struikelde de deur uit, die prompt achter hem werd dichtgedaan. Een officier van de garde ging weer voor de deur staan, zijn schild in de ene hand en zijn getrokken zwaard in de andere. Het was doodstil in de zaal. Alexander leek in gedachten verzonken. Hij staarde naar de vloer en zijn lippen bewogen zonder geluid. Zijn hand gleed onder de kussens en hij haalde een dolk tevoorschijn die hij keer op keer in de met paardenhaar gevulde bank stak, terwijl hij zich steeds kwader maakte.

'Myndos!' brulde hij, de naam van het havenstadje ten westen van Halikarnassos. 'Myndos heeft zijn poorten gesloten!'

De adem stokte Alexanders aanvoerders in de keel van ontzetting.

'Begrijp je wat dat betekent, Ptolemaios?'

'Dat we vleugels moeten krijgen, sire, om over de muren van Halikarnassos te vliegen! Zonder haven hebben we geen schepen! En zonder schepen geen belegeringstoestellen! Misschien krijgen we vleugels!'

Ptolemaios dook in elkaar toen Alexander het mes in zijn richting gooide, maar het vloog ver boven zijn hoofd tegen de muur. Alexander keek van zijn bevelhebbers naar de groep die dicht opeen gedrongen bij de deur stond.

'Nikanor voert het bevel over mijn schepen!' schreeuwde hij. 'Het was zijn taak ze Myndos binnen te loodsen, maar een Perzisch eskadron van oorlogstriremen wachtte hem op! Sokrates moest optrekken naar het zuidwesten en onze partizanen in Myndos hadden de poorten voor hem moeten openen.'

'Maar in plaats daarvan waren de poorten gesloten en schoten ze de afgehakte hoofden van onze vrienden met katapulten naar die arme Sokrates,' viel Ptolemaios hem vrolijk in de rede, totaal niet onder de indruk van Alexanders woede.

'Daar komt het wel op neer, ja.' De koning zweeg weer en begon opnieuw naar de vloer te staren.

Telamon ving een glimp van verstandhouding op, alsof Alexander en Ptolemaios een grapje, een geheimpje deelden.

'Wat zijn dan nu je orders?' vroeg Parmenion, de grijze veteraan. 'We hebben wel wat lichte belegeringstoestellen.'

'Oh, we gaan Halikarnassos omsingelen,' antwoordde Alexander. 'We sluiten de poorten af en dan kijken we wat we met die verdomde gracht kunnen doen. Wat zullen Memnon en Ephialtes ons uitlachen! Parmenion, Hephaistion, Amyntas, Seleukos.' Alexander ging de kring aanvoerders rond. 'Verdeel het leger in vier brigades en sla jullie kamp op met een linie tussen jullie in. Kampeer aan de rand van de grasvlakten, maar zet een voorhoede neer net buiten het bereik van hun katapulten.'

'En ik, sire?' vroeg Ptolemaios.

'Jij neemt de oude garde, Ptolemaios.' Hiermee bedoelde Alexander de veteranen die nog voor zijn vader hadden gevochten. 'Samen met een troep Kretenzische boogschutters en slingeraars uit Rhodos.' De koning wees naar de kaarten die opgestapeld naast hem op een krukje lagen. 'Op het schiereiland van Halikarnassos bevindt zich een kaal stuk rots, de klippen van Nyssa. Daar moet je je kamp opslaan, dan heb je een uitkijkpost naar het oosten en naar het westen.'

'En de belegeringstoestellen?' vroeg Hephaistion.

'Daar heb ik jullie voor nodig.' Alexander wees naar de groep bij de deur. 'Solanos, Bessos, Cherolos en Sarpedon.'

De Spartaan was door de deur naar binnen geglipt in een eenvoudige tuniek. Aan zijn ene hand droeg hij een handschoen, maar aan de andere niet. Hij keek Telamon slaperig aan. 'Ik was net het verband aan het verwisselen.'

'Ik duld geen gefluister!' brulde Alexander. 'Kom hier, iedereen die koningin Ada heeft gediend!'

Solanos leidde zijn groep naar de ruimte tussen de tafels. Hij gleed bijna uit over een stuk gebraden vlees dat op de grond lag, zodat Ptolemaios en Seleukos in de lach schoten. Telamon hield Alexander in de gaten. De rest van de aanvoerders was dronken. Hun gezichten waren rood aangelopen en hun ogen glinsterden onder de mirtekransen die lukraak op hun hoofden lagen. Alexander speelde echter toneel en Telamon vroeg zich af waarom.

'De koning ging op de rand van zijn bank zitten en stak zijn handen op. 'Zowel de haven van Halikarnassos als die van Myndos zijn in Perzische handen. Dus waar kan ik mijn schepen laten binnenlopen en mijn belegeringswapens uitladen?'

'Er is verder geen haven,' zei Bessos snel. 'Geen diepwaterhaven waar schepen kunnen lossen.'

'Er is verder geen haven,' bauwde Alexander hem na.

'Er is wel een geschikte plek,' zei Sarpedon. 'De baai van Hera, een inham, slechts enkele tientallen stadia naar het zuiden. Wanneer er lichtbakens worden aangestoken, zou uw admiraal zijn schepen binnen kunnen brengen.'

'Maar de wateren zijn verraderlijk,' benadrukte Solanos. 'De baai is vrij nauw, u zou de triremen op zee moeten houden. Het zou dagen of misschien zelfs weken duren om te lossen.'

'Nee, nee.' Sarpedon schudde zijn hoofd. 'Toen u bij Troje landde, heer...'

'...liet ik mijn schepen op het strand lopen,' maakte Alexander de zin voor hem af. 'Wat wil je zeggen, Spartaan?'

'Als u uw schepen binnenbrengt, kunnen ze op het strand worden gezet en uit het water worden gesleept, zodat er vervolgens andere schepen kunnen stranden,' antwoordde Sarpedon. 'Dan kunnen de belegeringswapens worden overgeladen op wagens. Ze zouden hier kunnen zijn' – hij haalde zijn schouders op – 'na één dag- of nachtmars. Langer hoeft het niet te duren.'

Alexander knikte instemmend.

'Maar hoe krijgen we die boodschap naar Nikanor?' vroeg Parmenion. 'Hij dobbert daar rond als een eend in een vijver.'

'Nee, nee, hij heeft een tweede reeks orders,' antwoordde Alexander. 'Als hij niet in Myndos kon binnenlopen, moest hij de zee weer opgaan, het Perzische eskadron dat de haven van Halikarnassos blokkeert omzeilen en recht naar het oosten koersen. Daar moet hij dicht langs de kust gaan varen en uitkijken naar een baken. Het teken dat ik hem wil spreken is 's nachts een hoog oplaaiend vuur en overdag een rookpluim. Wanneer de dag aanbreekt, zal hij Halikarnassos zijn gepasseerd. Je weet nu wat hij dan gaat doen. Hij zal naar de kust varen en uitkijken naar ons signaal of op zoek gaan naar water voor zijn bemanning en mariniers.' Alexander wreef in zijn handen. 'Stuur wat verkenners uit, Amyntas. Nee, ga zelf ook mee. Rijd zo snel mogelijk naar de kust. Maak je niet ongerust, er zijn geen Perzen, die zitten allemaal opgesloten in Halikarnassos.' Alexander krabde op zijn hoofd. 'Laat het baken aansteken. Neem een groep verkenners mee. Nikanor zal een boot naar de kust sturen. Bestudeer de kaarten en houd er een bij je. Hij moet op zoek gaan naar de baai van Hera.' Hij keek naar Sarpedon. 'Waarom heet die baai zo?'

'Op een uitspringende rots staat een verlaten tempel van Hera,' antwoordde de Spartaan. 'Lang geleden stond de tempel verder landinwaarts, maar de zee vrat al het land weg en toen raakte de tempel in onbruik.'

'Daar zullen we het vuur aansteken,' besliste Alexander. 'Vandaag nog, laat in de middag. Seleukos, neem twee eenheden schilddragers mee en laat Sarpedon je vergezellen. Nikanor mag zijn schepen binnenbrengen. Zorg dat de wagens klaarstaan, dan kunnen we met een beetje geluk' – Alexander keek met half dichtgeknepen ogen de zaal in – 'over twee dagen Memnon en Ephialtes de schrik van hun leven bezorgen.'

Telamon ving zijn blik op en zag de ondeugende schittering in Alexanders ogen.

'Wel, nu heb ik genoeg bevelen gegeven.' Alexander stond op en streek zijn tuniek glad. 'De rest van jullie kan blijven eten en drinken als varkens en daarna naar bed gaan. En ik? Ik ga een wandeling maken met mijn lijfarts.'

Alexander slenterde de zaal door. De officier van de garde stapte opzij om de deur open te doen en Telamon volgde de koning. Alexander liep door de gang, klapte in zijn handen en knikte tegen de soldaten die op wacht stonden. Af en toe bleef hij staan om een stuk van hun uitrusting of de op een schild afgebeelde stier van Minos te bekijken, of de scherpte van een zwaard te controleren. Hij begaf zich naar de grote binnenplaats. Daar ging hij op de rand van de put zitten en staarde naar de sterren.

'Voel je je wel goed, sire?' vroeg Telamon, terwijl hij behoedzaam naderde. 'Voor wie was dat hele optreden bedoeld?'

Alexander glimlachte. 'Voor ons allemaal natuurlijk, Telamon. Als we Halikarnassos niet kunnen innemen, wat moeten we dan? Ik wil Memnon en Ephialtes te pakken krijgen, ik wil hun een lesje leren dat ze nooit meer vergeten. Ik wil die haven. Ik wil heel Perzië, heel Griekenland laten zien dat geen enkele stad mij kan weerstaan! Daarom heb ik de vertaling van dat Pythias-manuscript nodig, dan ken ik de zwakste plek in die torenhoog oprijzende muren.'

'Is dat werkelijk zo?' Telamon ging naast hem zitten. 'Zweer me, Alexander, dat je niet weet wat het Pythias-manuscript inhoudt.'

'Als ik het wist, zou ik een zeer gelukkig man zijn.'

Iets in de stem van de koning zweemde naar droefheid, constateerde Telamon.

'Het gaat niet alleen om die muren, is het niet?' vroeg hij.

'Dat geef ik toe, maar we zullen geduld moeten hebben,' plaagde Alexander hem. 'Ben je al iets wijzer geworden?'

'Wel iets,' antwoordde Telamon. 'Maar ik ken je langer dan vandaag, Alexander. Wil je me wijsmaken dat je niets wist van die baai van Hera? Ik heb je urenlang de kaarten zien bestuderen. Je moet toch een vermoeden hebben gehad dat Ephialtes en Memnon je in Myndos zouden opwachten. Zelfs de groenste rekruut snapt dat je je schepen ergens moet laten binnenlopen. Je hebt kaarten en spionnen. Je kent deze kust als de palm van je hand. Je bent weer spelletjes aan het spelen! Waarom heb je mij en de rest in het andron laten komen? Besef je dat er een spion bij zit? Je probeert Memnon en Ephialtes te misleiden.'

Alexander staarde naar de sterrenhemel alsof hij intensief naar de geluiden van de nacht luisterde: het geschreeuw van officieren die de nachtwacht regelden, het geklingel van een bel die van wachtpost naar wachtpost werd doorgegeven om te controleren of ze allemaal wakker waren en de linie van schildwachten geen hiaten vertoonde.

'Toen mijn vader me leerde vechten, zei hij dat mijn eerste taak het misleiden van mijn vijanden was,' antwoordde Alexander langzaam. 'Ik misleidde hen bij de Granikos. De Perzen dachten dat ik door het land zou gaan ronddwalen om een of andere stad in te nemen, met name een haven voor mijn oorlogsschepen. Ik deed het tegenovergestelde. Nadat ik Ephese had veroverd, verwachtten ze dat ik me zou blijven rondwentelen in de rijkdom en luxe van die stad.'

'En in plaats daarvan trok je bliksemsnel op naar Milete. Dus nu is Halikarnassos aan de beurt?'

'Ik ga je niet alles vertellen, Telamon, maar de essentie heb je wel begrepen. Overigens heb ik je niet mee naar buiten genomen om onder de sterren over oorlogsstrategieën te praten, maar over ziekten van de geest. Ik heb met Hephaistion en Kleitos de Zwarte gesproken. Wanneer er de komende dagen een pauze valt in de gevechtshandelingen, wil ik precies dezelfde omstandigheden creëren als bij de dood van mijn vader. Ik wil uitbeelden wat ik heb gezien, wat ik voelde, wat er werkelijk gebeurde. Is dat mogelijk, Telamon? En zal ik daar baat bij hebben?'

'Het zou je kunnen schaden en het zou je kunnen genezen.'

Alexander liet zich van de rand van de put glijden om terug te gaan. 'Nee, het zal me niet schaden, Telamon. Niets is schadelijker voor me dan die afschuwelijke nachtmerries.'

De koning slenterde weer naar binnen. Telamon hoorde hem lachen en grapjes maken met een van de schildwachten, maar was te vermoeid om het te volgen. Toen hij terugkeerde in zijn kamer, lag Kassandra al in bed.

'Wat wilde hij?' Haar stem klonk laag en slaperig. 'Ik heb naar je gezicht gekeken, Telamon. Als Alexander geen generaal was geweest, had hij net als Gentios acteur moeten worden.'

'Dat ben ik helemaal met je eens.' Telamon trok zijn sandalen uit en ging op zijn bed liggen. 'Maar bij Gentios weet je tenminste welk stuk hij speelt. Bij Alexander weet je dat nooit tot de laatste regels. En nu wil ik slapen, want ik ben moe.'

Telamon was van plan uit te slapen en hij kreunde dan ook onwillig toen hij voelde dat iemand hem porde. Hij deed zijn ogen open en zag het koude, magere gezicht van Aristandros, de geheimenbewaarder van de koning.

'Wat doe jij in mijn slaapkamer?' Telamon keek naar de luiken, het was nog niet eens helemaal licht. En hij ontdekte nog iets. 'Je hebt je koor meegebracht zie ik.'

'Mijn prachtige jongens,' kirde Aristandros. 'Kijk eens hoe blij ze zijn om je te zien, Telamon!'

Telamon staarde naar de lange, potige Keltische krijgers in een allegaartje van uitrustingsstukken. Ze verdrongen zich in de deuropening en grijnsden vriendelijk naar hem.

'Ze beschouwen je als mijn vriend,' fluisterde Aristandros terwijl hij op zijn hurken bij het bed ging zitten. 'En dus ben je hun vriend. Ze noemen je de genezer.' Zijn stem werd nog zachter. 'Ze geloven zelfs dat je magische krachten bezit.'

Telamon wierp een blik op Kassandra's bed. Het was leeg.

'We kwamen haar tegen op de trap,' verklaarde Aristandros die zijn blik had gevolgd. 'Ze was even blij als anders ons te zien.'

'Dat zal wel.' Telamon gooide de lakens van zich af. 'Ik ga naar de latrine en dan wil ik eerst eten en drinken. Jij bent de laatste die ik had verwacht.'

Aristandros stond op en stapte achteruit. Zijn gezicht was een en al glimlach, maar het viel Telamon op dat hij over zijn linkeroor wreef.

'Heb je daar nog steeds last van?'

'Behoorlijk.'

Telamon kreunde toen hij merkte hoe moe hij nog was. In het zwakke licht bestudeerde hij het ingevallen gezicht van de mysterieuze man voor hem: zijn holle ogen, het dunne haar, de samengeknepen lippen en de snavelachtige neus. Zelfs vanaf zijn bed kon hij het slijm bij de neusgaten van de ander zien. Aristandros was zo behulpzaam zijn neus op te halen.

'Dat doet pijn,' klaagde hij.

'Heb je een ernstige verkoudheid gehad?' vroeg Telamon. 'Tranen je ogen en drupt je neus?'

Aristandros knikte droevig.

'Daar kan ik wat aan doen, maar niet nu.' Telamon ging weer op zijn rug liggen.

'Daarom kon ik nu pas komen,' jammerde Aristandros. 'En door het gehobbel van de wagen is het nog erger geworden.' Zijn gezicht klaarde op toen hij weer een stap naar voren deed. 'Maar ik hoor dat de beroemde Gentios hier is. Hij gaat stukken van Sophokles opvoeren.' Hij keek over zijn schouder. 'Sophokles,' fluisterde hij tegen de woeste houwdegens die in de deuropening stonden. 'Laat eens horen, jongens. Het koor van de Thebaanse raad van ouderen.'

'"In Thebe, stad van licht,"' begon de leider in onwelluidend Grieks. '"Uit het Pythische huis van goud..."'

'Een regel uit *Oidipous*, ik herken het,' viel Telamon hem haastig in de rede. 'En wij hebben hier ons Pythias-manuscript bestudeerd, maar in naam van Apollo, kun je me nu niet met rust laten, Aristandros?'

'Ik weet alles van het Pythias-manuscript,' antwoordde Aristandros. 'Het spijt me dat ik die charlatan van een Eunuch heb afgeschrikt, maar aan de andere kant...'

Telamon deed zijn ogen dicht. Aristandros begaf zich al mompelend naar de deur. 'Zelfs de grote filosofen konden er niet uit wijs...' Toen voegde hij er zogenaamd fluisterend een waarschuwing voor zijn lijfwachten aan toe: 'Laat de grote geneesheer nog een poosje slapen, hij zal wel moe zijn na al zijn inspanningen...'

'Loop naar de Hades!' fluisterde Telamon. 'En blijf daar tot ik je roep!'

Hij viel weer in slaap en werd af en toe wakker, waarbij hij zich bewust was dat Kassandra in en uit liep. Aristandros kwam nog eens terug, maar Telamon deed alsof hij sliep.

'Hij is al weg,' riep Kassandra even later.

Telamon keek haar kant op. Het licht rond de luiken was een stuk helderder.

'Zal ik ze opendoen?' bood Kassandra aan.

Het antwoord liet op zich wachten omdat er iemand stampend de trap opkwam. Bessos stormde de kamer binnen.

'Ik kom u halen, geneesheer!'

'Waarom, is er iets gebeurd? Ben ik de enige arts?'

'Perdikles en de andere artsen zijn bij het leger.' Bessos knipperde met zijn ogen. 'Dat zei de koning tenminste. U kunt beter meegaan, heer. Een keukenmeisje, de dochter van de mageros, is vergiftigd.'

Telamon trok haastig zijn sandalen aan en liep naar beneden.

Hij besefte nu pas hoe lang hij had geslapen. Toen hij op de binnenplaats kwam hield hij een hand boven zijn ogen om ze tegen de felle zon te beschermen. Achter de muur van de binnenplaats werd hartverscheurend gejammerd. Hij volgde Bessos en kwam uiteindelijk terecht bij het met druivenranken begroeide prieeltje dat Kassandra en hij hadden gebruikt om Sarpedons opengehaalde handen te verbinden.

Het meisje lag op het gras alsof ze zich in bochten had gewrongen. Alexander en Hephaistion stonden niet ver van haar af. Ze zagen er vrij belachelijk uit, want Hephaistion hield een parasol in Egyptische stijl boven het hoofd van de koning. De mageros lag op zijn knieën naast het meisje. Af en toe tilde hij zijn gezicht uit zijn handen om tegen de hemel te jammeren. Telamon keek snel om zich heen. Op de bank stond een blad met brood, kaas, druiven en een aardewerken beker met verdunde wijn. Hij zag dat de kaas half was opgeknabbeld.

'Laat niemand dit aanraken!' waarschuwde hij.

Telamon duwde de mageros zachtjes opzij en kantelde het lijk, zodat het meisje op haar rug lag. Haar zwarte, vettige haar omlijstte een bleek, vertrokken gezichtje. Haar ogen puilden uit, haar gezichtsspieren waren enigszins verstijfd, ze had een lichtpaarse verkleuring onder haar jukbeenderen en op haar mond stond wit schuim. Kassandra overhandigde hem een doek.

'Meegenomen uit onze kamer,' legde ze uit.

Met behulp van de doek wurmde Telamon de mond van het meisje open. Haar kaakspieren waren verstijfd. Hij voelde in haar mondholte en draaide haar hoofd naar het licht. Haar tandvlees en verhemelte waren vreemd paarsachtig verkleurd, haar tong was licht gezwollen en bedekt met smerig slijm. Hij snoof en rook de scherpe geur van geitenkaas en het weeïg zoete aroma van amandelen. Daarna bevoelde hij de rest van het lichaam. Haar spieren waren stijf en hard, haar nek was nog een beetje warm.

'Wie heeft haar gevonden?'

'Ik,' jammerde de mageros. 'Ze ging met Sarpedons maaltijd de deur uit.' Hij gebaarde naar de huurling die verderop was neergeknield en vol ongeloof naar het lijk staarde. 'Ik liep naar buiten, want ik vroeg me af waar ze bleef. Ze was dol op geitenkaas. Ik dacht dat ze bij hem was gaan zitten.'

'Stil nu!' Telamon wenkte Sarpedon om bij hem te komen. 'Wat is er gebeurd?'

'Ik was het meisje eerder op de dag tegengekomen,' mompelde de Spartaan, 'en toen vertelde ik haar dat ik zou vertrekken naar de kust. Ik vroeg haar of ze wat eten naar het prieeltje wilde brengen. Ik gaf haar een muntstuk – ik wilde wat eten voordat ik vertrok. Daarna heb ik haar niet meer gezien. Ze liep de keuken in...'

'Verwachtte je dat ze hier zou zijn wanneer je terugkwam?'

'Nee, nee.' Sarpedon schudde zijn hoofd. 'Ze dekte het eten altijd af met een linnen doek en zette het klaar in het prieeltje. Ik heb haar helemaal niet meer gezien en ik ben ook niet in de keuken geweest, waar of niet?'

De mageros schudde zijn hoofd met tranen in zijn ogen. 'Ze maakte het eten klaar,' legde hij uit, 'zette het op het blad, dekte het af met een linnen doek en bracht het naar buiten. Ze was verzot op geitenkaas, maar...'

Telamon wierp een blik op de koning en Hephaistion die stonden te kijken als toeschouwers bij een toneelstuk, koud en afstandelijk.

'Dus het meisje heeft zichzelf vergiftigd?' riep Hephaistion.

Sarpedon draaide zich om, zijn gezicht was vertrokken van woede. 'Nee, heer, ze heeft zichzelf niet vergiftigd, ze werd vermoord. Die kaas was niet voor haar bedoeld. De moordenaar had het op mij gemunt!'

# Hoofdstuk 8

*De Perzische aanvoerders Orontobates en Memnon kwamen bijeen om de situatie onder ogen te zien.*

Arrianus, *Alexander de Grote*, Boek I, hoofdstuk 23

Het gekletter van zwaard tegen zwaard weerklonk over het hele exercitieterrein. Orontobates en zijn officieren sloegen gade hoe de twee voor de strijd geklede Grieken om elkaar heen draaiden, aanvallen afweerden en schijnbewegingen maakten. Ze droegen allebei de volle wapenrusting van een hopliet. Hun hoofden gingen schuil onder grote helmen met spleten voor de ogen en de mond. Memnons helm had een zwarte helmkam, die van Ephialtes was bloedrood. Ze vochten in bronzen borstharnassen en leren krijgsrokken met bronzen knoppen. Hun benen werden beschermd door scheenplaten. Ze waren blootsvoets om meer houvast te hebben aan de zandige grond. Memnons grote ovale schild was versierd met de springende leeuw van Rhodos en dat van Ephialtes met de gekuifde rode griffioen van Thebe. Beide krijgers waren nat van het zweet. Ze draaiden om elkaar heen, Ephialtes iets sneller en leniger, Memnon berekenender, kalmer en beheerster. Ephialtes hield zijn schild naar voren en maakte schijnbewegingen met zijn licht gekromde zwaard. Memnon ging in de tegenaanval, bracht zijn eigen schild verder naar rechts en sloeg van zich af met een korter, botter zwaard. De twee zwaarden grepen in elkaar. Ephialtes probeerde Memnon uit zijn evenwicht te brengen met een felle stoot van zijn schild, maar Memnon was hem te snel af. Hij maakte zich los, stapte vlug naar rechts en liet de platte kant van zijn zwaard neerkomen op het onbeschermde deel van Ephialtes' nek tussen helm en borstharnas.

'Een dodelijke verwonding!' schreeuwde Memnon.

Ephialtes stapte achteruit en liet zijn schild en zwaard op de grond vallen. Hij zette zijn helm af. Memnon deed hetzelfde. Ze drukten elkaar de hand en keerden zich naar de toeschouwers om hun applaus in ontvangst te nemen. Pages brachten twee prachtig gecanneleerde bekers met ijskoude vruchtendrank.

'Langzaam drinken,' waarschuwde Memnon. 'De vorige keer kregen we er buikkramp van. Je bent te onbesuisd, Ephialtes!'

'Ik stelde me voor dat je Alexander was!' antwoordde de Thebaan.

Ze liepen naar de schaduw van een zuilengang, waar dienaren hen hielpen met uitkleden. Daarna gingen ze naar het kleine waterbassin en daalden de marmeren trap af. Ze zwommen allebei een poosje op hun gemak, rondwentelend in het water, zodat ze afkoelden, schoonspoelden en tot rust kwamen. Orontobates keek toe vanaf een marmeren bank. Hij zag hoe de twee tanige Grieken vol littekens door het water gleden. Orontobates vertrouwde Grieken niet, hij had een hekel aan hen, maar deze twee waren een uitzondering – eerbare mannen, moedige krijgers, sluwe aanvoerders. Hij had in het bolwerk boven de Tripylonpoort gestaan en bekeken hoe Ephialtes tegen de Macedonische cavalerie vocht. Hij had ook gezien hoe Alexander door de mazen van het net glipte dat Memnon en Ephialtes hadden gespannen.

'Zit je te bedenken hoe dicht we bij de overwinning waren?' vroeg Ephialtes terwijl hij de trap opliep en een handdoek uit de handen van een wachtende page pakte. Hij droogde zich snel af, wikkelde een schone lendendoek om zich heen en liet een linnen tuniek over zijn hoofd glijden. Ten slotte pakte hij zijn armbanden en ringen van een blad dat door zijn lijfknecht werd vastgehouden en deed ze weer om.

'Inderdaad, ik denk eraan hoe dicht we bij de overwinning waren,' stemde Orontobates in. 'Hij zat bijna in de val.'

Memnon voegde zich bij hen, schudde zich uit als een hond en trok snel een gestreept gewaad aan.

'De zon is me te heet,' zei Ephialtes. Ze trokken zich terug in de beschaduwde zuilengang die aan beide uiteinden werd bewaakt door soldaten, herkenbaar aan de persoonlijke kleuren van Orontobates. Leden van de lijfwachten van Memnon en Ephialtes hurkten in de schaduw van de bomen, met hun schilden naast hen op de grond en getrokken zwaarden. Orontobates likte langs zijn lippen. Hij begreep de gespannenheid van zijn metgezellen. Er was iets niet pluis in de stad. De sfeer was veranderd. Hun spionnen meldden dat Macedonische sympathisanten onenigheid zaaiden, de gemoederen opstookten en lastercampagnes aanwakkerden. Aanvallen op Perzische soldaten en aanhangers van de Perzen waren aan de orde van de dag.

'Je spion had gelijk.' Orontobates pakte een schaal met fruit en plukte aan de druiven.

'Ik had geen spion nodig om te weten dat Alexander zou komen,' antwoordde Memnon. 'Hij lijkt op onze vriend Ephialtes hier, veel onstuimiger dan goed voor hem is.'

'Wel, hij is ontsnapt,' zei Ephialtes terwijl hij op een druif kauwde en zijn mond schoonmaakte met zijn tong. 'Maar wij hebben grotere problemen: de onrust in de stad.'

'Ik weet het.' Memnon ziedde van woede. Hij had Halikarnassos versterkt en gehoopt Alexander buiten de muren in de val te laten lopen. Nu werd dit alles bedreigd door problemen in de stad zelf.

'Er zijn nog meer wapens gevonden,' biechtte Orontobates op. 'Ik heb een spion, een Thebaanse koopman. Ik weet niet precies of hij dronken of nuchter was, maar hij beweert dat hij een Macedonische soldaat heeft gezien.'

'Wat?' Memnon keerde zich snel naar hem toe.

'Dat zegt hij. Een Macedonische soldaat, gekleed in hun specifieke borstharnas met de schouderflappen en de krijgsrok met bronzen noppen.'

'Waar was dat?'

'In de tentenmakerswijk.'

'Kan hij zich niet hebben vergist?' fluisterde Ephialtes. 'Kan het geen verbeelding zijn geweest? De mensen zijn bang voor de Macedoniërs.'

'Alexander kan niet door die muren heen breken,' stelde Orontobates hen gerust. 'Zijn schepen konden de haven van Myndos niet binnenvaren en we hebben zijn troepen afgeslagen.'

'Er is nog altijd het Pythias-manuscript,' merkte Ephialtes op.

Memnon riep een van zijn huurlingen bij zich. 'Kapitein, ga naar de cellen en zeg onze cipier Kerberos dat hij die Eunuch hier brengt. Hij moet ons vertellen welke vorderingen hij heeft gemaakt.'

'Is er een verrader onder ons?' Ephialtes staarde de tuin in.

'Binnen het bestuur van de stad?' Orontobates schudde zijn hoofd. 'Dat denk ik niet.'

'Zou Eunuch een spion kunnen zijn?'

'Wat weet hij nu helemaal en waar komt hij nu helemaal?'

smaalde Memnon. 'Hij moet beneden in de cellen blijven en hij mag alleen in de tuin wat frisse lucht halen. De enige met wie hij praat, is Kerberos.'

Er klonken geluiden en de kapitein keerde terug. Eunuch, met een leren tasje in zijn hand, sjokte achter hem aan als een hond. Kerberos de cipier schuifelde naast hem voort met zijn handen voor zijn ogen geslagen, want hij was niet gewend aan het daglicht. Eunuch ging ten slotte ongevraagd met gekruiste benen op de grond zitten.

'Neem afstand,' beval Memnon de cipier en de kapitein van de wacht, die daarop in de schaduw van een grote, overhangende dadelpalm gingen staan. Memnon pakte een krukje en ging zo dicht voor Eunuch zitten, dat hij hem bijna raakte terwijl hij de sluwe blik van de gevangene opving. 'Wat heb je voor vorderingen gemaakt?'

Eunuch opende de leren tas en overhandigde Orontobates, Ephialtes en Memnon elk een vierkant stuk vers geprepareerd perkament. 'U ziet, heren, dat het alfabet is gerangschikt in vijf horizontale en vijf verticale rijen,' begon hij. 'Daaronder staan de eerste getallen van het Pythias-manuscript. Ik heb ook opgeschreven wat we van Pamenes hebben geleerd: zijn geheimzinnige verwijzingen naar pente, het Grieks voor vijf, en naar de letter epsilon, de vijfde letter van uw alfabet.'

'Ik vroeg naar de vorderingen.' Memnon bestudeerde zijn exemplaar.

'Pamenes had een zeer belangrijk uitgangspunt ontdekt. Hij schreef een regel op uit een stuk van Sophokles en omcirkelde elke letter E die daarin voorkwam. Hetzelfde deed hij met verzen uit de *Ilias*.'

'En?' Memnon hield zijn opwinding met moeite in bedwang.

'Het is niet meer dan een theorie,' vervolgde Eunuch opgewekt, 'maar ik vermoed dat Pamenes besefte dat de letter E het meest voorkomt in elke tekst.' Hij glimlachte beminnelijk naar Orontobates. 'Wellicht gaat dit niet op voor de Perzische taal, natuurlijk.'

'Maar wel voor het Grieks?' vroeg Ephialtes terwijl hij naar voren leunde.

'Absoluut.'

'Dus als ik je goed begrijp...' Memnon vergat de hitte en was zich niet langer bewust van de bloemengeur, de zoemende bijen en de geluiden die naar hen overwaaiden van het paleis in de verte of van de stad aan de andere kant van de muur. Hij voelde dat hij op het punt stond een groot geheim te doorgronden, een mysterie te ontrafelen waarvoor Alexander zeker een vermogen over zou hebben.

'Mag ik het u even uitleggen, heer,' vleide Eunuch. 'Als de E de meest voorkomende letter is, dan moeten we naar het meest voorkomende getal in het Pythias-manuscript zoeken.'

'En dat is?'

'Misschien vierenvijftig, maar ik geloof niet dat dat de E is.'

'Je bent er bijna, nietwaar?' zei Memnon. 'Wanneer je eenmaal het getal hebt gevonden dat de E vertegenwoordigt, kun je hetzelfde doen met alle andere letters, toch?'

'Precies.' De glimlach verdween van Eunuchs gezicht. 'Tot nu toe is me dat echter niet gelukt.'

'Waarom niet?'

'Dat weet ik niet, dat probeer ik juist uit te zoeken. Pythias moet hebben beseft dat iemand ooit tot dezelfde conclusies moest komen als ik nu. Daarom heeft hij iets in deze code ingebouwd om de letter E te beschermen.'

'Verklaar je nader!'

'Kijk naar het manuscript, heer. De eerste getallen zijn als volgt: 45 : 64 : 54 : 33 : 34: 11 : 53: 11: 52 : 23 : 33 : 34 : 54 : □ : 23 : 54 : 11 : 11 : 43.'

'Dat is driemaal 54,' mompelde Ephialtes, 'maar als de E, de meest voorkomende letter, niet 54 is, waar is die dan wel?'

'Verstopt, goed afgeschermd,' antwoordde Eunuch.

'Hoe?' drong Memnon aan.

'Misschien door het vierkantje tussen 54 en 23.'

'En?'

'Of misschien koos Pythias aan het begin van het manuscript opzettelijk woorden waarin de letter E niet voorkomt. Of...'

'Of je weet helemaal niet zeker of 54 wel de E vertegenwoordigt?' onderbrak Memnon hem.

'Het zou ook 23 kunnen zijn,' mompelde Eunuch. 'Maar ook dat zou weer een afleidingsmanoeuvre kunnen zijn.'

'Hoe lang heb je nog nodig?'

Eunuch spreidde zijn handen. 'Over een paar dagen zal ik zeker een vertaling hebben, heer.'

'Als dat waar is, zul je Halikarnassos rijker verlaten dat je er bent gekomen,' zei Memnon met een glimlach.

'En als het niet waar is,' voegde Ephialtes eraan toe, 'zullen we je lichaam in stukken hakken en ze met katapulten naar het Macedonische kamp schieten!'

⋆ ⋆ ⋆

'Is het moord?'

Alexander zat met zijn rug naar de houten bank in het prieeltje gehurkt. Telamon zat tegenover hem met Sarpedon naast zich en de nog altijd huilende mageros lag aan zijn linkerkant geknield. Alexander had geprobeerd de man te troosten, maar zijn pogingen veroorzaakten alleen maar nieuwe uitbarstingen van verdriet. Telamon wierp een blik over zijn schouder. Hephaistion en Kassandra stonden zachtjes te praten bij de vijver. Ergens in huis oefende Gentios zijn tekst. Blijkbaar had Aristandros zijn koor meegebracht om het werk van de grote acteur aan te vullen.

'Ja, het is moord,' antwoordde Telamon en hij draaide zijn hoofd weer om. 'Een dodelijk vergif, het sap van amandelen, maar dat is het niet alleen, al ruikt en smaakt het naar amandelen. Het gaat hier om een dodelijk plantenaftreksel dat je in elke stad kunt kopen. Het was blijkbaar de bedoeling dat Sarpedon het slachtoffer werd.'

'Dat moet wel,' beaamde de Spartaan. 'Ik sta op het punt naar de baai van Hera te gaan. Iemand wilde me tegenhouden.'

'Mijn arme kind!' De mageros haalde zijn handen van zijn gezicht.

Alexander knipte met zijn vingers naar Telamon en kwam overeind. 'Ik laat dit verder aan jou over.' De koning liep het grasveld af en nam Hephaistion mee. Ook Telamon stond op. Hij ging op de houten bank zitten en keek neer op de twee anderen.

'Waar kwam je het meisje tegen, Sarpedon?'

'Ik haalde water uit de put en daar was ze. U weet dat ik een oogje op haar had. Ik vertelde haar dat ik binnenkort zou vertrekken.' Hij trok een schouder op. 'Ik geef toe dat ik met haar flirtte. Ik vroeg haar of ze wat brood, kaas en een beker verdunde wijn naar dit prieel wilde brengen. En of ik misschien een zoen kon krijgen voordat ik wegging. Daarna liep ik naar de stallen om voor mijn paard te zorgen.'

'Mageros,' zei Telamon zachtjes. 'Mageros, je dochter is dood en dat spijt me. Je kunt rouwen bij haar lichaam, maar je wilt toch zeker ook gerechtigheid, wraak?'

De mageros haalde zijn handen weer van zijn gezicht en deed zijn uiterste best niet te snikken.

'Je was in de keuken, dan moet je hebben gezien dat je dochter het eten klaarmaakte. Waren het brood en de kaas vers?'

De mageros knikte. 'Ze zette alles op tafel en spreidde er een linnen doek overheen,' zei hij met horten en stoten. 'Ik vroeg haar voor wie dat alles bestemd was en ze noemde Sarpedon. Ik was druk bezig vers brood te bakken.'

'Wie is er verder in de keuken geweest?'

'Iedereen zo'n beetje, zelfs uw roodharige vriendin!' riep de kok uit.

'Het moet voor deze of gene dus heel gemakkelijk zijn geweest om die linnen doek op te tillen, de kaas weg te halen en er een vergiftigd stuk voor in de plaats te leggen?'

De mageros knikte. 'Iedereen kan het hebben gedaan,' bekende de man. 'U weet hoe het is, meester, mensen lopen in en uit voor eten. Soldaten, want die hebben altijd honger, de koning en zijn metgezellen...'

'Ben jij in de keuken geweest, Sarpedon?'

De Spartaan schudde zijn hoofd. 'Nee, ik merkte pas dat er wat was gebeurd toen er alarm werd geslagen.' Sarpedon haalde zijn schouders op. 'Ze moet terug zijn gekomen om te zien of ik er al was en waarschijnlijk besloot ze toen zelf ook een stukje kaas te nemen. Als ze dat niet had gedaan' – de Spartaan kwam overeind – 'zou het mijn lijk zijn dat onder een laken in de schuur lag. Ik moet gaan, Telamon.'

De arts ving geluiden op uit de stallen waar de paarden werden klaargemaakt.

'Ik moet ook gaan,' mompelde de mageros. Hij stond op en strompelde over het gras als een man die naar zijn executie wordt geleid.

Telamon tilde het blad op en trok de doek opzij. Met de wijn en het brood was niet geknoeid, maar de kaas verspreidde het bloedstollende en toch ook enigszins welriekende aroma van amandelen. Telamon riep een soldaat, dekte het blad weer af en overhandigde het aan de man.

'Neem dit blad mee, haal wat aanmaakhout, raak niets aan van wat op het blad staat en verbrand het hele zootje,' beval hij.

De Macedoniër, een potige boerenjongen, zette zijn kausia – een breedgerand hoofddeksel – af en krabde in zijn korte haar. 'Is dat niet gevaarlijk?' protesteerde hij.

'Doe wat ik zeg,' drong Telamon aan. 'Niets aanraken, gewoon verbranden!'

De soldaat ging weg. Telamon liep naar de vijver, waste zijn handen in het water en droogde ze vervolgens af aan zijn tuniek. Er viel een schaduw over hem heen.

'Schrik niet,' riep Kassandra hem toe. 'Er is nog een dode gevallen.'

De arts draaide zich vliegensvlug om. Kassandra wees naar de bomen. 'Herinner je je Pamenes' kat nog? Wel, iemand heeft hem meegenomen naar de boomgaard en hem doodgeslagen met een knuppel. Ik heb het beest net gevonden. Je soldaten kunnen hem meteen meeverbranden.'

'Waarom zouden ze een onschuldige kat doodmaken?'

'Geen idee,' mompelde Kassandra. 'Misschien heeft het er niets mee te maken. Beschouwen sommige Macedoniërs katten niet als ongelukbrengers? Als schepsels van de nacht?'

Telamon stond op en liep terug naar het prieeltje. Kassandra ging naast hem zitten. Ze hoorden Sarpedon en zijn soldaten met veel hoefgetrappel en hoorngeschal vertrekken.

'Gaan ze de belegeringswerktuigen aan land brengen?' vroeg Kassandra.

'Oh zeker, wat Alexander wil, krijgt Alexander ook.' Telamon kneep zijn ogen halfdicht en keek naar een vlinder die boven het gras fladderde. 'Voordat de nacht valt, staat alles aan wal. Morgen om deze tijd kijkt Memnon over de muren van Halikarnassos en krijgt hij de schrik van zijn leven.'

'Ik heb net Ptolemaios naar de rotsen van Nyssa zien vertrekken.'

'Ik vraag me af wat Alexander van plan is,' peinsde Telamon. 'Zijn geest is een mozaïek van allerlei kleine, subtiele stukjes. Die moet je bij elkaar zoeken en sorteren.'

'Iemand probeerde Sarpedon tegen te houden.'

'Ja, maar wie?' vroeg Telamon. 'Het was zo gemakkelijk die keuken binnen te lopen met een vergiftigd stukje kaas en het in de plaats te leggen van dat andere stuk.' Hij dacht even na. 'Dus wat hebben we nu, Kassandra? Pamenes' geheimzinnige val uit het raam van zijn kamer. Iemand probeerde mij te doden met die gifslangen. En dan nog dat arme meisje dat per ongeluk een stukje kaas opat dat voor Sarpedon was bedoeld.'

'Waarom zouden ze hem willen vermoorden?' vroeg Kassandra. 'Ik weet dat hij de troepen naar de baai van Hera moet leiden, maar die plek is bij meer mensen bekend.'

'Misschien heeft hij iets gezien dat hij niet had mogen zien en beseft hij het zelf niet. We weten dat Pamenes in de vroege morgen nog leefde. Bessos kan zijn kamer zijn binnengeglipt, of de priester Cherolos is misschien teruggegaan. Heeft Sarpedon daar soms iets van gezien?'

'Verder is er natuurlijk nog onze beroemde acteur, ik kan hem zelfs hier horen.' Kassandra lachte. 'En zijn achterbakse vrouw.'

'Ja,' antwoordde Telamon. 'We hebben er alleen hun woord voor dat Demerata niet in Pamenes' kamer was. Ik vraag me af waar ze heen ging voor haar wandeling. Herinner je je die avond, Kassandra? We waren hier, omdat we het buiten veel prettiger vonden dan in dat sombere huis, maar we hebben haar niet gezien. En nu ook die dode kat nog. Waarom zou iemand zo'n dier vermoorden?'

'Misschien was het een of ander offer,' mompelde Kassandra. 'Ik heb nog steeds mijn twijfels over Cherolos. Hij kijkt je nooit recht aan en hij doet geheimzinnig.'

'En het gaat allemaal om een stuk tekst.'

'Denk je dat Alexander ooit het geheim ervan zal ontrafelen?'

'Ik ben er bijna achter.'

'Wat?' riep Kassandra luid.

'Ik heb eens nagedacht. Pamenes werd geobsedeerd door de letter E, de vijfde letter van het Griekse alfabet. Hij omcirkelde die letter in regels uit een stuk van Sophokles. Toen ik in Egypte was, bestudeerde ik de hiërogliefen in de graven. Het meest voorkomende teken was het symbool voor het woord farao. Wanneer je dat eenmaal doorhad, was het verder vrij gemakkelijk. Wist je dat de klinkers E, A en I de meest gebruikte letters zijn? De E in elk geval, maar ik weet niet zeker of daarna de A of de I komt. Als we kunnen ontdekken hoe deze drie letters zijn aangegeven in het Pythias-manuscript, vinden we de rest ook snel. Ik durf er een kruik wijn onder te verwedden dat Solanos en de anderen dezelfde weg volgen.'

Ze hoorden geluiden die afkomstig waren van de binnenplaats. Alexander, Hephaistion en andere aanvoerders kwamen te voorschijn, gevolgd door dienaren die krukjes, een houten bank en zelfs stoelen uit de weefkamer droegen.

'Nee hè!' mompelde Telamon. 'Gentios' moment van glorie!'

Even later zag hij hoe de druk pratende dienaren het provisorische theater opzetten en de stoelen, krukjes en banken in hoefijzervorm schikten. Alexander keek in de richting van het prieeltje, stak zijn hand op en wenkte hen.

'Ik ben bang dat we geen keus hebben.'

Dienaren brachten tafeltjes met bekers en borden. Ze knutselden een baldakijn in elkaar met behulp van vier palen die in de grond werden gestoken. Telamon en Kassandra gingen achter de koning zitten. Aristandros, wiens keus was gevallen op een opzichtig oranje gewaad, kwam gejaagd de poort uit met een lauwerkrans op zijn kalende hoofd. Hij hield nog altijd een hand tegen zijn pijnlijke oor gedrukt.

'Ach ja, dat is waar ook,' fluisterde Telamon. 'Wanneer het stuk uit is, ga dan even naar mijn medicijnkist, Kassandra, en haal er een flesje kamferolie uit. Zeg tegen onze nobele bewaarder van de koninklijke geheimen dat hij er een paar verwarmde druppels van in zijn oor moet gieten. Dat lost het oorsmeer op, zodat hij geen pijn meer heeft.'

'Heer koning.' Aristandros ging onder het baldakijn staan, maar zijn losse sandaal raakte verstrikt in de plooien van de doeken die daar waren uitgespreid, zodat de toeschouwers begonnen te joelen en Alexander in zijn handen klapte om stilte. 'Heer koning, mede-dramaturgen, vandaag brengen we jullie het prachtige stuk van Sophokles *Koning Oidipous*.'

'Wat? Helemaal?' schreeuwde Kleitos de Zwarte.

'Enkele fragmenten,' antwoordde Aristandros geërgerd, 'uitgevoerd door Gentios in de rol van Oidipous en mijn prachtige jongens zijn het koor.'

Aristandros verdween weer naar de binnenplaats en haalde zijn lijfwachten. Telamon had moeite zijn gezicht in de plooi te houden. De ruige Kelten hadden hun wapenrustingen uitgetrokken en droegen nu lange, vloeiende gewaden en sandalen. Kleitos de Zwarte boog het hoofd, zijn schouders schokten, ook al gaf de koning hem een por met zijn elleboog. Aristandros had zo zijn ideeën over de opvoering van het stuk. Hij stelde zijn lijfwachten op. De lompe pummels stonden onbeholpen te schuifelen en in hun haar en baard te krabben. Hun handen zakten naar gordels die er niet meer waren. Telamon moest zich knijpen: Alexanders wereld leek een vreemd land tussen waken en dromen. Ze stonden op het punt een van de grootste steden van het Perzische rijk te gaan belegeren, maar ondertussen zaten ze in de tuin van een villa naar Sophokles' *Oidipous* te kijken. En het koor bestond niet uit een troep Atheense jongelingen, maar uit een bende moordenaars die van hun meester hadden geleerd een aantal van de beroemdste regels die ooit waren geschreven voor te dragen.

Er werd een poosje geduwd en gedrongen toen Aristandros de groep opstelde naar zijn persoonlijke smaak. Eindelijk was hij tevreden. Hij boog naar de koning en wierp een giftige blik op Kleitos, die nu zijn hoofd in zijn handen had gelegd. Toch zag Telamon dat er tranen over de met littekens bedekte wangen van de oude schurk liepen. Hephaistion wist zich beter te beheersen. Telamon dankte de goden dat Ptolemaios er niet bij was. Die haatte Aristandros en greep elke gelegenheid aan om hem belachelijk te maken, maar Alexanders generaal met het aapachtige gezicht was verdwenen, hij bracht zijn elite-troepen naar de rotsen van Nyssa.

Er kwamen nu ook dienaren, slaven en soldaten die geen dienst hadden aanslenteren. Kassandra was opvallend stil, alsof ze zich niet bewust was van alle pret om haar heen. Ze zat met halfopen mond recht voor zich uit te staren. Telamon realiseerde zich plotseling dat ze dit stuk in Thebe had gezien. Ooit was Thebe de stad van Oidipous, Antigone en Kreon, maar nu was het in de as gelegd.

'We zijn er klaar voor.' Aristandros boog naar de koning. 'Vooruit, jongens, begin waar ik heb gezegd!'

'"Onbeschrijflijk ruikt de stad
Naar de dood..."'

'Nee, dat niet!' Aristandros gaf de leider van het koor een klap. 'Verderop! Verderop!'

De leider, een bonk van een kerel met blond haar, een dikke, weelderige snor en een baard stond erbij als een beteuterde schooljongen.

'"Schiet met uw gouden boog, Lycische godin.
Schiet hem neer!
Over de schitterende heuvels van Lycië, Artemis!
Bakchos, onze naamgod, stralend in de dans
Van vrolijke bakchanten!
Laat uw vurige fakkel komen
Om de god van de dood, die grimmige vijand, te verslaan!
De god van wie alle andere goden een afkeer hebben..."'

Gentios, gekleed in een grijs gewaad, kwam met een tragisch masker voor zijn gezicht van de binnenplaats en liep tot onder het baldakijn.

'"Jullie hebben gebeden en jullie gebeden zullen worden verhoord met hulp en bevrijding..."'

'"Oh grote koning!"' antwoordde het koor. '"Luister naar ons gebed!"'

Gentios vervolgde zijn tekst. '"Als jullie me gehoorzamen..."'

Telamon keek gefascineerd toe. Ondanks de lacherige sfeer en de klungeligheid van het koor, boeide Gentios door een mimiek en een krachtige, dramatische stem die de hartverscheurende droefheid van dit stuk overbrachten. Kleitos de Zwarte hield op met lachen, ging rechtop zitten en draaide zijn mismaakte gezicht zo, dat hij hem beter kon horen. Kassandra snikte zachtjes. De wisselwerking tussen koor en Oidipous, het voornaamste personage, vormde haar eigen sombere muziek. Zelfs de boerenknechts en de bedienden keken met open mond toe. Telamon herkende het waarachtige genie van Gentios: zijn houding, de manier waarop elke beweging van belang was, zijn stem die woorden en zinnen tot leven wist te brengen. Telamon ging zo op in het stuk, dat het gegil en geschreeuw pas echt tot hem doordrongen toen een keukenjongen met een vettig gezicht uit de poort kwam rennen.

'De mageros is ziek! De mageros is ziek!' brulde hij. 'Kom toch snel, heren!'

Alexander draaide zich om en knipte met zijn vingers naar Telamon die excuses mompelde tegen Gentios, het geïmproviseerde toneel overstak en zich naar de binnenplaats haastte. Bedienden dromden samen bij de keukendeur. Een meisje gilde en zwaaide nerveus met haar handen. De bakker, die van top tot teen was bedekt met meel, probeerde haar te kalmeren.

'Wat is er aan de hand?' vroeg Telamon.

De bakker wees vaag de met stoom gevulde keuken in. Telamon stapte behoedzaam naar binnen. Een vleessnijder zat achter een tafel gehurkt met een bloederig mes in zijn hand geklemd. Zijn ogen puilden uit van angst. Een spitdraaiertje hield een pot tegen zich aangedrukt en schommelde heen en weer. Telamon keek om zich heen. Er bengelde een ham aan de balken boven een van de verplaatsbare ovens. Uien en andere groenten hingen aan haken die in de smerige witte muren waren geslagen. Hij hoorde een gekreun en bleef staan bij de tafel. Aan de achterkant van de ruimte bevond zich een open vuur onder een gat in het dak. Een grote, met water gevulde bronzen ketel stond vrolijk te pruttelen op de houtskool. Daarnaast stond een hoge, aardewerken kruik en tussen die beide dingen lag de mageros te stuiptrekken.

Telamon haastte zich naar hem toe terwijl Kassandra eveneens de keuken binnenkwam. De hitte van de houtskool en het kokende water was intens en daarom trok Telamon de kok bij zijn schouder weg. De man snakte naar adem, zijn gezicht was asgrauw en zijn lippen waren enigszins paars van kleur. Zijn wangen en zijn dikke nek zagen er opgeblazen uit. Zijn huid was klam en koud, zijn oogleden knipperden.

'Wat is er aan de hand, man?'

Een witte straal speeksel kwam tussen de lippen van de mageros vandaan en droop langs zijn kin. Telamon wrikte de mond van de kok open en voelde met zijn vingers, maar hij kon geen blokkade vinden.

'Is het een toeval?' vroeg Kassandra. 'Och, in naam van Apollo, Telamon, kijk eens naar zijn rechterarm!'

Telamon zag de brede, opgezwollen striemen, minstens vier in getal, aan de binnenkant van de arm, net onder de elleboog. Hij greep de pols van de mageros en constateerde dat de hartslag van de man zwak en onregelmatig was. Het deed hem denken aan een mot die vergeefs met de vleugels klapperde om te overleven. De arm met de striemen was al opgezet. Telamon betastte hem voorzichtig.

'De palingen,' mompelde de kok. Hij begon weer te stuiptrekken, zijn doodsgereutel was nu duidelijk hoorbaar.

Telamon stond op. In de hoge aardewerken kruik lagen de glanzende palingen, hun zwarte vel was nog nat. Hij ging opzij toen de bakker, een grote man met een blozend gezicht, de keuken weer binnenstapte.

'Wat is er gebeurd?' drong Telamon aan.

'Hij wilde een delicatesse klaarmaken voor de koning. Palingen. Zijn specialiteit, wist u dat? Hij stoofde ze met oregano en moerbeibessen.'

'Ja, ja. Ga door!'

'Hij stak zijn hand in de kruik met palingen, maar trok hem er schreeuwend weer uit en viel daarna op de grond. Het is een wonder dat hij de ketel met kokend water niet raakte!'

Telamon pakte een lange stok met een linnen handvat die werd gebruikt om in de pannen te roeren.

'En de mageros?' jammerde de bakker.

'Ik kan niets voor hem doen.' Telamon wist al half en half wat er was gebeurd. 'Hij is minstens viermaal gebeten. Eén beet kun je opensnijden, maar vier niet.' Hij duwde de stok behoedzaam in de kruik met palingen en roerde voorzichtig.

'Maar ze zijn dood!' schreeuwde de bakker terwijl hij naar hem toe liep.

Een ogenblik ving Telamon een glimp op van een geel-met-zwart geschubd lichaam dat zich tussen de palingen bewoog.

'Wat is er aan de hand?' Kleitos beende de keuken in.

De mageros lag nu stil, zijn mond stond open, zijn tong stak enigszins uit en zijn ogen waren halfgesloten.

'Ik ben verzot op de geur van vis.' Kleitos snoof. 'Wat is er met die vette sukkel?'

'Hij is vermoord,' fluisterde Telamon. 'Het is nu niet het juiste moment voor je exercitieterreinmanieren, Kleitos. Laat het lijk weghalen. Ik kan niets doen.' Hij schopte tegen de kruik met palingen. 'Laat dit ook verwijderen, door soldaten met hoge laarzen aan. Ze moeten de inhoud weggooien, maar zeg hun dat ze voorzichtig moeten zijn, er zitten adders in en hun beet is giftig...'

'Twee drama's tegelijk.' Alexander kwam de keuken in terwijl hij zachtjes in zijn handen klapte. 'Ik heb je gehoord, Telamon. Doe wat hij zegt, Kleitos! Ik wil je spreken, geneesheer.'

Hij duwde Telamon haastig naar buiten door een achterdeurtje dat uitkwam op een stinkend erf waar het afval werd neergegooid. De vogels die de vuilnishoop aan het plunderen waren, vlogen op en krijsten, terwijl ze met hun zwarte vleugels sloegen.

'De dochter van de mageros werd vergiftigd,' begon Alexander, 'en nu de mageros zelf. Waarom?'

'Dat weet ik niet. Als ik het wel wist, kenden we allemaal de waarheid. Ze stierf door een stuk kaas dat was bedoeld voor Sarpedon. Deze palingen waren vers, ze werden toch vanochtend gebracht?'

Alexander haalde zijn schouders op. 'Ik ben generaal, geen kok.' Hij grijnsde. 'Dus ik krijg vanavond geen palingen bij het diner,' zei hij met een zucht.

'De palingen werden waarschijnlijk gebracht in gevlochten manden die werden leeggegooid in een grote kruik in de keuken,' vervolgde Telamon. 'Iemand moet die adders in de manden of in de kruik hebben gestopt.'

'Natuurlijk,' mompelde Alexander. 'En de kok stak zijn hand erin.'

'Hij werd minstens vier keer gebeten,' legde Telamon uit. 'Door slangen met verschillende soorten gif. Voor sommige soorten bestaat een tegengif. Eén beet kan worden uitgesneden, maar zoveel niet.'

'Slangen!' Alexander siste het woord haast. 'Ik heb gehoord dat de villa ervan krioelt. Wie heeft deze plek eigenlijk uitgekozen?'

'Voor zover ik weet, Solanos.'

'Ik zal wat Kretenzische boogschutters laten halen,' besloot Alexander. 'Zij zijn gewend die beesten op te ruimen. Maar je vertelt me niet alles, nietwaar, Telamon?' Hij staarde hem vanuit zijn ooghoek aan. 'Ik heb gehoord dat er gisteren iets is gebeurd in jouw kamer.'

Telamon vertelde het hem.

'Dus, wie het ook is,' – Alexander schopte tegen een hoop appelklokhuizen en verpletterde er een onder zijn sandaal – 'hij vermoordde de schrijver, probeerde mijn lijfarts te vermoorden en heeft nu mijn kok en zijn dochter om zeep geholpen. Pamenes, dat kan ik nog begrijpen.' Alexander krabde zijn kin en keek Telamon recht aan. 'En de Perzen zouden beslist een hoge prijs betalen voor jouw hoofd, maar waarom een kok en zijn dochter?'

Alexander streek door zijn rossig-blonde haar, terwijl zijn merkwaardig gekleurde ogen Telamon bleven aanstaren. Hij hield zijn hoofd een beetje schuin naar rechts, alsof hij de arts voor het eerst goed opnam.

'En waarom heb je me niets verteld over die aanval op jou?' Hij tikte Telamon zachtjes onder zijn kin. 'Je bent kostbaar, geneesheer! Een aanval op jou is een aanval op mij. Je houdt niet van slangen, wel, ik ook niet. Ze doen me altijd denken aan mijn moeder. Doorzoek je kamer de volgende keer. Wees voorzichtig met wat je eet of drinkt. Verdenk je iemand?'

Telamon schudde zijn hoofd.

'Vertel je me de waarheid?' Alexanders hoofd kwam naar voren.

'En jij?' Nu stak Telamon zijn hoofd naar voren, zodat zijn gezicht dat van Alexander bijna raakte. 'Vertel jij me de waarheid over het Pythias-manuscript, Alexander, of speel je toneel? En welke rol is het? De zelfverzekerde generaal die zich ondertussen zorgen maakt over de versterkingen van een stad? Alexander, we zijn samen opgegroeid en ik ben met je op veldtocht geweest. Ik ken jou als de grote komediant, de man die zijn vijanden misleidt en die minstens zo genadeloos en gemeen toeslaat als een slang.'

Alexander trok zijn hoofd terug. De harde blik in zijn ogen maakte plaats voor quasi-bedeesdheid. Hij knipperde met zijn lange wimpers als een meisje. 'Telamon,' kirde hij, 'ik heb geen idee waar je het over hebt. En nu moet ik een toneelstuk bekijken.'

De koning liep de keuken weer in, waar hij even bleef staan om enkele bedienden te troosten. Telamon hoorde het gerinkel van munten op de vloer, maar toen hij zelf in de keuken kwam, was de koning verdwenen. De bedienden leken de tragedie die zich had afgespeeld al te hebben vergeten, ze kropen over de vloer en zochten de muntstukken. Telamon riep de bakker. De man kwam met een chagrijnig gezicht naar hem toe, terwijl zijn samengeknepen ogen de grond bleven afspeuren naar munten.

'Wanneer werden deze palingen gebracht?'

'Kort na zonsopgang, door een boer en zijn zoon. Hij voorziet de keuken van levensmiddelen. De palingen waren vers, gisteravond gevangen.'

'En hoe werden ze gebracht?'

'In manden.'

'En ze werden in de kruik gegoten?'

'Knap hoor,' smaalde de bakker.

Telamon greep hem bij zijn met meel bedekte tuniek en trok hem naar zich toe. 'Er is een man meedogenloos vermoord,' fluisterde hij. 'Binnen enkele uren is zijn lichaam as en dwaalt zijn ziel rond in de koude velden van de Hades. Wil je hem soms graag achternagaan?'

'De palingen werden hier gebracht in manden,' ratelde de bakker. 'Ze werden in de kruik gegoten en daar bleven ze.'

'Was jij op dat moment in de keuken?'

'Ja...'

'Maar is je niets ongewoons opgevallen?'

'Misschien heeft iemand er slangen bijgedaan, meester, maar het kan ook per ongeluk zijn geweest,' kwaakte de man.

'Dat geloof ik niet,' antwoordde Telamon.

'Minstens vijf.' Kassandra stapte de keuken binnen. 'Vijf adders. De wachtposten hebben ze doodgemaakt. Onze nobele koning geeft nu Kretenzische boogschutters opdracht het terrein af te zoeken en zoveel mogelijk slangen te doden. Kleitos roept dat hij een mongoest zal huren...'

Telamon liet de bakker schieten en gaf Kassandra een wenk mee naar buiten te gaan. 'Is die voorstelling nog aan de gang?'

'Ja. Zoals je weet is Alexander zeer standvastig in wat hij wil.' Kassandra glimlachte flets.

'Is Cherolos daar ook? Ga hem dan halen, alsjeblieft,' verzocht Telamon. 'Ik wil zijn kamer zien en die zal wel op slot zijn. Ik ga vast naar boven.'

'Waarom?'

'Dat zul je wel merken.'

Telamon liep de villa in en ging de trap op. Iemand had manden met verse bloemen neergezet en het gepolijste hout rook naar iets dat Telamon niet kon plaatsen. Boven op de gang passeerde hij de kamer van Bessos, en sloeg linksaf de nis in. Hij bleef staan bij de kamer van Pamenes en duwde de deur open. Alles zag er nog ongeveer uit zoals Kassandra en hij het hadden achtergelaten toen ze de bezittingen van de dode schrijver hadden doorzocht. Telamon liep naar het openstaande raam en keek naar de donkerrode klinkers beneden. Hij hoorde Kassandra zijn naam roepen en verliet de kamer om zich bij haar en Cherolos te voegen. Het magere, zure gezicht van de priester gloeide van opwinding en hij tikte met zijn handen tegen zijn dijen.

'Ik genoot van dat toneelstuk.'

'Waar is jouw kamer?'

Cherolos liep langs de kamer van Bessos en maakte de volgende deur open. Telamon stapte naar binnen. De priester was heel netjes, zijn bed was opgemaakt en stond verborgen achter een wit insectennet, zijn kleren hingen aan een haak in de muur. De kleine schrijftafel was veranderd in een geïmproviseerd altaar. Telamon staarde neer op een gebeeldhouwde kop met een smalle band om het voorhoofd en het uiterlijk van een bijtende cobra.

'Meretseger!' riep Telamon uit. 'De schorpioen- of slangengodin! Haar heiligdom overziet de necropolis in Thebe, nietwaar? Meretseger! Zij die altijd kijkt en wacht!'

Cherolos beaamde zijn woorden.

Telamon stak zijn hand uit en beroerde het beeldje van bloedrood marmer op een sokkel van gepolijst eikenhout. Hij hoorde Cherolos naar adem snakken.

'Kun je goed overweg met slangen?' Telamon draaide zich om en keek de priester recht aan.

'Ik weet er wel iets van.'

'Weet je hoe je ze moet aanpakken, hoe je ze moet oprapen?'

'Een beetje!' De priester veegde zijn handpalmen af aan zijn donkerblauwe tuniek en trok zijn mantel dichter om zijn schouders.

'Ben je in Egypte geweest?'

'Ik ben in het koninkrijk van de twee kronen geweest,' antwoordde hij gewichtig. 'Ik heb offers gebracht in de tempel van Meretseger.'

'En wat doe je dan aan het hof van koningin Ada?'

'Misverstanden op mijn levenspad.'

'Ben je hier op slangenjacht geweest, Cherolos?'

De priester glimlachte smalend.

'Offeren de volgelingen van Meretseger geen katten aan de godin?'

Cherolos' ogen bleven zo hard als steen en hij maakte aanstalten om te vertrekken.

'Oh, nog één vraag.' Telamon legde een hand op zijn schouder. De priester draaide zich om en keek naar Telamons hand alsof die bezoedeld was.

'Je ging die ochtend toch naar Pamenes' kamer?'

'Hij was vergrendeld.'

'En probeerde je het later nog eens? Je was de laatste die in de weefkamer kwam.'

De priester boog zijn hoofd.

'Ik geloof van wel,' vervolgde Telamon. 'Je ging weer naar Pamenes' kamer en deze keer kon je naar binnen. Je raapte zijn zadeltassen op en bracht ze hier. Je doorzocht ze en toen vond je dat stukje perkament, niet de avond daarvoor.'

Cherolos slikte heftig.

'Ik heb een getuige.' Telamon glimlachte om zijn leugen te maskeren. 'Je werd gezien toen je de zadeltassen droeg.'

'Maar dat is onmo...'

'Onmogelijk?' bood Telamon hem aan. 'Omdat je de tassen hier verstopte en ze in het holst van de nacht wegbracht nadat je ze grondig had doorzocht?'

'Ik heb Pamenes niet vermoord.'

'Nee, maar je hebt zijn eigendommen gestolen. Wat zat er in die zadeltassen?'

'Kleding, sandalen. Ik heb alles in een waterpoel achter de villa gegooid.'

'Mooi zo.' Telamon staarde naar Kassandra, die met haar rug naar de deur stond. 'Dus je vond sandalen, tunieken, kleine spulletjes en een stukje perkament, maar wat nog meer?' Hij keek neer op het marmeren hoofd van Meretseger.

'Ik ben een vreemdeling aan het hof van koningin Ada,' bekende Cherolos. 'Ik wilde naam maken. Ik ben inderdaad teruggegaan naar Pamenes' kamer. Hij was er niet, het raam stond open, zijn zadeltassen lagen voor het grijpen. Zijn bezittingen, wel' – hij haalde zijn schouders op – 'de tafel was leeg, er lag geen perkament op, alleen de zadeltassen stonden er. Ik was van plan ze te doorzoeken en ze dan later terug te zetten. Ik hoorde de anderen mijn naam roepen en daarom verstopte ik de tassen onder mijn bed voordat ik naar de vergadering ging.'

'En toen Pamenes dood werd gevonden?'

'Toen moest ik ze wel kwijt zien te raken.'

'En wat heb je nog meer gevonden?'

Cherolos pakte het marmeren hoofd met de houten voet op en haalde er een rolletje perkament uit dat stevig was dichtgebonden met een koordje. Hij liet het in Telamons hand glijden. 'U hebt er misschien meer aan dan ik. Het enige wat erop staat, is het gebruikelijke PENTE, EPSILON en het getal 10.'

'Het getal 10?' vroeg Telamon verbaasd.

'Daar kon ik niets mee.'

Telamon staarde naar het perkament.

'Maar Pamenes' kamer was op slot toen wij boven kwamen,' merkte Kassandra op. 'Hoe kon je tweemaal naar binnen gaan?'

Cherolos haalde zijn schouders op.

'Die vraag kan ik wel beantwoorden.' Telamon stopte het rolletje perkament weg. 'En Cherolos' bekentenis bevestigt mijn theorie. De afgesloten kamer was simpelweg bedoeld om ons in verwarring te brengen. Ik geloof dat Pamenes dood was, dood moet zijn geweest, lang voordat die kamer op slot werd gedaan.'

Er werd op de deur geklopt en Kassandra deed open. Een koninklijke page struikelde de kamer binnen.

'Een boodschap van de koning,' sputterde hij. 'Het toneelstuk is afgelopen, maar het echte spel gaat nu beginnen. Iedereen moet zich klaarmaken om af te reizen naar het legerkamp.'

# Hoofdstuk 9

*De volgende dag bracht Alexander zijn belegeringsartillerie in stelling voor de aanval: Zijn actie werd prompt beantwoord met een uitval vanuit de stad.*

Arrianus, *Alexander de Grote*, Boek I, hoofdstuk 22

De hitte was drukkend, de vurige zonneschijf blakerde het rotsige schiereiland met de stad Halikarnassos. Buizerds lieten zich meedrijven op zwakke luchtstromen die de zwetende soldaten in de diepte ook graag zouden voelen. Halikarnassos werd nu grootscheeps aangevallen. Alexander had het voltallige Macedonische leger in slagorde opgesteld, falanx na falanx, versterkt door regimenten schilddragers. Op elke flank bevonden zich peltasten – lichtbewapende infanteristen – huurling-hoplieten, Kretenzische boogschutters en slingeraars uit Rhodos. Enigszins achter elke vleugel stond eskadron na eskadron cavalerie opgesteld, een felle kleurenzee van krijgers die zich voorbereidden op de strijd. Trompetten en strijdhoorns schetterden. Paarden stonden hinnikend te kopschudden, zodat de pluimen tussen hun oren dansten als een zee van vaandels. Alexander droeg de volle wapenrusting van een Macedonische generaal: gouden borstharnas, purperen mantel, sneeuwwitte leren krijgsrok en zilveren scheenplaten. De sandalen aan zijn voeten hadden riempjes die waren versierd met purperen en zilveren noppen. Zoals gewoonlijk nam hij de ereplaats in op de rechterflank, omringd door zijn persoonlijke lijfwachten. Zijn brigadeaanvoerders hadden eveneens hun posities ingenomen.

Telamon zat te paard in de tweede rij achter de koning, tussen andere leden van de hofhouding. Er was al een uur van de middag voorbij en nog altijd was het brandend heet. Met het gevoel dat hij zich in een laaiend vuur ging storten, keek Telamon naar de granieten muren van Halikarnassos die wel twintig voet hoog oprezen, de torens en borstwering vol manschappen die als donkere poppetjes tegen de blauwe hemel afstaken. Hij ving een glimp op van de belegeringstorens achter de muren, waarin Memnon zijn katapulten, slingers en blijden zou plaatsen – al die afschuwelijke oorlogstoestellen.

Alexander had zijn voltallige leger in slagorde opgesteld om Memnon zijn macht te tonen. De Macedonische krijgsmacht had eerst voor de kostbare belegeringswerktuigen gezorgd. Amyntas had succes gehad. Nikanor en zijn onderbevelhebber Nearchos hadden de Macedonische oorlogsschepen rij na rij op het witte kiezelstrand van de baai van Hera gezet. De belegeringstoestellen waren veilig aan wal gebracht, op wagens geplaatst en haastig naar het Macedonische hoofdkamp vervoerd. Ze waren daarna snel in elkaar gezet en opgesteld tegenover de Tripylonpoort, net buiten schootsafstand van Memnons toestellen achter de muren. Telamon glimlachte verstolen. Met uitzondering van Kassandra was de hele groep uit de villa bijna in geforceerd marstempo afgevoerd. Alexander wilde hen in zijn buurt hebben, maar dat was een vergissing. De afgelopen dagen had Solanos niets anders gedaan dan jammeren. Ten slotte had Alexander toegegeven en gemompeld dat ze terug mochten naar de Villa van Kybele zodra zijn dierbare belegeringstoestellen op de plaats van bestemming waren.

Telamon staarde naar de helse apparaten waarmee zo'n bloedige slachting kon worden aangericht. Als jongen had hij Demades, Philippus' voornaamste militaire ingenieur, de afschuwelijkste oorlogsmachines zien ontwerpen. Ze waren door Alexander geperfectioneerd. Zijn belegeringstorens van houten palen en vlechtwerk waren bijna net zo hoog als de muren van Halikarnassos en hadden aan de binnenkant een reeks platforms en verdiepingen. Bovenop stonden soldaten en op de verschillende platforms waren kleine belegeringstoestellen als pijl- en projectielwerpers geplaatst. Onderin bevonden zich zware stormrammen met metalen koppen op katrollen, zodat de mannen ze heen en weer konden bewegen om zelfs de sterkste muren te ondermijnen. Toch waren deze torens nog niets vergeleken met de andere verschrikkelijke wapens. Enorme bogen op een vierkant houten onderstel, versterkt met metalen strips, konden tien voet lange pijlen afschieten om de muren van een belegerde stad met vernietigende trefzekerheid te bestoken. Verder waren er slingertoestellen die rotsblokken of potten met vuur konden wegslingeren. Dergelijke projectielen kregen extra stuwkracht door een nieuwe, door Demades geïntroduceerde techniek waarbij geen touw, maar gedraaid paardenhaar werd gebruikt dat werd verankerd op een houten frame. Dit frame werd op spanning gedraaid met behulp van een windas en hefbomen en vervolgens losgelaten met een verwoestend effect.

Tussen de belegeringswapens stonden verplaatsbare houten 'huisjes' met stormrammen. Kletsnatte dierenhuiden op de daken dienden als bescherming tegen de brandende pijlen van de belegerden. De huisjes konden tot de muren worden gereden, terwijl de schuine daken de soldaten beschermden die binnenin de stormrammen moesten bedienen. Deze toestellen stonden nu dreigend te wachten, als roofdieren klaar voor de sprong. Telamons blik gleed naar de brede gracht en hij vroeg zich af hoe Alexander die wilde vullen om zowel de manschappen als de machines dichter bij de muur te krijgen. De afgelopen dagen waren de timmerlieden heel druk geweest met het vervaardigen van tientallen constructies met platte daken, maar de koning weigerde te vertellen waarom hij die nodig had.

Natuurlijk wilde Alexander alles in de puntjes doen. Hij wilde dat de belegerden zijn volle macht aanschouwden voordat de aanval werd ingezet. Volgens de regels van de oorlog moest er een laatste verzoek tot overgave worden gedaan aan Memnon en zijn garnizoen. Alexander trok zijn zwaard en hield het omhoog terwijl hij langs het hele Macedonische front reed. Hij werd begroet met het gekletter van schilden en de schelle Macedonische strijdkreet: 'Enyalios! Enyalios! Enyalios!'

Het gebrul steeg hemelhoog op en werd beantwoord met gejoel en gejouw van de mannen op de muur. De verdedigers rolden grote vellen leer uit en hingen ze aan de borstwering als extra bescherming tegen de stormrammen en de brandende projectielen die weldra naar hen zouden worden afgeschoten. De koning bereikte de uiterste linkerpunt van de Macedonische gevechtsformatie. Hij draaide om en reed terug langs de linie. Zijn zwarte strijdros Boukephalas genoot met volle teugen van alle aandacht en toejuichingen. Het dier wierp zijn kop in de nek, zodat de stervormige vlek op zijn voorhoofd extra opviel. Alexander had het hoofdstel en het paardentuig gekozen uit de buit van het Perzische kamp na zijn overwinning aan de Granikos. Het hoofdstel was van zwart leer, versierd met edelstenen en noppen; het zadelkleed was van goudlaken. Alexander bood een imposante aanblik als 'incarnatie van de oorlogsgod zelf', zoals een van Telamons metgezellen fluisterde. De zon maakte zijn glimmende wapenrusting verblindend, de paardenharen pluim op zijn helm wapperde achter hem aan en hij hield zijn glinsterende zwaard hoog opgeheven, het gebruikelijke gebaar van een aanvoerder die op het punt staat een grootscheepse aanval te lanceren.

Zodra Alexander zijn stafofficieren weer bereikte, zette hij zijn helm af. Zijn bezwete gezicht was jongensachtig, zijn vreemd gekleurde ogen straalden ondeugend. Hij keek de kring rond, ving Telamons blik op en knipoogde.

'Geniet van de rust, heren,' zei hij, 'want binnenkort zullen alle furiën losbreken!'

'En hoe moet dat met die verdomde gracht?' brulde iemand.

Alexander legde een vinger tegen zijn lippen en keerde zich af. Hij reed een stukje naar de vijand toe, vergezeld door twee herauten en een trompetblazer. Op Alexanders teken hief de trompetblazer zijn bronzen instrument voor een schetterende stoot, waarna hij bijna tot de rand van de gracht reed en zijn woorden door de zwakke bries liet meedragen.

'Mannen van Halikarnassos, open uw poorten en geef u over! Lever aan onze koning, de geadopteerde erfgenaam van koningin Ada, de rechtmatige heerseres van Halikarnassos, de mannen uit die u hebben misleid: Orontobates, Memnon en Ephialtes!'

Zijn woorden werden begroet met een koor van spottend gejoel. Een pijl boorde zich in de grond naast de trompetter, zodat zijn paard schichtig werd. De man boog zich omlaag, raapte de pijl op, brak hem doormidden als een blijk van minachting en reed terug naar Alexander. Daarna kwamen de twee herauten te paard aanzetten met de gebruikelijke oorlogsverklaringen. Ze bereikten de rand van de gracht. Een van de twee gooide een brandend stuk hout naar de overkant. De ander, gewapend met een speer die in dierenbloed was gedoopt, wierp het ding met al zijn kracht over de gracht. De speer viel echter in de gapende zwarte diepte, onder luid gehoon van de mannen op de borstwering.

'Voorbereiden voor de aanval!'

Seleukos, die tijdens de afwezigheid van Ptolemaios was benoemd tot Alexanders onderbevelhebber, gaf zijn bevelen. Onmiddellijk splitsten de falanxen en de regimenten schilddragers zich om een doorgang te creëren voor de aanrollende wagens met belegeringstoestellen. De gevechtslinie week uit en reorganiseerde zich tot brigades. De oorlogsmachines werden klaargemaakt en naast de wagens vol stenen, enorme pijlen, rotsblokken en andere projectielen voor de katapulten en slingermachines werden komforen gezet. De rij belegeringswerktuigen werd getransformeerd. Het waren niet langer reusachtige houten geraamtes met hefbomen, slingerbanden en paardenharen opwindsystemen. De toestellen kwamen tot leven toen katrollen kraakten, windassen werden aangedraaid, potten met vuur in de leren slingerbanden werden geplaatst en speren en pijlen werden aangelegd in de gladde groeven van de katapulten en reusachtige bogen. De belegeringstorens werden bemand. Lichtbewapende soldaten gingen naar binnen en liepen via een trap naar de verschillende verdiepingen. Boogschutters en slingeraars bovenin, daaronder speerdragers en onderin de mannen die de grote stormrammen moesten bedienen. Ook de stormrammen onder de beschermende schuine schilddaken werden in orde gemaakt. De atmosfeer gonsde van het gekraak van touwen en katrollen en het geknars van hefbomen. Zwarte rook kringelde omhoog uit de komforen en de lucht werd ranzig door de stank van brandende olie.

De verdedigers van Halikarnassos gaven salvo's van pijlen en andere projectielen af, maar ze kwamen niet ver genoeg. Eindelijk waren de Macedonische oorlogstoestellen gevechtsklaar, de katapulten waren aangedraaid, de slingermachines gereed om te schieten, de enorme bogen geladen. Elk toestel werd bewaakt door eenheden Kretenzische boogschutters. De belegeringswerktuigen werden met krakende wielen nog een stukje verder geduwd.

'Voorbereiden!'

Seleukos' bevel werd overgenomen door trompetblazers, die drie korte stoten lieten horen.

'Klaar!'

Weer trompetstoten, maar nu twee.

'Op mijn teken!'

Eén trompetstoot deze keer.

'Geef acht!'

Weer schetterden de trompetten, begeleid door fluiten en andere instrumenten van de verschillende brigades. Telamon kreeg het gevoel dat het hele leger zich schrap zette. Hij was zich bewust van de imposante muren van Halikarnassos, van de gedaanten langs de borstwering, van de zonnige blauwe hemel en van de eerste tekenen van een namiddagbries. Het was een moment van absolute stilte.

'Los!'

De stilte werd verscheurd door het gevloek en geschreeuw van de mannen die de belegeringsmachines bedienden, het bloedstollende geluid van hefbomen die werden losgelaten, katrollen die naar voren schoten en het gekraak en gekreun van de houten geraamtes. De vernietigende projectielen, rotsblokken, vuurpotten en enorme pijlen gierden door de lucht en vlogen met een afschuwelijk gekras tegen of in enkele gevallen zelfs over de muren van Halikarnassos. Drie gedaanten gleden tussen de kantelen door en vielen met gespreide armen en benen in de gapende gracht. Vuur en rook schoten omhoog toen de Macedonische projectielen hun doelen bereikten. Gebouwen, schuren en zelfs lichamen van verdedigers vlogen in brand. De belegeringswerktuigen speelden hun afschrikwekkende deuntjes. Zodra de projectielen waren afgeschoten, werden de hefbomen weer aangedraaid onder geschreeuw en gebrul van de manschappen en het scherpe geknars van de katrollen. Nieuwe pijlen, vuurpotten en keien werden geladen. Degene die de leiding had bij een toestel gaf na hernieuwde inschatting bevel het apparaat verder naar het doel te rollen.

De verdedigers lieten zich echter niet onbetuigd. Er vlogen rondwentelende keien, brandende pijlen en vuurpotten met olie over de stadsmuren. De meeste projectielen misten hun doel, maar de voltreffers veroorzaakten bloedige chaos en ravage. Een pot met brandende olie raakte een Macedonische katapult die juist werd geladen, zodat de houten stellage en alles eromheen in vlammen opging.

'Het gaat goed,' fluisterde iemand, 'maar we moeten dichterbij komen. Wat heeft dit allemaal voor zin zolang die verdomde gracht ons in de weg zit?'

Er werden nieuwe orders uitgevaardigd. Trompetten en krijgshoorns weerklonken. Het Macedonische leger kreeg bevel uit te wijken en zo braken de verschillende eenheden op onder de strenge discipline van de officieren. Telamon hoorde het geratel van wielen en keek om. De grote houten constructies die Alexander had laten maken en die hij achter zijn linies verborgen had gehouden, werden nu naar voren gebracht. Het waren niets meer dan rechthoekige kapconstructies op wielen, met op elke hoek een houten paal voor het platte houten dak dat was bedekt met natgemaakte dierenhuiden. Elk plat dak was zo'n vijfentwintig voet lang en reed op zes sneldraaiende wielen. Aan weerszijden liepen Kretenzische boogschutters met emmertjes vet voor de assen. De constructies werden door de gelederen heen geduwd, tot voorbij de belegeringswerktuigen. Telamon zag het vol verbazing aan.

'Heel slim!'

Telamon keek over zijn schouder. Sarpedon, gezeten op een armzalig uitziende knol, schudde zijn hoofd vol bewondering.

'Let maar goed op, Telamon,' zei hij ernstig, 'dan kunt u nog iets leren.'

Alexanders belegeringsmachines hielden op met schieten. Ze hadden ongeveer vier of vijf salvo's afgevuurd, die over een afstand van meer dan dertig voet tussen twee torens bij de Tripylonpoort veel chaos en verwoesting hadden aangericht. Zo'n dertig van de met leer bedekte platte daken koersten rechtstreeks naar het midden hiervan. Telamon besefte wat Alexander van plan was en ook de aanvoerders op de vestingmuren begrepen wat er gebeurde. Hun katapulten, slingertoestellen en boogschutters probeerden uit alle macht de mannen die de constructies voortduwden uit te schakelen. De daken fungeerden echter als schilden voor de soldaten eronder. Hoe dichter ze de muur naderden, hoe moeilijker het voor de verdedigers werd om hen te raken. Toch werd er wel enige schade aangericht. Een vuurpot die precies tussen de palen van een constructie terechtkwam, viel op het houten onderstel, zodat het veranderde in een vlammenzee. De Macedoniërs die het ding voortduwden, maakten onmiddellijk dat ze wegkwamen. Twee van hen werden gegrepen door de uitslaande brand en veranderden in menselijke fakkels die werden getroffen door een boogschutter hoog op de muren. Een van de brandende mannen was al gek van de pijn toen hij een pijl in zijn borst kreeg. In plaats van naar de Macedonische linie terug te gaan, rende hij in zijn hysterie recht op de brede gracht af en viel over de rand. Een andere constructie werd geraakt door een rotsblok dat het dak vernielde, maar het ding bleef doorrijden.

De drie rijen platte daken vorderden gestadig tot de eerste rij de gracht bereikte. De mannen die het zover hadden gekregen, negeerden de pijlen, de projectielen en het afschuwelijke geschreeuw van de gewonden. Ze kwamen tevoorschijn en duwden hun constructie de gracht in. Daarna trokken ze zich bliksemsnel terug. De boogschutters op de muren mikten op deze onbeschermde doelen en maakten slachtoffers die kronkelend van de pijn op de grond vielen. Degenen die meer geluk hadden, bereikten de tweede rij platte daken, verscholen zich eronder en hielpen hun kameraden deze nieuwe voorraad snel de gracht in te duwen.

'Hij is een brug aan het bouwen,' fluisterde Telamon.

De verdedigers op de muur schoten alles wat ze maar bezaten naar de oprukkende bouwsels, maar Alexanders tactiek bleek succesvol. Het ene dak na het andere viel in de gracht. Zelfs op een veilige afstand kon Telamon de provisorische brug zien oprijzen. De bouwsels stapelden zich op tot een begaanbare weg naar de overkant. Het maakte niet uit of een constructie omviel of scheef kwam te staan – de gracht werd overbrugd, zodat de Macedoniërs hun stormrammen bij de muren konden brengen.

Aangezien de gracht dicht bij de muur lag, was het moeilijk voor de verdedigers hun projectielen nauwkeurig te richten. Om dat wel te doen, moesten ze zich meer blootgeven. Seleukos liet daarom rij na rij Kretenzische boogschutters en slingeraars van Rhodos aantreden en gaf bevel onafgebroken gerichte salvo's op de verdedigers af te vuren. De muren van Halikarnassos raakten overstroomd met bloed, mannen gilden wanneer ze van de borstwering stortten, tegen de muur botsten, in de gracht smakten of neerkwamen op de brug die de aanvallers aan het bouwen waren.

De Kretenzische boogschutters kropen naderbij en losten vernietigende salvo's om de muur te ontdoen van verdedigers. Alexanders katapulten, blijden en stenenwerpers bleven werkeloos om te voorkomen dat ze schade zouden toebrengen aan de brug of aan de mannen die de platte daken naar de gracht duwden. Alexander had de plek goed gekozen en de gracht werd zo gevuld, dat de stevige houten frames voldoende steun boden. De atmosfeer werd benauwd door de af en aan golvende rook en het terrein voor de gracht raakte bezaaid met lijken. Sommigen lagen in grote plassen bloed en van degenen die in brand waren gevlogen, was nauwelijks meer over dan smeulende hopen vlees, beenderen en zwartgeblakerde wapenrustingen.

Het Macedonische leger keerde al terug naar het kamp. Een paar brigades van falangisten, regimenten schilddragers, lichtbewapende troepen en met zorg uitgekozen eskadrons cavaleristen bleven achter. Eindelijk lag het laatste platte dak in de gracht. Telamon voelde iemand aan zijn arm rukken, het sein om weg te gaan, maar de arts werd gefascineerd door wat zich voor zijn ogen afspeelde. De muren van Halikarnassos waren zwartgeblakerd door vuur, bezoedeld door brandende olie. De kantelen waren beschadigd en gebarsten, de leren beschermlappen over de muren geschroeid en gescheurd. De brug in de gracht was klaar.

Nu werden de stormrammen met een schuin dak naar voren gereden, stuk voor stuk beschermd door een gordijn van boogschutters. Twee werden geraakt door rotsblokken, een werd in brand geschoten en ging in vlammen op, maar ook de stormrammen bereikten de rand van de gracht en werden de platte daken op geduwd. Sommige constructies staken boven de rest uit en daarom werden er provisorische loopplanken gemaakt. Geniesoldaten gingen de gracht in om de brug te versterken door de boel met touwen aan elkaar te binden. De brug was oneffen en onbeholpen, maar hij hield. Alexander had de muren bereikt ten koste van gewonden en doden die een bloedig tapijt vormden op de harde witte rotsen.

Telamon hoorde het beuken van de eerste stormrammen toen hun ijzeren koppen eerst achteruit en daarna vooruit waren gezwaaid om de muur te bestoken. Hij keek omhoog naar de borstwering. Daar stonden nog altijd vele gedaanten, boogschutters leunden voorover, terwijl pijlen, stenen, potten met brandende olie en kokend water werden losgelaten op de schuine daken van de stormrammen. Deze waren echter te goed beschermd en de Kretenzische boogschutters vormden een dodelijke bedreiging voor elke verdediger die zich te lang blootstelde aan hun pijlen.

'Het gaat goed, Telamon.'

Alexander bevond zich naast hem. Hij was niet meer gekleed in zijn ceremoniële wapenrusting en zat op een gewoon cavaleriepaard. De koning beet op zijn lip. Af en toe draaide hij zich om en fluisterde een bevel tegen een page, een van de velen die hem op dergelijke momenten begeleidden om boodschappen over te brengen aan een van de commandanten. Telamon stond op het punt zich terug te trekken, toen hij het gebrul hoorde van een groep Macedoniërs tegenover een zijdeur in een van de torens.

Het poortje werd opengegooid en er renden Perzische voetsoldaten uit. Ze droegen lange houten planken die ze over de gracht legden om zo hun eigen provisorische brug te creëren. Alexander spoorde zijn paard aan toen gelid na gelid van Griekse huurlingen het poortje uitstroomde, de houten loopplank overstak en in hoog tempo afging op de stormrammen die nog niet over de brug waren gezet. Een eskadron Perzische cavalerie daverde in schitterende tunieken en mantels de poort uit en stormde recht op de Kretenzische boogschutters af. Alexander maakte al aanstalten hen tegemoet te rijden, maar Kleitos de Zwarte greep de teugels van zijn paard. De persoonlijke lijfwachten van de koning reden naar hem toe en omringden het koninklijke gezelschap. Een regiment falangisten haastte zich al terug met sarissa's in de aanslag. Eskadrons Macedonische cavalerie chargeerden de Perzische ruiters die inmiddels een bloedige slachting aanrichtten onder de Kretenzers. De lichtbewapende boogschutters maakten weinig kans. Sommigen werden omvergesmeten als kegels. Anderen probeerden weg te rennen, maar werden getroffen door speren of lansen, of werden vertrapt door de eigen cavalerie die in volle galop probeerde deze verrassingsaanval af te slaan.

Telamon, die zich naast de koning bevond, was terechtgekomen in een kring van schilddragers. Tussen de deinende hoofden en in het zadel draaiende lichamen door ving hij een glimp op van wat er verder gebeurde. De linie van Kretenzische boogschutters was uiteengevallen en de Perzen probeerden uit alle macht de Macedoniërs tegen te houden die een doorbraak wilden forceren om hun kameraden op de provisorische brug te helpen. De enorme kracht van de Macedonische falanx hield de Perzen tegen. Er klonk trompetgeschal en ze trokken zich terug. Tegelijkertijd staakten de huurlingen die ze moesten beschermen hun aanval op de stormrammen, maar Telamon kon wel zien dat ze een ravage hadden aangericht.

Uit een van de overdekte stormrammen stroomde bloed omdat alle mannen die zich erin bevonden waren afgeslacht. Alexanders troepen konden de vijand niet achtervolgen, want de borstwering boven de poort wemelde van zwaarbewapende verdedigers. De Perzische cavalerie nam de weg over de gracht, gedekt door de Griekse huurlingen, die met het gezicht naar de vijand gekeerd en aaneengesloten schilden achteruitliepen. Ze staken hun eigen brug weer over, die onmiddellijk werd weggehaald en verdwenen door het zijpoortje dat achter hen dichtsloeg.

Het Macedonische leger hergroepeerde zich. Soldaten haastten zich om de gewonden op te halen, maar werden neergemaaid door de boogschutters op de muur. Het terrein bij de Tripylonpoort veranderde in een slachthuis. Paarden worstelden om overeind te komen. De gesneuvelden lagen bewegingloos in steeds groter wordende plassen bloed. Overal klonken de deerniswekkende kreten van gewonden die smeekten om hulp en water. Alexander was buiten zichzelf. Zonder acht te slaan op zijn persoonlijke veiligheid reed hij heen en weer. Een elitekorps van schilddragers vormde haastig een hoefijzer van aaneengesloten schilden om de koning en zijn entourage. Anderen kwamen in soortgelijke formatie aanrijden om de Kretenzers te beschermen en te zorgen dat er meer gewonden konden worden weggesleept. Een regiment falangisten trok op tot aan de brug over de gracht. De officieren gingen de lange rij van overdekte stormrammen binnen. De doden en gewonden werden eruit gesleept en vervangen door verse manschappen. Ondanks de tegenaanval vanuit de stad, ging het onheilspellende gebeuk van de stormrammen tegen de muren gewoon door. Alexander liet vier belegeringstorens aanrukken om de borstwering vanaf de Tripylonpoort tot de hoektoren schoon te vegen. Het garnizoen verdedigers trok zich echter vanzelf al terug in de overtuiging zoveel schade te hebben aangericht als maar mogelijk was.

De orde werd hersteld. Ondanks zware verliezen hadden de Macedoniërs de gracht overbrugd, stormrammen bij de muur gebracht en belegeringstorens verplaatst. Deze laatste werden nu gebruikt om projectielen over de muur te schieten en bescherming te bieden aan de katapulten, blijden en pijlschieters die opnieuw begonnen met hun angstaanjagende muziek. Alexander belegerde de stad met een hoefijzervormige reeks kampen die onderling waren verbonden door snel gegraven greppels, wallen en palissades. De koning gaf zijn bevelen. Het eerste gevecht van de belegering was voorbij, het harde wachten was begonnen.

Alexander verliet het slagveld met een grimmig gezicht. Hij passeerde op het rotsachtige schiereiland zijn terugtrekkende troepen en de lange rij wagens met gewonden. Dwars door de ontsierende verdedigingswerken aan de rand van de grasvlakten reed hij het grootste kamp binnen. Eumenes, het hoofd van zijn secretariaat, had tenten en paviljoens op laten zetten, gescheiden door twee brede wegen van noord naar zuid en van oost naar west. In het midden lag het gedeelte van de koning, beschermd door een palissade en bewaakt door koninklijke gardisten. Daar was ook een altaar opgericht voor Zeus, de almachtige. Op elke hoek van dit altaar had Alexander trofeeën en wapenrustingen neergelegd die hij op de Perzen had buitgemaakt na zijn overwinning aan de Granikos.

Alexander en zijn stafofficieren stegen af, terwijl paardenknechten en pages aan kwamen rennen om hun rijdieren over te nemen. Hephaistion, die tijdens Alexanders afwezigheid de leiding over het kamp had gehad, haastte zich met een bezorgd gezicht naar hem toe. Alexander schoof hem opzij, tilde de tentflap op en stortte zich bijna naar binnen. Telamon wilde wegglippen – er was niet ver van de koninklijke enclave een kleiner paviljoen opgezet dat hij deelde met Hephaistion – maar de koning liep terug naar de ingang van de tent.

'Niet wegsluipen, Telamon! En jullie ook niet, Hephaistion, Kleitos!'

En dus liepen ze alledrie mee de tent in, waar ze getuige waren van een koninklijke driftbui. Alexander trok zijn mantel, wapenrusting en tuniek uit en begon te ijsberen. Het zweet glinsterde op zijn naakte bovenlichaam. In zijn ene hand hield hij zijn zwaard, in de andere een schild. Af en toe bleef hij even staan en sloeg met het een tegen het ander, terwijl hij zachtjes mopperde.

'Het was een succes.' Kleitos, die met gekruiste benen naast Telamon op de grond zat, probeerde de onheilspellende woedeaanval te bezweren. 'We hebben stormrammen tegen de muren gezet. Morgen zetten we er nog meer neer. En we blijven tegen die muur beuken tot we erdoorheen gaan.'

Alexander bleef staan. 'Wat weet jij van belegeringen, Kleitos? Wanneer we die muur laten instorten, zullen we merken dat Memnon daarachter een tweede heeft gebouwd! Hoeveel man hebben we verloren vandaag? Tweehonderd, driehonderd?'

'Zij hebben ook verliezen geleden,' verklaarde Hephaistion. 'Alexander, de inzet van die constracties met platte daken om de gracht te overbruggen was briljant.'

'Telamon, jij bent geen soldaat,' zei Alexander honend. 'Vertel jij deze stommelingen eens waarom ik zo kwaad ben!'

'Ze stonden op ons te wachten, bedoel je dat?'

'Ja, ze stonden op ons te wachten,' bauwde Alexander hem met een kinderachtig stemmetje na. Hij smeet het schild en het zwaard weg en ging op zijn hurken voor Kleitos zitten. 'Soms ben je net zo stom als je lelijk bent!' snauwde hij.

De lijfwacht gaf geen krimp. Hij was gewend aan de beledigingen van de koning.

'De Perzen voerden een weloverwogen manoeuvre uit, niet iets dat van het ene moment op het andere bij hen opkwam.' Alexander knipte met zijn vingers. 'Ze wisten precies welk gedeelte van de muur zou worden aangevallen.'

'Wel, dat lag voor de hand!'

Alexander sloeg Kleitos in zijn gezicht. De hand van de lijfwacht zakte naar zijn dolk.

'Dit is niet nodig,' zei Telamon kalm. 'Misschien werd Kleitos verrast door hun manoeuvre, maar dat werd ik ook en jij net zo goed, heer. Ik ben het met je eens dat een uitval uit een stadspoort enige organisatie vergt,' voegde hij er droog aan toe. 'Neem die Griekse huurlingen en de manier waarop de Perzische cavalerie hen kwam beschermen toen ze de stormrammen en hun huisjes probeerden te vernietigen. Maar daar zijn ze uiteindelijk niet in geslaagd, toch?'

'Nee, dat klopt.' Alexander dwong zich tot een glimlach. 'Ze waren te langzaam en wij sloegen sneller terug dan ze hadden verwacht. Nou ja!' Hij stond op, liep dieper de tent in en kwam terug met een blad waarop wijnbekers en een kruik met gekoelde witte wijn stonden. Hij schonk zelf in en duwde zijn eigen beker in Kleitos' hand.

'Je mag me een klap teruggeven als je wilt.'

Kleitos haalde uit en een felle slag kleurde de rechterwang van de koning vurig rood.

'Een Macedoniër slaat geen Macedoniër!' gromde Kleitos. 'Dat heeft je vader nooit gedaan en het past jou ook niet.'

Alexander boog zich voorover en kuste Kleitos op beide wangen. 'Altijd de zwaardmeester,' mompelde hij. Toen hief hij een wijnbeker. 'Op onze geëerde doden!'

Hij goot na de toost een plengoffer op de grond. Ze dronken een poosje zwijgend en luisterden naar de geluiden van het kamp en de zwakke kreten die van het slagveld kwamen, waar de belegeringswapens nog altijd de muren bestookten.

'Veel zullen ze niet bereiken,' overwoog Alexander. 'Als ik Memnon en Ephialtes goed heb ingeschat, hebben ze alles binnen twee kilometer van de muur verbrand en hun troepen teruggetrokken. Maar daar gaat het eigenlijk niet om.' Hij tikte tegen de zijkant van zijn beker. 'We hebben twee problemen. Het eerste is het Pythias-manuscript. Bestoken we de muur op de juiste plek? Misschien trek ik morgen iets verder naar het noorden, zo houd ik Memnon op zijn tenen.'

'En het tweede probleem?' vroeg Kleitos.

'Het tweede probleem, mijn beste man, is dat Memnon precies wist wat we gingen doen,' antwoordde Alexander. Hij maakte een beweging met zijn wijsvinger en duim. 'Ze waren maar een klein stukje verwijderd van succes. Als we die cavalerie niet uit elkaar hadden geslagen, zouden de stormrammen met hun beschermhuisjes en de mannen erin zijn vernietigd. Bovendien zouden ze onze brug in brand hebben gestoken.'

'Dat kunnen ze nog doen.'

'Ze kunnen het proberen.' Alexander schudde zijn hoofd. 'Maar we zullen hen opwachten. De stormrammen met een schuin dak zijn goed beschermd en iedereen die over de muur leunt, zal door onze boogschutters worden geraakt, als hij tenminste niet al eerder wordt getroffen door een rotsblok of een reuzenpijl.'

'Misschien doen ze nog een uitval,' zei Hephaistion.

'Dat is mogelijk,' gaf Alexander toe, 'maar die moet wel heel goed worden voorbereid. Memnon is een geslepen aanvoerder. Hij gaat niet graag een veldslag op open terrein met me aan. Als de Perzen zijn advies hadden opgevolgd, had ik geen overwinning behaald bij de Granikos. Ephialtes is overhaast en onbezonnen, dat is waar, maar vergeet niet dat hij een van de aanvoerders was van Thebe. Ze deden een uitval uit die stad, maar werden verslagen en toen ze vluchtten, bleef er een poort open, waarvan we dankbaar gebruikmaakten. Nee.' Alexander slurpte uit zijn beker. 'Dergelijke uitvallen zijn een uitzondering. Wat ik wil weten, is hoe en door wie Memnon werd ingelicht. Ons kamp is hermetisch gesloten en dat geldt ook voor hun stad.'

'Met behulp van een pijl?' suggereerde Hephaistion. 'Dat is de enige mogelijkheid.'

'Geen sprake van,' verklaarde Telamon. 'Ik weet weinig van soldaat-zijn of van militaire zaken, maar als er vannacht of vanochtend iemand was weggeslopen om een pijl af te schieten, zou hij zeker zijn gezien. En bovendien, hoe zou het garnizoen in de stad moeten weten dat hij een vriend was?'

'Ga door!' drong Alexander aan.

'Ik geef toe dat Memnon snel doorhad welk deel van de muur we zouden aanvallen. Iemand moet hem bovendien zeer gedetailleerd hebben ingelicht over die constructies die werden gebouwd om de gracht te overbruggen.' Hij grijnsde tegen Alexander. 'Dat heeft nog nooit eerder iemand gedaan, toch?'

Alexander trok zijn wenkbrauwen op bij deze quasi-vleierij. 'Klopt,' gaf hij toe. 'Memnon verwachtte waarschijnlijk dat we ladders of stukken hout zouden gebruiken, die gemakkelijk te vernietigen zijn met goed gemikte keien of vuurpotten. Bovendien kunnen dergelijke bruggen niet het gewicht van een stormram dragen. Memnon wist niets af van die platte daken, maar iedereen die goed uit zijn ogen kijkt in ons eigen kamp zal snel hebben gesnapt waar we mee bezig waren. Memnons verrassingsuitval was bedoeld om ze te verwoesten: een goed doordachte manoeuvre en geen spontane, felle tegenaanval. Dat verklaart ook de inzet van cavalerie om zijn huurlingen te dekken...' Alexander greep zijn beker en hief hem op naar Telamon. 'Ik ben het met je eens. Memnons informatie moet uitgebreid en gedetailleerd zijn geweest. Als dat hele verhaal aan een pijl was vastgemaakt, was dat ding zo zwaar geweest dat het niet eens de muur kon bereiken, laat staan eroverheen vliegen.' Hij trok een grimas. 'Dus hoe dan wel? We weten dat ze spionnen hebben in ons kamp.'

'Net als wij in hun kamp?' vroeg Telamon.

Alexander bette het zweet op zijn borst met een doek. 'We hebben spionnen en een verrassing,' antwoordde hij raadselachtig.

'Waar is Ptolemaios trouwens?' vroeg Hephaistion. 'Ik dacht dat hij vandaag wel bij ons zou zijn. Hij staat altijd zo graag in de voorste linie met die stomme helm met pluimen van hem.'

Alexander kwam zachtjes mompelend overeind. 'Hephaistion,' beval hij, 'zorg dat de kring van wachtposten om het kamp goed in orde is. Het wachtwoord voor vanavond is Apollo. Zet het systeem van belletjes die van hand tot hand worden doorgegeven in werking. Zeg tegen de schildwachten dat ik hun hoofden met een katapult over de muur zal schieten als ik hen in slaap aantref. Telamon, jij gaat terug naar de villa. Je roodharige vriendin is daar ook. Neem de schrijvers mee. Hoe eerder ze het Pythias-manuscript ontcijferen, hoe beter het is voor ons allemaal,' voegde hij er wrang aan toe.

Hij liep dieper de tent in, een teken dat het gesprek ten einde was.

'Ik wil eerst mijn wijn opdrinken,' verklaarde Kleitos stuurs. Hij zat als een enorme zwarte beer over de bezeerde plek op zijn linkerwang te wrijven.

Hephaistion ging Alexander achterna. Telamon liep naar buiten, nog altijd een beetje verdwaasd van de veldslag. Hij dacht aan de woorden van zijn vader: 'Je weet eigenlijk nooit wat er allemaal gebeurt in een veldslag. Het laat alleen beelden achter, losse plaatjes in je hoofd.' Telamon keek omhoog en besefte hoe snel de uren voorbij waren gevlogen. De zon begon al onder te gaan en een koel briesje bracht verlichting. Zijn geest was nog vervuld van herinneringen aan de strijd: het gierende geluid van de katapulten, de brandende projectielen die uit de lucht vielen, de platte daken die naar de gracht werden gereden, de boogschutters die sneuvelden onder een regen van pijlen. Mannen die in paniek raakten, zwarte rook die heen en weer golfde, de daverende hoeven en de flarden kleur van de Perzische cavalerie. De Macedonische falanx die oprukte...

'Het had gemakkelijk in een ramp kunnen ontaarden,' zuchtte hij.

Bij de gedachte aan de gewonden voelde hij zich schuldig. Hij verliet de koninklijke enclave en ging het kamp in. De soldaten hadden de verschrikkingen van de dag van zich afgezet en waren druk bezig rond hun kampvuren. Hoorns en trompetten gaven signalen door aan degenen die nog dienst hadden en de paarden verzorgden of latrines groeven. De rest had alleen aandacht voor het openen van hun rantsoenen met de gewone portie gerst, vlees, brood en uien, besprenkeld met zout en tijm en verpakt in vijgenbladeren om alles vers te houden. De wijnwagen was langsgekomen en elke eenheid had haar aandeel van de grote kruiken met twee oren gepakt. Telamon haastte zich erlangs. Aan de rand van het kamp was een reeks provisorische hospitaaltenten opgezet. Drie van de koninklijke artsen – Perdikles, Kleon en Nikias – waren al druk aan het werk, hun voorschoten, handen en polsen zaten onder het bloed.

De gewonden waren verdeeld in drie groepen: degenen die snel konden worden genezen, degenen bij wie dat enige tijd zou duren en hopeloze gevallen voor wie niets kon worden gedaan, afgezien van een beker wijn met een verdovingsmiddel en een snel en barmhartig doorsnijden van de keel. Die laatste categorie was al afgehandeld. Op een heuvel die uitzag op het kamp was een brandstapel gemaakt waarop de lijken waren neergegooid.

'De priesters zullen het gebed uitspreken,' schreeuwde Kleon, die ineengedoken bij een draagbaar zat, 'en zodra het donker is, wordt de brandstapel aangestoken.'

'Hoeveel doden?' vroeg Telamon terwijl hij een leren voorschoot aanpakte van een ordonnans.

'Zo'n vierhonderd in totaal.'

Telamon staarde naar een nieuwe rij lijken die op het gras was gelegd, stuk voor stuk op hun eigen opgerolde beddengoed. Hij kon zijn vaders weerzin begrijpen. Jonge mannen van verschillende nationaliteiten – Grieken, Kretenzers, mannen van Rhodos, een paar Syrische huurlingen en Macedoniërs, naakt op hun lendendoeken na – lagen daar vredig met hun handen langs hun zijden, maar hun lichamen getuigden van de verschrikkelijke verwondingen die ze hadden opgelopen. Sommigen hadden geen hoofd meer, anderen misten armen of benen. Er waren ook zwartgeblakerde skeletten met nog wat verkoolde reepjes vlees die erbij hingen als dor blad aan een boom. De stank was walgelijk. Een ordonnans duwde een geurbal in zijn hand en Telamon snoof de zoete geur van cassia op. Nikias riep om assistentie en dus begon hij hem te helpen. Daarna behandelde hij een hele rij gewonden. Hij verbond, spalkte, verzekerde soldaten met wilde ogen en angstige gezichten dat alles in orde zou komen. De duisternis viel, er werden fakkels aangestoken. Telamon was druk bezig een been te verbinden en honing en zout op de wond te smeren, terwijl hij tegen de ordonnans schreeuwde dat hij de patiënt stil moest houden, toen hij werd afgeleid door een luid gebrul vanuit het kamp. Hij sprong overeind. Een page stoof over het gras, springend als een hert.

'Er is weer een aanval gedaan!' schreeuwde hij. 'Er is weer een aanval gedaan!'

Telamon droeg de ordonnans op het verband verder aan te brengen en haastte zich weer het kamp in. Overal heersten verwarring en chaos. Mannen zochten naar hun zwaarden en schilden. Officieren brulden naar hun eenheden dat ze zich moesten groeperen. Krijgshoorns bliezen het alarm. Cavaleriepaarden werden gehaald. Telamon liep de koninklijke enclave binnen. De koning, omringd door zijn stafofficieren, was druk bezig zijn wapenrusting weer aan te trekken.

'Wat doe jij hier?' Alexander wierp een boze blik op Telamon. 'Ik dacht dat je bij de anderen was in de tent van het secretariaat. Afijn, kom mee! Kom mee!'

Telamon wist niet waarom hij meeging. Kassandra zou hem later hetzelfde vragen en het antwoord was simpel: hij was nieuwsgierig. Iemand bracht hem een paard en hij vergezelde de koning in een woeste galop door het kamp om terug te gaan naar het rotsachtige schiereiland dat nu baadde in het maanlicht. Toen ze arriveerden, hoorden ze de krijgshoorn het signaal voor de aftocht geven. De koning en zijn entourage hielden de teugels in. Officieren met fakkels kwamen aanrennen. Achter hen kwamen draagbaren met gewonden van het slagveld in zicht.

'Wat is er gebeurd?' vroeg Alexander dringend.

'Twee mannen van Perdikles' regiment dronken hun wijn te snel,' legde een officier uit. 'Ze verlieten het kamp en daagden Memnon uit tot een gevecht van man tegen man. Ze vroegen hem dezelfde truc uit te halen die hij eerder op de dag heeft gedaan.'

'En toen?'

De officier zette zijn helm af. 'De wachters boven de Tripylonpoort moeten net zo dronken zijn geweest als die twee soldaten. Er werd een uitval gedaan, er braken gevechten uit en onze veldwacht bemoeide zich ermee. Het is allemaal al voorbij, heer, de vijand heeft zich teruggetrokken.'

'En die twee soldaten?' vroeg Alexander.

'Die zijn gesneuveld!'

'Mooi!' De koning zuchtte. 'Als dat niet zo was, had ik hen in het openbaar laten kruisigen. Officieren, controleer jullie eenheden! Zeg tegen de kampcommandanten dat ze de mannen laten inrukken. Geen grappen en grollen meer, dat is een bevel. Oh ja, en de veldwacht die de dronkaards vanavond heeft doorgelaten...'

'Ja, heer?'

'Die mag de rest van de nacht latrines graven!'

Alexander en zijn metgezellen ontspanden zich en bleven nog een poosje naar de muren van Halikarnassos kijken. Er brandden fakkels en komforen achter de kantelen. Alexander reed die kant uit. De stormrammen waren nog steeds in werking. Ze waren nu met de Macedonische frontlinie verbonden door middel van een lange rij platte daken waaronder de mannen zich naar de muur begaven. Een dakbedekking van kletsnatte leren huiden beschermde hen tegen brandende projectielen. Aan weerszijden van deze rij hielden verdekt opgestelde gelederen van Kretenzische boogschutters de muur in de gaten.

'Prima!' mompelde Alexander. 'We gaan langzaam maar zeker vooruit. Ik wil die borstwering leeg houden, zodat de stormrammen blijven zingen.'

Ze reden terug naar het kamp. Toen ze waren afgestegen, greep Alexander Telamons arm. 'Ik wil je iets laten zien.'

Hij bracht Telamon en Hephaistion door de koninklijke enclave naar het paviljoen van Aristandros. De 'mooie jongens' lagen buiten. Ze hadden de opwinding genegeerd en schransten naar hartelust. Toen de koning naderde, gingen ze met gebogen hoofd op hun knieën zitten, hoewel de leider op een kippenpoot bleef knagen. Aristandros' paviljoentje was elegant en rook naar muskus en wierook. De koninklijke geheimenbewaarder had een lange blonde pruik op en droeg een donkerblauw vrouwengewaad – zoals altijd wanneer hij zich wilde ontspannen. Hij zat op een stoel en keek vol aandacht naar zijn beschilderde vingernagels.

Met een demonstratief gesnuif kwam Aristandros overeind. 'Hoe lang moet dat nog hier blijven liggen, heer?'

Alexander liep hem voorbij en ging op zijn hurken zitten bij een dichtgevouwen deken. Hij sloeg de deken om, zodat Telamon neerkeek op een lijk: een jongeman, zo naakt als hij was geboren, met een broodmager, zonverbrand gezicht en een geschoren hoofd. Op zijn linkerarm was een tatoeage zichtbaar, de springende stier van Minos. Telamon hurkte en draaide het lichaam voorzichtig om. Het achterhoofd van de man was een en al bloed.

'Het is een Kretenzer.' Telamon tilde de vingers van de dode op en voelde de eeltplekken, het kenmerk van een ervaren boogschutter. 'Maar er zijn er vandaag tientallen gesneuveld, wat is er zo bijzonder aan deze man?'

'Oh, kan hij niet worden weggehaald?' jammerde Aristandros. 'Moet hij per se hier blijven liggen?'

'Deze man werd niet gedood in de strijd,' legde Hephaistion uit. 'Zijn lichaam werd op de grasvlakte gevonden.'

Het lijk voelde koud aan, de buik was opgezet, de spieren begonnen al dik en hard te worden. 'Ja, je hebt gelijk,' stemde Telamon in, 'hij is al minstens een dag dood. Die slag tegen zijn achterhoofd kwam hard aan.'

'Een jager heeft hem gevonden,' verklaarde Aristandros. 'Een Thraciër die vers vlees voor de pot zocht. Hij zag buizerds boven een bosje zweven en zo vond hij dit lijk, zo'n twee kilometer van het kamp.'

'Besef je wat dit betekent?' fluisterde Alexander.

Telamon dekte het lichaam weer toe en kwam overeind. 'Iemand heeft een Kretenzische boogschutter vermoord en zijn boog en pijlen meegenomen.'

'Dat klopt,' beaamde Alexander. 'Aristandros, laat je mannen dit lijk naar de kapitein van de boogschutters brengen. Dit is het werk van onze spion. En wat jij moet doen, Telamon' – hij porde hem in zijn borst – 'is zijn identiteit achterhalen! Ga terug naar die villa en doe dat!'

# Hoofdstuk 10

*Alexander, hijzelf aan de spits, greep het bevel en nam stelling tegen de vijand, die zich door zijn overwicht onoverwinnelijk achtte.*

Diodorus Siculus, *Bibliotheca historica*,
Boek XVII, hoofdstuk 26

'Sommige Egyptenaren geloven dat er slechts één god is en dat de zon zijn fysieke manifestatie is.' Telamon kauwde langzaam op een druif en keek met half dichtgeknepen ogen naar de overhangende, met elkaar verweven takken van een plataan. 'Ik moet zeggen dat er niets aangenamers ter wereld bestaat dan in de zon zitten in een prachtige tuin met eten en wijn.'

'We hebben geen eten en wijn,' merkte Kassandra op.

'Straks wel.'

'En met een beeldschone vrouw,' voegde Kassandra eraan toe.

'Hoezo, waar is die dan?' Telamon kromp ineen toen Kassandra haar elleboog in zijn ribben stak.

'Wat zei je, meester?'

'Het is zo lekker om hier gewoon te zitten,' mijmerde Telamon. 'Ik ben blij dat ik weg ben van het slagveld.'

'Waar de grote moordenaar tussen de lijken door moet waden. Wat is hij toch bloeddorstig,' zei Kassandra heftig. 'Hij geeft geen donder om de levens van anderen. Het draait alleen maar om de glorie van de grote Alexander.'

'Gelukkig dat hij niet hier is,' antwoordde Telamon.

'Ja,' beaamde Kassandra. 'Waarom heeft hij jullie allemaal teruggestuurd?'

'Hij wil het Pythias-manuscript op korte termijn vertaald hebben. Het legerkamp begint vol en tamelijk onwelriekend te worden. Solanos bleef maar klagen en dus droeg Alexander Sarpedon op een troep lansiers en boogschutters mee te nemen en ons terug te brengen.' Telamon haalde zijn schouders op. 'Gentios en Demerata waren niet blij met onze terugkeer,' vervolgde hij. 'En sinds de dood van de mageros en zijn dochter kijken de bedienden erg chagrijnig.'

Tegen de stam van de boom geleund keek Telamon naar de glinsterende vijver. Het was heel rustig in de villa, die werd bewaakt door een klein militair escorte dat buiten de muren kampeerde. Solanos en de rest, dolblij dat ze weer terug waren, werkten hard aan het Pythias-manuscript en Sarpedon tuinierde weer. Telamon sloot zijn ogen en glimlachte. Hun verblijf in het legerkamp had de schrijvers duidelijk beïnvloed. Bessos zocht nu net zo graag als Sarpedon de geurige tuin op en zelfs Solanos werkte vaker buiten. En waar zij gingen, ging Cherolos hen achterna. Ze waren nu twee dagen terug en Telamon had het gevoel in een andere wereld te zijn. Gentios had schertsend opgemerkt dat de tuinen nu veilig waren omdat de slangen waren verwijderd.

'Je had Cherolos intensiever moeten ondervragen.'

Telamon opende zijn ogen. 'Mijn lieve Kassandra, wat had ik hem nog meer kunnen vragen? Alles wat hij heeft misdaan is wat stukjes perkament uit Parmenes' kamer jatten en zijn zadeltassen doorsnuffelen.'

'Heb je ze gevonden?'

'Ja, ze waren verstopt tussen het riet. Er zat niets dan wat kleding, rollen perkament, extra schrijfstiften en inktpotten in, niet genoeg om een man op te hangen.'

'Cherolos kan hem uit dat raam hebben gegooid.'

'Als dat zo was, had hij niet zo snel bekend,' weerlegde Telamon.

'Hij is ervaren in het omgaan met slangen.'

'Iedereen met een zak en een stok kan dat.'

Telamon plukte wat gras af en wreef het fijn tussen zijn vingers. De confrontatie met Cherolos leek van eeuwen her, maar had zich in werkelijkheid zeven dagen geleden voorgedaan. Daarna had Alexander de aandacht opgeëist met al zijn nerveuze drukte om de belegeringswerktuigen uit de baai van Hera te halen. Alles had zich in koortsachtige haast afgespeeld, dus Telamon had weinig tijd gehad om na te denken. Net als de anderen had hij haastig zijn spullen gepakt. Tegen Kassandra had hij gezegd dat ze goed op zichzelf moest passen en toen volgden de geforceerde mars, het chaotische kampleven, de openingsaanval op Halikarnassos, het verzorgen van de gewonden en ten slotte dat onbekende lijk.

'Het is vreemd dat Alexander zijn tovenaar niet heeft teruggestuurd,' zei Kassandra.

'Ach, je bedoelt onze goede vriend Aristandros?' plaagde Telamon haar. 'Ik begin me af te vragen waarom de koning zijn spin zo zorgvuldig bij onze groep uitverkorenen vandaan heeft gehouden. Afgezien van het behandelen van zijn oor, dat nu weer genezen is, heb ik nauwelijks gelegenheid gehad om over Aristandros' rol, als hij hierin al een rol speelt, na te denken.'

'Wel, je bent nu weer terug.' Kassandra knielde naast hem. Ze had een krans van wilde bloemen gevlochten, die ze afzette en op Telamons hoofd legde. 'Kijk eens, nu zie je eruit als de god Pan. Ik zal je een fluit brengen en misschien ga ik nog wel dansen ook.'

'Kun je dansen?' vroeg Telamon.

'Als een kameel met jeuk.'

Telamon zuchtte en keek naar de stukken perkament die aan zijn rechterhand opgestapeld lagen onder een flinke steen, zodat ze niet wegwaaiden in de middagbries.

'En onze grote koning slaapt weer goed?'

'Ja. Ik heb hem aangeboden de omstandigheden rond zijn vaders dood te herscheppen, maar hij schudde zijn hoofd en zei dat hij het te druk had. Ik vraag me nog steeds af' – Telamon drukte de bloemenkrans vaster op zijn hoofd – 'waarom Halikarnassos zulke herinneringen bij hem opriep. Het intrigeert me dat Alexander Aristandros bij me vandaan houdt en dat Ptolemaios, die nooit ver van de zijde van de koning wijkt, ergens een eigen leven lijkt te leiden.'

'Dus onze grote koning voert iets in zijn schild?'

'Dat doet hij altijd.' Telamon zweeg even. 'Dat is de grote inschattingsfout die mensen met Alexander maken. Bij een banket kan hij de dronkaard uithangen en schunnige taal uitslaan. Hij heeft het figuur van een atleet en het nobele, goedgevormde gezicht van een Atheense geleerde. Sommige mensen beweren zelfs dat zijn hoofd dat van Apollo in menselijke vorm is.' Telamon negeerde het gegrinnik van Kassandra. 'Maar zijn geest is een slangenkuil. Hij heeft het raffinement en de listigheid van zijn ouders geërfd. Alexander vindt het heerlijk zijn vijanden te misleiden. Ik heb eens een verhaal gehoord over een vos die gewoonlijk een van zijn poten liet slepen om zijn prooi in de waan te brengen dat hij meer bezig was met zijn verwonding dan met de jacht. Het kan verzonnen zijn, maar de vos wist zijn prooi altijd te doden. Op het Marsveld buiten Rome...'

'Ben je daar geweest?'

'Ja zeker.' Telamon glimlachte. 'Daar organiseerden de Romeinen gevechten tussen hun helden, met houten zwaarden en schilden. Ik heb er een keer een adembenemend schouwspel gezien toen een zwaardvechter net deed alsof hij gewond was en zo zijn tegenstander in de val lokte.'

'En doet Alexander dat nu ook?'

'Ik denk het wel. Voordat ik het legerkamp verliet, vertelde Hephaistion me een vreemd verhaal. Ik vroeg hem hetzelfde als jij zojuist deed: Sliep de koning goed? Alexander ligt normaal gesproken altijd in bed wanneer de derde wacht begint. Hephaistion antwoordde dat de koning helemaal niet goed slaapt. Integendeel, hij ligt vaak klaarwakker en wil pas naar bed wanneer de derde wacht is afgelopen. Hij zit op een heuvel waar we de gewonden verzorgden. Daar kun je de hemel boven Halikarnassos in de gaten houden. Hephaistion denkt dat Alexander ergens op wacht.'

'Een signaal?'

'Zoiets, ja. Een brandende pijl, dat moet het wel zijn.'

'Dus er zijn verraders in Halikarnassos?'

'Kassandra, heeft een hond vlooien?'

'Maar Halikarnassos is Darius trouw,' protesteerde Kassandra. 'Dat weet iedereen. Misschien zijn er een paar volksmenners, onruststokers...'

'Ik weet het, ik dacht hetzelfde.' Telamon zweeg toen er gekletter van cimbalen uit het huis klonk. 'Gentios en Demerata zijn weer aan het repeteren,' zuchtte hij. 'Blijkbaar kan de koning terugkeren voor een nieuwe demonstratie van het talent van onze beroemde acteur. Het is jouw beurt om het eten en de wijn te halen, Kassandra.'

'Kan een van de bedienden het niet brengen?'

'Die vertrouw ik niet. Controleer onze kamer zorgvuldig, ik heb achter de deur iets neergezet om na te kunnen gaan of er iemand is geweest, en ga dan eten en wijn halen. We zullen hier buiten eten en gaan slapen voordat de zon ondergaat.'

Kassandra stond op. 'En het Pythias-manuscript?'

Telamon grijnsde.

'Je weet iets, nietwaar?' Ze ging weer op haar hurken zitten.

'Het begint me te dagen.' Telamon legde een vinger tegen zijn lippen. 'Maar ik pak het langzaam en grondig aan. En hoe zit het nu met die wijn?'

Kassandra stoof weg. Telamon pakte een schrijftablet en legde het ding op zijn schoot. Hij opende een inktpot, doopte er een scherp gemaakte schrijfstift in en begon te schrijven. Hij vormde de letters zorgvuldig.

Pamenes! Waarom stierf hij met vogelzaad in zijn hand geklemd? 'Klopt het eigenlijk wel dat hij dat zaad nog steeds vastgeklemd hield?' mompelde Telamon. 'Had dat niet uit zijn hand moeten glijden?'

Hij dacht aan de lijken op de slagvelden waarbij zwaarden of dolken uit de dode, gevoelloze vingers moesten worden gewrikt. Waarom was een van Pamenes' sandalen los? Waarom ging Cherolos terug? Telamon staarde naar de takken van de plataan. De priester was zonder enige twijfel ambitieus. Hij wilde dolgraag degene zijn die uiteindelijk het Pythias-manuscript ontcijferde en zo de dankbaarheid van zijn koningin oogstte. Was Cherolos de man die de schrijfstift en enkele manuscripten had meegenomen uit Pamenes' kamer? Wist Cherolos dat Pamenes in werkelijkheid een Perzische magiër, een spion was? Telamon staarde naar wat hij had geschreven. Hoe kwam het eigenlijk dat Pamenes zoveel vooruitgang had geboekt, met zijn voortdurende verwijzingen naar het cijfer vijf en de letter epsilon? Wat betekenden die citaten uit Sophokles waarbij de letter E was omcirkeld? Pamenes had met hetzelfde doel een fragment uit de *Ilias* gebruikt. Waarom was het getal tien zo belangrijk? Was Pamenes alleen maar vermoord om al deze kennis te stelen? Wie kon garanderen dat Solanos, Bessos en zelfs Cherolos niet hun eigen, geheimgehouden vorderingen hadden gemaakt met dat vreemde manuscript? En wat had Aristandros er ook weer over gezegd? 'Zelfs de grote filosofen konden er niet uit wijs.' Telamon schudde zijn hoofd.

'Dat is vreemd,' mompelde hij. 'Dat is heel vreemd!'

Was de dood van Pamenes dus het werk van een verrader? Of van een collega-verrader die hem graag de mond wilde snoeren en wilde stelen wat hij had ontdekt? Telamon beet nadenkend op zijn lip. Het bleef hem een raadsel. Was Gentios de moordenaar, de Perzische spion? Geloofde hij dat Pamenes, een charmante jongeman, zijn vrouw had verleid? Vereffende Gentios een persoonlijke grief, naast het werk dat hij voor zijn opdrachtgevers in Halikarnassos deed? Telamon zuchtte en legde de schrijftablet opzij. Hij vouwde zijn armen en sloot zijn ogen. De dood van Pamenes was al een mysterie, maar de moorden op de mageros en zijn dochter waren niet minder verbijsterend. De moordenaar van het meisje kon de dood van Sarpedon wel op het oog hebben gehad, maar waarom ruimde hij haar vader uit de weg?

'Onze kamer is veilig.' Kassandra stond tegenover hem. Ze zette een blad op het gras en schikte de servetjes opnieuw.

'Het brood is versgebakken,' verklaarde ze, 'en met de kaas is niet geknoeid. Ik heb hem zelf afgesneden. Ik heb ook de wijn ingeschonken. Je had gelijk, de bedienden zijn uit hun humeur, ze vinden het hier niet prettig.'

'Geef ze eens ongelijk,' antwoordde Telamon. 'Ik zat net na te denken over die moorden. Waarom zouden de mageros en zijn dochter zijn vermoord? Het kan zijn dat de moordenaar het op Sarpedon gemunt had en niet op haar.' Hij krabde zijn gezicht en wuifde een vlieg weg die op het brood afkwam. 'Maar waarom vermoordde hij de kok?

Ze aten in stilte.

'Luister.' Telamon greep Kassandra bij haar arm. 'Ik wil graag een paar mensen spreken. Vraag Solanos, Bessos, Cherolos en Sarpedon om hier te komen.'

'Waarom? Ze zullen naar de reden vragen. En ze zullen beweren dat ze het druk hebben.'

'Zeg maar dat het om de dood van Pamenes gaat.'

Kassandra ging. Korte tijd later kwam ze terug over het gras. Haar gezelschap keek allesbehalve vrolijk, op Sarpedon na. Solanos zwaaide met zijn handen onder het lopen. Cherolos leek nogal angstig en Bessos was diep in gedachten. Ze gingen in de schaduw van de boom zitten. Sarpedon droeg geen handschoenen en verband meer. Telamon controleerde snel even zijn handen.

'Ja, de schrammen zijn mooi genezen, de huid is roze en gezond.'

'Moesten we daarom hierheen komen?' spotte Solanos. 'Om over Sarpedons handen te praten?'

'Nee, over Pamenes. Hoe lang werkte hij al aan het hof van koningin Ada?'

'Een jaar of twee.'

'En deed hij zijn werk goed?'

'Hij was een bekwaam schrijver,' verklaarde Bessos. 'Hij sprak vloeiend Grieks, koine, Perzisch, Arabisch en Egyptisch.'

'Wanneer werd koningin Ada's belangstelling voor het Pythias-manuscript aangespoord?' vroeg Telamon.

'Ze was er altijd al in geïnteresseerd,' antwoordde Solanos. 'Al zolang als ik bij haar in dienst ben. Enkele jaren geleden, toen Alexander begon te overwegen de Hellespont over te steken, werd het manuscript te voorschijn gehaald en bestudeerd, maar haar schrijvers begrepen er niets van en dus werd het weer opgeborgen en vergeten. Na de slag bij de Granikos gaf koningin Ada ons een eigen speciale ruimte in haar paleis. We hadden slechts één taak: het ontcijferen van het Pythias-manuscript. Pamenes,' Solanos spuwde de naam haast uit, 'had de leiding en daarom verrichtte hij het meeste werk.'

'Hoe bedoel je?' vroeg Telamon.

'Hij las de geschiedschrijving van Herodotos en andere verhalen over de manier waarop generaals geheime boodschappen verstuurden, maar het hielp allemaal niets.' Solanos glimlachte vals. 'Hij werd er net zo weinig uit wijs als de rest van ons.'

'Maar jij bent toch de voornaamste schrijver van koningin Ada?'

'Dat ben ik zeker.' Solanos' stem klonk nijdig.

'Wel,' Telamon veegde de kruimels van zijn tuniek, 'jullie zijn stuk voor stuk intelligente mannen.'

'Oh, dank u.'

Telamon negeerde Solanos' sarcasme. 'We weten dat Pamenes een spion was, een Perzische magiër. Geen wonder dat hij zoveel ervaring had. Is het ooit bij jullie opgekomen dat Pamenes meer wist over het Pythias-manuscript dan hij jullie vertelde?'

De glimlach verdween van Solanos' gezicht. 'Dat hebt u al eerder gezegd,' zei hij beschuldigend.

'Wel, ik herhaal het. En wat nog belangrijker is, hoe weten we dat Pamenes jullie niet opzettelijk heeft misleid door jullie blik te vertroebelen en jullie langs wegen te voeren die nergens toe leidden?'

'Bedoelt u...' riep Bessos uit.

'Ik bedoel dat Pamenes twee personen was. Voor het oog de geliefde en vertrouwde schrijver van koningin Ada, die net zo weinig van dat raadselachtige manuscript begreep als jullie. Privé echter een Perzische spion die hard werkte aan het ontcijferen van de code voor zijn meesters in Persepolis.'

'Dat zou kunnen,' gaf Solanos toe.

'Is een van jullie met hem bevriend geraakt?'

'Hij was aardig genoeg,' antwoordde Bessos. 'Hij at en dronk met ons, maar hij bleef op zichzelf.'

'En dat vonden we niet vreemd,' voegde Sarpedon eraan toe. 'Iedereen in het paleis wist dat koningin Ada degene die dat manuscript vertaalde zou belonen.'

Solanos peuterde aan inktvlekken op zijn vingers. 'Pythias beschreef in dat manuscript hoe hij de muren van Halikarnassos bouwde. Hij gaf het aan koningin Ada. Natuurlijk werden er ook kopieën van gemaakt.'

'Kan een daarvan naar Macedonië zijn gestuurd?'

'Dat is mogelijk. Alleen de goden weten hoeveel kopieën er bestaan.' Solanos zweeg even. 'Niemand was er echt in geïnteresseerd. Wie kon ook vermoeden dat Halikarnassos zou worden belegerd door een Macedonisch leger?'

'Dus de mensen waren meer geïnteresseerd in de schat?' onderbrak Kassandra hem. Solanos wierp haar een vernietigende blik toe.

'Ik denk nog steeds dat Pamenes' dood een ongeluk kan zijn geweest,' zei Bessos zachtjes.

'Ik niet,' antwoordde Telamon en hij kwam overeind.

'Kunnen we nu gaan?' vroeg Solanos. 'Alexander zal boodschappers sturen om te zien welke vorderingen we hebben gemaakt.'

'En maken jullie vorderingen?'

Zijn vraag werd beantwoord met nietszeggende blikken. Telamon hief zijn hand op. 'Dan kunnen jullie maar beter weer aan het werk gaan.'

Hij liep de tuin door, passeerde de poort van de grote, met keien bestrate binnenplaats en volgde het pad naar de ingang van de villa. Het was een warme namiddag. De vogels scheerden laag over de grond en op de stenige muurtjes koesterden hagedissen zich in de zon. Telamon bleef staan toen een slang langs de rand van het gras gleed en in de dichte begroeiing verdween. Hij liep door, bleef weer staan om wat wilde bloemen te bekijken, plukte er een bos van en snoof de zoete geur op. Hij keek snel achterom, maar niemand was hem gevolgd. Ten slotte bereikte hij de ingang van de villa waar de twee Perzen waren gekruisigd. De grond was nog kaal op de plek waar de brandstapel had gelegen, maar de as van de verbrande lijken was in de vier windrichtingen verstrooid, zoals gebruikelijk was. Het kamp van lansiers en Kretenzische boogschutters lag in een aangrenzend veld. Als typische soldaten genoten ze volop van de meevaller niet te hoeven vechten, maar lekker te kunnen luieren in het hoge gras. Ze hadden hun tenten opgezet of gammele hutjes van takken en bladeren gebouwd. Het rook er naar paardenmest en naar gedroogd vlees dat werd geroosterd. De soldaten waren in hun tunieken aan het eten, drinken en dobbelen. Een officier haastte zich naar Telamon toe en verontschuldigde zich voor de wanorde.

'Ik kom jullie niet inspecteren,' verklaarde Telamon, 'maar ik zou graag met een van je boogschutters willen praten, de beste die je hebt.'

De officier probeerde de wijnzak te verbergen waaruit hij had gedronken en was maar al te blij dat hij weg kon gaan. Hij keerde terug met een jongeman in een kort leren hemd en een linnen krijgsrok. Een koker met pijlen hing aan een band over zijn schouder en hij droeg de krachtige, samengestelde boog waar zijn volk befaamd om was.

'Spreek je Grieks?'

'Net zo goed als u.' Het smalle gezicht van de Kretenzer brak open in een brede glimlach. Telamon merkte op hoe lang en sterk zijn armen waren. De polsen werden beschermd door leren banden en om de vingers van de linkerhand zaten linnen hoesjes. De Kretenzer volgde zijn blik.

'Dat is de beste manier,' zei hij. 'Anders krijg je zoveel eelt. Wilde u me iets vragen?'

'Kan ik gaan?' vroeg de officier.

Telamon knikte, opende zijn beurs en haalde er een zilverstuk uit. 'Ik ben geen huurmoordenaar,' protesteerde de Kretenzer afwerend, hoewel zijn dicht bij elkaar staande ogen zich op het zilverstuk richtten als die van een havik op een vette prooi.

'Ik verlang ook niet dat je iemand gaat vermoorden,' antwoordde Telamon. 'Ik ben de lijfarts van de koning.'

'Ik weet wie u bent.' De Kretenzer wendde zijn blik nu naar Telamon. 'U hebt die roodharige meid waar mijn vrienden en ik helemaal gek van zijn. U houdt dus kennelijk niet van mannen, maar waarom biedt u een Kretenzische boogschutter dan een zilverstuk aan?'

'Ik wil je boog bekijken.'

'Die is heilig.'

'Daarom bied ik je ook een zilverstuk aan.'

De Kretenzer griste het geldstuk weg en overhandigde zijn boog. Telamon onderzocht het wapen aandachtig. Het was samengesteld uit verschillende repen hout en het handvat was van hard, gekookt touw.

'Hij is gemaakt van kornoelje- en essenhout,' legde de Kretenzer uit. 'Net als de pijlen, die metalen punten of weerhaken hebben, afhankelijk van waarvoor je ze nodig hebt. De pees is van dierendarmen, maar touw kan ook. Gierenveren zijn het beste als stuurvinnen.'

Hij overhandigde daarna een pijl. Telamon legde deze aan en deed alsof hij in de lucht wilde schieten. Het ging hem niet handig af en hij herinnerde zich hoe Kleitos de Zwarte hem placht uit te schelden op het exercitieterrein in Miëza.

'U kunt er niet veel van, dat zie ik wel.' De Kretenzer nam hem de boog en de pijl af. 'Het is veel moeilijker dan u denkt.'

Hij legde de pijl aan en trok met twee vingers van zijn linkerhand de boog strak, terwijl de glimmende metalen punt van de pijl regelrecht op Telamons borst was gericht.

'Op deze afstand zou ik een pijl dwars door u heen kunnen schieten.'

'En als ik wegrende?'

'Dan zou u zo snel als de wind moeten zijn! Op een mooie, windstille dag met goed zicht kan ik u nog neerschieten op een afstand van tien stadia,' vervolgde de boogschutter. Hij liet de boog zakken. 'Hebt u gezien hoe ze werden gebruikt tegen de verdedigers van Halikarnassos?'

'Daar wil ik het juist over hebben. Kom buiten het kamp naar me toe.' Telamon wees over zijn schouder. 'Bij de ingang van de villa. En vraag die officier om een paar repen perkament.'

De Kretenzer keek verbaasd.

'Je hebt mijn zilverstuk aangenomen,' legde Telamon uit. 'Ik wil een boodschap versturen.'

Hij liep het kamp uit en ging bij de ingang van de villa zitten. Terwijl hij naar het stoffige pad staarde, dacht hij aan de boogschutters tijdens het beleg. Soepele, snelbewegende gedaanten die met hun boogpezen naar achteren getrokken, de ene pijl na de andere afschoten zodat het een zwarte, zware regen werd. Hij hoorde een geluid. De Kretenzer had een paar sandalen aangetrokken en hij droeg zijn boog en een aantal repen vettig perkament.

'Was jij ook bij de belegering?' vroeg Telamon terwijl hij overeind kwam.

'Ja, zeker. Ik had geluk dat ik ongedeerd terug kon komen.'

'Was je in staat een pijl over de muren te schieten?'

'Natuurlijk. Er stond heel weinig wind en hoe dichter we bij de muur waren, hoe gemakkelijker het werd. Als je maar een grote groep boogschutters bij elkaar zet en op een bepaalde plek mikt, weet je zeker dat je iets of iemand raakt.'

Telamon dacht aan de manier waarop Alexander naar de nachtelijke hemel had gekeken.

'En een brandende pijl?'

'Geen kunst,' antwoordde de boogschutter. Hij pakte een pijl uit zijn koker. 'Je besmeert de kop hier, dicht bij de punt, met teer, dan leg je hem aan en houd hem in een vlam. Daarna schiet je hem zo snel mogelijk af.'

'Verbrandt het hout dan niet?'

'Niet meteen. De vlam likt aan de teer en blijft daar. Meestal kies je in zo'n geval een langere pijl.'

'Laat eens zien.'

De Kretenzer legde de pijl aan en bewoog de punt alsof hij hem in een vlam hield. 'De punt smeult nu.' Hij bracht de boog behendig omhoog, trok de pees strak naar achteren tot aan zijn oor en schoot de pijl af. Telamon zag hem als een flits in de blauwe hemel verdwijnen.

'In een donkere nacht zou u hem duidelijk kunnen zien,' verklaarde de Kretenzer. 'Wanneer de pijl omlaag begint te komen, verspreidt het vuur zich.'

'En een boodschap?' vroeg Telamon.

De Kretenzer pakte een nieuwe pijl uit zijn koker.

'Waar zou je de reep perkament vastmaken?'

'Om een van de uiteinden van de pijl, maar het moet beslist een klein reepje zijn. Ik zal het u laten zien.' Hij hurkte neer, pakte een reepje perkament, wikkelde het om de pijl, haalde een touwtje uit zijn tas en bond het perkament stevig vast. 'Let op wat er nu gebeurt.'

Hij legde de pijl aan en schoot hem af in de richting van de bomen. Deze pijl viel op de grond.

'Ziet u wat ik bedoel?' De Kretenzer trok nog een pijl uit zijn koker. 'De schacht heeft een subtiel evenwicht.' Hij tikte tegen de zwarte gierenveren. 'Daar zorgen deze voor, samen met de punt. Als u aan een van beide uiteinden een gewicht toevoegt, belemmert dat de vlucht.'

Hij moest de teleurstelling op Telamons gezicht hebben gezien. 'Het gaat zeker over de boogschutter die werd vermoord?' vroeg hij. 'Die man wiens schedel werd ingeslagen en wiens wapens werden gestolen? Het hele kamp heeft het erover.'

'Kende je het slachtoffer?'

'Hij kwam uit hetzelfde dorp als ik, niet ver van het oude paleis van Knossos.'

'Waarom was hij in z'n eentje op de grasvlakte?'

'Om dezelfde reden als ik dat zal zijn wanneer u met me klaar bent. Krijgt u nooit genoeg van gezouten vlees, gedroogd fruit en stinkende vis? Hij was op jacht.'

'Iemand moet hem in een hinderlaag hebben laten lopen.'

'Hij was een stevige drinker,' antwoordde de Kretenzer. 'Misschien viel hij in slaap. Dat gebeurt wel meer na een lange mars en een buik vol wijn.'

Telamon haalde een tweede zilverstuk uit zijn beurs en overhandigde het aan de man. 'Ik verzeker je dat een verrader of een spion op jacht was naar een boog, van het type dat alleen door professionele boogschutters zoals jij wordt gebruikt. Hij kon er moeilijk een uit het magazijn van de kwartiermeester halen of er een te leen vragen aan een van je officieren. Op die bogen wordt goed gepast. Daarom stal hij het wapen en in het korte gevecht dat uitbrak, schoot hij een pijl met een boodschap over de muren van Halikarnassos.'

De Kretenzer grijnsde. 'Ik snap uw logica, heer. Ja, om een pijl over de muren van Halikarnassos te schieten, heb je zo'n boog nodig. Maar een pijl met een boodschap?' Hij stak zijn vingers omhoog. 'De boodschap zou klein moeten zijn en het stukje perkament heel licht, anders zou die pijl nooit zijn doel bereiken.'

Telamon zuchtte. 'Nou ja.' Hij stak zijn hand uit. 'Dat wilde ik uitzoeken.'

De Kretenzer gaf hem een hand en vertrok. Telamon leunde tegen de omlijsting van de poort. Daar ga je, dacht hij. Een spion vertelt de Perzen dat Alexander in de Villa van Kybele is en gemakkelijk kan worden aangevallen. Hoe deed hij dat? Schoot hij een pijl af vanuit de villa, liet hij de boodschap achter onder een steen? Hetzelfde deed hij later nog eens. Toen de Perzen een uitval deden vanuit de stad, waren ze er duidelijk op voorbereid dat de koning waarschijnlijk Halikarnassos zou bezoeken om de verdedigingswerken in ogenschouw te nemen. Hoe kreeg de spion dat voor elkaar en hoe kreeg hij de boodschap dat Alexander constructies met platte daken liet bouwen over de muren van Halikarnassos?

In gedachten verzonken liep Telamon over het pad langs de binnenplaats. De bedienden waren kleren aan het wassen bij de put. Gentios schreeuwde: 'Demerata! Demerata! Waar ben je?'

Telamon liep door. De tuin was verlaten, de bekers en borden die Kassandra en hij hadden gebruikt, lagen nog in de schaduw van de boom. Hij slenterde erheen, pakte de wijnkruik, snoof eraan en goot hem leeg in het gras. Hij keek om zich heen, er was niemand te zien. De hitte was drukkend en het gras begon dor en bruin te worden. Telamon dacht aan Alexanders officieren die om regen baden. Hij overwoog even naar zijn kamer te gaan, maar het probleem van de door de spion vermoorde Kretenzische boogschutter liet hem niet los. Hij liep dus door en kwam in de schaduwrijke boomgaard terecht. Daar bleef hij staan bij een vlek in het gras waar een straal zonlicht tussen de overhangende takken viel.

'En dat is nog een ander raadsel,' fluisterde hij met zijn ogen op de grond gericht. 'Waarom werd die arme kat doodgemaakt?'

Telamon liep verder en bleef weer staan om een korstmos op de bast van een boom te bekijken. Hij kon er net bij en peuterde er voorzichtig aan. Soms vond hij het jammer dat hij Egypte zo overhaast had moeten verlaten. Hij had daar zoveel vrienden, artsen en heelmeesters in de huizen van leven. Velen van hen beweerden dat korstmossen zoals deze bijzondere geneeskrachtige eigenschappen bezaten. Fijngemalen en gemengd met zure melk zouden ze hardnekkige ontstekingen van de longen en de keel kunnen genezen.

'Misschien moet ik het gewoon eens proberen.'

Telamon rekte zich uit om een stuk te bemachtigen, maar zijn voet gleed uit en de harde boomstam schraapte zijn knie. Hij kromp in elkaar van pijn en op hetzelfde moment trof een pijl met kracht de stam boven zijn hoofd.

Telamon draaide zich razendsnel om, ondanks zijn vermoeidheid. Zijn keel werd gortdroog. Zo te zien waren er alleen maar bomen, overhangende takken en dansende plekjes zonlicht. Terwijl hij naar de pijl staarde, lang en dun zoals het exemplaar dat de Kretenzer hem had laten zien, hoorde hij een geluid. Hij verdween achter de boom op het moment dat de tweede pijl door de lucht zoefde.

'Wie is daar?' schreeuwde hij.

Er viel een stilte, alsof ieder levend wezen in de boomgaard zich realiseerde dat de dood zelf was gearriveerd. Telamon vloekte inwendig. Als hij wegrende, zou de mysterieuze boogschutter hem volgen. Als hij hier bleef, zou de moordenaar steeds dichterbij komen en ten slotte zijn werk afmaken. Hij raapte een afgevallen tak op, maar voelde zich lichtelijk belachelijk met als enig wapen een dikke droge stok. Hij keek links en rechts. Geen geluid, geen beweging. Niets dan bomen en struikgewas.

Telamon bewoog zich achteruit. Achter de boomgaard lag het weiland waar Alexander zijn tenten had opgeslagen. Als de schutter hem daarheen dreef... Hij hoorde een vaag geschreeuw in de verte. Gentios riep nog steeds om zijn vrouw. Telamon ving een glimp op van een schaduw die zich als een zwarte gedaante rechts van hem bewoog. Zich verschuilend achter de bomen zocht hij zijn weg terug naar de tuin.

Zijn achtervolger besefte het. Een pijl doorkliefde de lucht, een waarschuwing dat de terugweg werd bewaakt. Telamon probeerde zijn ademhaling te beheersen, evenals het trillen van een van zijn benen. Hij wilde net naar een volgende boom schieten toen er overduidelijk een krijgshoorn klonk. Het alarm werd geblazen.

'Kassandra!' schreeuwde Telamon. 'Kassandra! Sarpedon! Kassandra! Kassandra!'

Weer schetterde de krijgshoorn. Telamon nam de benen. Deze keer werd hij niet gevolgd door een pijl. De bomen werden schaarser, de rand van de tuin kwam in zicht. Hij bleef schreeuwen.

'Kassandra! Sarpedon! Kassandra!'

'Telamon, wat is er?'

Hij stormde tussen de bomen vandaan en zakte op zijn knieën. Kassandra haastte zich naar hem toe.

'Wat is er, Telamon?'

Hij hees zich overeind en wees naar de bomen. 'Een moordenaar, daar!'

'Wie?' Kassandra stak haar onderlip naar voren.

'Nee, ga er niet heen!' waarschuwde Telamon haar. 'Wie het ook is, hij is gewapend met pijl en boog. Bij Apollo, wat zou ik graag weten wie het is!' De krijgshoorn klonk weer. 'Wat is er aan de hand?'

'Ik weet het niet,' antwoordde Kassandra. 'Ik was op zoek naar jou, er is iets mis in de villa.'

Telamon vergat zijn eigen problemen en samen liepen ze door de tuin naar de villa. Daar stond Sarpedon onderaan de trap naar boven te kijken. Er kwam een soldaat de trap af.

'Waar is de rest?' vroeg Telamon scherp.

De soldaat zag eruit alsof hij had geslapen. 'Ik weet het niet, heer.'

Telamon greep hem bij zijn schouder en wees naar de hoorn aan de riem om zijn nek. 'Je hebt alarm geblazen. Wat is er aan de hand?'

Een akelig gejammer weerklonk op de gang boven. Bessos, Solanos en Cherolos kwamen binnen met stukken perkament in hun met inkt bevlekte vingers geklemd. 'We waren in de tuin.'

'Samen of apart?' snauwde Telamon.

'We werken altijd afzonderlijk,' verklaarde Solanos.

Telamon liep de trap al op. Het gejammer was hartverscheurend. Hij bereikte de gang en haastte zich verder. De deur van Pamenes' kamer stond wijdopen. Op de vloer zat een huilende Gentios naast het bed geknield waarop Demerata lag, het touw waarmee ze was gewurgd zat nog strak om haar nek. De acteur ging helemaal op in zijn verdriet, hij wiegde heen en weer met zijn hoofd in zijn handen. Telamon bekeek het lijk. Demerata's gezicht was bijna blauw-zwart verkleurd, haar ogen puilden uit, haar tong zat tussen haar tanden geklemd. Hij raakte het lichaam aan. Het begon al koud te worden.

'Wat is er gebeurd?' Telamon keek over zijn schouder naar de soldaat.

'Ik ben de huisbewaker, heer. Ik stond bovenaan de trap.'

Telamon nam hem aandachtig op. De man droeg een armoedige leren tuniek en had soldatenlaarzen aan zijn voeten. Zijn verwarde haar omlijstte een donker gezicht.

'Van welk regiment ben je?' vroeg Telamon.

'Vierde linie van Agriarische voetsoldaten,' antwoordde de soldaat. 'We worden "stieren" genoemd. De rest van mijn eenheid bevindt zich een stukje verderop in het veld.'

Gentios jammerde nog steeds en scheen zich niet bewust te zijn van anderen die de kamer begonnen te vullen.

'Vertel me wat er is gebeurd,' eiste Telamon.

'Hij kwam boven nadat hij op zoek was naar zijn vrouw,' antwoordde de soldaat.

'Hoe lang stond je daar al op je post?'

'Niet zo lang. Ik loop rond, soms boven, soms beneden. Hij leek zich nogal ongerust te maken en daarom ging ik met hem mee. We keken samen in die onbewoonde kamer, maar daar was niemand.' De soldaat haalde zijn schouders op. 'Ik ging weer naar beneden en hij vroeg me naar haar uit te kijken. Dat deed ik ook en daarna kwam ik terug. Hij had zijn vrouw nog steeds niet gevonden. We zochten in andere kamers en deden deuren open tot we haar zagen liggen. Haar keel was helemaal verwrongen, daarom blies ik alarm.'

'Waar was de rest van jullie?' Telamon keek met een somber gezicht rond.

'In de tuin,' antwoordde Sarpedon. Hij wees naar de aarde op zijn tuniek. 'Ik ben al een poosje geleden naar binnen gegaan, de anderen bleven buiten.'

'Wat is er gebeurd, Gentios?' Telamon trok zachtjes de handen van de acteur van zijn gezicht af. Gentios keek doodongelukkig naar hem op.

'Ik was Kreons tekst aan het repeteren. Zij zou Antigone zijn. Ik ging naar de keuken om wat brood en honing te halen.' Hij tikte tegen zijn lippen. 'Mijn keel. Toen ik terugkwam...'

'Waar was je?'

'In het andron. Toen ik terugkwam, was ze verdwenen. Ik begon haar te zoeken, maar zoals deze soldaat al zei, ik kon haar nergens vinden. Toen ging ik naar boven. Eerst liet ik de kamers van de anderen met rust, maar de deur van Pamenes' kamer was open. Ik keek naar binnen, maar daar was ze niet. We doorzochten het huis van onder tot boven, tot we haar hier vonden en alarm sloegen.'

'Dus je hebt tweemaal in de kamer van Pamenes gekeken?'

'Ja. De eerste keer was hij leeg, maar toen we terugkwamen, ontdekten we haar lijk hier,' antwoordde de soldaat.

Gentios staarde naar het lichaam van zijn vrouw en barstte weer in tranen uit. Telamon trok voorzichtig een laken over het gezicht van de dode. 'Ik geloof dat we nu beter weg kunnen gaan,' verklaarde hij. 'Laat je vrouw maar aan ons over, Gentios. Bij deze hitte moet de brandstapel vanavond al worden aangestoken, dan kunnen de offers direct worden gebracht...'

# Hoofdstuk 11

*Ephialtes raadde hun aan niet te wachten tot de stad was ingenomen en ze gevangenen bleken te zijn.*

Diodorus Siculus, *Bibliotheca historica*,
Boek XVII, hoofdstuk 26

'Dit kun je niet veranderen. De goden zelf
kunnen het niet ongedaan maken. Het volgt onvermijdelijk
uit wat je hebt gedaan. Nu al liggen de wraakgodinnen,
die jagers uit de hel die achtervolgen en vernietigen,
op de loer voor mij en hun prooi zal hun niet ontgaan!'

Gentios stond naast de brandstapel en sprak de sombere tekst uit van Tereisias, de blinde ziener van Thebe in Sophokles' stuk *Antigone*. Telamon, Kassandra en de anderen stonden achter hem. De brandstapel, opgebouwd door de soldaten, was meer dan zes voet hoog. Demerata's lichaam lag bovenop. Tussen haar lippen was een muntstuk gelegd om Charon, de veerman, voor de overtocht naar de onderwereld te betalen. In haar dode handen hield ze stukjes brood geklemd voor de gevreesde waakhond van de Hades. Gentios hief de wijnbeker, dronk en goot de droesem op de brandstapel. De duisternis viel, de vreemde schemering tussen dag en nacht waarbij de hemel spookachtig blauw kleurde. Telamon had het gevoel alsof hij naar een toneelstuk keek: Gentios sprenkelde wat olie, pakte een brandende vuurmaker en gooide deze op de brandstapel. Het aanmaakhout vatte vlam, eerst traag, maar aangewakkerd door de bries bereikte het vuur de olie en direct veranderde de hele stapel in een zuil van brullende vlammen die opstegen naar de donker wordende hemel. Gentios strooide handenvol wierook en de anderen volgden zijn voorbeeld. Zoals het gebruik vereiste, bleven ze staan tot het vuur begon af te nemen en daarna liepen ze terug door de poort naar de villa.

Telamon pakte Kassandra's arm. 'Blijf nog even bij me'

De rest liep door en omringde Gentios om hem deelneming te betuigen, terwijl Telamon zich naar de Kretenzische boogschutter begaf die hij eerder op de dag had gesproken en die nu op wacht moest staan bij de brandstapel tot het vuur uitging. In het licht van de vlammen leek het gezicht van de Kretenzer magerder, hongeriger, en had het iets roofdierachtigs. Zijn glinsterende ogen keken begerig naar Kassandra's weelderige boezem. Hij stak zijn hand uit en legde hem op het rode haar dat onder de kap van haar mantel uit kwam.

'Ga niet te ver!' snauwde ze.

De Kretenzer grijnsde en omvatte met beide handen de lange speer die hij bij zich had. Achter hem kwamen zijn mompelende kameraden dichterbij om Kassandra beter te kunnen bekijken.

'Ik heb nog een vraag aan je,' zei Telamon.

'U hebt me goed betaald. Vraag maar.'

Vonken sprongen in hun richting toen de brandstapel knetterend inzakte en daarom gingen ze er verder vandaan staan.

'Wat gebeurt er wanneer je een strook perkament als een wimpel aan een pijl bindt?' vroeg Telamon. 'Beïnvloedt dat het gewicht of de vlucht?'

De Kretenzer trok een gezicht en haalde zijn schouders op. 'Een stuk perkament?'

'Ja, ongeveer zo lang als de pijl of zelfs nog langer. Zoals ik al zei, als een wimpel of een lint.'

De Kretenzer draaide zich om en ratelde in dialect tegen zijn kameraden. Er ontstond een verhit gesprek. De Kretenzer stak zijn hand op om stilte te verkrijgen en wendde zich weer tot Telamon.

'Dat kan de vlucht wel iets belemmeren, maar niet veel. Er zijn hier boogschutters die hebben deelgenomen aan schouwspelen waarbij pijlen met kleurige linten eraan zo de lucht in werden geschoten. Zij zeggen dat het weinig verschil maakt.'

'Dank je wel.' Telamon opende zijn beurs en liet een zilverstuk in de hand van de ander glijden. 'Drink er eentje op het heil van die dode vrouw. Oh ja,' Telamon draaide zich weer om, 'heeft nadat ik vanmiddag met jou had gesproken een van de boogschutters het kamp verlaten om naar de villa te gaan?'

De Kretenzer schudde zijn hoofd. 'Natuurlijk niet. We zijn veel liever hier in de openlucht. Onze orders zijn ook heel strikt. Er is een wachtpost voor het huis. De enige reden om naar de villa te gaan, zou zijn om haar te zien.' Hij grijnsde wolfachtig en wees naar Kassandra.

Telamon en Kassandra liepen weg, achtervolgd door het gegrinnik van de boogschutters. Een van hen liet een luid wolvengehuil horen.

'Ik geloof niet dat je in je eentje moet gaan wandelen,' mompelde Telamon. 'Of dat je de villa moet verlaten.'

'Ik heb eerder met Kretenzers te maken gehad!' snauwde Kassandra. 'In Thebe had je trouwens ook nog Thraciërs en Thessaliërs en ander tuig van de richel.'

Telamon bleef staan en staarde naar de lichten van de villa die tussen de bomen door knipperden.

'Wat is er, grote denker?'

'Van alles en nog wat,' antwoordde hij ontwijkend. 'Gevaar scherpt de zinnen en prikkelt het geheugen. Ik heb een hoop vragen, Kassandra. Herinner je je nog dat we in de kamer van Pamenes die strook perkament met die vreemde symbolen erop vonden, en die ronde stok van ongeveer drie voet lengte?'

'Ja, we dachten dat het niets was.'

'Dat denk ik nu niet meer. Na die aanslag in de boomgaard en de moord op Demerata besloot ik in mijn kamer te blijven.'

'Vertel mij wat,' snauwde ze. 'Je wilde niet eens met me praten en zeggen wat er was gebeurd.'

'Ja, ja, dat is nu niet belangrijk.' Telamon greep haar hand en wreef over haar vingers. 'Je bent zo lieflijk als de nacht, Kassandra, met je donkerblauwe mantel.'

'Meester, toch!' Ze knipperde koket met haar ogen. 'Je hebt me toch niet het donker in gelokt om me te verleiden?'

'Je zou je handen eigenlijk moeten inwrijven met olie,' antwoordde Telamon. 'Je hebt eelt op je vingers. Misschien komt dat door het water hier.'

'Of door het zware werk dat ik voor mijn meester doe.'

'Ik heb eens nagedacht over onze vriend Pamenes,' vervolgde Telamon. 'Hij was een Perzische spion die aan het hof van koningin Ada werkte. En wat doen spionnen?'

'Geheimen verraden.'

'Maar hoe kon Pamenes communiceren met zijn opdrachtgevers? Hij kon moeilijk naar Halikarnassos of ergens anders heen rijden. Dat zou verdacht zijn. Afijn, het deed me denken aan een verhaal van Herodotos dat ik jaren geleden heb gelezen. Ik vroeg het Solanos te leen om het opnieuw te lezen.'

'Weet ik, je zat steeds in jezelf te mompelen.'

'Vroeger bestond er een systeem om geheime boodschappen over te brengen. De stokken-methode.'

'Wat is dat?'

'Een systeem voor spionnen waarbij een stok werd gebruikt. Je moet er twee ronde stukken hout voor hebben die even lang en even dik zijn, zodat ze precies dezelfde afmetingen hebben. De spion houdt een van deze stokken en zijn opdrachtgever de andere. Wanneer de spion een geheime boodschap wil versturen, wikkelt hij een lange, smalle strook perkament om zijn stok. Er mag geen kaal stuk hout zichtbaar zijn, hij bedekt de hele stok met perkament. Daarna schrijft hij zijn boodschap op het perkament, wikkelt het weer los van de stok...'

'Natuurlijk!' viel Kassandra hem in de rede. 'En wanneer ze dan ook nog een of andere code gebruiken, is alles wat je ziet een stuk perkament met onbegrijpelijke krabbels erop.'

'Precies,' stemde Telamon in. 'Je kunt de boodschap alleen lezen wanneer je een identieke stok bezit, net zo lang en net zo dik, waar je het perkament omheen kunt wikkelen.'

'En was dat wat Pamenes deed? Vonden we daarom die dikke stok in zijn kamer en die stukjes perkament?'

'Ik denk het wel.' Telamon liep door. 'We gooiden ze weg als afval. Ik vermoed dat de moordenaar van Pamenes zijn methode met de stok ontdekte en toen begreep dat Pamenes een spion was. Hij vermoordde hem, maar gebruikte dezelfde methode om met zijn meesters in Halikarnassos te corresponderen.'

'En het Pythias-manuscript?'

'Ik geloof niet dat het Pythias-manuscript is wat Alexander ervan verwacht,' antwoordde Telamon. 'Vanavond ga ik proberen het geheim te ontrafelen. Nee.' Hij hief zijn hand op. 'Niet plagen. Ik heb de sleutel niet gevonden, die eer komt Pamenes toe.'

'Werd hij daarom vermoord?'

'Misschien.'

'En zijn moordenaar vertelt nu alles aan Memnon?'

'Absoluut,' mompelde Telamon. 'Deze spion, Pamenes' moordenaar, gebruikte de stokken-methode om Memnon te laten weten dat Alexander bij de villa zou overnachten. Het was geen kunst een stuk perkament ergens onder een steen of in een holle boom te stoppen en dat te laten ophalen door een koerier die de boodschap niet kon lezen.'

'En hij liet zulke boodschappen achter bij het lijk van Pamenes om ze mee te smokkelen naar de Perzen?'

'Ja, dat denk ik wel.'

'En Alexanders verrassingsaanval?' vroeg Kassandra. 'Daar had je het toch over met die Kretenzer?'

'Ik bekeek het probleem vanuit de verkeerde hoek,' antwoordde Telamon. 'Ik bleef denken aan een dikke prop perkament aan het eind van een pijl. Met die stokken-methode wordt het stuk perkament echter een wimpel. De spion bond het aan het uiteinde van een pijl. Hij vermomde zich, waarbij hij weinig risico liep, schoot de pijl af en de boodschap was verzonden. Ik heb het nu over een reep perkament van niet meer dan twee el lang. Wie merkt zoiets op in de hitte van de strijd, behalve Memnon dan, want die verwachtte het.'

'Natuurlijk, maar je redenatie klopt niet helemaal, Telamon! Die pijl werd waarschijnlijk 's nachts afgeschoten, de dag voordat Alexander zijn verrassingsaanval lanceerde.'

Telamon moest haar gelijk geven. Ze liepen langzaam door en bleven af en toe staan terwijl Telamon uitlegde hoe de spion de Kretenzische boogschutter had vermoord, zijn wapens had gestolen en ze die middag ook tegen hemzelf had gebruikt in de boomgaard.

'Als ik wist wie het was, zou ik zijn keel doorsnijden of zijn eten vergiftigen,' siste Kassandra in het donker. 'Het moet wel een van die schrijvers zijn! Ik heb met die wachtpost gesproken, de man die Gentios hielp zoeken naar Demerata. Hij vertelde dat Sarpedon binnen was op het moment dat jij werd aangevallen. De schrijvers waren toch buiten. Wat een vindingrijkheid: slangen, pijlen, geheime boodschappen.'

'Dat is niet zo vreemd,' antwoordde Telamon. 'Heel Griekenland gonst van nieuwe uitvindingen, ontdekkingen van technici en artsen. Heb je ooit Aristophanes' blijspel *De Wolken* gezien?'

'Ja, één keer tijdens het Oidipous-festival in Thebe.'

'Herinner je je het gedeelte waarin Sokrates van mening verschilt met een vriend over een rechtszaak?'

'Ja.'

'Zijn vriend zegt dan: "Ik zou een stuk glas nemen en dat als een brandglas gebruiken om de hitte van de zon op te vangen en zo de wastablet te laten smelten waarop de dagvaarding was geschreven."'

'Oh ja,' antwoordde Kassandra. 'Toen Alexander Thebe belegerde, stelde een van de stadsbestuurders voor enorme spiegels langs de muren te zetten om de hitte van de zon te versterken en zo de belegeringswerktuigen in brand te steken.'

'En waarom gebeurde dat niet?'

'Iemand vroeg wat er zou gebeuren als het een bewolkte dag was.'

Telamon lachte en wilde doorlopen, maar Kassandra greep zijn arm. 'Ik begrijp dat die moordenaar achter jou aan zit, jij stelt veel te veel vragen. Maar waarom die arme Demerata?'

'Ach ja, arme Demerata! Daar moet ik het met Gentios over hebben.'

Ze liepen de binnenplaats op. De rest van de gasten had zich verzameld in het andron, waar Gentios een begrafenismaaltijd had laten aanrichten. Telamon en Kassandra voegden zich enige tijd bij de groep. Sarpedon zong een droevig lied. Gentios citeerde een prachtig gedicht van Sappho. Bessos droeg een klaaglied van Homeros voor. Toen werd er wijn geschonken. Telamon bedacht wat hij nog wilde doen en verontschuldigde zich, zodat hij naar zijn kamer kon gaan. Daar haalde hij het Pythias-manuscript te voorschijn en bestudeerde het, terwijl hij onderhand aantekeningen maakte.

Kassandra kwam boven en begon tegen hem te praten, maar hij antwoordde met wat vaag gebrom en gemompel. Daarop verklaarde ze dat ze doodmoe was en liet zich op haar bed vallen. Telamon bleef werken. Af en toe liep hij even naar het raam en staarde naar buiten. De hemel werd helder verlicht door sterren. Een briesje bewoog de bomen. Telamon dacht aan de brandstapel en aan Gentios' woorden van rouw. Zijn hart sloeg een slag over. Op een bepaalde manier was het aan Demerata te danken dat het niet zijn lichaam was dat op die brandstapel tot as werd verbrand. Hij keerde terug naar zijn schrijftafel, maar hij merkte dat hij zich niet kon concentreren. Hij pakte de tekst van Herodotos die Solanos hem had geleend, een mooi exemplaar, geschreven door een geleerde.

Ik had dat moeten weten van die stokken-methode, peinsde Telamon. Had hij niet iets dergelijks gezien in de tempels van Egypte? Hij herinnerde zich hoe zijn beeldschone Analoe hem om een van de grote zuilen in de hal der zuilen had laten lopen, terwijl ze de hiërogliefen vertaalde van een of ander decreet of verhaal. Hij was bijna duizelig geworden van dat in een kringetje ronddraaien. Ze had in haar handen geklapt en gelachen. Kassandra mompelde iets in haar slaap. Telamon glimlachte. Wat zou Analoe van Kassandra hebben gevonden? Uiterlijk leken ze totaal niet op elkaar, maar toch hadden ze dezelfde directheid en dezelfde galgenhumor gemeen. Telamon zuchtte en keerde terug naar zijn aantekeningen.

'Ik weet dat de E de meest voorkomende letter is van het Griekse alfabet,' mompelde hij terwijl hij zijn wang krabde met het uiteinde van de schrijfstift. 'Dat verklaart waarom Pamenes het over het cijfer vijf had, epsilon is immers de vijfde letter. Pamenes bewees dit met citaten van Sophokles en door te tellen hoeveel E's er in een stuk van de *Ilias* voorkwamen. Maar waarom die tien?'

Zo werkte hij door. Hij keek naar het alfabet dat in vijf verticale en vijf horizontale rijen was neergeschreven en naar de verschillende getallen van de eerste regels van het Pythias-manuscript. Die getallen, dat kon hij nog begrijpen, maar wat betekenden die vierkantjes? Telamon omcirkelde ze op zijn exemplaar van het manuscript. Toen keerde hij terug naar het alfabet en keek weer naar het manuscript. Kon dat het zijn? vroeg hij zich af. Was het mogelijk? Hij schreef de eerste regel van de gecodeerde tekst op en begon toen langzaam en zorgvuldig het alfabet te gebruiken om de getallen te ontcijferen. Eerst kon hij niet geloven wat hij ontdekte. Hij controleerde alles opnieuw, maar het klopte. Telamon raakte zo opgewonden dat hij overeind sprong en zijn krukje omschopte. Kassandra bewoog zich onrustig.

'Wat is er?' kreunde ze.

Telamon stak meer olielampen aan en bracht ze naar de tafel.

'Ik geloof dat ik dit manuscript kan vertalen!'

Kassandra wikkelde een deken om zich heen en haastte zich naar hem toe.

'Hier is het alfabet geordend in vijf horizontale en vijf verticale rijen,' legde Telamon uit.

| | 1 | 2 | 3 | 4 | 5 |
|---|---|---|---|---|---|
| 1 | A | B | C | D | E |
| 2 | F | G | H | I/J | K |
| 3 | L | M | N | O | P |
| 4 | Q | R | S | T | U |
| 5 | V | W | X | Y | Z |

‘Dat snap ik,’ zei ze.

‘De vijfde letter, de E, wordt het meest gebruikt. Nu zou die code vrij simpel kunnen zijn: A zou 11 kunnen zijn, B is dan 12, C is 13, D is 14 en E is 15. F wordt 21, G wordt 22 enzovoort. Pythias was echter heel slim. Hij verwijderde de letter E en verving hem door dit vierkantje. Wanneer je dus op zoek bent naar een getal voor de E, die hoogst belangrijk is, vind je het nooit. Ik vermoed dat hij soms het symbool voor E helemaal heeft weggelaten. Zoals ik zal bewijzen, koos Pythias bovendien in het manuscript eerst zoveel mogelijk woorden waarin geen E voorkomt. Daarna maakte hij de zaak nog ingewikkelder door het volgende systeem te introduceren: Voor de letter A gebruikt hij 11, dat ligt voor de hand wanneer je naar de manier kijkt waarop het alfabet is opgeschreven, maar het is misleidend, want dan zou B 12 moeten zijn. Wat Pythias echter deed met elke letter na de A, was het getal tien toevoegen. Zo wordt B 22 in plaats van 12. C wordt 23 en niet 13. D is 24 en de E is verborgen. F wordt 31. Bovendien zijn er maar 25 letters, zodat iedereen die deze code probeert te breken alleen maar meer in de war raakt.’

‘En heb je dit al toegepast op het Pythias-manuscript?’ vroeg Kassandra.

‘Ja.’ Telamon liet zijn stem dalen. ‘Ik wil dit geheim houden, want het zal nog even duren voordat ik het helemaal heb vertaald. Ik moet heel precies zijn.’

‘Gaat het over de muren van Halikarnassos?’

‘Dat denk ik niet.’ Telamon pakte het stuk perkament en overhandigde het haar. ‘Hierop staan de openingsgetallen van het Pythias-manuscript,’ legde hij uit. ‘Ik heb de letters eronder gezet. Vergeet niet er tien bij op te tellen, het getal dat ik op het stukje perkament vond dat Cherolos ons heeft gegeven.’

| | | | | | | |
|---|---|---|---|---|---|---|
| 45 | 64 | 54 | 33 | 34 | 11 | 53 |
| P | Y | T | H | I | A | S |
| 11 | 52 | 23 | 33 | 34 | 54 | □ |
| A | R | C | H | I | T | E |
| 23 | 54 | 11 | 11 | 43 | | |
| C | T | A | A | N | | |

Kassandra keek op.

‘Pythias, architect, aan...’

‘Philippus,’ vulde Telamon aan. ‘Dat is het volgende woord. Ik denk dat het als volgt is gegaan: Pythias correspondeerde met Philippus. Hij stuurde een afschrift naar koningin Ada. Ik betwijfel of het manuscript veel te maken heeft met de verdedigingswerken van Halikarnassos.'

'Maar men zegt dat het daarover gaat.'

'Het was ook de bedoeling dat men dat zou zeggen. Ik durf er een zilverstuk onder te verwedden dat deze brief kort voor of kort na de moord op Philippus arriveerde. Alexander of Olympias konden hem niet lezen. Alleen Philippus kon eruit wijs worden en die hield zijn mond, daarom is onze Alexander er zo door gefascineerd. Ik vraag me af wat er eigenlijk in staat. Die ondeugende aap van een Pythias geeft de indruk – omdat hij ergens gekwetst over was – dat hij een geheim over de geduchte muren van Halikarnassos bewaart. Het heeft iets van een kinderspelletje: mensen door een doolhof laten dwalen op zoek naar iets wat er niet is.'

'Dus er zit geen zwakke plek in de muren?' vroeg Kassandra.

'Misschien wel. We weten dat Alexander zijn belegeringstoestellen aan het verplaatsen is, want er kan een zwakke plek zijn.' Telamon tikte op het perkament. 'Maar er zit meer achter. Weet je, Kassandra, jaren geleden, niet lang voordat Philippus werd vermoord, probeerde de koning zijn andere zoon Arridhaios uit te huwelijken aan een prinses van Halikarnassos. Alexander bood in het geheim zichzelf aan. Philippus kwam erachter en dat leidde tot een ernstige breuk tussen vader en zoon. Ik heb een sterk vermoeden dat deze brief meer daarmee te maken had dan met militaire verdedigingswerken. En daarom heeft Alexander momenteel vaker nachtmerries over zijn vader.' Telamon stond op en rekte zich uit. 'Ik verheug me erop de waarheid te ontdekken.'

'Ga je nu door?' vroeg Kassandra.

Telamon schudde zijn hoofd. 'Nee. Ik heb een begin gemaakt en ik ga verder wanneer ik ben uitgerust. Morgen wil ik met Gentios praten.' Hij kuste Kassandra snel op haar voorhoofd. 'Ik ga me wassen en dan ga ik slapen.' Hij keek naar het raam. 'En hopelijk dromen.'

'Waarvan?'

Telamon antwoordde bijna Egypte, maar hij hield zich nog net op tijd in.

'En de moordenaar?' Kassandra's stem klonk hol in het donker.

'Daar wordt langzaam maar zeker aan gewerkt.' Telamon

gooide water tegen zijn gezicht. Hij greep een handdoek en droogde zich af. 'Ik heb aldoor al gedacht dat Pamenes de sleutel is. Ik heb mijn verdenkingen, maar nog heel weinig bewijzen.'

Hij trok zijn tuniek uit, ging op zijn bed liggen en begon te piekeren. Wat had Aristandros gezegd? Zelfs de grote filosofen konden er niet uit wijs. Natuurlijk had de koninklijke geheimenbewaarder geprobeerd het Pythias-manuscript te vertalen en was het hem niet gelukt. Telamon glimlachte voor zich heen. Aristandros moest woedend zijn geweest. Hij had echter niet alleen zichzelf bedoeld. Had Alexander het manuscript aan zijn vroegere leraar Aristoteles laten zien? Had de grote filosoof geprobeerd het te ontcijferen? Dan had Aristoteles er vast niet veel tijd en energie aan verspild. Hij hield niet van dergelijke raadsels en puzzels, hij hield zich liever bezig met wat hij 'echte problemen' noemde.

'Waar denk je aan?' Kassandra's stem klonk slaperig. 'Ik kan je hersenen bijna rond horen wentelen als de wielen van een wagen.'

'Ik begin te begrijpen waarom Alexander koningin Ada heeft opgezocht. Hij moet hebben geweten dat haar schrijvers druk bezig waren met het Pythias-manuscript. Ik vermoed dat Pamenes, als hij een paar dagen langer had geleefd...'

Hij ging plotseling rechtop zitten.

'Nee hè, wat nu weer?' vroeg Kassandra knorrig.

'Stel je voor dat Pamenes hetzelfde punt had bereikt als ik vanavond, maar dat hij zijn bevindingen nog niet had opgeschreven?' riep Telamon uit. 'Kassandra, denk je even in dat jij een Perzische spion bent. Je hebt een bepaald raadsel opgelost, een geheim dat je opdrachtgevers dolgraag willen kennen. Wat zou je dan het eerst doen?'

'Ik zou ervandoor gaan,' antwoordde Kassandra boos. 'Zo snel als de wind.'

'En dat was precies wat Pamenes wilde doen. Daarom werd hij vermoord. Herinner je je de zadeltassen die Cherolos stal? Die had Pamenes al gepakt, hij was klaar om weg te glippen. Dat wist de moordenaar en hij sloeg toe voordat Pamenes de kans kreeg te verdwijnen.'

De geelbruine ogen van een tamme cheeta met een gouden ketting als halsband staarden glazig naar Memnon, die zijn blik vol walging afwendde.

'Ik heb dat beest nooit gemogen,' mompelde hij. 'Ik zag hem eens een pauw grijpen in de tuin. Orontobates had hem al toen het nog een welpje was.'

Ephialtes lag op een bank te staren naar het plafond van de grote feestzaal in het paleis. Hij tilde een van zijn voeten op en bestudeerde voor de zoveelste keer de schram net boven zijn sandaal.

'Je hebt geluk gehad,' verklaarde Memnon. 'Die pijl had een voltreffer kunnen zijn in plaats van een schampschot.'

'Niet zoveel geluk als Alexander,' antwoordde de Thebaan. 'Als het ons was gelukt die stormrammen de weg af te snijden, hadden we die brug verbrand en het hele zootje afgeslacht.' Hij stak zijn hand op. 'Hoor je het niet, Memnon? Luister eens naar dat gebeuk!'

Memnon stond op en liep naar het raam dat uitzag op de tuin. Het paleis van de gouverneur lag niet ver van de stadsmuren. Memnon sloot zijn ogen en luisterde. Inderdaad, als golven die in de verte tegen de rotsen sloegen, klonk het 'bonk, bonk, bonk' van de Macedonische stormrammen die tegen het metselwerk beukten in een poging zich er een weg doorheen te banen. Memnon opende zijn ogen en genoot van de welriekende geur die uit de tuin kwam.

'Denk je dat ze het Pythias-manuscript hebben vertaald?' vroeg Ephialtes. 'Alexander heeft zijn belegeringstuig naar het noorden verplaatst en nu is hij weer terug. Hij schijnt zich te concentreren op het gedeelte tussen de Tripylonpoort en de toren.'

'Hij zal erdoorheen breken, maar wanneer dat gebeurt, hebben we een verrassing voor hem,' antwoordde Memnon. 'Een volgende grote muur in sikkelvorm, zodat de verdedigers aan beide uiteinden van alles en nog wat op Alexanders genietroepen kunnen laten vallen. Hij kan net zo goed om de maan vragen. Maar het is niet Alexander die me momenteel bezighoudt,' voegde hij eraan toe.

'Mij ook niet.' Orontobates, uitgedost in een donkerpaarsmet-gouden tuniek, zachte, met zilver beklede laarzen aan zijn voeten en een Phrygische muts op zijn zwarte, geoliede krullen, leunde elegant tegen de deurpost.

De cheeta kwam zo geluidloos als een geest naar hem toe, zijn spieren golfden onder zijn satijnachtige vacht. Orontobates ging op zijn hurken zitten en voerde het dier hapjes die hij van de tafel had gepakt. Hij streelde de kop van de cheeta en krauwde hem tussen zijn oren.

'Zo mooi als de dageraad,' mompelde hij. 'Ik moest hem wel bij me houden, want de stad is momenteel onveilig. Ik sluit mijn verblijven in de binnenstad af en breng al mijn kostbaarheden hier.'

Zijn woorden bezorgden Memnon koude rillingen. Hij had de stad versterkt, de muren waren dik en ondoordringbaar. Hij beschikte over voedselvoorraden, munitie, wapens, cavalerie-eskadrons, de beste huurling-hoplieten die voor goud te koop waren en bovendien elitetroepen van Darius' leger. Ze hadden genoeg voedsel en water voor tien jaar en de Perzische vloot lag in de haven. Eigenlijk zou Alexander op het rotsachtige schiereiland moeten kamperen tot hij zwartgeblakerd was door de zon, omdat hij zich vergeefs op een doorbraak bleef werpen.

'Daar hadden we geen rekening mee gehouden.' Orontobates tilde zijn hoofd op, terwijl zijn met juwelen bezette vingers de kop van de cheeta bleven strelen. 'Daar hebben we niet aan gedacht, nietwaar?' herhaalde hij. 'Aan infiltranten.'

Orontobates stond op en ging bij Ephialtes op de bank zitten. Hij keek de zaal rond. De met goud beschilderde muren hadden een versiering van zilver-met-paarse ruiten en druiventrossen. Hetzelfde motief was terug te vinden op de dikke, ronde zuilen. De vloer en het plafond waren van marmer en glinsterden als glas, zodat de illusie ontstond dat je je tussen twee vijvers bevond, boven water en beneden water. De ruimte straalde van licht. Minstens honderd olielampen brandden op richels en in nissen. De meubelen waren van het beste acacia- en sandelhout. Tafels met prachtig snijwerk, ingelegd met goud en zilver, en kunstig gestoffeerde krukjes. De banken waren een persoonlijk geschenk van Darius. Ze hadden een scharlakenrode bekleding met springende gouden leeuwen.

Zal ik dit allemaal in brand moeten steken? dacht Orontobates. Hij spreidde zijn vingers en keek op vanonder zijn wenkbrauwen. Memnon staarde hem aandachtig aan.

'Ben je nerveus, heer gouverneur? Waarom?' Memnon stak zijn eigen hand met gespreide vingers uit. 'Dat doe je altijd wanneer je je bezorgd maakt.'

Orontobates glimlachte. De cheeta sprong naast hem op de bank en wrong zich in bochten tot hij zijn kop op Orontobates' schoot kon leggen.

'Ik ben ook nerveus,' antwoordde de Pers. 'Besef je wel dat er net zoveel van onze soldaten door de straten patrouilleren als er op de muren staan, Memnon?'

'Maar waarom?' riep Memnon uit. 'Tien dagen geleden was de stad van ons. Nu praat je over onrust, verborgen wapens en heimelijke aanvallen op onze soldaten.'

'De pottenbakkerswijk is bijna een garnizoen op zichzelf,' antwoordde Orontobates. 'Maar wanneer we er soldaten heen sturen, glippen onze tegenstanders weg met barse gezichten en duister gemompel.'

'We zouden die buurt moeten omsingelen!' tierde Ephialtes. 'Alles met de grond gelijkmaken en iedereen vermoorden die we daar aantreffen.' Hij kwam met een zwaai overeind en bleef met gespreide voeten zitten. 'Maar er is meer, nietwaar, Orontobates?'

'Onze spionnen doen hun uiterste best in de wijnlokalen en op de markten,' gaf de Pers toe. 'Ze luisteren naar gesprekken. Ze weten zeker dat ze de Macedonische tongval hebben gehoord.'

'Maar er wonen hier ook Macedoniërs,' verklaarde Memnon. 'Elk volk onder de zon woont in Halikarnassos.'

'Jonge mannen?' Orontobates trok zijn wenkbrauwen op. 'Met magere lichamen en smalle gezichten? Stinkend naar paardenzweet?'

'Waarom worden die mannen niet gearresteerd?' snauwde Ephialtes.

'Ik herhaal alleen maar de roddels en geruchten die rondgaan.' Orontobates glimlachte geforceerd. 'Het is natuurlijk mogelijk dat Alexander een geheime colonne de stad in heeft gestuurd voordat we onze poorten sloten.'

'Maar dat zouden dan nog geen honderd man moeten zijn,' verklaarde Memnon. 'Anders zou het zeker zijn opgevallen.'

Orontobates wreef in zijn handen. 'Stel dat...'

'Stel wat?' snauwde Memnon, en ging naast Ephialtes zitten.

'Stel dat het er meer dan honderd zijn,' antwoordde Orontobates. 'Heeft je spion ons niets gemeld?'

Memnon schudde zijn hoofd. 'Hij heeft één pijl afgeschoten voordat Alexander zijn aanval lanceerde,' antwoordde hij. 'Hij waarschuwde ons voor die constructies met platte daken en meldde dat het Pythias-manuscript nog niet was ontcijferd, maar daarna liet hij niets meer van zich horen.' Memnon haalde zijn schouders op.

'Weet je wie het is?'

'Was het maar waar. Hij heeft zijn goud gekregen plus mijn belofte dat de verborgen schat voor hem is als het Pythias-manuscript wordt vertaald. Wat ik wil weten, is wat Alexander gaat doen. Zit er een zwakke plek in de muren? Zal hij die vinden? En hoe zullen we...'

Memnon zweeg bij het geluid van haastig naderende voetstappen. Een van zijn stafofficieren, gedeeltelijk in wapenrusting, stormde de zaal binnen.

'Ik denk dat u beter kunt meekomen, heer!'

'Wat is er?'

'In de tuin, heer!'

Ze volgden de officier alledrie en roken op de zuilengalerij al een brandlucht die door de nachtwind werd meegevoerd. Toen ze buiten rechtsaf sloegen, zagen ze vlammen boven de bomen uitslaan. Paleisdienaren en soldaten waren al druk in de weer met emmers, hovelingen riepen om hulp, trompetten schetterden en cimbalen sloegen alarm.

'Maak een einde aan die paniek!' beval Memnon.

'Wat staat er in brand?' mompelde Ephialtes.

'Zo te zien een van mijn zomerhuizen. Niet ver van de stadsmuur ligt een cipressenbosje, een lusthof, een paradijsje,' verklaarde Orontobates. 'We kunnen het beste...'

'We gaan helemaal nergens heen!' snauwde Memnon. 'Misschien is het een ongeluk, maar het kan ook iets anders zijn!'

Paleiswachten uit de barakken stroomden inmiddels de tuin in. Ze trokken gejaagd hun wapenrustingen aan en werden in het gelid geduwd door hun officieren. Memnons eigen lijfwachten haastten zich met kletterende wapenrustingen naar buiten. De orde werd hersteld. Dubbele rijen gewapende manschappen, Grieken en Perzen met zwaarden, schilden en speren, werden in hoefijzervorm opgesteld en bewaakten de voornaamste toegangen tot het paleis.

Een page rende over het gras naar hen toe met een flakkerende fakkel in de hand. De soldaten lieten hem door. Een officier pakte de fakkel aan en de jongen waggelde voort. Hij viel voor Orontobates op zijn knieën, begon Perzisch te ratelen en wees naar de vlammen. Hij praatte zo snel dat Memnon hem niet kon volgen. Orontobates hief zijn hand op om een eind aan het relaas te maken.

'Heer Memnon,' zei Orontobates met een asgrauw gezicht, 'dat was geen ongeluk! We worden aangevallen!'

De page werd weggestuurd. Memnons stafofficier keerde terug.

'Het vuur is onder controle,' zei hij terwijl hij roet van zijn gezicht veegde.

'Zijn ze de stad binnengedrongen?'

De officier schudde zijn hoofd. 'Nee, heer, er kwamen alleen brandende pijlen vanaf de andere kant van de muur en dit.'

Hij overhandigde Memnon een leren koker zoals door boodschappers werd gebruikt. Het ding was versleten en de band waarmee de koerier hem over zijn schouder kon hangen, was gerafeld en verkleurd. Memnon greep de koker, trok de dop eraf en haalde een rolletje perkament te voorschijn. Hij stapte achteruit om het te lezen.

'Het is niet voor mij.' Hij overhandigde het aan Ephialtes.

De Thebaan griste het naar zich toe en blafte tegen de officier dat hij de fakkel dichterbij moest houden.

'Ik zal je zeggen wat er staat,' mompelde Memnon. 'Alexander van Macedonië aan Ephialtes van Thebe, verrader. Ephialtes van Thebe, maak je maar geen illusies, want je meester Memnon is omgekocht en verraden!'

Ephialtes verscheurde het stuk perkament, gooide de stukken op het gras en boorde ze met een van woede vertrokken gezicht de grond in met zijn hak. 'Ze provoceren ons, Memnon, ze zijn dichterbij dan we denken. Wat geven we als antwoord?'

'Omgekocht en verraden,' mompelde Orontobates. 'Dat betekent dat de verraders dichterbij zijn dan we denken.'

'Heer.'

Memnon draaide zich om. Een hoveling stond op de stoep te wenken. 'Heren, komt u even kijken.'

Ze liepen weer naar de zuilengang, waar nu rook van de brand hing. Memnon had moeite zijn angst te beheersen, toen hij de gelaatsuitdrukking van de hoveling zag. Het was een oude man met een mager gezicht en roodomrande ogen door slaapgebrek.

'De gevangene Eunuch is dood, heren!'

'Wat?' riep Orontobates luid.

Ze volgden de hoveling op zijn weg door het paleis en haastten zich de trappen af naar de doolhof van schimmelige tunnels die naar de kerkers leidden. Ze sloegen een hoek om en werden begroet door geroezemoes van stemmen. Wachtposten en cipiers stonden opeengedrongen bij de deur van de cel waar Eunuch gevangen was gehouden. Memnon duwde iedereen opzij en stapte naar binnen. De ruimte was comfortabel, meer een kamer dan een cel. Eunuch was kennelijk op de tafel geklommen, had het touw om zijn middel losgemaakt en het ene uiteinde aan een haak in een plafondbalk gebonden. Van het andere uiteinde had hij een strop om zijn nek gemaakt en toen was hij gewoon van de tafel afgestapt. Zijn lange lijf hing futloos heen en weer te zwaaien als een kapotte pop, zijn voeten waren gespreid, zijn armen bungelden langs zijn zijden, zijn nek en hoofd waren vreemd verwrongen. Zijn lelijke gezicht was luguber gevlekt, zijn ogen staarden nietsziend voor zich uit en langs zijn kin droop een straaltje speeksel. Memnon snoof en staarde naar de andere kant van de kamer. Sliertjes rook kringelden nog omhoog uit de waterschaal.

'Snijd hem los!' beval hij.

Een soldaat hield het lichaam vast terwijl een andere op de tafel klom en het touw doorsneed. Het lijk van Eunuch werd op de grond gelegd en Memnon knielde ernaast. Het lichaam was nog warm. Hij knipte met zijn vingers. De soldaat overhandigde hem een dolk en Memnon sneed de strop door. Het lichaam schokte enigszins toen de opgesloten lucht uit de longen van de dode ontsnapte.

'Hij is nog maar kort dood.'

Memnon controleerde het hoofd en de nek van Eunuch. Hij kon geen verwonding of kneuzing vinden, behalve de donkerpaarse striem om de keel.

'Wat is er gebeurd?' vroeg hij.

Hij stond op en liep naar de rokende bronzen schaal. Het water was eruit gegoten en er lag nu zwarte, smeulende as in. Memnon keek de cel rond. Alles was in orde: het smalle veldbed, de mantel en de riem die netjes aan een haak in de muur hingen. Een olielamp was gedoofd, maar de andere gloeide nog fel. Op een bank tegen de muur stonden een half leeggegeten bord, een beker en een wijnkruik.

'Wat is er gebeurd?' herhaalde Memnon. Hij wees naar de cipier met het dikke gezicht. 'Jij, Kerberos.'

'We zorgden dat hij het naar zijn zin had.' De cipier liet zich niet intimideren. Hij kwam aanschuifelen met zijn handen smekend gespreid. 'U had ons opgedragen het hem naar de zin te maken, heer.'

'Dat weet ik,' antwoordde Memnon.

'Hij had zijn kleren, een riem, zelfs een mes. Wij cipiers zaten te eten aan de ene kant van de gang, de wachtposten aan de andere kant. We hoorden dat er alarm werd geslagen.'

Memnon richtte zijn blik op de soldaten. 'Dat klopt, heer. We gingen de trap op. Kerberos en de andere cipiers volgden. We vroegen ons af wat er aan de hand was. Iemand zei dat we werden aangevallen, we roken de brandlucht...'

'En toen?'

'Toen ging ik naar zijn cel,' antwoordde Kerberos. 'Ik rook wel een brandlucht, maar ik dacht dat die van buiten kwam. Toen ik door het tralierooster keek, bengelde Eunuch aan zijn nek en kwamen er vlammen en rook uit die schaal. Tegen de tijd dat ik mijn sleutels had gevonden en de deur had geopend...' de man haalde zijn schouders op '...was het al te laat. Eunuch was dood.'

Memnon keek aandachtig naar het vette, sluwe gezicht, de kwijlende lippen en de slinkse ogen die hem nooit recht aankeken.

'Heren,' jammerde de man, 'ik heb met Eunuch gepraat. Hij was doodsbang. Hij geloofde dat hij na het beëindigen van zijn opdracht zou worden gekruisigd. Er was geen uitweg, dacht hij.'

Memnon draaide zich om en staarde in de schaal.

'Heeft hij alles verbrand?' vroeg Ephialtes.

Memnon knikte. 'Hij heeft zijn exemplaar van het Pythias-manuscript en al zijn aantekeningen verbrand.' Memnon sloot zijn ogen om zijn woede in bedwang te houden. 'Kleed dat lijk uit!' Hij liep naar de deur en draaide zich om. 'Nee laat maar, bij nader inzien, dat levert toch niets op. Jij,' hij wees naar de cipier, 'breng hem naar dat vuur daar buiten. Dan is het nog ergens goed voor. Gooi het lichaam erop, dan zijn we het kwijt.'

Toen ze terugkeerden naar de feestzaal stond de hoveling op hen te wachten in de deuropening. Deze keer viel hij op zijn knieën.

'Wat is er?' eiste Orontobates.

De hoveling hief een betraand gezicht op. 'Nog slechter nieuws, heer.'

'Sta op!' siste Orontobates.

De hoveling weigerde. 'U weet dat ik dag en nacht hard heb gewerkt, heren.' Hij sprak langzaam, zodat Memnon en Ephialtes hem konden verstaan. 'Ik luister naar de rapporten die worden binnengebracht door onze spionnen in de stad. Kort voordat er alarm werd geslagen, kwam een van mijn beste spionnen, een nuchtere en intelligente man...'

'Ja?' onderbrak Orontobates hem ongeduldig.

'En deze man,' de hoveling hief zijn hoofd op, 'deze man is bereid om bij de ziel van zijn moeder te zweren dat hij een rot Macedonische schilddragers heel dicht bij het paleis heeft gezien.'

Orontobates greep de man bij zijn tuniek, sleurde hem overeind en schudde hem door elkaar. 'Je liegt! Je spion heeft zich vergist!'

Trillend van angst schudde de hoveling zijn hoofd. 'Ik spreek de waarheid, heer.'

Ephialtes schopte in zijn woede een krukje omver. Orontobates duwde de hoveling de zaal uit en smeet de deur achter hem dicht. De cheeta kwam naar hem toe, maar droop af toen Orontobates uithaalde met zijn voet. Het dier slaakte een kreet en kroop mokkend in een hoek.

'Zou het waar kunnen zijn?' siste Ephialtes. 'Schilddragers! Van de Macedonische garderegimenten? Hier? Hoe dan?'

'Die spion moet worden ondervraagd,' snauwde Memnon. 'Hij had het over een rot, dus misschien twintig of dertig man. Wel,' Memnon probeerde zijn gedachten op een rijtje te zetten, 'het zou een kleine groep kunnen zijn die hier werd verborgen voordat de belegering begon.'

'Maar ze droegen hun wapenrustingen!' schreeuwde Ephialtes. 'Waarom zouden ze wapenrustingen dragen en zo de aandacht op zich vestigen? Snap je het niet, Memnon?' Ephialtes pakte een wijnbeker, dronk hem leeg en smeet hem op de vloer. 'Ze wilden gezien worden. Hoe weten we dat er op andere plekken in de stad geen soortgelijke groepen zijn gesignaleerd? Wat als ze vaandels hebben meegebracht om het gepeupel op te hitsen? Wat als ze goud en zilver uitdelen om mensen om te kopen?'

'En de dood van Eunuch?' onderbrak Orontobates hem. 'Is die wel zo toevallig? Eerst die boodschap aan Ephialtes. En nu zijn er Macedoniërs gesignaleerd binnen de muren.'

Memnon pakte een rol perkament, een gedetailleerde plattegrond van de stad. Hij legde hem op een tafel, waarbij hij bekers en borden wegschoof, en rolde hem uit.

'Heren.' Hij gebruikte enkele bekers om de plattegrond vlak te houden en wenkte zijn twee metgezellen. 'Het is nu niet de tijd voor driftbuien en woedeaanvallen.' Hij liet zijn vinger langs de hoefijzervorm van de stadsmuren glijden. 'Hier hebben we onze stellingen ingenomen.' Hij wees naar het midden van het hoefijzer. 'En hier beuken Alexander en zijn leger tegen de muren. Om dat het hoofd te bieden, hebben we op andere plaatsen slechts een symbolische bezetting achtergelaten en onze troepen hier geconcentreerd. We konden de Macedoniërs niet beletten tot de muur door te breken.' Hij verplaatste zijn vinger. 'Tussen de muren en de haven ligt de weidse stad Halikarnassos. En nu ga ik een soort nachtmerrie beschrijven. Stel dat er zich Macedoniërs in de stad bevinden!' Hij wierp een waarschuwende blik naar Ephialtes dat hij zijn mond moest houden. 'Alleen de goden weten hoe ze hier zijn gekomen of waar ze precies zijn! Laten we er eens van uitgaan dat de stad achter ons in opstand komt, bewapend en geleid door Macedoniërs, terwijl wij de muren bemannen en ons best doen Alexander terug te slaan. Dan zitten we hoe dan ook in de val. Als we ons omdraaien om deze interne bedreiging het hoofd te bieden, kunnen de Macedoniërs doorbreken en zitten wij klem. Als we de opstandelingen negeren, gaat de meute misschien de poorten bestormen en heeft Alexander zijn stormrammen en belegeringstorens niet meer nodig.'

'We kunnen onze troepen verdelen,' merkte Ephialtes op.

'Dat zou betekenen dat we de muren leeg moeten maken en dat zou tot chaos leiden. Je bent een doorgewinterd aanvoerder, Ephialtes. Als er één ding is dat soldaten niet verdragen, is dat het besef dat de vijand niet langer voor hen, maar achter hen is. Sommigen zouden deserteren, er zou muiterij uitbreken en sommigen zouden zich zelfs overgeven. We zouden worden vermoord of als gevangenen aan Alexander worden uitgeleverd.' Zijn blik hield die van Ephialtes vast. 'Hij heeft gezworen dat hij ons hemelhoog zal kruisigen als we in zijn handen vallen.'

Orontobates zette zijn Phrygische muts af en smeet het ding op de vloer. Daarop maakte hij de hals van zijn tuniek los onder zijn schitterende staatsiemantel. 'Wat kunnen we doen?' mompelde hij.

'Je weet wat we moeten doen,' antwoordde Memnon. 'Ik had nooit gedacht dat ik daarin zou toestemmen, maar hoe eerder het gebeurt, hoe beter!'

# Hoofdstuk 12

*Pixodaros, koning van Karië, bood zijn dochter ten huwelijk aan aan Arridhaios.*

Quintus Curtius Rufus, *Historiae Alexandri Magni*, Boek I, hoofdstuk IX

'Waarom heb je je vrouw vermoord?'

Gentios wilde overeind springen, maar Telamon die op een krukje tegenover hem zat, belette het hem. De mond van de acteur ging open en dicht, zijn vingers bewogen nerveus en hij knipperde met zijn ogen. Hij slikte heftig. 'Ik weet niet wat u bedoelt,' stamelde hij.

Telamon keek naar Kassandra die tegen de deur leunde. Hij onderdrukte een geeuw en wreef over zijn gezicht. Hij had heel weinig geslapen, maar het leek hem het beste de koe bij de horens te vatten en de confrontatie met deze moordenaar aan te gaan.

'Je hebt je vrouw vermoord,' herhaalde Telamon. 'Je hebt Demerata gewurgd met een touw.'

'Niet waar!'

'Wie heeft het dan gedaan?'

Gentios' hoofd bewoog krampachtig. Telamon zag de spiertrekkingen hoog in zijn wangen. 'Je bent geen beste leugenaar,' voegde hij er rustig aan toe. 'Als jij je vrouw niet hebt vermoord, wie deed het dan?'

'Een van de anderen, natuurlijk. Misschien was u het zelf wel!'

'Waarom zou ik je vrouw vermoorden? Ik kende haar nauwelijks. Hetzelfde geldt voor Solanos, Bessos en Sarpedon. Je bent een moordenaar, Gentios. Je zit boordevol schuld en berouw. Je was niet echt van plan haar te vermoorden, maar je verloor je zelfbeheersing en het gebeurde gewoon. Je was op zoek naar je vrouw en je vond haar in Pamenes' kamer, waar ze rouwde om haar ex-minnaar. Je geduld was plotseling op. Je kon het uitlokken en plagen niet meer aan. Je had een of ander stuk touw bij de hand en je wikkelde het om haar keel met je krachtige handen. Ze moet in een oogwenk dood zijn geweest, zoals een boer een kip de nek omdraait.'

Gentios probeerde iets te zeggen, maar zijn stem begaf het.

'En toen begon je met die schertsvertoning dat je je vrouw liep te zoeken. Niet je beste optreden, Gentios. Je nam die wachtpost mee naar boven en liet hem de kamer van Pamenes zien. Wat die man niet wist, was dat je Demerata al had vermoord en in Pamenes' kamer had verborgen, onder het bed misschien, of achter de deur. Die deed je open en keek snel de kamer in, die voor het oog leeg was. Daarna hield je de wachtpost aan het lijntje. Terwijl hij beneden zocht, legde jij het lijk van je vrouw op het bed. De soldaat kwam weer boven, terwijl jij zogenaamd nog zocht. Je vroeg hem om met jou de kamers af te gaan en ach, kijk eens aan, je vrouw blijkt dood in Pamenes' kamer te liggen, en ze heeft een strop om haar hals. De wachtpost was je getuige. Je had als een gek lopen zoeken. Jullie hadden al eerder in de kamer van Pamenes gekeken, maar toen was er niemand. Daarom moest de moord wel hebben plaatsgevonden terwijl jullie liepen te zoeken. Dat is allemaal flauwekul, een toneelstuk met een slecht plot.'

'Wat, wat bedoelt u?' kraste Gentios.

'Er werd niemand gezien die naar boven ging of die met Demerata praatte,' antwoordde Telamon. 'Er was geen spoor van een worsteling. Ze mag dan klein en tenger zijn geweest, maar Demerata zou zich zeker hebben verzet tegen iedere onbekende die te dicht bij haar kwam. Nee, jij hebt je vrouw vermoord.' Telamon tikte Gentios zachtjes op zijn schouder. 'Je hebt haar gewurgd, haar lichaam verstopt, die zinloze zoekpartij op touw gezet en gezorgd dat die wachtpost erbij was toen je besloot dat de voorstelling was afgelopen.'

'Welke bewijzen hebt u hiervoor?'

'Meer dan genoeg. Zal ik de wachtpost vragen wie er de trap op zijn gegaan? Wie Demerata naar die kamer bracht? Wat haar bewoog daarheen te gaan?' Telamon zweeg even. 'Er zijn meer bewijzen. Jij zit vol schuldgevoelens en berouw. Toen ik het lijk onderzocht, leek je volkomen op te gaan in je verdriet, je was nauwelijks aanspreekbaar, maar nadat de wachtpost zijn verhaal had gedaan, gaf je logische antwoorden. Je moet naar ieder woord van hem hebben geluisterd.'

Gentios' gezicht ontspande zich, zijn schouders zakten.

'Waarom heb je haar vermoord?' vroeg Kassandra zachtjes.

'Omdat ik van haar hield. Demerata was mijn publiek, mijn inspiratie. Elke ziel heeft zijn lied en zij was het mijne.' Gentios' ogen vulden zich met tranen. 'We ontmoetten elkaar zo'n zestien jaar geleden in Athene, bij het bloemenfestival. Ze was de dochter van een wijnhandelaar, een klein, donker ding. Ze kwam elke avond naar mijn voorstelling kijken. Ik werd halsoverkop verliefd op haar. We kregen geen kinderen, maar ze reisde met me mee van stad tot stad waar ik de toejuichingen van de beroemden en de machtigen in ontvangst nam.' De tranen rolden over zijn wangen. 'Vrouwen achtervolgden me, maar ik zag hen niet staan. Demerata had echter ook haar aanbidders. Aanvankelijk verdroeg ik dat, want ik dacht dat er geen kwaad in stak, maar op den duur wist ik dat er iets mis was, als grote hiaten in een tekst. Hier was het een jonge soldaat, daar een jonge dichter. Al snel was ik een hoorndrager, maar ik hield meer van haar dan ooit. Ik accepteerde het. Ze zwoer altijd dat ze het nooit meer zou doen, dat ze me trouw zou zijn en dat ze echt alleen van mij hield. Ik beschouw mezelf als een groot acteur, geneesheer, maar bij nader inzien acteerde Demerata veel beter dan ik.' Hij lachte scherp. 'Zij was overstuur wanneer ze haar belofte brak, en ik was er kapot van, want het was mijn hart dat werd gebroken. Maar om op Pamenes terug te komen...' Gentios zuchtte. 'Toen we hoorden dat Macedonië de grote slag aan de Granikos had gewonnen, leek het ons veiliger de wegen aan de marcherende troepen over te laten en een tijdlang onze toevlucht te zoeken aan het hof van koningin Ada in haar vesting Alinda. Het was er koel, een verademing na alle hitte en stof. Die mollige oude koningin verwelkomde ons met open armen.'

'En daar ontmoette Demerata Pamenes?'

'Daar ontmoette ze Pamenes. Deze keer lag het anders, dit was geen vluchtige affaire.' Gentios slikte een snik weg. 'Demerata was dol op hem. In die tijd gonsde het hele hof van de geruchten en de speculaties: Dat Alexander naar het zuiden marcheerde. Dat we de grote stad Halikarnassos zouden moeten belegeren. Dat er zwakke punten in de muren zaten. Kortom, het Pythiasmanuscript werd de spil van koningin Ada's leven. Solanos, Bessos, ik heb hen allemaal ontmoet.' Gentios wuifde het weg.

'Werden Demerata en Pamenes geliefden?'

'Ja, ze werden geliefden. Tegen die tijd was ik de inschikkelijke echtgenoot. Ik was doodsbenauwd dat Demerata me zou verlaten en daarom besloot ik de andere kant op te kijken. Uiteindelijk ging ik weg uit Alinda. Demerata's hart werd verscheurd, maar wat kon mij haar verdriet schelen? Ik had de gunst van Alexander verkregen.' Hij spreidde zijn handen. 'De rest weet u.'

'Heb je ruzie gemaakt met Demerata over Pamenes?'

'Ze zwoer dat ze me trouw zou zijn en hem zou mijden, maar hij was een knappe vent, met zijn donkere, gevoelige ogen en zijn gesloten gezicht. Ik wist dat ze loog,' zei hij bitter. 'Ze keerde naar hem terug als een hond naar zijn kots.'

'En de avond voordat Pamenes stierf was je op zoek naar Demerata?'

'Ik was op zoek naar haar, geneesheer, en ik vond haar laat op de avond in Pamenes' kamer. Ze zaten samen op zijn bed. Oh, ik heb hen nooit op heterdaad betrapt, maar ik voelde het gewoon. Als ik ergens talent voor heb, is het wel dat ik het verschil tussen de realiteit en een toneelspel kan zien. Daar zaten ze, met rood aangelopen gezichten. Hun kleren zaten schots en scheef, en er stond een beker wijn op de grond.'

'Kregen jullie ruzie?'

'Ik wierp hun alleen een woedende blik toe, sloot de deur en liep stilletjes weg. Ik deed alsof ik sliep toen Demerata bij me kwam. Ik besloot te blijven doen alsof er niets was gebeurd. Ik repeteerde mijn tekst, terwijl zij de rol speelde van de volmaakte, plichtsgetrouwe echtgenote die me souffleerde wanneer ik mijn regels vergat en die me aankondigde met gekletter van cimbalen.' Hij glimlachte flets en veegde zijn wangen af met de rug van zijn hand. 'Toen Pamenes dood werd gevonden, hield ik me groot. Ik trok mijn gezicht in een ernstige plooi en ik deed alsof ik het me aantrok.'

'Heb jij hem vermoord?' vroeg Kassandra zonder acht te slaan op de waarschuwende blik van Telamon.

'Ik bleef uit de buurt van de kamer van die huwelijksverwoester,' antwoordde hij scherp. 'Ik heb hem niet vermoord, maar ik was dolblij dat hij dood was. Ik ben de boomgaard ingelopen en daar heb ik als een dolleman staan dansen van vreugde.'

'Verdacht je iemand?' vroeg Telamon.

Gentios lachte smalend en keerde zich af. 'Ik heb u gadegeslagen, geneesheer. U bestudeert symptomen, nietwaar? Altijd zoeken, altijd observeren. Ik weet het echt niet! Solanos, Bessos, Sarpedon en Pamenes! Vier handen op één buik. Een gesloten, zwijgzame groep.'

'En Cherolos?'

'Oh, die is er pas veel later bijgekomen. Ik kan die Cherolos niet zo goed plaatsen met zijn voorliefde voor slangen en die rare cultus. Gelooft u in de goden, Telamon? Ik niet. Cherolos is waar hij zich voor uitgeeft, een priester en mogelijk ook koningin Ada's spion die de rest in de gaten moet houden.' De acteur schudde zijn hoofd. 'Dat weet ik niet zeker en het kan me eigenlijk ook niet schelen.'

'Maar gisteren gebeurde er iets waar je niet op had gerekend?' vroeg Telamon.

'Oh, alles begon goed. Alexander beloofde dat wanneer hij Halikarnassos had ingenomen...'

'Pardon?' onderbrak Telamon hem.

'Hij zei dat hij de stad zou innemen zoals Agamemnon Troje innam, meer weet ik er niet van. Hoe dan ook, wanneer Halikarnassos valt, mag ik optreden in het grote theater daar. Ik was dolblij. Als ik de begunstiging van Alexander van Macedonië wist te winnen...'

'Maar Demerata gooide roet in het eten?'

'Ja, ze was weg. De wachtpost zat beneden te slapen, de rest was in de tuin en ik zag Sarpedon in de keuken. Ik vond Demerata in Pamenes' kamer. Ze zat huilend op de vloer geknield en prevelde een liefdesgedicht. Ze hoorde me niet binnenkomen. Ik ging achter haar staan. Het was het liefdesgedicht dat me door mijn ziel sneed. Pamenes was dood, maar ze zocht nu zijn schim op voor haar liefdesverklaringen. Ik had een stuk koord in mijn zak, het soort dat je door de oogjes van een tuniek rijgt. Het ene ogenblik stond ik achter haar, het volgende had ik het koord om haar keel geslagen. Ik trok het snel strak. Ze stribbelde nauwelijks tegen, niet meer dan een fladderend vogeltje dat je in je hand houdt. Plotseling was ze dood. Ik verborg haar lichaam achter de deur.' Hij trok een grimas. 'Demerata was klein. Daarna voerde ik die schertsvertoning op, niet erg overtuigend, zeker?'

Telamon schudde zijn hoofd.

'Ik besefte wel dat het slechts een kwestie van tijd was,' zei Gentios peinzend, 'maar ik hoopte dat u zou worden afgeleid door andere dingen. Demerata's dood had nog een mysterie in de rij van vreemde moorden kunnen zijn die hier hebben plaatsgevonden.' Hij keek Telamon indringend aan. 'U bent veel scherpzinniger dan ik dacht. U had een geweldig acteur kunnen worden, geneesheer. Ik zou u de rol van Kreon in *Antigone* hebben gegeven, of misschien die van Oidipous zelf.'

'Er was nog een fout die je maakte.' Telamon glimlachte dunnetjes. 'Bij de brandstapel droeg je een tekst voor uit *Antigone*. Als ik het me goed herinner, zei je: "De jagers uit de hel die achtervolgen en vernietigen, liggen op de loer voor mij." Maar dat klopt niet. In het stuk praat Tereisias tegen koning Kreon en het moet zijn: "De jagers uit de hel die achtervolgen en vernietigen, liggen op de loer voor jou!" Eigenlijk bekende je daarmee al schuld.'

'Is dat zo?' Gentios schoof zijn krukje achteruit. 'Heb ik me zo versproken?' Hij wreef met zijn handen over zijn gezicht. 'En wat is mijn lot, geneesheer?'

'Het is niet aan mij om daarover te beslissen. Het moet wachten tot de koning op de hoogte is gesteld.' Telamon vertederde door het oprechte verdriet in Gentios' ogen. 'Als je de waarheid hebt verteld, werd je wel erg geprovoceerd. Een tijdelijke crisis die de goden soms kunnen sturen.'

'Of de demonen uit de Hades!' kaatste Gentios terug.

'Je zult hier worden vastgehouden,' vervolgde Telamon, 'maar er is een manier om de koning milder te stemmen.'

Gentios kneep zijn ogen halfdicht.

'Herinner je je de avond waarop je naar Pamenes' kamer ging? Was het toen donker?'

Gentios knikte.

'Maar in zijn kamer waren olielampen?'

'Ja, ja, ze waren aangestoken. Drie of vier, als ik me goed herinner.'

'Probeer je voor de geest te halen wat je nog meer hebt gezien,' drong Telamon aan. 'Over Pamenes en Demerata hebben we het al gehad, maar wat was er nog meer? Alsjeblieft, Gentios, denk na!'

De acteur kruiste zijn armen en ging met gebogen hoofd zitten. Telamon hoorde hoefgetrappel op de binnenplaats, gevolgd door geschreeuw en geroep, maar hij negeerde de geluiden.

'Hoe was Pamenes' kamer, Gentios? Kun je je dat herinneren? Je bent acteur, je hebt een uitstekend geheugen. Wat zag je toen je in de deuropening stond: de duisternis, de plassen licht van de olielampen.'

'Het was er heel netjes,' zei Gentios. 'Ja, dat was wat me opviel. De schrijftafel was leeg, er lagen geen manuscripten op.'

'Weet je dat zeker?'

'Heel zeker, en er was ook nog iets anders.'

Telamon slikte zijn ongeduld in, want hij wilde geen suggesties doen.

'Pamenes' zadeltassen leunden tegen de muur. Ze stonden open en ze waren gevuld met kleding.'

'Kreeg je de indruk dat hij op het punt stond te vertrekken?'

Gentios keek snel op. 'Waarom vraagt u dat?'

'Gewoon een vermoeden. Waarom bezocht Demerata hem juist die avond?' Telamon liet niet los. 'Heeft ze daar iets over gezegd?'

'Later treurde ze om hem. Ik zei er wat van en ze keerde zich tegen me. Ze beweerde dat Pamenes' dood geen verschil maakte. Als hij was blijven leven, zou ze hem niet meer hebben teruggezien.'

'Hij was dus van plan weg te gaan...'

Telamon zweeg omdat hij voetstappen hoorde en er op de deur werd geklopt. Hephaistion, gekleed in de wapenrusting van de cavalerie, kwam binnen. In zijn ene hand droeg hij een oorlogshelm en in de andere een kleine rijzweep.

'Gegroet, nieuwe Patroklos!' siste Kassandra. 'Halsoverkop hierheen gestuurd door de geliefde Achilles!'

Hephaistion was wel gewend aan haar plagerijen en knipoogde naar haar. Toen keek hij naar Telamon en vervolgens naar Gentios. 'Problemen, geneesheer?'

'Problemen,' beaamde Telamon. 'Des te meer door jouw komst.'

'Onze meester heeft ons nodig,' mompelde Kassandra.

Hephaistion maakte een weids gebaar. 'Ik kom je halen. De koning heeft je advies nodig. Hij wil je bij hem in de buurt hebben.'

Telamon kwam overeind. 'Wachtpost!' schreeuwde hij.

De soldaat die voor de deur stond, kwam binnen. Telamon wees naar Gentios.

'Deze man moet in zijn kamer blijven. Eten en drinken moeten hem daar worden gebracht. En jij gaat met hem mee, waar hij ook heen gaat.'

De soldaat ging rechtop staan, zijn hand zakte naar het gevest van zijn zwaard. 'En als hij probeert te ontsnappen, heer?'

'Ik zal niet ontsnappen,' verklaarde Gentios vermoeid terwijl hij opstond. 'Ik zal zeker niet ontsnappen. Ik zal nooit kunnen ontsnappen aan wat ik heb gedaan.'

Hephaistion keek vragend naar Telamon, die zijn hoofd schudde als antwoord.

'Kun je je nog iets anders herinneren?' vroeg Telamon.

Gentios draaide zich in de deuropening om. 'Ja, de laatste ademtocht van mijn vrouw.' Zijn handen gleden naar zijn oren. 'Die hoor ik waar ik ook ga.' Daarop voerde de soldaat hem weg.

'Nee, vraag me maar niets.' Telamon rekte zich uit om de kramp in zijn rug te verlichten. 'Vertrekken we meteen?'

'Ik heb paarden meegebracht,' antwoordde Hephaistion. 'De koning zal wel willen weten hoe het staat met het Pythias-manuscript.'

Telamon staarde hem aan.

'We kunnen nu beter gaan,' drong Hephaistion aan. 'De koning heeft elke soldaat nodig. Ik moet hier twee wachtposten achterlaten en het stelletje luiwammesen ophalen dat op dat veld een beetje in de zon ligt.'

'Hoezo, wat is er gebeurd?' vroeg Telamon dringend.

'Dat vertel ik je onderweg wel.'

Korte tijd later, toen ze hun spullen hadden gepakt, verlieten Telamon en Kassandra de Villa van Kybele, omringd door de manschappen van Hephaistion. Twee officieren bleven achter om de troep soldaten die op het veld bivakkeerde tot de orde te roepen. In het begin kreeg Kassandra te maken met lichte scherts van het escorte, totdat een van de mannen te dichtbij kwam met zijn paard en aan haar rode haar trok. Kassandra gooide hem een obscene opmerking naar zijn hoofd. Hephaistion gromde iets over zijn schouder en daarna lieten de ruiters haar met rust.

'Waar was je zonet mee bezig?' vroeg Hephaistion aan Telamon.

'Dat vertel ik je wanneer ik het aan de koning heb verteld.'

'Ging het over het Pythias-manuscript?'

'Dat zal ik aan de koning vertellen.' Telamon glimlachte. 'En hij kan het dan aan jou vertellen.'

Hephaistion zette zijn helm op en keek met half dichtgeknepen ogen naar de lucht. 'We hadden een hoop opwinding gisteravond,' verklaarde hij. 'Er was iets aan de hand in de stad. Alexander zag de brandende pijlen waarop hij wachtte.'

'Brandende pijlen?' vroeg Telamon verbaasd.

'Ja, vijf of zes stuks tegen de donkere hemel. Alleen de goden weten wat ze betekenen. Alexander was buiten zichzelf van vreugde.'

Ze reden in galop. De weg werd drukker door karren die proviand aanvoerden, schildwachten van afgelegen buitenposten en eenheden die teruggingen naar het hoofdkamp. Ze bestegen de heuvel en toen strekte het Macedonische kamp zich voor hun ogen uit. Het contrast was scherp. De golvende grasvlakte leek te verdwijnen onder een zee van tenten, paviljoens, lukraak in elkaar geflanste hutjes, kuddes paarden, wachtposten, greppels en de zwarte rook van het kamp die overal opsteeg tegen de zonnige blauwe hemel. De frisse lucht van het platteland werd verdrongen door de scherpe stank van houtvuren, verbrand vlees, paardenmest, leer, zweet en was. Kortom, het was te ruiken dat tienduizenden mannen daar kampeerden in afwachting van een bloedige veldslag.

Hephaistion leidde zijn troep door de hoofdingang van het kamp naar de brede laan die door de kampcommandant vrij werd gehouden. Telamon keek om zich heen. 'De hele wereld komt achter een leger aan,' mompelde hij.

De plaatselijke boerenbevolking was massaal op komen draven met handkarren en kruiwagens boordevol levensmiddelen: hardgebakken brood, overrijp fruit, leren emmers met bronwater. De sterke geur van keukenkruiden vermengde zich met de doordringende lucht van visolie en vijgen. Rondreizende artiesten waren neergestreken om de soldaten te vermaken. Zo draaide een groep Syrische danseressen met beschilderde gezichten en zwart haar dat over hun rug hing, met hun lenige, glanzend geoliede lijven onder het gerinkel van hun armbanden en het meeslepende ritme van luit en trommel. Ze dansten als een zee van bewegende kleuren en klapten in hun handen, terwijl de soldaten meeklapten en hen vol enthousiasme aanmoedigden. Een waarzegger beweerde luidkeels dat hij kon voorspellen wie succes zou hebben in de strijd en wie niet.

'Ik durf er een zilverstuk onder te verwedden dat hij niemand voorspelt dat hij zal sneuvelen,' zei Hephaistion.

Barbiers en kwakzalvers hadden hun provisorische kraampjes opgezet. Marskramers boden goedkope armbanden en ringen te koop aan. Tovenaars verkochten amuletten om het kwaad af te weren. Af en toe zag Telamon een bekend gezicht en stak hij zijn hand op als begroeting.

'De hospitaaltenten staan aan de andere kant van het kamp, omdat daar meer schaduw is,' zei Hephaistion, 'maar ik geloof niet dat Alexander je daarvoor nodig heeft.'

Ze bereikten de koninklijke enclave die werd bewaakt door een regiment zilverschilden, het keurkorps van schilddragers. Paardenknechten namen hun paarden over en Hephaistion liep met Telamon om het grote altaar dat werd omringd door trofeeën. Kassandra moest buiten wachten toen Telamon in de koninklijke tent verdween, waar hij verbaasd bleef staan. Hij had verwacht dat hij Alexander daar omgeven door zijn aanvoerders over kaarten gebogen zou aantreffen, maar de tent was donker, de olielampen waren niet aangestoken. Er bewoog een stapel kleren op een bank en Alexander kwam tevoorschijn. Hij wreef over zijn slaperige gezicht toen hij opstond om Telamon te begroeten. Zijn haar was netjes gesneden, zijn gezicht was geschoren en zijn tuniek was schoon. Hij rook heerlijk naar geparfumeerde olie.

'Ik heb geslapen.'

'Heb je gedroomd?'

Alexander wreef in zijn ogen. 'Nee, ik krijg geen nachtmerries meer. Die arts uit Korinthe, Nikias, heeft me een slaapdrank gegeven.'

'Wees voorzichtig met dergelijke middelen,' waarschuwde Telamon. 'Je kunt ervan in slaap vallen en nooit meer wakker worden.'

'Slaap is de broer van de dood,' citeerde Alexander de beroemde regel. Hij greep een mantel van een haak die in een van de tentpalen was gedreven en steunde op Telamon terwijl hij naar de tentflap liep. 'Hoe staat het met het Pythias-manuscript?' mompelde hij.

'Weet je dat het een brief van de architect Pythias aan je vader is?'

'Ik vermoedde het al.' Alexanders gezicht veranderde niet. 'De brief kwam vijf dagen voor zijn dood in Pella aan. Je weet hoe mijn vader was, hij had het altijd druk met zijn gasten. Hij heeft de brief dus nooit helemaal vertaald. Maar val me nu niet lastig met vragen, Telamon, wacht gewoon af.' Alexander verhief zijn stem. 'Hephaistion!' brulde hij. 'Een eskadron bereden gardisten. Ik wil Telamon laten zien hoe druk we het hebben gehad!'

Pages kwamen aanrennen met de koninklijke wapenrusting. Alexander greep zijn oorlogshelm en joeg de pages weg. Er werden paarden gebracht en ze stegen op. De greppel die ze overstaken verspreidde een walgelijke stank door menselijke uitwerpselen, het smerige braadvet dat de soldaten gebruikten en de scherpe rook die overwaaide van de brandstapel achter de kamppalissade. Ze verlieten het begroeide land en bereikten de zinderende kaap waar de witte rotsen de brandende gloed van de zon weerkaatsten.

Alexander was teruggekomen op zijn oorspronkelijke aanvalspunt en ramde de muren bij de grote Tripylonpoort. Telamon had nog nooit zo'n verwoesting gezien. De muren van Halikarnassos leken verbrand door een gigantisch vuur, ze waren zwartgeblakerd en gescheurd van de grond tot de borstwering. De gapende gracht werd langzaam gevuld met aarde en op sommige plekken met nog meer platte daken. Er was nu zelfs een brug naar de hoofdpoort van de stad. De pijlschieters, katapulten, blijden en andere belegeringswerktuigen waren nog dichterbij geduwd en werden nu beschermd door hoge houten, met leer overtrokken schilden. Het gevechtsterrein tussen de belegeringstoestellen en de gracht lag bezaaid met lijken. Alexander volgde Telamons blik.

'Ik heb boodschappers moeten sturen om toestemming te vragen onze doden te bergen,' mompelde hij.

'En is Memnon daarmee akkoord gegaan?'

'Hij moet wel,' antwoordde Alexander grimmig. 'Het is een Griek. Op een dag moet hij misschien om dezelfde gunst verzoeken.'

Telamon keek omhoog naar de verdedigingswerken. De tussenruimten in de kantelen waren weggewerkt met houten schilden, maar hij kon wapenrustingen zien glinsteren. Af en toe werd een van de schilden abrupt verwijderd en loste een groep opeengepakte boogschutters een salvo. Ze trokken zich dan terug voordat de Kretenzers, die beneden rondslopen als wolven, konden reageren.

'Er zit zeker helemaal geen zwakke plek in de muur?' vroeg Telamon terwijl hij naar een zwarte olievlek staarde die de hele muur onder een van de stadstorens leek te bedekken.

'Nee maar, heb je het hele manuscript al ontcijferd?'

'Nee, ik ben nog maar net begonnen.'

'Er is geen zwakke plek,' fluisterde Alexander. 'Ik durf te wedden dat dit gedeelte van de muur net zo robuust en sterk is als elk ander stuk.'

Hij zweeg toen er een hoorn schalde. De windassen van de katapulten en blijden werden met geknars en gekreun aangedraaid, de katrollen slipten, schreeuwende mannen herlaadden de machines en maakten ze schietklaar. Weer klonk de krijgshoorn, een lange, schetterende stoot.

'Los!' schreeuwde een officier.

De projectielen werden met veel gesuis en gierende hefbomen gelost. De dodelijke reuzenpijlen, rotsblokken en vuurpotten smakten tegen de muren of vlogen over de kantelen en veroorzaakten chaos aan de andere kant. Voor de stormrammen langs de muur was dit het signaal hun ritmisch gebeuk te hervatten. Rijen Kretenzische boogschutters in rode krijgsrokken kropen naar de vijand met hun pijlen in de aanslag. Op de kantelen werden de schilden verwijderd en het regende vuurpotten en rotsblokken op de met dik leer bedekte schuine daken die de stormrammen beschermden. Alexanders genietroepen reageerden onmiddellijk. Een vuurpot die door een katapult werd weggeslingerd, raakte vijandelijke boogschutters die op een kluitje tussen de kantelen stonden. Ze veranderden in menselijke fakkels. Een van de mannen viel als een levend stuk brandhout van de muur, kwam op de platte daken terecht en gleed ten slotte de gracht in.

'En zo gaat het dag in dag uit door,' mompelde Alexander, 'hoewel ze me een verrassing hebben beloofd.'

Hij liet ondanks Hephaistions waarschuwing zijn paard een stukje verder lopen. Telamon voelde dat er iets op komst was. Hij zag brand uitbreken bij de muur waar een van de stormrammen aan het werk was. Plotseling verlieten de mannen die de ram bedienden het beschermende huisje en renden naar de dekking van de boogschutters. Telamon keek vol verbazing toe.

'Kijk!' schreeuwde Alexander. 'Daar!'

Er was een scheur in de muur verschenen net boven de stormram die nu door de Macedoniërs was verlaten. De spleet werd breder, het metselwerk scheurde alsof het een stuk perkament was, er klonk gerommel van vallende stenen en het gedeelte van de muur boven de stormrammen stortte in, waarbij grote wolken wit stof vrij kwamen. Hierna regende het vallende stenen. Het bovenste gedeelte van de muur leek even intact te zullen blijven en hing als een brug in de lucht, maar met nieuwe stofwolken, gevolgd door stenen en brokken metselwerk, stortte ook dit gedeelte onder luid geraas in. Alexanders gezicht was niet slaperig meer, hij glimlachte breed. De belegeringstoestellen hielden op met vuren en er brak een luid gejuich uit langs de hele Macedonische linie.

Een poosje heerste er verwarring. Het ingestorte stuk muur vormde een enorme berg scherpe rotsen en keien. Er kwamen nog steeds wolken stof uit. De muur aan weerszijden van de grote bres was nu verlaten. Het stof trok op en de Macedonische vreugdekreten stierven weg.

'Dat dacht ik al!' riep Hephaistion. 'Ze hebben een halvemaan gebouwd.' Hij gaf de vorm van een sikkel aan met zijn vingers. 'Er staat zo'n muur achter de muur.'

Telamon zag wat Hephaistion bedoelde. Er was een muur opgetrokken die sterk leek op de verdedigingsmuur van de stad. Dit enorme sikkelvormige schild van steen was niet zo hoog als de stadsmuur, maar wel versterkt en voorzien van een borstwering. Vijandelijke soldaten en boogschutters hadden hun stellingen al betrokken. De ingestorte muur had het huisje van een stormram verpletterd, maar volgens Hephaistion was de stormram zelf gespaard gebleven.

'Nu begint de pret pas echt,' fluisterde hij. 'Wanneer we de halvemaan aanvallen, kan Memnon door gebruik te maken van de nieuwe en de oude muur salvo's afschieten op onze flanken.'

Alexander leek zich echter geen zorgen te maken en beval zijn kapiteins de stormrammen naar voren te brengen.

'Zorg dat de nieuwe muur wordt getroffen!' riep hij. 'Die kan onmogelijk net zo sterk zijn als de oude.'

Daarop keerde hij zijn paard. Telamon en de rest kregen een wenk dat ze mee moesten naar het kamp. Onderweg hoorden ze het gebrul van de soldaten en het geknars en gebonk van de katapulten en blijden toen de woeste aanval werd hervat.

Eenmaal terug in de koninklijke enclave gaf Alexander Telamon toestemming Kassandra op te zoeken. Ze was naar een aangrenzend paviljoen gebracht dat ze moesten delen met de andere koninklijke lijfartsen. Toen Telamon daar was geweest, moest hij weer naar de tent van de koning.

'Ik wil dat je doorgaat met het Pythias-manuscript.' Alexander wees naar een tafel waarop alles was klaargezet, zelfs de olielampen waren aangestoken.

'Waarom nu?' vroeg Telamon. 'Wat is er zo dringend?'

'Ik wil weten wat erin staat. Ik wil het graag weten voordat ik Halikarnassos inneem.'

'Waarom moesten de anderen achterblijven in de Villa van Kybele?'

'Omdat ik hen niet vertrouw. Een van hen is een spion en een moordenaar. Hephaistion zei iets over een moord op Demerata, klopt dat?'

'Die moord heeft Gentios gepleegd,' antwoordde Telamon. 'In een vlaag van jaloezie. Hij staat onder bewaking.'

'Oh, ik zal hem laten gaan,' mompelde Alexander en Telamon kreeg een wenk dat hij aan de tafel moest gaan zitten.

'Als je hen niet vertrouwt, waarom liet je hen dan aan het Pythias-manuscript werken?' vroeg Telamon terwijl hij zijn tas opende en er zijn schrijfmateriaal uithaalde.

'Ik moest koningin Ada's hulp wel aanvaarden.'

'En je hebt alle hulp nodig die je kunt krijgen.' Telamon opende zijn inktpot. 'Je hebt al eerder geprobeerd dit te laten vertalen, nietwaar?'

'Natuurlijk! Aristandros heeft het geprobeerd, maar hij bracht er niets van terecht en werd alleen maar kwaad. Ik heb het aan Aristoteles gegeven en die verklaarde dat het beneden zijn waardigheid was.' De koning kneep zijn ogen halfdicht. 'Ik weet niet of hij het moeilijk vond of dat hij er gewoon geen zin in had. Je prestatie is opmerkelijk, Telamon.'

'Welnee,' antwoordde de arts. 'Die eer komt Pamenes, de dode schrijver toe. Hij heeft me de sleutel zo goed als aangereikt, maar daarmee zijn we er nog niet.'

Hij legde Alexander uit wat Pamenes had ontdekt. De koning zat op de rand van zijn bed en luisterde aandachtig. Af en toe knikte hij of stelde hij een vraag. Na Telamons relaas ging Alexander languit op zijn bed liggen mompelen met een arm over zijn ogen.

Telamon boog zich weer over zijn vertaling. Hij werd voortdurend gestoord. Boodschappers kwamen en gingen, aanvoerders brachten fluisterend verslag uit. De dag verstreek, Telamon vertaalde regel na regel. Hij liep tweemaal naar buiten om een luchtje te scheppen en Kassandra op te zoeken, maar keerde dan weer terug naar zijn taak. In het begin ging het langzaam, maar toen hij achter de foefjes van Pythias kwam, kon hij opschieten. Al snel begreep hij waarom Alexander zo graag het geheim van dit manuscript wilde ontdekken. Hij vertaalde een regel en keek op.

'Wist je dat de Villa van Kybele ooit in bezit van Pythias zelf was?' vroeg hij.

Alexander, die nu in een kampstoel hing met een kaart op zijn knieën, keek snel op. 'Weet je het zeker?' Hij bestudeerde Telamons gezicht. 'Ja, je weet het zeker,' zei hij glimlachend. 'En wat staat er nog meer?'

'Pythias heeft zijn schat niet in de stad begraven, maar ergens in die villa.'

Telamon vloekte en sloot zijn ogen. Beelden doken op en verdwenen weer. Solanos en Bessos in de tuin, nooit op dezelfde plek. Sarpedon die voor de planten zorgde en stond te spitten alsof het zijn eigen akker was. Pamenes languit onder dat raam, met een plas donkerrood bloed als een aureool om zijn verbrijzelde hoofd. Solanos die niet wilde dat de keukenmeisjes en koksjongens door het huis dwaalden.

'Wat is er?' Alexander keek hem nieuwsgierig aan.

'Ik geloof dat ik weet wie de spion is en hoe Pamenes werd vermoord. We zijn om de tuin geleid.'

'Dat worden we toch altijd,' antwoordde Alexander scherp.

'Wist je het?'

De koning schudde zijn hoofd. 'Ik weet slechts drie dingen, Telamon. Ten eerste: Pythias stuurde die brief naar mijn vader en koningin Ada bewaarde er een kopie van. Een of andere spion aan haar hof maakte er een afschrift van en gaf het afschrift aan de Perzen. Ten tweede: Toen Pythias hoorde dat mijn vader dood was – en ongetwijfeld ook omdat hij wraak wilde nemen op de heersers van Halikarnassos – moet hij het gerucht hebben verspreid dat het manuscript geheimen bevatte over een zwakke plek in de muren van Halikarnassos.' Alexander zuchtte. 'En ook dat hij zijn schat in de stad begroef voordat hij die ontvluchtte. Ik wist niet dat de Villa van Kybele van hem was!'

'En ten derde?'

Alexander rolde de kaart op, legde hem op tafel en liep naar de tentflap. Hij beval de schildwachten een stukje verderop te gaan staan, haalde een krukje en ging naast Telamon zitten.

'Zal ik je het derde geheim openbaren, Telamon? Pythias stuurde een boodschapper naar mijn vader met dat manuscript. Hij meldde iets opmerkelijks – dat de zwakke plek van Halikarnassos in de rotsen van Nyssa lag.'

'Nyssa?' riep Telamon uit.

'Ja, die rotsen aan de oostkant van de stad zijn doorzeefd met grotten. Volgens Pythias had een van die grotten een oeroude geheime doorgang die onder het schiereiland lag en in de stad uitkwam. Pythias liet mijn vader weten dat hij door die tunnel was gegaan. Op sommige plaatsen was hij nauw, niet meer dan drie voet breed, hier en daar was hij bovendien geblokkeerd, maar een flinke soldaat zou er wel doorkomen. Je weet dat mijn vader de ambitie had het Perzische rijk binnen te vallen. Halikarnassos is de belangrijkste haven aan de Egeïsche Zee, vroeg of laat moet hij worden ingenomen. Philippus stuurde dus spionnen naar Halikarnassos en die verkenden de rotsen van Nyssa. Velen van hen kwamen niet terug, maar eentje bracht goed nieuws. Het was dezelfde boodschapper die Pythias met het manuscript naar Philippus had gestuurd. Een geslepen man die zich de zanger van Ephese noemde!'

'De zanger van Ephese?' riep Telamon verbaasd.

'Scherp van oog en scherp van geest. De zanger vond de ingang en de weg naar de stad. Ik stuurde hem weer terug als spion, maar hij liet zich nooit meer zien. Waarschijnlijk werd hij gegrepen en terechtgesteld. Gelukkig heb ik een ruwe kaart aan hem te danken. Toen ik in deze contreien aankwam, zocht Ptolemaios persoonlijk een aantal dappere mannen van het zilverschilden-regiment uit en een stel vertrouwde officieren...'

'Dus daar zat Ptolemaios!'

'Ptolemaios heeft het heel, heel druk gehad,' antwoordde Alexander. 'Zoals een kleermaker een draad door een naald rijgt, zo heeft Ptolemaios soldaten door die tunnel de stad in gesluisd. Ze moesten zich bij anderen voegen die ik al eerder had gestuurd. Voor zover ik weet, komen die mannen boven de grond in een droge put in de pottenbakkerswijk. Leden van de anti-Perzische partij in de stad hebben hun onderdak verleend. Afijn, we hebben nu genoeg soldaten in de stad om een reëel gevaar te vormen voor Memnon.'

'Hoe dan?' vroeg Telamon.

'Ik had gevraagd een teken te geven zodra de officieren dachten dat ze genoeg manschappen in Halikarnassos hadden om een afleidingsaanval te ondernemen of een opstand uit te lokken. Gisteravond werd dat teken gegeven: drie brandende pijlen tegen de nachtelijke hemel. Ptolemaios heeft zeer strikte orders. Zodra er genoeg mannen in Halikarnassos zijn, moeten ze zich kleden en bewapenen als Macedoniërs en zich laten zien, zodat Memnons spionnen hen opmerken.'

Telamon lachte.

'Wat is er?' vroeg Alexander.

'Je zei dat je Halikarnassos zou innemen zoals Agamemnon Troje innam. Is Ptolemaios je Trojaanse paard?'

'Ja, zo zou je het kunnen noemen.'

'Memnon zal doodsbenauwd zijn.'

'Dat zal hij zeker. Als hij het vermoeden heeft dat er zich een vijandelijke macht achter hem bevindt of, erger nog, dat een opstand in de stad hem van zijn troepen in de haven en van de Perzische vloot kan afsnijden, zal hij zich goed moeten bedenken.' Alexander draaide zich om en staarde naar de tentflap. 'Mooi, het wordt al donker,' mompelde hij.

'Waarom heb je niemand hier iets over verteld?'

'Ptolemaios moest geheimhouding zweren. Niemand wist het, behalve ik. Niet een van de soldaten die naar de rotsen van Nyssa ging mag terugkeren voordat de stad is ingenomen.'

'Weet Aristandros het?'

Alexander schudde zijn hoofd. 'Kom, Telamon, je bent arts en geen militair, maar stel je eens voor dat jij Memnon bent. Al je manschappen zijn geconcentreerd op de muren bij de Tripylonpoort. Mijn belegeringswerktuigen kunnen tegen die muren beuken tot de vuren van de Hades uitgaan...'

'Maar als Memnon een opstand vreest, zal hij voortdurend over zijn schouder kijken,' onderbrak Telamon hem. 'Hij kan toch omslaan om de dreiging in de stad aan te pakken?'

Alexander schudde zijn hoofd. 'Te gevaarlijk. Dan zou hij hard optreden en daarmee kan hij juist het probleem oproepen dat hij probeert te vermijden. Denk na, Telamon!'

'Hij zal een uitval doen,' antwoordde de arts. 'Hij zal proberen een adempauze te creëren door een grootscheepse aanval op je belegeringstoestellen te doen, of zelfs op je kamp.'

Alexander tikte Telamon zachtjes op zijn wang in imitatie van Aristoteles' befaamde gebaar wanneer hij een leerling wilde prijzen.

'Heel goed, geleerde arts. Memnon had nooit kunnen dromen dat hij die stadsmuren zou moeten verlaten om een grootscheepse uitval te doen en Ephialtes ook niet, maar ze hebben geen keuze. Dat is waartoe ik zou overgaan – een hevig, bloedig offensief. Ze kunnen een slachting onder de boogschutters aanrichten, de belegeringswerktuigen in brand steken, het kamp aanvallen en dan snel weer de stad in om het probleem daar aan te pakken.'

'Is Ptolemaios nu in de stad?'

'Nee, daar is hij te waardevol voor. Hij heeft strikte orders bij de rotsen van Nyssa te blijven en te zorgen dat de soldaten de stad ingaan.' Alexander trok een grimas. 'Zoals je wel begrijpt, Telamon, kon ik anderen hier geen woord over zeggen. Ik moest uitzoeken of die tunnel bruikbaar was, of ik genoeg soldaten de stad in kon krijgen. Denk je eens in wat er zou gebeuren als Memnon erachter kwam. Hij zou die hele stad omploegen. Pythias was de enige die alles wist van die tunnel. Hij ontdekte hem toen hij het toezicht had op de bouw van de stadsmuren.'

'En de zanger van Ephese?'

'Oh, die had familie in Macedonië. Mijn moeder zorgt voor hen.' Alexander glimlachte dunnetjes. 'Hij werd goed beloond.'

'Stel dat de Perzen hem gevangen namen?'

Alexander haalde zijn schouders op. 'Dan vissen ze achter het net. Hij zou me ook niet verraden, want de Perzen zouden geen genade kennen.' Hij schoof het krukje achteruit. 'Bovendien heb ik vrienden in Halikarnassos die dat zouden voorkomen. Maak je maar geen zorgen om die zanger.'

Telamon bestudeerde Alexanders gezicht. 'En nu oogst jij de eer, nietwaar, heer?' zei hij rustig. 'De machtige stad Halikarnassos die als een rijpe appel in handen valt van de briljante Macedonische generaal, de stedenbelegeraar, de murenbestormer. Je ster zal nog hoger rijzen. "Is er een stad die deze man kan weerstaan?" zal men vragen. "Is het niet duidelijk dat hij een uitverkorene is, een gunsteling van de goden?"'

'Het nieuws zal veel ophef maken in Perzië en Griekenland.' Alexander hief zijn handen op. 'Een minstens zo grootse overwinning als die aan de Granikos.'

'Heeft je vader je verteld over Nyssa?'

'Nee, hij vertelde het aan zijn nieuwe vrouw Eurydike. Toen vader werd vermoord, nam moeder Eurydike gevangen, dat weet je, en dreigde haar en haar pasgeboren zoontje te vermoorden tenzij ze haar alles vertelde wat Philippus had gezegd. Het arme meisje geloofde haar. Ze bekende alles: Philippus' minnaressen, zijn geheimen. Hoe hij dronken had opgeschept dat hij de machtige stad Halikarnassos kon innemen.'

'En Olympias vertelde het weer aan jou?'

'Uiteraard.' Alexander kwam overeind. 'Kort nadat ze Eurydike en haar zoontje had vermoord.' Hij speelde met de ringen om zijn vingers. 'Daar had ik niets mee te maken. Je kent moeder. Ze heeft rivalen nooit kunnen verdragen. Ze vertelde me over de rotsen van Nyssa. Ze zei dat ze het niet helemaal begreep, maar ik snapte het wel. Ik kende mijn vaders geest. Toen hij Byzantium belegerde, stuurde Philippus een boodschap aan de burgers dat hij hun stad vreedzaam had willen innemen, maar dat hun leiders een te hoge afkoopsom hadden verlangd.'

'En wat deden ze toen?'

Alexander lachte. 'Ze geloofden mijn vader. Ze vermoordden hun stadsbestuurders en degenen die hen steunden. Daarna openden ze de poorten en zo nam mijn vader de stad in.'

'En jij zult Halikarnassos innemen?'

'Als de goden me gunstig gezind zijn. Memnon zal vanavond toeslaan en ik zal hem opwachten!' Alexander ging weer zitten. 'Morgen om deze tijd zijn we misschien de overwinning aan het vieren in het paleis van de gouverneur. Ga straks door met je werk, Telamon, en vertel me nu wat er nog meer is gebeurd in de Villa van Kybele.'

# Hoofdstuk 13

*Ze slaagden erin Ephialtes en vele anderen te doden en dwongen de rest uiteindelijk de stad weer in te vluchten.*

Diodorus Siculus, *Bibliotheca historica*,
Boek XVII, hoofdstuk 27

'Pythias, architect, aan Philippus, koning van Macedonië, gegroet en een goede gezondheid. Ik dank u voor uw recente brieven geschreven in onze wederzijdse code. Ik heb ze gelezen en vernietigd. Ik verzoek u dringend hetzelfde te doen om mijn persoonlijke belangen te beschermen. Pixodaros heeft nu de macht gegrepen in Halikarnassos en koningin Ada is verbannen. Hij heeft me niet betaald voor het werk dat ik heb verricht. Hij heeft me op laaghartige en verachtelijke wijze bedrogen...'

Telamon keek op van wat hij voorlas. Het was inmiddels donker geworden. In het koninklijke paviljoen, dat werd omringd door een elitekorps van voetgezellen, zat Alexander op een troonachtige stoel die was buitgemaakt in het Perzische kamp na de verovering van Milete. Hij droeg een deel van zijn wapenrusting, maar zijn met goud versierde kuras leunde tegen een poot van de stoel, zijn weelderige oorlogshelm met de rood-met-zwart geverfde pluim stond op een krukje en zijn ovale schild met de afbeelding van de springende Macedonische leeuw lag op de grond tussen hem en Telamon in.

'Een verbitterd man,' verklaarde de arts.

'Lees verder!' beval Alexander.

'U vroeg naar de verdedigingswerken van Halikarnassos. De buitenmuren zijn krachtig en versterkt met torens, terwijl de zijpoortjes en de grote Tripylonpoort gemakkelijk te verdedigen zijn. Bij een beleg kan een enorme, gapende gracht worden gegraven die om de hoefijzervormige stadsmuur loopt.

Deze gracht moet belegeringstuig en stormrammen tegenhouden en voorkomen dat er gangen worden gegraven om de funderingen te ondermijnen. Binnen de muren kunnen huizen en andere gebouwen gemakkelijk met de grond gelijk worden gemaakt, zodat een militair kamp voor de verdedigers kan worden opgezet, terwijl de twee citadellen aan weerskanten van de haven kunnen worden versterkt en verdedigd door de Perzische vloot. De grazige vlakten van het landschap achter de kaap waarop Halikarnassos is gebouwd, zijn vruchtbaar en weelderig, rijk aan bomen, veldgewassen en bloemen. Paarden kunnen daar prima grazen. Er stromen veel beekjes die uitmonden in zee en er is een aantal bronnen. Dit vruchtbare landschap kan een aanvalsleger onderhouden. De havens van Halikarnassos en Myndos zijn in handen van de Perzische vloot, maar oorlogstriremen kunnen eventueel de baai van Hera binnenvaren, een kleine inham enkele tientallen stadia naar het zuiden. Mijn eigen huis, de Villa van Kybele, ligt aan de weg erheen. Daar schrijf ik ook deze brief. Ik wacht nog één dag voordat ik me bij koningin Ada voeg in haar vesting Alinda. Hier heb ik mijn rijkdom begraven, niet in de stad.'

Telamon hield op met lezen. 'Sire,' zei hij formeel, 'ik heb je volgens mij de waarheid verteld over de Villa van Kybele en de vreemde moorden die daar hebben plaatsgevonden.'

Enkele seconden liet Alexander zijn woede doorschemeren. Hij leunde voorover, zijn onderlip stak uit en hij tikte met zijn sandaal tegen het voetenbankje alsof hij het ding wilde wegschoppen.

'Ik smeek je sire...'

'Alexander, voor jou is mijn naam Alexander, Telamon, die mij zo'n grote dienst heeft bewezen.'

'Er moet onmiddellijk een eenheid lansiers naar de villa worden gestuurd,' drong Telamon aan.

'Dat kan ik me niet veroorloven.' De hand van de koning zwaaide door de lucht. 'Ik wil vannacht geen beroering in het kamp. De Perzen hebben misschien spionnen op de wegen. Nee, die kwestie zal moeten wachten. Jij bent de jacht begonnen, Telamon, en jij mag hem ook afmaken. Ik wil alles weten over Pythias. Lees door!'

'Het echte zwakke punt van Halikarnassos zit niet in de muren, de verdedigingswerken of de poorten, maar is een krappe doorgang die begint bij de rotsen van Nyssa, een uitwas ten westen van de stad waar jakhalzen, slangen en andere reptielen huizen. Als mijn conclusies juist zijn, kan een belegeraar via deze smalle doorgang manschappen de stad in sluizen. Als de stadsbestuurders de tunnel ontdekken, zal hij zeker snel worden dichtgemaakt. Ik heb deze zwakke plek ontdekt toen ik op zoek was naar steengroeven en ik heb er zelf gebruik van gemaakt om de stad te ontvluchten en te ontkomen aan de soldaten van Pixodaros.'

'Stop!' Alexander krabde zijn kin. 'Pythias' brief arriveerde in het voorjaar dat mijn vader werd vermoord.' Hij leunde achterover in zijn stoel. 'Ik kan me mijn vader nog levendig voorstellen, met zijn buik vol wijn en zijn geile bokkensprongen.' Hij gluurde vanonder zijn wenkbrauwen naar Telamon. 'Hij danste vaak rond in zijn slaapkamer als een jongen. Dat was waarschijnlijk ook waar hij zijn tweede vrouw Eurydike vertelde over de rotsen van Nyssa. Wat moet Philippus hebben gedroomd van zijn rol als de machtige belegeraar van steden, de generaal die Halikarnassos plunderde. Zo geheimzinnig allemaal, net als die stokken-methode om boodschappen te versturen.' Alexander beet op zijn lip. 'Ik had er al eens over gelezen, maar ik was het weer vergeten. Een om een stok gewikkeld manuscript! Zo apart, zo uitgekookt!'

Telamon sloeg hem aandachtig gade. 'Weet je wat Pythias nog meer zegt?'

Alexander knikte. 'Ik heb een vermoeden. Ga door!'

'Het is mijn overtuiging dat de vestingstad Halikarnassos alleen met list kan worden ingenomen. Zonder de rotsen van Nyssa zou er een belegering zo lang als die van Troje nodig zijn. De stad kan worden bevoorraad vanuit zee en er zijn talloze waterputten. De stadsbevolking bestaat voor een groot deel uit Grieken, maar velen van hen hebben de Perzische overheersing geaccepteerd en beschouwen zich als de natuurlijke onderdanen van de grote koning. Maar nu over iets anders. U weet nog wel dat u een verbintenis wilde creëren tussen het koninklijk huis van Macedonië en Pixodaros, de heerser over Halikarnassos. U bood uw zoon Arridhaios aan als een mogelijke echtgenoot voor een familielid van Pixodaros. Zonder uw medeweten ontving Pixodaros echter ook een aanbod tot deze huwelijksverbintenis van uw andere zoon Alexander, het kind van Olympias. Ik heb u dit laten weten, maar ik hoorde dat niemand minder dan Olympias zelf u al op de hoogte had gesteld.'

'Wat?' Alexander sprong overeind en schopte het krukje omver. Hij kwam op Telamon af terwijl zijn hand naar de Egyptische dolk gleed die tussen het touw op zijn gordel was gestoken.

'Alexander, ik ben Olympias niet, ik ben Telamon!'

Alexander hief een gebalde vuist op, zijn arm trilde, een spiertje boven in zijn wang trok krampachtig. Hij keek niet naar Telamon, maar naar een punt boven diens hoofd. Zijn lippen bewogen in een litanie van stille vloeken.

'Dus zo kwam vader het te weten!' Alexander ging weer zitten. 'Dat heb ik me altijd al afgevraagd, Telamon.' Hij was in een van zijn gevaarlijkste stemmingen omdat hij er geen drama van maakte, maar verviel in een koude, stille woede die sterk deed denken aan zijn moeder Olympias.

'Philippus was van Olympias gescheiden,' legde Alexander uit. 'Hij negeerde me en hoopte die arme onnozele Arridhaios uit te huwelijken aan een prinses van Halikarnassos.' Alexander smeet zijn dolk op de grond. 'Ik dacht dat mijn tijd in Macedonië voorbij was toen ik een van mijn beste agenten, een acteur met de naam Thessalos, wegstuurde om met Pixodaros te onderhandelen.'

'Waarom?' vroeg Telamon.

'Ik verwachtte dat ik Macedonië zou moeten ontvluchten,' antwoordde Alexander. 'Als ik mijn eigen rijk wilde veroveren, wat kon ik dan beter bezitten dan Halikarnassos? Vader ontdekte mijn geheime missie echter. Thessalos vluchtte naar Korinthe. Ptolemaios, Hephaistion en de rest werden verbannen en ik kreeg een wrede, ijskoude preek van mijn vader waarin hij dreigde me naar een plek te sturen waar hij geen last meer van me zou hebben. Dat vertelde ik allemaal aan moeder.'

'En enige tijd later werd Philippus vermoord?'

Alexander staarde de arts aan.

'Je kunt het Olympias niet kwalijk nemen,' zei Telamon om de koning te kalmeren.

'Hoezo?'

'Zie je dat niet? Ze had haar eigen plannen voor Philippus. Ze wilde niet dat je een of ander onbelangrijk prinsje werd van een Griekse stad in het Perzische rijk. Macedonië was je kracht en dus moest je in Macedonië blijven. Olympias had haar eigen plannen voor Philippus, Eurydike en hun baby.' Telamon tikte op de brief. 'Philippus had dus niet genoeg tijd om dit te vertalen voordat Olympias toesloeg?'

'Dat klopt,' antwoordde Alexander alsof hij tegen zichzelf sprak. 'Moeder sloeg net zo snel en genadeloos toe als een van haar slangen. Ze liet Eurydike en haar kind terechtstellen en hun lichamen verbranden. Elke dag mengt nog ze een beetje van hun as door haar wijn, de oogst van de geurigste wijngaarden van Griekenland. Geen wonder dat moeder altijd beweerde dat je de lichamen van je vijanden voorbij ziet drijven als je maar lang genoeg op de oever van de rivier blijft wachten. In haar ogen is wraak het zoetst wanneer die volledig, langdurig en blijvend is.' Hij gebaarde boos. 'En de rest van de brief?'

'Deze opmerkelijke gebeurtenissen werden uitgebreid besproken door Pixodaros en zijn raad van bestuurders,' las Telamon op. 'De volgende vraag kwam aan de orde: Maakte Philippus soms bezwaar tegen zijn eigen zoon Alexander vanwege de geruchten dat Alexander niet werkelijk zijn kind was, maar een onwettige bastaard? Uw boodschapper antwoordde dat Alexander uw eigen wettige zoon was en de nakomeling van een god.' Telamon keek op. 'Heb je nu je zin? Daar heb je toch de hele tijd naar gezocht? In een tijd dat Philippus van je moeder was gescheiden, toen je niet langer werd beschouwd als de wettige troonopvolger, toen hij met een andere vrouw was getrouwd en een andere zoon had gekregen, erkende Philippus je nog altijd als zijn echte zoon.'

'Maar wat bedoelt hij met de nakomeling van een god?'

Telamon wist maar al te goed hoe gevaarlijk dit terrein was en gaf daarom geen antwoord.

'Wat bedoelde mijn vader?' Alexander ging rechtop in de stoel zitten en zijn vreemd gekleurde ogen verrieden talloze emoties: plezier, trots, opluchting, tevredenheid, nieuwsgierigheid.

'Had je een vermoeden van dit alles?' vroeg Telamon.

'Philippus' boodschapper kwam om in het bloedbad dat volgde op zijn dood, daar zorgde Olympias wel voor. Ik wist niet wat ik moest geloven.'

'En daar kreeg je nachtmerries van. Je verwachtte dat na de vertaling van Pythias' brief de hele wereld zou kunnen lezen dat Alexander niet de ware zoon was van Philippus.'

'Wat staat er nog meer in?' drong Alexander aan.

'Ik ben van plan u deze brief te sturen en dan te vluchten naar koningin Ada's hof. De Villa van Kybele zal leeg staan. Mijn bedienden zijn al vertrokken. Mijn conflict met Pixodaros is nu algemeen bekend en ik wil niet wachten tot ik zijn onvrijwillige gast word. Alles is rustig terwijl ik u schrijf. Ik heb meer vertrouwen in Philippus van Macedonië dan in degenen die ik zo trouw heb gediend. Een goede gezondheid en gegroet. Vaarwel.'

Telamon legde het manuscript neer. 'Dat is alles,' zei hij, 'maar Pythias heeft onder andere het fabeltje verspreid dat zijn brief je kon vertellen welk gedeelte van de verdedigingswerken zwak was, terwijl er in werkelijkheid een groter onheil, een dodelijker geheim in stond. Hij heeft kennelijk een kopie gemaakt die hij meenam naar koningin Ada's hof. Pamenes kreeg die kopie in handen en heeft de gecodeerde tekst overgeschreven voor zijn meesters.'

Alexander hief zijn hand op om Telamon het zwijgen op te leggen. 'Philippus is dood! Pythias is dood!' mompelde de koning. 'En Halikarnassos is verraden. Vannacht of morgenavond moet Memnon iets doen. Ephialtes zal daar ook op aandringen, want hij is een onbesuisd heethoofd. De waarheid is dat ze geen keus hebben, ze moeten zich blootgeven en vechten.' Hij kwam met uitgestoken hand op Telamon af. 'Mooi werk, geneesheer.'

'De eer komt toe aan de geest van Pamenes.'

'Ja.' Alexander wuifde het weg. 'Maar ik zal Halikarnassos innemen en moeder vertellen wat ik weet. Je kunt nu beter gaan slapen, Telamon, maar niet te diep.'

De arts was amper teruggekeerd in zijn tent of hij hoorde krijgshoorns alarm slaan, officieren schreeuwen en mannen voorbij rennen. Kassandra draaide zich kreunend om in haar bed. Telamon greep zijn uitrusting: een gedeukte helm, een kuras, een schild en een zwaard. Hij maakte de zwaardriem over zijn schouder vast en negeerde Kassandra's gesmoorde waarschuwingen om voorzichtig te zijn. Het sprak immers vanzelf dat hij geen keus had. Hij was een lid van de koninklijke hofhouding en moest de koning volgen, vooral wanneer het gevaarlijk was.

Alexander was al druk bezig zijn wapenrusting aan te trekken, evenals Hephaistion en Seleukos. Andere aanvoerders verzamelden zich. De meesten waren voorbereid op de situatie, want Alexander had in het geheim orders uitgevaardigd dat het kamp klaar moest zijn voor de strijd. Stafofficieren deden de ronde. Er werden meer fakkels aangestoken. Paarden hinnikten en bewogen zich nerveus omdat ze de opwinding van hun berijders voelden. Krijgshoorns en trompetten schetterden door de nacht. Het hele kamp werd gewekt.

Telamon steeg op zijn paard en omringd door de koninklijke lijfwachten verlieten ze de enclave. De Macedonische eenheden, schilddragers, falangisten, compagnieën boogschutters, de lichtbewapende peltasten, de huurlingen, ze werden allemaal ingezet door hun officieren en stroomden dwars door de verdedigingswerken het kamp uit. Ze liepen de palissade onder de voet en gebruikten haar om de provisorische greppel over te steken, waarna ze als een enorme pijl afgingen op het gevecht dat al in volle gang was. Alexander en zijn hofhouding baanden zich ruw een weg, lieten de grasvlakte achter zich en reden het rotsachtige schiereiland op. De nachtelijke rust werd verscheurd door het afschuwelijke kabaal van de strijd, het geschal van trompetten en het gekletter van wapens. Branden verzengden de duistere hemel, overal kringelde de stinkende rook omhoog. De muren van Halikarnassos kwamen in zicht, de kantelen waren verlicht. Het terrein rond de Tripylonpoort was het slagveld geworden. Belegeringstoestellen, huisjes van stormrammen en platte daken stonden in lichterlaaie en maakten van de nacht een klaarlichte dag.

Alexander hield de teugels in. De rollen waren omgekeerd. De Perzen, zowel ruiters als voetvolk, waren door een zijpoort naar buiten gestormd om de Macedoniërs af te snijden en naar de gracht te drijven, zodat ze hen konden afmaken. Ze hadden Alexanders troepen al in de beoogde richting gekregen en de oorlogstoestellen in brand gestoken, toen er een nieuwe Perzische legermacht, infanterie en ruiterij, zowel Grieken als Perzen, uit een andere poort verderop in de muur kwam om de omsingeling compleet te maken.

'Hoeveel man?' schreeuwde Alexander. 'Hoeveel man hadden we hier?'

'Ongeveer drieduizend!' schreeuwde een officier terug.

De Perzen waren zo gefixeerd op het vernietigen van de ingesloten Macedoniërs, dat de komst van de koning over de grasvlakte onopgemerkt bleef. Alexander had gegokt en was nu afhankelijk van Tyche, de godin van het geluk.

Het vijandelijke leger rukte van twee kanten op en deed zijn uiterste best de omsingeling te voltooien. Alexander zat als uit steen gehouwen toe te kijken nu zijn soldaten werden afgeslacht en zijn belegeringswapens werden vernietigd. Telamon hoorde de rest van het Macedonische leger in het donker naar het strijdtoneel marcheren. Hij keek over zijn schouder, de troepen leken wel geesten zoals ze zich door de duisternis spoedden. De Macedonische gevechtslinie nam de vorm aan van een halvemaan, de gebruikelijke formatie – de cavalerie op de vleugels, daartussen de lichtbewapende voetsoldaten, de huurlingen, de regimenten schilddragers en in het centrum de machtige Macedonische falanx bestaande uit voetsoldaten met kleine schilden en een achttien voet lange sarissa. Trompetten klonken, maar de Perzen werden zo opgeëist door de strijd, dat ze niets leken te merken van de legermacht die in het donker vanuit de vlakte tegen hen optrok. Niemand was ontsnapt uit hun kring van wapens, geen officier of geniesoldaat die het nieuws naar het Macedonische kamp had kunnen brengen.

'Als we dit niet hadden verwacht,' zei Alexander terwijl hij zich omdraaide naar Hephaistion, 'hadden ze iedereen hier in de pan gehakt en vervolgens ons kamp aangevallen.' Hij trok zijn zwaard en stak het omhoog. 'Enyalios voor Macedonië!'

De strijdkreet werd overgenomen tot hij onder het geschetter van trompetten over het hele rotsige schiereiland schalde. Telamon die op zijn paard heen en weer werd geduwd door de anderen om hem heen, kreeg een scheut van angst. Toch hadden de Perzen nog steeds niets in de gaten.

'Enyalios voor Macedonië!'

Weer werd de oorlogskreet herhaald. Alexanders persoonlijke trompetblazers waren opgeroepen. Ze gaven met lange, angstaanjagende stoten het bevel tot de algehele opmars. De nacht werd getransformeerd. Geen koele bries, geen stralende sterrenhemel en geen deinende maan als een schip voor anker, kon opwegen tegen de met lijken bezaaide grond, de felle branden die Alexanders verschrikkelijke oorlogstoestellen verteerden, het gedrang van lichamen en het gegil van de gewonden. Telamon verwachtte dat de Perzische linie zich zou omdraaien om dit nieuwe gevaar tegemoet te treden of zich misschien zelfs helemaal zou terugtrekken, maar toen de Macedonische linie naderde, werden de deuren van de Tripylonpoort opengegooid met een scherp, krassend geluid dat de Macedoniërs tot staan bracht. Door de poort stroomde eskadron na eskadron Perzische cavalerie naar buiten om zich tussen de Macedoniërs en de verbeten strijd onder de muren te werpen. Daarachter verscheen een massa gewapend voetvolk in looppas, Memnons Griekse huurlingen, gemakkelijk herkenbaar aan hun ronde schilden en bepluimde helmen. Alexander had geen keus, hij moest een pauze inlassen bij dit nieuwe gevaar. De Perzische ruiterij galoppeerde over de rotsige grond en splitste zich in tweeën, zodat de ruimte ertussen snel kon worden gevuld met falanx na falanx Griekse huurlingen.

De aanval was goed voorbereid. Er zouden nu twee veldslagen plaatsvinden. Om te winnen moest Alexander door deze nieuwe strijdmacht heen breken. Zijn officieren mopperden dat hij te lang had gewacht, zodat Memnon de tijd had gekregen zijn leger in te zetten. Telamon zag het anders: Kleitos de Zwarte had het er steeds opnieuw bij hen ingehamerd. Philippus zelf was naar de Academie van Miëza gekomen om alle details en fijne kneepjes van een dergelijke veldslag te beschrijven. Alexander moest zeker weten dat deze uitval van de stad de laatste was.

Memnons manoeuvre was nog maar nauwelijks afgerond, of de koning hief zijn zwaard, dat blonk in het licht van de brullende vlammen. De trompetblazers gaven het signaal door met een lange, uitdagende stoot. De Macedonische linie rukte op. De afstand tot Memnons leger was te klein voor een volle galop, maar onder leiding van Alexander troffen de Macedoniërs de vijand in het centrum. Alexanders persoonlijke lijfwacht Kleitos de Zwarte reed zoals gewoonlijk aan zijn rechterhand en Hephaistion aan zijn linker, toen de koning en zijn metgezellen begonnen met het bloedige werk. Telamon onderging het als een nachtmerrie waarin werd gegild en gebruld, waarin paarden en berijders tegen de grond smakten en werpspiesen en speren door de lucht vlogen. Hier en daar werd een ruiter getroffen of van zijn paard gegooid omdat het wild geworden dier steigerde nadat het was geraakt.

Telamon had geen idee hoe de slag verliep op de vleugels. Hij hoorde alleen dat er een strijd woedde. Alexander en het koninklijke gezelschap voorop boorden zich als een pijlpunt dieper en dieper in de vijandelijke linie. Telamon maakte deel uit van de koninklijke kring en moest wel mee. Hij had dit al eerder meegemaakt en vocht zelf nauwelijks, zoals hij Kassandra had opgebiecht. Als die kring echter uiteenviel, zou het met Alexanders macht en reputatie gedaan zijn.

Het Macedonische leger rukte op, voor Telamon uit flitste metaal, kletterde zwaard tegen zwaard en werd geduwd en gedrongen in bloedige gevechten van man tegen man. Alexander en zijn groep vielen nu het elitekorps van Memnons troepen aan, zodat Grieken tegen Grieken vochten. Hun vechtlust werd aangewakkerd door het vooruitzicht van geld en roem, maar ook door de kans bloedvetes en oude grieven te vereffenen. Er kwam een moment dat de koninklijke kring daadwerkelijk door een breuk werd bedreigd. Vier Griekse hoplieten met wapenrustingen vol bloed braken door, maar ze werden onmiddellijk omsingeld en neergemaaid door de koninklijke lijfwachten.

Telamon begreep Alexanders tactiek. Hij moest dit Perzische verzet breken om degenen die zijn manschappen bij de gracht aan het afslachten waren terug te drijven. De muren van Halikarnassos kwamen dichterbij. Toen Telamon opkeek onder de rand van zijn helm, kon hij tussen de kantelen kleine gedaanten onderscheiden die zich als silhouetten aftekenden in het licht van de branden. Een luid geschreeuw van rechts leidde hem af. Ze werden niet langer geflankeerd door Macedoniërs, maar door Memnons huurlingen! Een sectie van Alexanders leger bleek niet opgewassen te zijn tegen zoveel woestheid. De koning zelf zag zich nu gedwongen de opmars te staken om te voorkomen dat hij werd afgesneden. Alexander droeg geen helm meer, zijn rossig-blonde haar plakte van het zweet en zijn armen en benen waren met bloed bespat. Hij brulde iets naar Hephaistion, die zich losmaakte uit het strijdgewoel. Een tijdlang werd de Macedonische linie tot verdediging gedwongen en stap voor stap teruggedreven. Telamon verloor elk besef van wat er gebeurde. Hij zat opgesloten in een mensenmassa die achteruit en vooruit golfde. Keek hij omlaag, dan zag hij de nietsziende ogen van een lijk, of een afgehakte arm die nog een zwaard omklemd hield. Mannen kronkelden zich in doodsnood, maar werden vertrapt toen Alexanders cavalerie achteruit werd gedreven. Het strijdgewoel klonk als een trommel, gezichten staarden met verbeten ogen, mannen gingen op in de razernij van het moorden en bloedvergieten. De Macedonische pijlpunt werd teruggeworpen en kwam zijn eigen gelederen tegen. Hier en daar brak een Pers door, of een groepje van Memnons huurlingen. Er werd gehakt en gehouwen, klievende zwaarden sneden diep. Telamon worstelde om op zijn paard te blijven. Het dier stond gelukkig stevig op zijn benen en raakte niet in paniek. Het gedrang was zo intens, dat hier en daar soldaten geen arm meer konden optillen. Trompetten schalden en er ging een luid gebrul op.

'Enyalios! Enyalios! Enyalios voor Macedonië!'

De mannen versteenden. Enkele seconden had de strijd iets van een fries van een veldslag op een tempelmuur. Weer klonk het gebrul. De intense druk zocht een uitweg, als een rivier die een dam doorbreekt. De mannen begonnen te wijken. Alexander leidde de opmars en Telamon had het gevoel alsof er een enorme muur was ingestort. De ruimte tussen hemzelf en zijn metgezellen werd groter. Ze gingen voorwaarts en bleven toen stilstaan, terwijl de Macedoniërs naar links en naar rechts gingen. Telamons hart zonk hem in de schoenen bij de aanblik van de rij bebloede en gehavende soldaten die hem aanstaarden, maar het waren geen vijanden. Het waren de restanten van Alexanders belegeringsmacht die door de Perzen was omsingeld. Ze waren doorgebroken! De Perzen en Memnons Grieken waren uiteengeslagen en probeerden zich nu een weg terug te vechten in een wanhopige poging de poorten en de veiligheid van de stad te bereiken.

Telamon keek naar rechts en hield zijn adem in bij de angstaanjagende schoonheid van een complete falanx Macedonische speerdragers met omlaag gerichte sarissa's die deden denken aan de pennen van een stekelvarken. Hij herkende hun kleuren en wapenrusting. Het waren de veteranen, de oude garde, het hart van Alexanders leger, Philippus' oude soldaten die altijd de achterhoede vormden. Ze moesten de chaos hebben opgemerkt en begaven zich nu naar het strijdtoneel, waarbij ze hun eigen mensen opzij duwden. Telamon merkte dat hij niet meer kon ophouden met trillen. Hij voelde zich misselijk. Hij was zich bewust van de hoog oprijzende muren van Halikarnassos, de felle branden die nog woedden, het geknetter van hout, de hitte van de vlammen en de golvende rookwolken die als mistflarden het bloedbad maskeerden.

De strijd had zich nu gesplitst. De Macedoniërs achtervolgden het Perzische leger dat verbeten gevechten van man tegen man voerde voor de Tripylonpoort. Memnons huurlingen hielden dapper stand, maar de rest van de Perzische krijgsmacht stormde de provisorische brug onder het hoog oprijzende poortgebouw over en verdween in de veiligheid van de stad. Telamon wendde zijn paard. Een pijl schoot langs zijn gezicht. Hij reed terug naar de plek waar de Macedonische gevechtslinie oorspronkelijk had gestaan en keek naar de oranje gloed aan de nachtelijke hemel. Achter de muur waren branden uitgebroken. Overal om hem heen klonk het gekletter en geraas van de strijd. Rechts waren de Perzen erin geslaagd het zijpoortje in te gaan en het daarna af te sluiten, maar de Tripylonpoort bleek een moeilijker opgave. Memnons achterhoede bevond zich nu op de brug. Telamon keek vol afschuw toe toen de grote deuren, die zich zwart aftekenden tegen de nachthemel, steeds dichter naar elkaar toe kwamen. Ze waren bijna gesloten toen er een afschuwelijk gekraak klonk. De deuren gingen dicht en op hetzelfde moment stortte de brug waarop de afgesneden soldaten vochten onder hun voeten in. Telamon sloot zijn ogen. Memnons achterhoede viel in de gracht als een wolf in een valkuil.

De Macedonische falangisten trokken zich terug en de Kretenzische boogschutters kwamen aanrennen, rij na rij. Ze knielden op de rand van de gracht en schoten de ene pijlenregen na de andere omlaag. Het gegil dat opsteeg ging Telamon door merg en been. Een aantal vastberaden verdedigers bemande nu de torens en de muur aan weerszijden van de Tripylonpoort, maar de honderden mannen die werden afgeslacht in de gracht vormden een bloedig bewijs van het mislukken van Memnons opzet. Meer Kretenzische boogschutters waren in aantocht, gevolgd door soldaten met lichte speren. Telamon keek het slagveld rond. De doden lagen in hopen op de rotsachtige grond die zich uitstrekte langs de stadsmuur. Hier en daar kreunde en jammerde iemand. Paarden probeerden wild van angst met schoppende poten en verwrongen nekken overeind te krabbelen, als monsters die uit de grond wilden komen. De Macedonische strijdlinie trok zich al terug, waarbij soldaten soms bleven staan om de keel van een gevallen kameraad of een vijand door te snijden. Ordonnansen kwamen aanrennen met draagbaren. Telamon liet zich snel van zijn paard glijden en strompelde over het slagveld, slippend en glibberend door al het bloed. Een hand greep zijn enkel. Op de grond lag een trillende Pers met starende ogen. Telamon hurkte neer en maakte de hand van de man los. Op hetzelfde moment ging er een laatste rilling door de Pers heen en lag zijn hoofd stil, zijn open ogen zagen niets meer. Anderen vroegen om aandacht. Telamon bleef staan bij een jonge Kretenzische boogschutter die op handen en voeten rondkroop en hielp hem overeind. Hij sloeg zijn arm om de man heen en bracht hem naar een groep met draagbaren terwijl de woorden van zijn vader door zijn hoofd spookten: 'Vergeet nooit, Telamon, dat er uiteindelijk voor de gewonden geen enkel verschil is tussen een verloren en een gewonnen slag.'

Telamon droeg de man over aan de ordonnansen en ging weer op zoek naar tekenen van leven in de stapels lichamen. Zijn oren tuitten van het geschreeuw. Mannen met afschuwelijke buik- of borstwonden riepen wanhopig om water. Er werd in allerlei talen onsamenhangend gepraat en overal lag het gehavende oorlogsmaterieel: helmen en schilden, scheenplaten, gebroken zwaarden en dolken, kapotte bogen en speren. Er verschenen speldenprikgrote fakkellichten van Macedoniërs die op zoek waren naar kameraden of naar buit om te plunderen. Af en toe klonk een schreeuw van iemand die pech had en werd afgemaakt. Telamon trof twee bevende Perzen aan naast het lijk van een paard. Hij hielp hen overeind en duwde hen in de richting van de Macedonische linies nadat hij hun had voorgedaan hoe ze hun handen voor zich uit moesten steken als teken van overgave. De twee mannen hadden echter pas enkele stappen gedaan toen er een gefluit van pijlen klonk en ze allebei in elkaar zakten. Ze waren nauwelijks gevallen, of Kretenzische boogschutters kwamen uit het donker tevoorschijn en gingen als wolven op hun buit af. Telamon kon er niet meer tegen. Hij ging op de grond zitten en legde zijn gezicht in zijn handen.

'Wat is er, Telamon? Weekhartig als altijd?'

De arts haalde zijn handen weg en zag Kleitos de Zwarte op zijn enorme strijdros naast Alexander.

'En jij hebt zeker genoten, vampier!' schreeuwde Telamon terug.

Kleitos lachte, schraapte zijn keel en spuwde in Telamons richting. Alexander reed snel naar de arts toe. Zijn gedeukte wapenrusting was overdekt met modder en bloed, zijn gezicht was gekneusd en zwartgeblakerd van de rook. 'Kom op, Telamon. Wat doe je hier in vredesnaam? Sta op, man!'

Telamon greep de uitgestrekte hand van de koning en kwam overeind. Alexander bleef zijn hand vasthouden toen hij zijn paard van het slagveld naar een kring van fakkels leidde waar een provisorisch hoofdkwartier was opgezet. De koning steeg af en riep om wijn. Pages kwamen aanrennen met aardewerken bekers en volle wijnzakken. Telamon voelde zich nog altijd slap en daarom ging hij weer op de grond zitten. Alexander liet hem met rust terwijl zijn aanvoerders zich meldden: Seleukos, Amyntas en

Hephaistion. Zelfs Ptolemaios met zijn brutale, aapachtige gezicht zo bruin als een noot, dook met glinsterende ogen op. Hij sloeg Telamon zachtjes op zijn achterhoofd.

'De slag is gewonnen, de stad behoort ons, geneesheer!'

Telamon wierp tegen dat de stadspoorten nog gesloten waren, waarop Ptolemaios fluisterde dat hij maar moest afwachten. Hephaistion bracht Telamon een beker wijn en hielp hem overeind. De paarden werden weggeleid en Alexander staarde met zijn hand op de schouder van een page begerig naar de Tripylonpoort.

'Ik wil dat de beste verkenners worden uitgestuurd!' beval hij. 'Ze moeten de borstwering in de gaten houden!'

'Waarom?' vroeg Kleitos.

'Omdat die binnenkort wordt verlaten.' Alexander dronk gulzig van zijn wijn en wilde net verder spreken, toen er geschreeuw klonk en een groep voetgezellen haastig kwam aanlopen met een bloedig, in een mantel gehuld vrachtje. Ze legden het aan Alexanders voeten en gooiden de mantel open. Alexander en zijn metgezellen dromden eromheen. Het lijk was zwaargehavend. Een zwaardhouw had de linkerkant van het gezicht doorkliefd, zodat van de mond en de tanden niet veel overbleef en een deel van de kaak ontbrak.

'Ephialtes!' riep Alexander uit. Hij knielde en raakte het van bloed doordrenkte haar van de man aan. 'Waar werd hij gevonden?'

'Niet ver van de brug.'

'Een waardige heldendood,' mompelde Alexander terwijl hij opstond. 'Ik wou dat ik over zo'n man kon beschikken, maar vanwege Thebe bestond er een bloedvete tussen ons, een leven voor een leven.'

Ephialtes droeg alleen een tuniek. Zijn borstharnas, scheenplaten en krijgsrok waren kennelijk al buitgemaakt, evenals zijn helm, zijn schild en zijn sandalen.

'Kleed hem in de wapenrusting van een krijger!' Alexander keek naar de vingers van het vuile, bezoedelde lijk. 'Laat zijn lichaam wassen met olie en geef hem de begrafenis van een held!'

De wachtposten raapten hun lugubere last op en verdwenen ermee in de nacht. Alexander richtte zijn blik weer op de muren. 'Kijk!' wees hij.

De anderen volgden de richting van zijn vinger. De lichten begonnen al te verdwijnen. Er was een vreemde, lege stilte gevallen die af en toe werd verscheurd door de kreten van gewonden of het gehinnik van een getroffen paard.

'Hephaistion! Kleitos! Laat de gevechtslinie zich opstellen!' Alexander draaide zich om en greep Telamons arm. 'En jij, geneesheer, ga terug naar het kamp. Drink een beker wijn en ga slapen. Neem morgenochtend direct na zonsopgang een compagnie verkenners mee, keer terug naar de Villa van Kybele en doe wat je moet doen.'

Telamon betuigde mompelend zijn dank en wankelde de duisternis in terwijl Alexander alweer riep om zijn herauten en trompetblazers.

Memnon zat aan de voet van een acacia in de tuinen van de gouverneur van Halikarnassos. Zijn met bloed besmeurde, gedeukte wapenrusting lag opgestapeld naast hem. De man van Rhodos was druk bezig met een spons zweet en vuil van zijn gezicht en zijn lichaam te vegen. Af en toe nam hij een beker aan die hem door een stafofficier werd aangeboden, dronk voorzichtig en gaf het ding terug. Orontobates zat op zijn hurken naast hem en had zich al omgekleed. Hij had alle opsmuk van een Perzische aanvoerder achterwege gelaten en droeg een eenvoudig doorgestikt jasje met een broek. Zijn schild, zwaard en Perzische muts lagen naast hem op de grond. Het paleis van de gouverneur was stralend verlicht. Schrijvers en klerken waren al druk in de weer met het verbranden van waardevolle manuscripten, rapporten, verslagen en alle andere dingen die ze niet konden meenemen.

'Ephialtes is dood.' Memnon probeerde zijn stem emotieloos te houden. 'Hij was zich met mij aan het terugtrekken naar de brug toen hij en zijn officieren werden omsingeld door een groep schilddragers.'

Hij keek naar Orontobates. De Pers leek in enkele uren jaren ouder te zijn geworden. Zijn verzorgde, welvarende uitstraling was verdwenen, zijn wangen waren gerimpeld, zijn ogen stonden wild en verbijsterd. Ook hij had verbeten gevochten.

'Alles is verloren,' fluisterde de Pers.

'We zouden de muren weer kunnen bemannen,' antwoordde Memnon geërgerd. 'We kunnen standhouden.'

Hij was echter nog niet uitgesproken, of een boodschapper rende met grote sprongen over het gras, hurkte neer en fluisterde iets in Orontobates' oor. De gouverneur stond op met gespreide handen. Memnon zag hem heen en weer lopen en met zijn vuist tegen zijn dijbeen slaan. Overal in de parkachtige tuin probeerden soldaten zich te herstellen van de bloedige vechtpartij bij de Tripylonpoort. Sommigen van hen gingen er al in het donker vandoor en Memnon kon het hen niet kwalijk nemen. Als de Macedoniërs doorbraken, konden de Perzen wel om clementie vragen, maar Alexander had al laten weten dat geen enkele Griek die de wapens tegen hem had opgenomen genade kon verwachten als hij werd gepakt.

'Hoeveel man hebben we over?' vroeg Memnon aan de stafofficier.

'Een paar honderd, heer.'

De man had nog geen kans gehad zich te wassen, zijn gezicht was bedekt met aangekoekt vuil en bloed. Memnon voelde zich schuldig en bood hem zijn wijnkelk aan. 'Drink en eet wat.' Hij wees op de manden met voedsel. 'Kom weer op krachten. Wil je soms ook weggaan?'

De man schudde zijn hoofd. 'Ik blijf bij u, heer, op leven en dood. Niet een van uw officieren zal het vaandel van Memnon van Rhodos verlaten.' Hij zuchtte vermoeid. 'We hebben gegokt en verloren. Volgende keer winnen we misschien!'

Memnon klopte hem op zijn schouder. 'Vul je maag,' drong hij aan. 'Zeg tegen je mannen dat ze hetzelfde moeten doen en dat ze dan hun wapens moeten verzamelen en alle buit die ze kunnen vinden moeten meenemen.' Hij begreep wat Orontobates te horen had gekregen. De Pers liep nog steeds mompelend heen en weer.

'Er zijn zeker Macedoniërs in de stad?' veronderstelde Memnon met overslaande stem.

Orontobates knikte. 'Minstens één regiment schilddragers.'

'Zouden ze ons tegenhouden als we weggaan?' vroeg Memnon.

'Dat denk ik niet.' Orontobates schudde zijn hoofd. 'Hun officieren zullen worden onthaald door de leiders van de democraten, de aanvoerders van de opstandige meute. Ze zullen de belangrijkste gebouwen proberen te veroveren, zoals de schatkamer, de tempels en alle andere dingen die de Macedoniër nodig heeft.'

Memnon voelde een golf van woede opkomen. 'Hoe?' snauwde hij, terwijl hij opstond en met een knip van zijn vingers zijn officieren beval hem te helpen met zijn wapenrusting. De koude nachtlucht prikkelde zijn bezwete huid. Hij worstelde om zijn tuniek over zijn hoofd te krijgen en stak toen zijn armen omhoog zodat het borst- en rugstuk van zijn harnas konden worden bevestigd.

'Ik weet het niet.' Orontobates spreidde zijn handen en keek naar de lucht. 'Dat vervloekte Pythias-manuscript. Er zit geen zwakke plek in de muren, maar er moet een of andere geheime doorgang naar de stad zijn.' Hij stak zijn hand uit. 'Waarschijnlijk daar ergens op het schiereiland, een onderaardse rivier die is opgedroogd of zo.'

'Het Pythias-manuscript!' smaalde Memnon. 'Ons Trojaanse paard! We zijn beetgenomen, heer Orontobates, grondig bedrogen!' Hij keek naar het paleis en herinnerde zich het lijk van de zanger van Ephese en het lichaam van Eunuch hangend in zijn strop.

'Wel, als de Macedoniër de stad wil hebben, kan hij hem krijgen!' kraste hij.

'Wil je onderhandelen voor overgave?' Orontobates liep met uitgestrekte handen naar Memnon toe. 'Heer Memnon, ik blijf bij je op leven en dood. Wat moeten we doen?'

'Steek de stad in brand!' beval Memnon. 'Laten we vertrekken en de stad brandend achterlaten. Een aantal van je mannen kan dienstdoen als brandstichters, Orontobates. Ze moeten zich vermommen als burgers van de stad en zoveel schade aanrichten als ze maar kunnen.' Hij krabde zijn ongeschoren wang.

'Er zijn al branden uitgebroken,' verklaarde Orontobates. 'Het werk van de Macedoniërs.'

'Wel, laten we dan afmaken wat zij zijn begonnen.' Memnon riep zijn herauten bij zich. Krijgshoorns en trompetten schetterden. De hele tuin kwam tot leven. Mannen grepen hun wapens, zochten hun officieren op en sloten zich aan bij hun eenheden. Orontobates gaf opdracht dat de cavalerie een weg voor hen moest banen.

'We wijken uit naar de haven!' schreeuwde Orontobates. 'We versterken de twee citadellen daar en als de goden ons gunstig gezind zijn, houden we het uit tot de grote koning meer troepen stuurt!'

Zijn woorden klonken hol. Hij draaide zich geschrokken om toen Memnon zijn zwaard uit de schede trok.

'Heer?'

Memnon wees naar het paleis. 'Ik moet daar nog iets doen.'

Omringd door zijn officieren stak de man van Rhodos snel

het grasveld over. Orontobates volgde, eveneens geëscorteerd door zijn officieren. Dienaren waren al bezig te vluchten met armenvol buit. Memnon liep de marmeren gangen van het paleis door, vol opgekropte woede over de pracht en praal die hij achter zou moeten laten.

'Steek de boel in brand!' brulde hij. 'Laat geen Macedoniërs in onze bedden slapen!'

Zijn metgezellen gehoorzaamden. Olielampen werden omgegooid, harsfakkels werden van de muren gerukt en willekeurig de kamers in gesmeten. Aan het eind van een gang stuitte Memnon op de cheeta van de gouverneur. Het dier lag met een doorgesneden keel in een grote plas bloed.

'Wie heeft dat gedaan?' Orontobates baande zich een weg erheen. 'Bij de heer van het licht!' Hij knielde neer en streelde de poot van zijn geliefde troeteldier. 'Hij deed niemand kwaad. Zelfs zijn ketting hebben ze gestolen!'

Ze haastten zich verder. Memnon bereikte de trap naar de kerkers en roffelde naar beneden. De wachtposten waren verdwenen, de celdeuren stonden open en de gang was leeg, maar de cipier Kerberos en vier van zijn knechten hingen op krukjes om een tafel achter in de martelkamer. Ze hadden zwaar gedronken en namen niet eens de moeite op te staan toen Memnon binnenkwam.

'Heer, ik begrijp dat een grote ramp ons heeft getroffen,' zei Kerberos terwijl hij tegen de muur bleef hangen.

De onbeschaamdheid op het vette, vieze gezicht van de man maakte Memnon razend. Achter hem dromden zijn officieren samen, verbaasd dat hun meester hen hier had gebracht.

'Kijk eens naar zijn hals,' fluisterde Orontobates. 'De ketting van mijn cheeta!'

Memnon zag een zilveren rondje om Kerberos' hals, de rest van de ketting ging schuil onder zijn van zweet doordrenkte tuniek. De cipier volgde zijn blik. 'Ik zag de cheeta liggen,' bromde hij binnensmonds. 'Hij was dood en dus pakte ik die ketting.'

'De zanger van Ephese had ons zoveel kunnen vertellen,' viel Memnon uit. 'Jij snoerde hem de mond om te voorkomen dat hij alles bekende. Eigenlijk was hij al dood voordat heer Mithra hier aankwam. Jij wordt door de rebellen in de stad betaald, nietwaar?'

Kerberos wankelde overeind, zijn gezicht was vertrokken van schrik. Een van zijn knechten greep naar zijn zwaard dat naast hem op de grond lag.

'Je wordt door de rebellen betaald,' herhaalde Memnon. 'Jij was het die het zomerhuis van de gouverneur in brand stak. En terwijl iedereen daardoor werd afgeleid, hing je samen met je maten Eunuch op en verbrandde zijn aantekeningen.'

'Dat is onzin!'

'Nee, het is de waarheid.'

Memnon ging op de ciper af. Kerberos greep naar zijn zwaard terwijl zijn maten overeind sprongen. Een van hen haalde uit met een dolk, maar Memnon sloeg hem weg met zijn vuist. Hij dook over de tafel heen en stak zijn zwaard diep in Kerberos' borst. De cipier kokhalsde en greep het zwaard. Zijn ogen puilden uit, zijn mond stond wijdopen van angst en pijn. Memnon stak opnieuw toe en stapte achteruit. Kerberos wankelde even en zakte toen in elkaar. Zijn knechten stonden verstijfd van schrik. Memnon knipte met zijn vingers.

'Maak hen allemaal af!' beval hij.

Hij draaide zich om en beende de kamer uit. Het geschreeuw en gekreun van de cipiers die door zijn officieren zonder pardon werden afgeslacht, liet hem koud. Hij had weer een veldslag verloren en morgen was er een nieuwe dag.

# Epiloog

*Memnon... verzamelde zijn generaals... hield een vergadering en besloot de stad te verlaten.*

Diodorus Siculus, *Bibliotheca historica*,
Boek XVII, hoofdstuk 27

Het moorden in de Villa van Kybele begon kort na zonsopgang. De koks en de keukenhulpjes stierven het eerst. Een keukenmeisje dat bij de put stond en de leren emmer omhoog haalde, hoorde iets, keek op en verstijfde van schrik. Een gemaskerde gedaante in een mantel met omhooggetrokken kap, stond in de zuilengang en richtte een gemene, van weerhaken voorziene pijl op haar. Ze liet het touw glippen en wilde wegrennen, maar de pijl ging dwars door haar keel. Ze viel met een smak op de keien. Haar handen trilden nog even, maar toen lag ze stil en haar bloed vermengde zich met het stof. De koks en de keukenjongens, vier in totaal, hadden de slaap nog in hun ogen terwijl ze gapend en zich uitrekkend probeerden de vuren aan te steken om met hun dagelijkse werkzaamheden te beginnen. Ze waren blij dat de villa leegliep en ze minder monden hadden te voeden. De moordenaar sloeg toe als een torenvalk die op zijn prooi duikt. Het ene ogenblik was de deuropening vrij, zodat het grijze ochtendlicht kon binnendringen, het volgende moment werd hij geblokkeerd door de boogschutter die snel twee pijlen afschoot. Er vielen twee doden voordat de anderen beseften welke verschrikking hun boven het hoofd hing. De bakker stierf terwijl hij naar een hakmes reikte dat op tafel lag. Het spitdraaiertje probeerde de achterdeur open te maken en werd er door de kracht van de pijl tegenaan gespiestst. De gemaskerde moordenaar keek met glinsterende ogen om zich heen. Hij controleerde alle lijken afzonderlijk voordat hij de overgebleven pijlen in zijn goed gevulde koker telde. Daarna liep hij naar een wijnkruik, nam er een teug uit en goot de rest over de smeulende houtskool.

Cherolos lag in zijn kamer op een kussen geknield met zijn

handen uitgestrekt en zijn ogen gevestigd op de slangengodin. Het kostte hem moeite rustig te bidden. Jammer dat hij nog niet terug kon naar het hof van koningin Ada. Wat had hij te maken met onbegrijpelijke manuscripten die geheimen bevatten? En met dat stel terughoudende schrijvers die zo zachtjes met elkaar praatten, dat hij het moeilijk vond hen af te luisteren? Het was zijn taak hen te bespioneren, maar hij moest toegeven dat hij er bedroevend weinig van terecht had gebracht. Hij was onhandig geweest. Die pientere arts met die roodharige meid die hem overal volgde, had al snel ontdekt dat hij in Pamenes' kamer was geweest en die tassen had gestolen. Nou ja, de arts was weggegaan om zich bij de soldaten te voegen. Misschien kwam hij wel nooit meer terug. Misschien kwamen ze allemaal niet meer terug. Cherolos hoopte het van harte. Dan kon hij weer naar Alinda en het uiterst saaie, maar comfortabele leventje in de sombere ruimtes en zuilengangen van de vesting.

Hij hoorde een geluid in de gang en vroeg zich af wie er al zo vroeg rondspookte. Een van de keukenjongens was midden in de nacht naar het Macedonische kamp gestuurd. Er gingen geruchten over een geweldige Macedonische overwinning. De verdedigers van Halikarnassos hadden blijkbaar een uitval gedaan, maar waren teruggeslagen. De schrijvers waren heel somber geworden van dat nieuws. Ze waren er niet in geslaagd het Pythias-manuscript te vertalen en nu leek het erop dat hun inspanningen niet langer nodig waren. Solanos was zelfs heel boos geworden. Hij vermoedde dat die arts Pamenes' geheimen had ontdekt en inmiddels de race om het ontcijferen van de Pythias-code had gewonnen. Ook Bessos was teleurgesteld en had een lang gezicht getrokken. Sarpedon had gelachen. De huurling popelde van ongeduld om de villa te verlaten en zijn deel te grijpen van de rijke buit wanneer de Macedoniërs de stad binnentrokken.

Weer klonk er gekraak in de gang buiten zijn kamer. Cherolos stond geërgerd op en deed de deur open. De pijl trof hem met kracht in zijn borst, zodat hij achteroverviel. De moordenaar kwam snel binnen en schopte de deur dicht met zijn hiel. Cherolos staarde vanaf de vloer naar hem op. Hij snakte naar adem en gaf zich rekenschap van de gruwelijke pijn in zijn borst en hals, de overrompelende snelheid van de aanval, het bloed dat opborrelde in zijn keel, die ogen die hem aandachtig opnamen alsof ze het laatste sprankje leven uit hem wilden zien verdwijnen. Cherolos huiverde en lag stil.

De moordenaar ging verder en glipte de trap af naar het andron waar de twee Macedonische wachtposten, die stevig hadden gedronken uit de wijnkruiken die ze de avond daarvoor hadden gekregen, nog beneveld op de grond lagen te dromen. De moordenaar trok zijn dolk en sneed beide mannen snel de keel door zoals een boer een lam de strot zou doorsnijden. Het mes gleed door de huid, door de luchtpijp en door de slagader, zodat het bloed eruit borrelde. De mannen maakten schokkende bewegingen in hun doodsstrijd en de moordenaar keek toe tot ze stil lagen.

'Is daar iemand?'

Hij glimlachte achter zijn masker bij het horen van Solanos' chagrijnige stem.

'Is daar iemand? Wachten! Waarom is het huis zo stil?'

De moordenaar liep het andron uit. Solanos stond aan het eind van de gang met zijn rug naar hem toe. De boog werd gespannen, de pijl aangelegd. De moordenaar zette zich schrap. Solanos hoorde iets en draaide zich om, maar het was al te laat. De pijl raakte hem in de borst en hij viel tegen de muur. De moordenaar liep met grote stappen de gang door en staarde neer op het oudemannengezicht waarop een blik van verbazing lag bevroren. Hij schopte het lichaam en ging in de richting van de deur. Het daglicht werd sterker. Hij had gedaan wat hij kon.

Tegen de tijd dat Telamon de Villa van Kybele bereikte, was de zon opgekomen. Zowel Kassandra als hij hadden een paar uur slaap bemachtigd voordat ze ruw werden gewekt door de kapitein van de prodomoi, de lichtbewapende troepen die Alexander van dienst waren als patrouilles, voorposten en verkenners.

De officier had op spoed aangedrongen. Onderhand keek hij verlekkerd naar Kassandra die moeite deed wakker te worden. Telamon had de man buiten laten wachten terwijl ze zich beiden haastig aankleedden en snel iets aten van het harde brood en het niet al te verse fruit dat door de kwartiermeester in hun rantsoenmanden was achtergelaten. De kapitein van de verkenners was opgetogen over wat er die nacht was gebeurd. Zodra hij Telamon naar de villa had gebracht, zou hij teruggaan naar de rest van het leger. Alexander was de stad Halikarnassos binnengetrokken en deed wanhopig zijn best zoveel mogelijk gebouwen te redden waar Memnon en Orontobates branden hadden aangestoken.

Telamon en Kassandra waren uit een grotendeels verlaten kamp vertrokken. Veel tenten en paviljoens waren al afgebroken, inclusief die in de koninklijke enclave. Het altaar was ontmanteld en de palissade die de koninklijke tent scheidde van de rest van het kamp, was platgegooid.

'Ja, heer, ze zijn nu allemaal in de stad,' had de kapitein voor hun vertrek verteld. 'We konden onze ogen niet geloven. Het ene moment werden de muren nog verdedigd en het volgende beukten we tegen de poorten met onze stormrammen en bood niemand meer tegenstand.' Hij hoestte toen er een vlaag rook voorbij dreef.

'En de branden?' vroeg Kassandra.

'Fikken er lustig op los,' antwoordde de kapitein. 'Ze hebben het paleis van de gouverneur en elk ander gebouw dat ze passeerden in brand gestoken.'

'En Memnon?'

'Hij en de Perzische gouverneur hebben zich teruggetrokken in een fort in de haven. Het gerucht gaat dat ze daar mogen wegrotten.'

Terwijl Kassandra in de tent haar tas had gepakt om haar kostbare bezittingen te 'beschermen', zoals zij het uitdrukte, tegen grijpgrage Macedoniërs, was de kapitein doorgegaan met zijn gebabbel.

'Ze zullen niet lang in de citadel blijven. Nu we de stad in handen hebben, zullen de Perzen de haven moeten verlaten.'

'En de burgers?' vroeg Telamon.

'Oh, de stad werd zonder bloedvergieten ingenomen. Op bevel van de koning mocht er niet worden geplunderd en gemoord. De enige mensen die we mochten aanvallen, waren degenen die de wapens tegen ons opnamen, maar die waren allemaal al verdwenen. We moeten gaan, heer, de zon wordt steeds sterker. Oh ja, de koning heeft dit voor u achtergelaten.'

Telamon had het perkament uitgerold. De boodschap was kort en bondig.

'Alexander, koning, aan Telamon, arts, gegroet en goede gezondheid. Je moet terugkeren naar de Villa van Kybele en doen wat je moet doen. Onderneem elke actie die je nodig acht, maar breng me het hoofd van de verrader.'

Onderaan droeg het perkament het purperen koninklijke zegel met Alexanders persoonlijke insignes.

Terwijl ze op Kassandra wachtten, had de kapitein zijn wijnzak aangeboden. 'Wilt u een slok wijn, heer? Of uw vrouw misschien?'

'Ik ben zijn vrouw niet!' snauwde Kassandra die net de tent uitkwam. 'Wat doen we met onze zadeltassen?'

De kapitein had zuchtend de tassen uit de tent gehaald en Telamons hulp geweigerd.

'Nee, heer. De koning heeft me opgedragen voor u te zorgen.'

Toen hadden ze de onttakelde enclave verlaten. Een eskadron verkenners stond al te wachten. Ze hadden een leidende rol gespeeld bij de invasie van de stad. Hun gezichten en armen zaten nog vol roet. Sommigen droegen dure juwelen om hun hals en polsen. Waarschijnlijk hadden ze het koninklijke verbod van plundering niet al te letterlijk genomen. Kassandra was door hen begroet met gejoel en gefluit. Toen de kapitein zijn zwaard trok en brulde om stilte, hadden de mannen schaapachtig hun ogen afgewend en gedaan of ze plotseling geïnteresseerd waren in het tuig van hun paarden. Er werd een pakezel gebracht voor de bagage en voor Telamon stond zijn paard van de voorafgaande nacht klaar.

'Jij voelt je zo te zien beter dan ik,' had hij tegen het dier gefluisterd.

Kassandra kreeg een kleine pony van een ruwharig ras dat een vaste tred had. Diverse verkenners boden aan de teugels vast te houden, maar Kassandra griste ze met een woedend gezicht naar zich toe. Daarna was de rit naar de villa begonnen. Telamon zat in elkaar gezakt in het zadel en Kassandra hobbelde achter hem aan. De kapitein snaterde als een aap over de pracht en praal van Halikarnassos en over hoe blij de koning was dat het majestueuze Mausoleum ongeschonden was. Hij praatte nog steeds toen ze de binnenplaats van de villa opreden en het lijk bij de put zagen liggen.

De kapitein viel stil en hield de teugels in. Onmiddellijk vormden de verkenners een beschermende kring om Telamon heen, terwijl anderen het huis binnenrenden en het grondig begonnen te doorzoeken. Telamon hoorde geschreeuw en geroep. Een van de verkenners kwam naar buiten.

'Er is geen gevaar, heer!' schreeuwde hij. 'U kunt beter komen kijken!'

Binnen werden ze geconfronteerd met lugubere vondsten: de in elkaar gezakte lijken in de keukens, het gedoofde vuur, de twee

Macedonische wachtposten met doorgesneden keel, Cherolos die dood en vreemd verwrongen in zijn kamer lag en ten slotte Solanos, wiens handen nog om de pijl waren geklemd die zijn borst doorboorde. Telamon bevoelde de lijken. Ze waren koud, het stollende bloed had al vliegen en mieren aangetrokken. Kassandra ging met een wit gezicht op de onderste traptrede zitten.

'Lijken en bloed,' mompelde ze.

'Wat is er gebeurd, heer?' drong de kapitein aan.

'Geen idee.'

'Perzen?'

Telamon schudde zijn hoofd. 'Dat betwijfel ik...' Hij zweeg toen hij geschreeuw hoorde uit de gang boven. Een verkenner duwde Gentios naar hem toe. De acteur was ontredderd, vuil en ongeschoren, hij keek lodderig van vermoeidheid. Zijn adem rook naar wijn en er zaten vlekken op zijn grijze tuniek. Gentios wierp één blik op het lijk van Solanos in de brede plas bloed en zakte op zijn knieën.

'Hier is er nog een, heer.'

Sarpedon kwam gehavend de trap af. Hij wreef zijn polsen en zijn schedel. Zijn kortgesneden haar stond net boven zijn linkeroor stijf van opgedroogd bloed. Hij had een snee in zijn gezicht en een blauwe plek naast zijn mond.

'Breng hen naar de weefkamer!' beval Telamon.

Zodra hij daar ook was, liet hij wijn halen en wat er maar aan eten in de keuken te vinden was. Sarpedon en Gentios zaten als zoutzakken aan tafel. Toen de wijn en het eten werden gebracht, begon Gentios gulzig te eten, maar Sarpedon leek niet te beseffen dat hij van zijn wijn nipte en aan een stuk brood knaagde.

'Ze zijn allemaal dood,' begon Telamon. Hij wachtte even omdat Kassandra binnenkwam, gevolgd door de kapitein van hun escorte die aan het eind van de tafel tussen Sarpedon en Gentios in ging zitten.

'Mijn mannen staan buiten, heer. Ik heb begrepen dat een van de schrijvers ontbreekt.'

'Bessos.' Sarpedon keek wazig op. 'Bessos is gevlucht, nietwaar?'

'De enigen die hier nog in huis waren, zijn deze twee, heer.' De kapitein gebaarde naar de twee mannen naast hem. 'De rest is dood, vermoord door een pijl of gekeeld.'

'Wat is er gebeurd?' vroeg Telamon.

'Alles ging z'n gangetje,' antwoordde Sarpedon. 'We wisten

dat u een wachtpost bij hem had gezet' – hij wees naar Gentios. 'Solanos werd nieuwsgierig naar wat er in de stad gebeurde. We hoorden allerlei geruchten en daarom stuurden we er een van de keukenjongens heen. Hij kwam terug met het nieuws dat na een grote veldslag de stad was gevallen en dus besloten we het te vieren. Iedereen, zelfs Gentios, dronk en at.' Sarpedon haalde zijn schouders op en zijn hand ging naar de bult op zijn hoofd. 'Daarna gingen we naar bed.'

'Hoe laat was dat?'

'Oh, zo rond de derde wacht, denk ik. Ik slaap licht. Ik had bijna net zoveel gedronken als alle anderen en ik stond op om te gaan plassen. Direct daarna sloeg iemand me tegen mijn achterhoofd. Ik draaide me om,' hij wees naar zijn gekneusde mondhoek, 'maar hij sloeg me opnieuw. Ik herinner me dat ik viel. Toen ik weer bijkwam, lag ik in de hoek van mijn kamer, aan handen en voeten gebonden. Ik verloor steeds het bewustzijn. Ik hoorde gegil. Toen mijn hoofd eindelijk helder werd, stonden de verkenners mijn boeien door te snijden en sleurden ze me overeind.'

'En jij, Gentios?'

'Is iedereen dood?' De acteur staarde somber over de tafel. 'Ging iedereen dood, net als Demerata?'

'Ze zijn vermoord!' snauwde Telamon. 'Ik vraag me af waarom ze jou niet hebben vermoord.'

'Ik was bang,' brabbelde Gentios. 'Solanos zei dat ik me niets moest aantrekken van u en uw bevelen en dat ik best mocht meedoen aan de feestelijkheden, maar ik maak me zorgen. Ik zie dingen. Ik ben bang dat Pamenes en Demerata me komen bezoeken.' Hij legde zijn vingers tegen zijn lippen en keek naar het plafond.

'Hij begint zijn verstand te verliezen,' fluisterde Kassandra.

'Maar waarom werd jij niet vermoord, Gentios?'

'Ik vergrendelde mijn deur. Ik vergrendelde hem,' herhaalde hij, 'en toen ben ik in slaap gevallen. Vanochtend werd ik wakker. Ik liep de gang op, maar ik had het koud en daarom ging ik weer naar bed.'

'En daar hebben we hem gevonden, snurkend als een varken,' verklaarde de kapitein. 'Oh, tussen haakjes, heer, er ontbreekt een paard in de stallen.'

'Bessos!' kraste Sarpedon. 'Hij had zeker door dat de stad was gevallen en zal wel naar zijn Perzische meesters gevlucht zijn.'

'Zou Bessos iedereen hier hebben vermoord?' vroeg Kassandra.

'Waarom niet?' Sarpedon pakte zijn wijnbeker op en vertrok zijn gezicht van pijn toen hij probeerde te drinken.

Telamon wenkte de kapitein van de verkenners en samen verlieten ze de weefkamer. Op de binnenplaats greep Telamon de arm van de ander. 'Heb jij Gentios slapend in bed gevonden, kapitein?'

'Is dat die halvegare? Ja zeker, zoals ik al zei, snurkend als een varken.'

'En die ander?'

'Die was aan handen en voeten gebonden en de deur van zijn kamer stond halfopen. Het touw om zijn polsen en enkels zat strak.'

Telamon staarde naar het lijk van het keukenmeisje dat nog altijd in een plas bloed lag. Hij sloot zijn ogen en haalde diep adem. Dit had hij niet verwacht. Hij had gedacht de villa aan te zullen treffen zoals hij hem had achtergelaten, met de schurken gevlogen natuurlijk. Maar dit? Hij wendde zich weer tot de kapitein.

'Verzamel de lijken. Hout is wel te vinden. De dag wordt steeds heter, ze moeten worden verbrand. Oh' – hij wenkte de ander dichter naar zich toe – 'je bent toch kapitein van de verkenners?'

'De besten in het leger, heer.'

'Heb je ook mannen die sporen kunnen zoeken? Bessos, de man die is gevlucht, zal wel niet de weg hebben gevolgd, maar dwars over de grasvlakte zijn gereden. Zouden jouw mannen zijn sporen na kunnen gaan?'

'Kunnen vogels vliegen?' De kapitein grijnsde. 'Twee van mijn jongens kunnen u vertellen of een slak dit huis heeft verlaten, laat staan een paard met een ruiter.'

'Zeg dat ze allebei een zilverstuk krijgen als ze iets bijzonders – maar dan ook echt iets bijzonders – ontdekken,' zei Telamon.

'In dat geval kan ik beter meegaan, heer.'

'Dat worden dan drie zilverstukken,' antwoordde Telamon droog.

Hij keerde terug naar de weefkamer. Gentios zat met gekruiste armen en gebogen hoofd in zichzelf te mompelen. Sarpedon was aan het eten. Af en toe schudde hij met zijn hoofd alsof hij de pijn van zich af wilde zetten.

'Jullie kunnen hier even bijkomen,' verkondigde Telamon. 'Zodra we de keukens weer op orde hebben, zal er meer eten worden gebracht. Als jullie naar de latrine willen, gaan de wachtposten buiten met jullie mee.' Hij gaf Kassandra een wenk om hem te volgen.

'Wat is er gebeurd?' vroeg ze buiten.

'Ik weet het niet.' Telamon trok de ring van zijn vinger en keek naar het insigne van Asklepios. Hij knipoogde naar Kassandra. 'Je hebt de symptomen gezien. Laten we nu de oorzaak vinden!'

Telamon begon de villa te doorzoeken: de zuilengang, de kamers, de kelders, de voorraadkamers en ook de tuinen. Zo ging de ochtend voorbij. De verkenners legden de lijken bij elkaar, haalden hout, aanmaakhoutjes en olie. Telamon was er getuige van dat mannen en vrouwen uit zijn naaste omgeving door de vlammen werden verteerd.

'Het stinkt hier naar de dood!' verklaarde Kassandra. 'Ik ga dat huis niet meer in!'

Telamon ging bij haar zitten in het met bloemen begroeide prieeltje. Af en toe kwamen verkenners kijken of alles in orde was, of om het voedsel en de wijn die ze hadden gevonden met hen te delen. In de middag werd de zon te heet en daarom zochten ze de schaduw van een plataan op. Daar lagen ze nog te rusten toen de kapitein van de verkenners terugkwam. Hij ging voor Telamon op zijn hurken zitten en vertelde hem wat ze hadden gevonden.

'Heel vreemd, nietwaar, heer?'

'Ga terug.' Telamon opende zijn beurs en liet drie zilveren munten in de met eelt bedekte hand van de man vallen. 'Ga terug en probeer hem te vinden. Ik heb er nog drie van deze dingen voor over.'

Zodra de kapitein was verdwenen, begon Kassandra vragen te stellen, maar Telamon schudde zijn hoofd en legde een vinger tegen zijn lippen. 'Laten we afwachten,' mompelde hij. 'Er is geen haast bij en ik ben zo moe.'

Hij ging op zijn rug liggen en maakte nerveuze bewegingen met zijn benen en armen terwijl hij zijn recente ervaringen de revue liet passeren. De afschuwelijke veldslag voor de muren van Halikarnassos. Al het bloed en de gruwelijkheden in dit slachthuis hier. De zwijgende lijken. Gentios die zijn verstand leek te verliezen. Sarpedon die in beslag werd genomen door zijn verwondingen. De kapitein van de verkenners schudde hem wakker.

'We hebben hem gevonden, heer.'

'En het is niet uitgelekt?' vroeg Telamon terwijl hij ging zitten. 'Weet je zeker dat niemand het weet?'

'Alleen ik, u en twee van mijn jongens.'

'Mooi!' Telamon zuchtte. 'Wanneer dit allemaal voorbij is, hoor je het hele verhaal van me, kapitein, maar nu ga ik iemand anders de waarheid vertellen.'

Sarpedon en Gentios koesterden zich in de zon op de binnenplaats. Telamon beval hun terug te gaan naar de weefkamer. Beide mannen leken opgeknapt. Er werd hun een plaats aangewezen. De kapitein ging tussen hen in zitten en een aantal van zijn mannen leunde op bevel van Telamon tegen de muren, nieuwsgierig naar wat er zou gaan gebeuren. Ze hadden onder elkaar heel wat afgepraat over deze raadselachtige villa met zijn zwijgende lijken en over deze arts die zo geïnteresseerd was in de ruiter die was gevlucht.

'Waarom zijn we hier?' drong Sarpedon aan. Het viel Kassandra op dat hij waakzamer was geworden.

'Ik ga jullie een verhaal vertellen,' antwoordde Telamon. 'Over de stad Halikarnassos. De vroegere heerser Pixodaros verdreef zijn bloedverwant, koningin Ada, die haar toevlucht zocht in de vesting Alinda hoog in de bergen. Ze werd een banneling om wie niemand zich eigenlijk druk maakte. Er gebeurde niets interessants bij haar behalve dat een beroemd architect, de man die verantwoordelijk was voor de verdedigingswerken van Halikarnassos, haar een vreemd manuscript gaf dat later bekend werd als het Pythias-manuscript. Pythias was een schelm en er begonnen allerlei prachtige verhalen over zijn manuscript de ronde te doen. Bijvoorbeeld dat het een gedetailleerd verslag bevatte over een ernstige zwakke plek in de verdedigingswerken die hij had gebouwd. En dat hij de plek noemde waar hij zijn aanzienlijke vermogen had begraven. In werkelijkheid was het Pythias-manuscript echter niet meer dan een kopie van een brief aan Philippus van Macedonië.'

Sarpedon veranderde van houding, zodat hij Telamon recht aankeek. Hij speelde met zijn leren polsbeschermer.

'Nu kreeg iedereen ineens belangstelling voor het Pythias-manuscript, vooral de Perzische heersers toen ze zich realiseerden dat Macedonië op het punt stond hun westelijke provincies binnen te vallen. Halikarnassos is de grootste haven aan de Egeïsche...'

'Dus ze verkregen kopieën van het Pythias-manuscript,' merkte Sarpedon op. 'Wat heb ik daarmee te maken?'

'Na de slag aan de Granikos' – Telamon hield Sarpedons blik vast – 'besloot koningin Ada dat het tijd werd het manuscript te laten decoderen. Ze had een aantal avonturiers en zwervers om zich heen verzameld, mannen zoals jij, Sarpedon, huurlingen die hun kennis of hun zwaard verkochten. Wat koningin Ada echter niet wist, was dat een van deze ingehuurde schrijvers – Pamenes – in werkelijkheid een hooggeplaatste Perzische spion was, een magiër, een priester die waarschijnlijk voor heer Mithra zelf werkte. Als zeer bekwaam schrijver, getraind in het ontrafelen van geheime codes en boodschappen, begon Pamenes zijn werk met Solanos en Bessos, en hun beschermer was jij, Sarpedon, de Spartaanse huurling. Koningin Ada had misschien haar verdenkingen en dus besloot ze een oogje te houden op dit selecte groepje door er haar eigen spion aan toe te voegen, de priester Cherolos.'

'Dat weet ik,' smaalde Sarpedon. 'Cherolos was een bemoeial en een snuffelaar.'

'Ja, en geen bijster goede,' antwoordde Telamon. 'Wat koningin Ada niet besefte, was dat jij, Sarpedon, de rest ertoe had gebracht mee te doen aan je eigen geheime samenzwering. Je maakte je niet zo druk om de verdedigingswerken van Halikarnassos. Wat kon het jou, Solanos of Bessos schelen wie die stad bestuurde?'

'Mijn samenzwering?' viel Sarpedon uit. 'Beschuldigt u mij?'

'Nee, ik bewijs je schuld,' antwoordde Telamon scherp. 'Je werkelijke doel was de schat van die oude Pythias. Dit huis, om precies te zijn, de Villa van Kybele waar Pythias ooit had gewoond. Solanos moet dat hebben geweten en ook dat de villa was verkocht. Hij zal zeker tot de conclusie zijn gekomen dat als Pythias zijn schat ergens had begraven, hij dat hier had gedaan en niet in de stad Halikarnassos.' Telamon haalde zijn schouders op. 'Solanos zal hemel en aarde hebben bewogen om te regelen dat deze villa het hoofdkwartier werd waar hij en zijn schrijvers konden werken. Jullie hebben ongetwijfeld met z'n allen koningin Ada ervan overtuigd dat het belangrijk voor jullie was het Macedonische leger te volgen. Zij zal het daar zeker mee eens zijn geweest en hetzelfde geldt voor onze koning. Koningin Ada zou immers haar stad terugkrijgen en jij zou in de gaten worden gehouden door de Macedoniërs, nog afgezien van haar eigen spion Cherolos. Ik heb het bij het juiste eind, nietwaar?'

Sarpedon leek geen greintje uit zijn evenwicht gebracht en knikte langzaam.

'Ik zou boodschappers naar koningin Ada kunnen sturen,' vervolgde Telamon. 'Ze heeft vast en zeker kopieën van de volmacht die Solanos het recht gaf deze villa in bezit te nemen.' Hij zweeg even.

Ook Gentios luisterde vol aandacht. Af en toe keek hij naar het plafond, alsof door deze scherpe woorden de nevel van verdriet optrok die over zijn ziel hing.

'Afijn, jullie arriveerden dus met z'n allen in de Villa van Kybele,' ging Telamon verder. 'Een gezellig groepje, maar er zat een haar in de boter. Pamenes! Hij zonderde zich af, maar Solanos, Bessos en jij, Sarpedon, beseften maar al te goed dat hij uitstekende vorderingen maakte. Ik vermoed dat je tegen die tijd doorzag wie Pamenes werkelijk was, een Perzische spion. Je ontdekte bovendien dat hij met zijn meesters in Halikarnassos en elders communiceerde via de stokken-methode.'

'De wat?' vroeg Sarpedon.

'Oh, kom nu toch,' zei Telamon glimlachend. 'De stokkenmethode wordt ook gebruikt door Spartaanse aanvoerders om elkaar boodschappen te sturen. Je hebt een stok van ongeveer drie voet lang, je wikkelt er een strook perkament omheen, daar schrijf je je boodschap op en daarna wikkel je het perkament weer los. Wie niet precies weet wat de bedoeling is en niet over een identieke stok beschikt, ziet alleen maar een strook perkament met rare krabbels erop.'

Sarpedons hand gleed naar een bord waarop een mes lag, maar de kapitein van de verkenners leunde naar voren en griste het mes weg. Sarpedon glimlachte.

'Je moet om Pamenes heen hebben gedraaid als een kat om een muizenholletje,' vervolgde Telamon. 'Vroeg of laat zou hij het Pythias-manuscript ontcijferen en vluchten. Dat kon je niet gebruiken. Je moest hier blijven om door te gaan met je zoektocht naar de schat van de oude architect. Bovendien kon Pamenes iets interessants hebben ontdekt dat je daarbij kon helpen. Nu weet ik dankzij hem' – Telamon wees naar Gentios – 'dat Pamenes op de avond voordat hij werd vermoord op het punt stond te vluchten. En wat nog belangrijker is, jij wist het ook. Maar de volgende ochtend, terwijl jij zogenaamd druk bezig was in de tuin, gingen Solanos en Bessos naar de kamer van Pamenes. Ze lokten hem naar het raam, of misschien was hij daar al met zijn vogelzaad en keek hij uit naar zijn vrienden de duiven. Pamenes was arrogant. Hij voelde zich hoog verheven boven Solanos en Bessos. Hij had niets te vrezen. Hij had de sleutel tot het Pythias-manuscript gevonden en wilde vluchten voordat Alexander en het Macedonische leger arriveerden. Hij staat dus bij dat raam. Jij, Sarpedon, bent beneden in de tuin en houdt de boel in de gaten. Solanos en Bessos vergrendelen de deur zachtjes achter zich en duwen Pamenes over de vensterbank. Later zullen ze beweren dat ze geen geluid hebben gehoord, geen schreeuw, geen gil. Natuurlijk kwam het goed uit dat Gentios met veel gekletter van cimbalen zijn tekst aan het repeteren was. Jij haastte je naar Pamenes om te controleren of hij dood was en om je trawanten een signaal te geven dat het plan was gelukt. Ondertussen doorzochten zij Pamenes' kamer en namen alle interessante documenten mee...'

'Maar die kamer was op slot!' viel Gentios hem in de rede. 'Dat herinner ik me, de kamer was op slot!'

'Nee, de deur was alleen dicht,' antwoordde Telamon. 'Bessos verzon later het verhaal dat hij binnen iemand hoorde lopen. Dat was om de argwaan te versterken. Hij wist dat Cherolos had geprobeerd Pamenes te ontmoeten en daarom had hij het over voetstappen, zodat de verdenking op hem zou vallen.'

'Inderdaad,' liet Kassandra zich ontvallen. 'Cherolos ging op zoek naar Pamenes, maar de twee keer dat hij in die kamer kwam, was de schrijver al dood en lag zijn lichaam op de stenen onder het raam.'

'Cherolos gaf geen zier om Pamenes,' vervolgde Telamon. 'Hij probeerde alleen maar informatie te verzamelen voor zijn koninklijke opdrachtgeefster. Hij greep de tassen die ingepakt klaar stonden en nam ze mee, terwijl hij zich stilletjes voornam ze op een geschikt moment terug te brengen.' Telamon spreidde zijn handen. 'Toen Pamenes' lijk werd ontdekt, besloot Cherolos uiteindelijk de tassen in de tuin te verstoppen. Hij had er weinig in gevonden. Solanos en Bessos hadden alles al meegenomen wat van belang was.'

Sarpedon zuchtte diep en maakte aanstalten om op te staan, maar de kapitein van de verkenners trok snel zijn zwaard en drukte de platte kant tegen de nek van de Spartaan. De andere verkenners bewogen zich onrustig, hun handen zakten naar het gevest van hun zwaard.

'Ik zou maar blijven zitten als ik jou was,' mompelde Telamon. 'Je gaat nergens heen, Sarpedon, want ik kom terug op die rampzalige ochtend. Je had Pamenes' geheime geschrift te pakken dat Solanos je toegooide vanuit het raam – dat vermoed ik althans. Je verstopte het in de tuin en daarbij schramde je je handen, doordat je het in een doek gewikkeld begroef onder een stekelige rozenstruik. Daarna rende je als een haas naar Kassandra en mij om de schrammen te laten behandelen. We zouden ons zeker herinneren dat Sarpedon op het moment dat Pamenes werd vermoord druk aan het tuinieren was, of zijn handen liet verbinden. Dat was een kleine prijs voor wat je allemaal had bereikt.'

'U hebt geen bewijzen!' Sarpedons gezicht had een kwaadaardige uitdrukking aangenomen. Hij wreef over de zijkant van zijn hoofd, alsof hij Telamon eraan wilde herinneren dat hij zelf gewond was geraakt.

'Ik weet nu dat Pamenes op het punt stond te vertrekken.' Telamon gebruikte zijn vingers om een en ander te onderstrepen. 'Daarom had hij sandalen aan, want meestal liep hij in zijn kamer op blote voeten. Zijn tassen waren gepakt. Hij had ook een rendez-vous gehad met vrouwe Demerata. Zij voelde aan dat hij weg zou gaan.'

Bij het horen van de naam van zijn vrouw kreeg Gentios een nieuwe huibui.

'Solanos en Bessos hebben ongetwijfeld zeer snel Pamenes' manuscripten doorgesnuffeld en er een goede kopie van gemaakt. Of misschien heb jij dat wel gedaan, Sarpedon. Je bent niet de ongeletterde soldaat die je voorgeeft te zijn. Je bent bekend met poëzie. Je weet dat je naamgenoot de zoon van Zeus was en bij Troje heeft gevochten. Maar nu komen we bij het interessante gedeelte...'

Telamon stond op en liep naar een tafeltje. Hij schonk voor zichzelf en voor Kassandra water uit een kruik in bekers en nam ze mee naar de tafel.

'Pamenes werkte voor de Perzen, maar jij, Sarpedon, werkt voor Memnon, de verrader uit Rhodos, de opperbevelhebber in Halikarnassos. Heb je hem ontmoet? Ik vermoed van wel.' Telamon wachtte geen antwoord af. 'Je bood hem aan zijn spion te worden.'

'Maar volgens u hadden de Perzen al een spion. Pamenes toch!' schreeuwde Sarpedon.

'Ik ken de Grieken en de Perzen,' antwoordde Telamon. 'Pamenes werkte ongetwijfeld voor heer Mithra. Misschien was Orontobates op de hoogte, maar Memnon had vast geen bezwaar tegen een eigen spion. Iemand die in staat zou kunnen zijn koning Alexander aan hem over te leveren. Memnon of Halikarnassos interesseren je geen barst. Je wilde goud en zilver en Memnon was bereid te betalen. Dankzij jou en Pamenes' – Telamon liet zijn vinger langs de rand van zijn drinkbeker glijden – 'werd de Villa van Kybele goed in de gaten gehouden. We weten allemaal dat het zo was en we weten ook hoe Pamenes zijn boodschappen naar de stad stuurde – hij legde een strook perkament onder een boom, een steen of een struik. Jij gebruikte dezelfde methode. Vroeg op de dag dat Pamenes werd vermoord, liet je je nieuwe meesters weten dat Pamenes' manuscripten op zijn lijk te vinden zouden zijn en dat Alexander met slechts een lichte troepenmacht naar de Villa van Kybele op weg was.'

'Waarom zou ik dat doen?' vroeg Sarpedon smalend.

'Oh, je moest wel en ik weet zeker dat Solanos en Bessos daar net zo over dachten.' Telamon nam een teug uit zijn beker. 'Je moest je meesters in Halikarnassos ervan overtuigen dat ondanks Pamenes' dood zijn waardevolle werk werd voortgezet.'

'Maar zouden ze niet boos zijn dat hun spion was vermoord?' Gentios krabde op zijn hoofd. 'Een heilige priester, een magiër?'

'Natuurlijk. Sarpedon kent de Perzen. Ze zouden als het maar enigszins mogelijk was Pamenes' lichaam ophalen. Daarom legde hij het geschrift bij het lijk toen dat onder een laken in het bijgebouw was gelegd. Ik weet niet hoe Sarpedon Pamenes' dood heeft afgeschilderd – misschien maakte hij er een ongeluk van, of moord door een van Alexanders agenten. Dat zou Cherolos kunnen zijn, of ik, of zelfs jij, Gentios. Een slimme en geraffineerde zet. Solanos, Bessos en Sarpedon hebben een rivaal uit de weg geruimd en zijn kennis gestolen. Bovendien heeft Sarpedon, nu Pamenes is verdwenen, de volle aandacht van zijn meesters in Halikarnassos. Solanos en Bessos concentreren zich op het decoderen van het Pythias-manuscript, terwijl jij je voordoet als tuinman en het terrein van de villa doorzoekt naar de schat van Pythias. Uiteindelijk begonnen de anderen je te helpen. Het viel me op dat na verloop van tijd Solanos en Bessos hun werk steeds minder in hun kamers, maar steeds vaker buiten begonnen te doen. Waarom was dat, Sarpedon? Had Solanos het huis al van boven tot beneden doorzocht en niets gevonden? Huurde hij daarom die bedienden en droeg hij hun op niet naar boven te lopen? Hij wilde vast niet dat een of andere pienter koksjongetje of keukenmeisje met scherpe ogen begreep wat er eigenlijk gebeurde.'

'Maar u zei toch dat Cherolos hen in de gaten hield?' vroeg Gentios.

'Ik vermoed dat Cherolos net als ik niet zo'n beste spion was,' antwoordde Telamon met een glimlach. 'Je kunt door een huis lopen en doen alsof je het bewondert, of afwezig bent, of iets zoekt. Onze samenzweerders kwamen al snel tot de conclusie dat als Pythias zijn schat had verstopt, hij dat beslist niet in de villa had gedaan, maar ergens buiten.'

'U hebt Gentios' vraag niet beantwoord!' verklaarde Sarpedon heftig. 'Toen we Pamenes' kamer binnen probeerden te gaan, was de deur vergrendeld en er was geen ladder...' Hij beet op zijn lip.

'Wat wilde je nog meer zeggen?' vroeg Telamon. 'Dat er geen ladder was om omhoog te klimmen en de deur te vergrendelen, zodat alles nog veel raadselachtiger werd? Nee.' Telamon stak zijn hand uit. 'Toen Solanos en Bessos weg waren gegaan, kwam Cherolos langs. Bessos hoorde hem en dat vertelde hij aan mij om de verdenking op de priester te werpen. Toen je handen waren verbonden, droeg je handschoenen, Sarpedon. Je gebruikte een van die druivenpalen – ze zijn lang genoeg om als ladder te gebruiken. Je bent een geoefend soldaat, een vindingrijk krijger. Je klom zo lenig als een aap op die paal omhoog, ging Pamenes' kamer binnen, controleerde of alles in orde was, vergrendelde de deur en klom weer omlaag.'

'Iemand had me kunnen zien,' wierp Sarpedon tegen.

'Dat betwijfel ik. Ik herinner me dat Bessos de tuin inkwam om ons te roepen voor een vergadering. Daarvoor zal hij op wacht hebben gestaan terwijl jij omhoog en omlaag klom.' Telamon haalde zijn schouders op. 'Je deed het zo snel mogelijk. De paal gooide je in de bosjes. Bessos ging het huis binnen en jij voegde je met een onschuldig gezicht bij ons. Na die vergadering doorsnuffelde je samen met je trawanten Pamenes' manuscripten om zoveel mogelijk te ontdekken. Met behulp van de stokkenmethode liet je een boodschap achter voor de koerier, waarschijnlijk een of andere boer of rondtrekkende handelaar.

Pamenes' dood moest een ongeluk voorstellen. Je had bereikt wat je wilde, genoeg om je meesters in Halikarnassos zoet te houden. Je vertelde hun over de ophanden zijnde aankomst van de koning in de villa en over de niet meer dan symbolische troepenmacht die hij bij zich had. Waarschijnlijk wist Memnon dat al van zijn andere spionnen. Je wilde eigenlijk dat hij de villa zou aanvallen en de informatie zou ophalen waar jij voor had gezorgd.' Telamon tikte op het tafelblad. 'Ze lieten hun beloning ergens achter, neem ik aan?'

'Welke beloning?' schreeuwde Sarpedon.

'Goud, op een afgesproken plek. Je moest het met de anderen delen. Alles was geregeld. Natuurlijk wilde je niet dat de aanval een compleet succes werd. Jij, of een van je mede-samenzweerders, stak een lantaarn aan en zette hem voor het raam om de Perzen de weg te wijzen. Daarna ging je naar buiten met dat keukenmeisje. Ook hiermee beschermde je je eigen positie. Als je buiten was, kon het nooit Sarpedon zijn geweest die de lantaarn voor het raam hield. Je zorgde wel dat het meisje het signaal ook zag. Bovendien speelde je de held door als eerste alarm te slaan. Je wilde ervoor zorgen dat de Perzen kregen wat ze wilden, maar dat de nachtelijke aanval werd afgeslagen, terwijl jij je profileerde als de trouwe wachtpost. De Perzen kwamen. Ze wisten waar ze Pamenes' lijk konden vinden. Ze namen het mee, samen met de manuscripten die erop waren verborgen. Ze zullen zeker ook de afgesproken beloning hebben achtergelaten. Je had tevreden moeten zijn, Sarpedon, maar je bent er te geslepen voor. Was het keukenmeisje niet zo onnozel als je dacht? Begon ze zich af te vragen waarom je haar juist die avond mee naar buiten nam? Zag ze de lantaarn zelf, of moest je haar erop wijzen?'

Sarpedons gezicht verloor zijn uitdagende arrogantie. Zijn moed begon te zakken en zijn angst werd zichtbaar. Gentios stond abrupt op.

'Ik voel me niet goed.' Hij greep naar zijn maag. 'Ik heb hier part noch deel aan.'

Telamon gaf een van de verkenners een teken. De man greep de acteur bij zijn arm en duwde hem de kamer uit.

'Houd hem in de gaten!' riep Telamon hem na. Hij keek naar de andere verkenners. De meesten van hen waren Macedoniërs die nieuwsgierig luisterden naar deze woordenstrijd. De kapitein had zichtbaar een afkeer van Sarpedon gekregen en zijn manschappen begrepen inmiddels wel dat ze te maken hadden met een man die had geprobeerd hun geliefde koning te verraden en zelfs te vermoorden.

'Je hebt dat arme meisje vermoord,' verklaarde Telamon. 'Je was misschien niet in de keuken, maar Bessos of Solanos verwisselde een normaal stuk kaas voor een vergiftigd brok. Je droeg haar op het voor je naar de tuin te brengen. Je wist dat ze dol was op kaas en dat ze de verleiding niet zou kunnen weerstaan. Opnieuw slaagde je erin elke verdenking van je af te wentelen – je was niet in de buurt van de keuken geweest en het vergif was ogenschijnlijk voor jou bedoeld. Ze moest sterven om een eind te maken aan haar gevraag en haar vader onderging hetzelfde lot voor het geval dat ze hem in vertrouwen had genomen. Je werkt veel in de tuin. Je kunt gemakkelijk slangen verzamelen in een zak en ze daarna loslaten in een kruik palingen.' Hij zweeg even. 'Of in mijn kamer.'

Sarpedon vlocht zijn vingers in elkaar. Hij had nu een gejaagde blik in zijn ogen en hij gluurde tersluiks naar de deur.

'Ik moest ook dood, nietwaar?' hield Telamon aan. 'Wiens idee was dat? Van Solanos, van Bessos of van jou zelf? Was je bang dat ik de losse draadjes zou oprapen die Pamenes had laten vallen?' Telamon nam een teug van zijn wijn. 'Je probeerde het nog eens in de boomgaard, jij of een van je kompanen, maar dat mislukte door Demerata's mysterieuze dood. Je hoopte dat Cherolos de schuld zou krijgen omdat hij de godin Meretseger aanbad en veel ervaring had met slangen. Je hebt die onschuldige kat vermoord om het vermoeden te wekken dat het deel uitmaakte van een of ander luguber offerritueel aan Cherolos' Egyptische godin. Je moest wel doorgaan met je zelfgekozen rol van trouwe wachter...'

'Ik heb de koning bijgestaan in de baai van Hera!' schreeuwde Sarpedon.

'Ik denk dat Alexander allang wist waar hij heen moest met zijn schepen. Het was in je eigen belang hem te helpen. Je wilde dat de belegering doorging tot je klaar was met je zoektocht hier. Je meester Memnon en de Perzen in Halikarnassos bewees je een soortgelijke dienst. Je lokte die Kretenzische boogschutter de eenzame vlakte op. Hoe deed je dat? Met voedsel of wijn, of stond je gewoon op hem te wachten? Hij kreeg een doodklap tegen zijn achterhoofd, daarna kleedde je het lijk uit en nam zijn boog en pijlenkoker mee. Die nacht bevestigde je een met behulp van de stokken-methode beschreven stuk perkament aan een van zijn lange pijlen. Je bent boogschutter, Sarpedon. Je sloop naar de muren en schoot je boodschap af. Zo werd Memnon op de hoogte gebracht van de platte daken die Alexander wilde gebruiken om de gracht te dempen.' Telamon haalde zijn schouders op. 'Memnon zal zeker blij zijn geweest met dat nieuws. Achteraf ging je met mij mee terug naar de villa. Je probeerde me te vermoorden, maar dat mislukte en je moet geweldig opgelucht zijn geweest toen ik samen met Hephaistion vertrok. Toen vond je de schat. Je stuurde het keukenjongetje naar het kamp en je hoorde dat Halikarnassos elk moment kon vallen. Jij en je medesamenzweerders hadden de buit binnen en dus werd het tijd om dat te vieren en dan te verdwijnen. Jouw plannen waren echter enigszins anders.' Telamon stond op en liep om de tafel heen. 'Ik heb eerder mannen zoals jij ontmoet, Sarpedon. Dapper als leeuwen, genadeloos, taai en hard, met een uithoudingsvermogen als de woestijnzon. Je bent dol op gevaar en je geniet van de opwinding van de strijd. Je bent geen moment van plan geweest de buit te delen en daarom heb je iedereen hier vermoord.'

'Ik heb een klap tegen mijn hoofd gekregen! Ik werd vastgebonden! Uw eigen kapitein hier heeft dat bevestigd.'

Telamon leunde naar voren tot zijn gezicht slechts een duim van dat van Sarpedon was verwijderd. 'Die klap heb je jezelf toegebracht, net als die schrammen en kneuzingen. Voor een gehard soldaat als jij een kleine prijs voor zo'n vette buit! Je enkels heb je zelf bij elkaar gebonden en daarna wikkelde je het touw om je polsen. Op het eerste gezicht leek het strak vast te zitten, vooral in een halfdonkere kamer. Ik zou dat touw graag even onderzoeken, maar ik begrijp wel dat je het hebt weggegooid. Ik weet zeker dat er geen spoor van een knoop in te bekennen was.'

'En stel dat iemand anders de moordenaar was?' kwam de kapitein ertussen. 'Waarom heeft hij jou dan niet afgeslacht, net als de rest?'

'Een hele goede vraag,' antwoordde Telamon. 'Het was de bedoeling dat Bessos de moordenaar zou lijken. Dan had Sarpedon er wel een verklaring voor. Dat Bessos in paniek raakte misschien? Of dat hij vriendschap voelde voor Sarpedon, en voor Gentios – dat was ook de reden dat de acteur in leven werd gelaten, hij moest de verdenking afleiden. Gentios wist ondertussen van niets, hij sliep zijn dronkemansslaap.'

Sarpedon probeerde overeind te springen, maar werd tegengehouden door de kapitein van de verkenners. 'En waar is Bessos dan gebleven?' brulde hij.

'Oh, zijn lijk hebben we al gevonden.'

'Dat kan niet...' Sarpedon sloot zijn ogen.

'Toch wel,' verzekerde de kapitein hem. 'Mijn mannen en ik kunnen de sporen volgen van een slak. We kunnen je vertellen welke vogels in de grond hebben gepikt. We hebben de hoefafdrukken gevonden van een paard dat kortgeleden door de achterpoort is vertrokken. Dat vonden we vreemd, want de sporen waren niet zo diep als ze hadden moeten zijn wanneer er een ruiter op zijn rug had gezeten. Het paard stond op enkele stadia vanhier te grazen. We hebben ook de sporen gevonden van een man te voet die een zware last op zijn schouders droeg. Bessos hebben we opgegraven uit zijn ondiepe graf. Zijn keel was van oor tot oor doorgesneden, zijn mond en zijn ogen zaten vol aarde.'

'Kijk eens aan!' Telamon ging op de plek zitten waar Gentios had gezeten. 'Wie blijft er nu verder nog over, Sarpedon? Toch niet die toneelspeler? Die is zo wezenloos en zit zo vol met verschaalde wijn dat hij nauwelijks de trap op zou kunnen lopen, laat staan een boog afschieten. En dus is er alleen nog Sarpedon, de Spartaan, de verrader, de spion en de moordenaar. De sluwe soldaat die hoopte zijn tijd af te wachten en dan weg te glippen.'

Sarpedons gezicht bleef onbewogen. Slechts een flikkering in zijn ogen en een zweetdruppel die langs zijn wang biggelde verrieden zijn gespannenheid.

'De koning zal je laten kruisigen,' mompelde Telamon. 'Het kan dagen, misschien wel weken duren voordat je doodgaat.'

'Zijn er geen verzachtende omstandigheden?' vroeg Sarpedon schor.

'Jawel,' antwoordde Telamon glashard omdat deze moordenaar keer op keer had toegeslagen zonder enige vorm van berouw. 'De schat van Pythias zul je niet meer nodig hebben. Waar is hij?'

Sarpedon sloeg zijn handen voor zijn ogen. 'We hebben hem uiteindelijk gevonden in de put.' Hij haalde zijn handen weg. 'Er zitten voetsteunen langs de binnenkant, ijzeren sporten. Net boven de waterlijn bevindt zich een richel, daarop staat een met brons versierd kistje vol met gouden dareiken uit Perzië en kortgeleden gemunt zilver uit Macedonië.'

'En mijn beschuldigingen?' vroeg Telamon.

'De dood van Pamenes heeft zich afgespeeld zoals u zegt. We dachten dat het voor een ongeluk kon doorgaan. Ik wist dat hij een spion was. Ik ging naar Halikarnassos en bood Memnon mijn diensten aan. Hij beloofde me te betalen, maar eerst moest ik mijn goede trouw bewijzen. Ach, wat doet dat er nu nog toe?' Sarpedon zuchtte en zijn ogen plooiden zich in een glimlach. 'Het was toch een gok, geneesheer? Alles is gegaan zoals u zegt. Ik heb gegokt en verloren. Ik heb het eerste gebod overtreden, ik werd hebberig. Gunt u me een snelle dood?'

Telamon gebaarde naar de kapitein. 'Breng de schat hier!'

De kapitein droeg twee van zijn mannen op naar de put te gaan en Telamon ging weer naast Kassandra zitten. Buiten in de gang klonk het zachte gejammer van Gentios. Korte tijd later kwamen de verkenners het vuile kistje op tafel zetten. Telamon klapte de deksel open. Kassandra hield haar adem in bij de aanblik van het goud en zilver dat glom in het licht. Telamon gaf de kapitein een knikje.

'Doe het snel!'

Er werden bevelen geroepen en Sarpedon liet zich zonder verzet de kamer uitbrengen. Telamon hoorde hoe een stuk hout op de keien van de binnenplaats werd gesmeten. Een man schreeuwde. Sarpedon antwoordde en daarna viel er een stilte die werd verbroken door een doffe bons. Telamon deed zijn ogen dicht. De kapitein van de verkenners stapte weer naar binnen met een met bloed bevlekt zwaard in zijn hand.

'Haal het lijk weg!' beval Telamon. 'Verbrand het samen met de andere lichamen. Doe het hoofd in een mand en stuur het naar de koning. Kassandra, zoek wat zegelwas en een paar sterke stukken touw voor me.' Hij klopte op het kistje. 'De koning zal blij zijn.'

De weefkamer liep leeg. Telamon legde zijn armen op de tafel en keek rond in de ruimte die nu zo rustig en kalm was. Zouden de geesten uit de poorten van de hel hier samendrommen? Zouden ze het leger volgen? Zou Alexanders opmars worden begeleid door een groeiende horde zielen van mensen die waren gestorven of vermoord in de bloedige chaos van zijn overwinningen?

# Nawoord van de schrijver

Alexanders belegering van Halikarnassos in de nazomer van 334 v. Chr. speelde zich af zoals in dit boek wordt beschreven. Sommige historici gaan ervan uit dat de stad al na enkele dagen in plaats van enkele weken viel en dat de gevechten aan beide kanten verbeten en bloeddorstig waren. Memnon, Ephialtes en Orontobates waren geslepen en sluwe aanvoerders. Ze hoopten werkelijk dat Alexander zich met zijn legers stuk zou lopen op de enorme muren van Halikarnassos en dat hij de stad met zijn diepe zeehaven nooit zou innemen. Alexander reed inderdaad uit om de verdedigingswerken in ogenschouw te nemen en moest zich halsoverkop terugtrekken. Hij verwachtte de haven van Myndos zonder problemen te kunnen innemen, maar werd daarin op slimme wijze tegengewerkt. Klaarblijkelijk bleef hij zoeken naar een zwakke plek in de muren, want hij verplaatste zijn belegeringstuig regelmatig. Daarnaast moest hij het hoofd bieden aan plotselinge uitvallen van Memnon, die het Macedonische leger hiermee aanzienlijke verliezen toebracht. De laatste grote veldslag voor de muren vond 's nachts plaats en is levendig en gedetailleerd beschreven door vroege bronnen. Toen Alexander ten slotte een toegang forceerde, bleek de stad in brand te zijn gestoken.

Alexanders relatie met koningin Ada is waarheidsgetrouw en daarom betwijfel ik of hij verantwoordelijk was voor de brand die haar stad in de as legde. Ik vermoed dat het vuur werd aangestoken toen de Perzen zich terugtrokken naar de citadellen in de haven. De manier waarop de belegering abrupt ten einde kwam, de onverwachte uitvallen van Memnon en de branden die kort voordat Alexander de stad binnentrok uitbraken, vormen de inspiratiebronnen voor mijn verhaal. Memnon en Ephialtes wisten wel beter dan in het open veld de strijd aan te gaan met Alexander, maar toch hielden ze zich bij Halikarnassos niet aan hun gulden regel en dat kostte Ephialtes zijn leven. Meer dan eens zou het Macedonische leger beslist in de pan zijn gehakt als Alexanders oude garde niet tussenbeide was gekomen. De enige verklaring voor Memnons handelwijze, de plotselinge val van de stad en de daaropvolgende branden, is dat Alexander binnen de muren van Halikarnassos een of andere 'vijfde colonne' had waar Memnon en Ephialtes geen greep op konden krijgen. Ze moesten met de vijand buiten afrekenen voordat ze het probleem van de vijand in eigen gelederen konden oplossen. Volgens alle militaire theorieën hadden Memnon en Ephialtes nooit de poorten van Halikarnassos moeten openen om zo'n wanhopige tegenaanval te doen. In moderne termen zou dat ongeveer vergelijkbaar zijn met een tankbemanning die het voertuig verlaat en te voet met een sabel verder vecht. De enige verklaring voor een dergelijke handelwijze is dat er binnen de tank iets vreselijks is gebeurd. De belegering was zo meedogenloos als ik heb beschreven en ook de wapenfeiten van de twee dronken Macedonische soldaten die uit pure bravoure en dronkenmanslef een nachtelijke veldslag begonnen, is getrouw gedocumenteerd door Arrianus en anderen.

De medische inzichten en behandelingsmethoden die in deze roman worden genoemd, zijn gebaseerd op de aantekeningen van Hippokrates uit Kos en andere oorspronkelijke bronnen. Griekse geneesheren begrepen misschien niet de hele complexiteit van het menselijk lichaam, maar ze bestudeerden het zorgvuldig. Artsen als Telamon reisden de bekende wereld af om zoveel mogelijk kennis op te doen. Telamon is in werkelijkheid gebaseerd op Philippos, een van Alexanders lijfartsen.

Waar een machtsstrijd heerst, tieren intriges welig, bewegen spionnen en moordenaars zich van het ene kamp naar het andere en nemen geheimtaal en in code gestelde boodschappen een hoge vlucht, dat is een politieke waarheid die door de oorspronkelijke bronnen wordt bevestigd. Zo wordt de stokken-methode beschreven door Thucydides, Plutarchos en Xenophon, terwijl Aeneas Tacticus in zijn verhandeling over versterkte plaatsen een heel hoofdstuk wijdt aan geheimtalen. Het rangschikken van het alfabet in een vierkant, vijf rijen verticaal en vijf horizontaal, vormt een basis voor de moderne cryptologie. Het is echter wel belangrijk te beseffen dat deze 'schaakbord-vorm' het Polybiosvierkant wordt genoemd, naar de Griekse schrijver Polybios, die het vermeldt in hoofdstuk 10 van zijn *Historiae*.

Alexander is een kameleonachtige figuur. Hij was een volmaakt acteur die niet alleen zijn vijanden, maar ook zijn eigen hofhouding opzettelijk misleidde. Dat deed hij aan de Granikos en opnieuw bij zijn briljante belegering van Halikarnassos. Alexander is een van Hegels grote historische persoonlijkheden, een verschietende ster wiens leven en daden ons duizenden jaren na zijn dood nog altijd fascineren. Hij werd sterk beïnvloed door zijn ouders. De relatie met hen kan niet anders worden genoemd dan een haat-liefdeverhouding. Hij aanbad zowel Philippus als Olympias, maar hun voortdurende geruzie miste zijn psychologische uitwerking op hem niet. Het grootste deel van zijn leven probeerde Alexander te ontsnappen aan de schim van zijn vader en aan de benauwende aanwezigheid van zijn moeder. Philippus' poging de onnozele Arridhaios uit te huwelijken en Alexanders tussenkomst bij dit plan zijn gebaseerd op feiten. Dit leidde tot een heftige twist tussen Philippus en Alexander en wakkerde de plannen van Olympias aan om zich van haar vroegere echtgenoot te ontdoen.

Alexander was een Griek die een Pers wilde zijn, een man die in democratie geloofde, maar die ook zo autocratisch kon zijn als de eerste de beste keizer. Hij was soms overdreven edelmoedig, vergevingsgezind en meelevend, maar wanneer zijn stemming omsloeg, kon hij ook genadeloos toeslaan. De totale vernietiging van Thebe en van Memnons huurlingen bij de Granikos illustreert Alexanders donkere kant. Soms kon hij echter ook kinderlijk, vol vertrouwen en onschuldig zijn en het leven beschouwen als een groot avontuur, waarin militaire problemen slechts puzzels waren die moesten worden opgelost.

Alexander was een trouw vriend en kameraad. Zijn eenmaal gegeven woord hield hij ook. Hij was dol op poëzie en toneel, met name op de *Ilias* van Homeros en dankzij zijn leraar Aristoteles had hij een oprechte belangstelling voor de natuur. Hij kon bijgelovig zijn op het neurotische af, maar aan de andere kant kon hij in tijd van nood een adembenemende persoonlijke moed vertonen, zoals ook bij Halikarnassos. Hij was een geniaal, misschien wel onovertroffen legeraanvoerder en leider, al kende hij ook een vleugje zelfspot, zelfs nederigheid. Zijn drinkgedrag vormt het onderwerp van veel discussie. Sommige deskundigen, zoals Curtius Rufus, beweren dat hij een alcoholist was die aan moordzuchtige woedeaanvallen leed. Aristoboulos, Alexanders goede vriend die wordt geciteerd door Arrianus, zegt echter dat zijn lange drinkgelagen niet zozeer voortkwamen uit zijn liefde voor wijn, maar uit kameraadschap voor zijn vrienden. In elk geval was Alexander een volleerd acteur. Hij vond het heerlijk zowel vriend als vijand te misleiden en vaak benutte hij zijn banketten om een van zijn boodschappen over te brengen. Hij werd inderdaad geplaagd door paniekaanvallen, maar waarschijnlijk waren dat kinderangsten, want zijn persoonlijke moed was overweldigend. Hij plaagde graag en ging daar ook wel eens te ver in, vooral bij Ptolemaios en Kleitos. Hoe dan ook, Alexander had zijn fouten en wijn bracht die aan het licht! Misschien dat hij ons daarom nog altijd fascineert – niet alleen vanwege zijn grootse overwinningen en wapenfeiten, maar ook vanwege zijn persoonlijkheid, die af en toe het beste en het slechtste in de mensheid lijkt te vertegenwoordigen.

*Paul C. Doherty*